I0656640

Hermann Jacobi

Das Ramayana

Hermann Jacobi

Das Ramayana

ISBN/EAN: 9783337385118

Printed in Europe, USA, Canada, Australia, Japan

Cover: Foto ©Andreas Hilbeck / pixelio.de

More available books at **www.hansebooks.com**

DAS

RÂMÂYAṆA.

GESCHICHTE UND INHALT

NEBST

CONCORDANZ DER GEDRUCKTEN RECENSIONEN

VON

HERMANN JACOBI.

BONN

VERLAG VON FRIEDRICH COHEN.

1893.

Vorwort.

Zwischen der ausführlichen Begründung meiner Ansichten über das Râmâyaṇa in vorliegendem Buche und der ersten programmartigen Formulirung derselben in dem „Festgruss an Otto von Böhtlingk“ liegen fünf Jahre. Während derselben ist das Râmâyaṇa nie für längere Zeit meinem Arbeitstisch, noch die mit ihm verknüpften Probleme meinen Gedanken fern geblieben. Wenn also die von mir vertretenen Ansichten mit manchen bisher verbreiteten im Widerspruch stehen, so bitte ich bei der Beurteilung meiner Arbeit zu berücksichtigen, dass ich sie wohl vorbereitet erst nach langjähriger Prüfung veröffentliche. Aber selbst der doppelte Zeitraum würde nicht genügt haben, hätte ich alle Voruntersuchungen, deren Mangel ich lebhaft empfand, selbst erledigen wollen. Späterer Detailforschung verbleibt hier ein ergiebiges und dankbares Arbeitsgebiet. Selbst die wichtigste Voruntersuchung, die Aussonderung der Zusätze, habe ich nur bis zu einem gewissen Grade gefördert; hätte ich sie zu Ende führen und mitteilen wollen, ich hätte einen ganzen Band füllen können — schwerlich aber viele Leser für ihn gefunden. Schneller und sicherer als durch lange Beschäftigung mit dem stark interpolirten Text der indischen Diaskeuasten würde man eine Anschauung von dem Gedichte Vâlmîki's aus einem einfachen Abdruck des gereinigten Textes gewinnen können; und für viele Partien würde die Reconstruktion des Textes — natürlich vom Wortlaut abgesehen — mit ziemlicher Sicherheit vorgenommen werden können. Aber die Grösse des Textes, der nach Ausscheidung aller erkennbaren Zusätze immerhin noch acht- bis zehntausend Çloken umfassen würde, und der subjektive Charakter, der jeder Reconstruktion anhaftet, lassen leider die Ausführung eines solchen Planes als unmöglich erscheinen.

Auf die Abhandlung über das Râmâyaṇa folgt die Inhaltsangabe desselben. Sie soll nicht nur über den Inhalt orientiren, sondern namentlich die Benutzung des Originals (bez. der schönen englischen Übersetzung von Griffith) bei irgendwelchen Untersuchungen erleichtern; zu dem Zwecke gebe ich den Inhalt jeden Gesanges an und füge ausserdem noch ein ausführliches Namenverzeichnis hinzu. Will man die Inhaltsangabe mit der Ausgabe von Gorresio (bez. dessen italienischer Übersetzung) benutzen, so muss man die Nummer des Gesanges für B nach der Concordanz bestimmen.

Bei der Herstellung der Concordanz hat mir mein Schüler Hans Wirtz geholfen, dem ich für die Bearbeitung der Bücher I II VII zu Dank verpflichtet bin. Ich habe seine Arbeit revidirt, um Gleichmässigkeit mit der meinigen herzustellen; doch wird mir dies nicht immer gelungen sein. Denn die Entscheidung, ob sich zwei Verse entsprechen, d. h. auf dasselbe Prototyp zurückgehen, ist in vielen Fällen dem subjektiven Ermessen des Beurteilers überlassen, weil die Ähnlichkeit alle Grade von völliger Gleichheit bis zu beinahe gänzlicher Verschiedenheit durchläuft. Verse gleichen Sinnes bei gänzlich verschiedenem Wortlaute habe ich nicht als entsprechende angesehen, sondern immer dafür Übereinstimmung einiger charakteristischer Wörter gefordert, und Abweichung im Sinne als weniger in die Wagschale fallend betrachtet. Man hat oft beim Vergleichen den Eindruck, als ob B sich nur mehr teilweise des ursprünglichen Wortlautes erinnere und aus den erinnerten Bruchstücken sich seine Verse zurecht mache. Jedenfalls wird man sich beim Vergleichen grösserer Partien nicht der Überzeugung verschliessen können, dass beide Recensionen den mündlich überlieferten Text unabhängig von einander in verschiedenen Stadien der Entwickelung festgehalten haben.

Zum Schluss noch ein Wort über die Transcription, deren ich mich bei der Wiedergabe epischer und klassischer Sanskrit-Texte bediene. Um sie zu vereinfachen, mache ich mir die Eigentümlichkeit unserer Schrift zu Nutzen: gewissen Buchstaben je nach ihrer Stellung zu andern verschiedenen Lautwert zu geben, wenn keine Zeidentigkeit dadurch entstehen kann. Ich schreibe daher den gutturalen und palatalen Nasal vor Gutturalen sowie vor und nach Palatalen als einfaches *n*; mit *h* bezeichne ich nicht nur den Consonanten *h*, sondern auch den Visarga, da ja eine Verwechselung beider unmöglich ist; endlich gebe ich auch den Anusvâra im Wortauslaut durch *m* wieder, weil ja schon jeder Anfänger wissen muss, welcher Laut an jeder Stelle gemeint ist. Es wird dem Leser wohl nicht schwerer fallen, sich an diese vereinfachte Transcription zu gewöhnen als an die meist gleichgültigen Neuerungen, die fast jeder neue Autor einzuführen den Versuch macht. Dafür ist der Gewinn bei der Vereinfachung kein geringer; denn in einem längeren, nach meinem Vorschlage transcribirten Texte erscheinen als einfache Buchstaben, wozu ich auch die langen Vocale und ç rechne, über die Hälfte derer, die nach der bisher üblichen Methode diakritische Zeichen verlangen würden.

Bonn, im November 1892.

Hermann Jacobi.

Inhalt.

Inhalt

Erster Teil.

Die Recensionen.

§ 1.

Soviel bis jetzt bekannt, ist der Text des Râmâyaṇa in drei Recensionen überliefert [1].

---

1) Gildemeister sagt über die Recensionen in seinem Catalog der Bonner orient. Handschriften (Programmschrift zum 3. August, Bonn 1874): Codex hic nunc Bonnensis, cui Malcolmiani nomen debetur, praebet recensionem diversam a duabus hucusque editis, quam septentrionalem s. commentatorum et Bengalicam vocare solent. Illam dederunt editio Bombayana anni 1859 (a qua omnino non differt Calcuttensis eiusdem anni, ut e. gr. comparatio locorum a Muirio *Sanskrit Texts* IV *ed. pr.* inde excerptorum docet) et Telingana Madrasii a. 1864 4 emissa, tum codices a Schlegelio signis ABC (cum Tirthae commentario) et DE (cum Râmae commentario Tilaka dicto; codicis F, cum ex E descriptus sit, ratio habenda non est) instructi, inter quos Schlegelius p. XXIII exiguam varietatem intercedere recte perhibuit, codex Bodleyanus ab Aufrechtio descriptus, qui quantum ex exemplis in Catal. Bodl. p. 8 datis elucet prorsus cum cod. D et edit. Bomb. concordat (nam quae ab edit. Schl. differunt, a Schlegelio aut e codicibus Tirthae aut aliunde recepta sunt) et codices Telingani duo MN. Hanc a Gorresio editam continent codices a Schlegelio JK (a Gorresio G) T (is quidem magna ex parte) nuncupati et W a Gorresio collatus, qui et ipsi, cum eorum varietas etsi paullo maior, quam quae inter septentrionales est, admodum tamen modica sit, in summa re conveniunt. Ita ut in errore versentur qui putant, quot codices Râmâyaṇae sint, tot esse varias verborum formas.

Tertiam recensionem cum nomine opus sit et in verbis non faciles esse oporteat, occidentalem vocare liceat; in occidentali enim India eam fuisse propagatam indicant, si qua in libris manu scriptis supersunt, vestigia nec quae in edit. Çrîrâmapurana I 212 de recensione occidentali traduntur, ab ea aliena sunt. Hanc praeter codicem Malcolmianum praebent tres Berolinenses a Webero A (437) B (438) C (439) designati, qui ut ipse olim comparatione instituta didici inter se et

1. Die verbreitetste Recension, die mehrfach in Indien gedruckt worden ist (unter anderm zweimal in Bombay, 1859 und 1888), ist diejenige, welche Schlegel die nördliche Recension oder die der Commentatoren genannt hat. Da sie aber auch die in Südindien übliche ist, und ihr erster Commentator Kataka dem Süden Indiens angehört [1]), so ist die Bezeichnung n ö r d l i c h e Recension nicht zutreffend; ebenso ist der zweite Name (Commentatoren-Recension) irreleitend, weil auch die Bengalische Recension Erklärer gefunden hat. Wir bezeichnen diese Recension mit Ç (wobei man an den Namen Commentatoren-Recension denken mag)

---

cum cod. Malc. Ita conveniunt, ut recensionem certo consilio factam agnoscere non dubitemus. Ad eandem pertinent ejusque vestigia ostendunt editio Çrîrâmapurana, codicis Todiani liber primus et cod. Parisinus G (Gorresio M), paulum mutati ille magis e recensione septentrionale, hic e Bengalica. Ceterum in indicandis libris manu scriptis respiciendum est, in eis interdum varia archetypa esse copulata; ita posterior libri primi pars in cod. A Berol. sumpta est ex exemplari Bengalico.

Hanc recensionem in universum iudicandum est in narrationis ordine magis ad Bengalicam accedere, in singulis, ubi ab hac differt, tum cum septentrionali convenire, tum suam sibi viam inire.

1) Burnell (A classified Index to the Sanscrit MSS in the Palace at Tanjore. 1879, 1888); p. 179 sagt über Kataka: „. . . it is impossible to be certain about his native country, but the invocation of Kâlahastîça points to the S. Telugu country“. In einer Stelle, die Râmavarman zu II 70, 29 aushebt, erklärt Kataka eine besondere Art Wagen (maṇḍalacakra) durch Berufung auf das in Conjeveram übliche Fuhrwerk: Kâñcyâdau ca tathe 'dânîm prasiddham. Kataka gehörte also offenbar dem Süden an. Wenn der Commentator Râmânuja mit dem bekannten Sektenstifter identisch sein sollte, so wäre dies ein weiterer Beweis für die Verbreitung unserer Recension in Südindien, und zugleich ein interessanter chronologischer Anhaltspunkt. Râmavarman erwähnt ihn im Tilaka zu V 28, 19 (Râmânujasampradâyapustakeshu).

Der Verfasser des Tilaka, Râmavarman, scheint dem Mahrattenlande oder dem nördlichen Indien anzugehören, da er V 1, 168 zur Erklärung von *vitâna* das im Marâthî und Hindustani gebräuchliche Wort *cândnî* beiziehlt. Darauf weist auch, dass er I 59, 19 die *mushṭika* durch *ḍombâ* erklärt. Dies Wort entspricht dem Hindî *ḍom* u. Marâthî *ḍomb*, Name einer niedrigen Kaste, die mit Leichen zu thun hat. In Brown's Telugu Wörterbuch findet sich das Wort nicht.

und citiren nach der zweiten Bombayer Ausgabe (Bombay, Nirṇaya Sâgara Press 1888)[1]).

2. Die Bengalische Recension, die uns in Gorresio's Ausgabe vorliegt. Wir bezeichnen sie mit B.

3. Die von Gildemeister festgestellte und als „westindische" bezeichnete Recension, worüber das Nähere in obiger Note in Gildemeisters Worten angegeben ist. Wir bezeichnen sie mit A. Ich kenne sie aus der Bonner Handschrift (codex Malcolmianus), auf die sich die meisten meiner Bemerkungen beziehen, und aus zwei Kashmirischen Handschriften, die unsere Universitäts-Bibliothek durch die gütige Vermittlung des Herrn Prof. Stein in Lahore erworben hat. Von diesen enthält die eine die beiden ersten, und einen Teil des dritten Buches, die zweite das Uttarakâṇḍa. Das erste kashm. Ms. scheint mit dem Berliner Ms. A übereinzustimmen.

Die Abweichungen der drei Recensionen untereinander lassen sich in drei Klassen einteilen, nämlich:

1. Jede der drei Recensionen weicht oft in den allen gemeinschaftlichen Versen hinsichtlich der Lesart von den beiden andern oder einer derselben ab.

2. Jede hat eine nicht unbeträchtliche Anzahl von Versen,

---

1) Die zweite Bombayer Ausgabe ist als ein revidirter Abdruck der ersten Bombayer vom Jahre 1884 anzusehn. Die ältere Calcuttaer Ausgabe, nach der Muir citirt, ist mir nicht zugänglich. Dagegen kenne ich Buch I—IV einer jüngeren von Pratap Chandra Roy gratis verteilten, Calcutta 1881, die, soweit ich verglichen habe, mit der Bombayer Ausgabe übereinstimmt.

Die älteste mir bekannte Telugu-Ausgabe ist die von Madras 1856, welche die Commentare des Maheçvara Tîrtha und Govindarâja enthält. Sie ist von zwei Paṇḍits: Ananta Nârâyaṇa Çâstrin und Râmasvâmin Çâstrin veranstaltet (nânâdeçânîtagranthâdarçânyapannânavyâkhyânakoçasthapâṭhabhedayuktâyuktavicârapûrvakam samyak saṃçodhya.) Mit dem Texte dieser Ausgabe stimmt meistens die in Bangalor 1863 in Kanaresischer Schrift gedruckte Textausgabe der ersten 6 Bücher überein, und von letzterer scheint wiederum, so weit ich sie collationirt habe, die von Gildemeister genannte Ausgabe, Madras 1864, sowie die in Grantha Schrift gedruckte Ausgabe, Madras 1869, abgedruckt zu sein. Ich bezeichne diese Ausgaben, wenn ich danach citire oder Lesarten anführe, mit T 1, K, T 2, G.

auch wohl längeren Stellen, und selbst ganze Gesänge, die sich nur in ihr finden, oder die sie nur mit einer der beiden andern Recensionen gemein hat.

3. Die Reihenfolge der Verse ist nicht selten in je zwei, oder auch in allen drei Recensionen verschieden.

Am leichtesten lässt sich das Verhältnis der Recensionen hinsichtlich der beiden letzten Punkte vor Augen führen. Das Verhältnis von B zu C stellt die am Ende dieses Werkes mitgeteilte Synopsis der Bombayer und Gorresio'schen Ausgaben dar. Sie zeigt direkt, welche Verse von C sich auch in B finden, und indirekt, welche Verse von C sich nicht in B finden, sowie welche Verse von B sich nicht in C finden. Sie zeigt aber auch noch, dass in manchen Fällen die Reihenfolge der Verse in B verwirrt erscheint, wenn man von der in C als Norm ausgeht, bez. dass die Reihenfolge von C verwirrt ist, wenn man die von B zugrunde legt. Um die Abweichungen der beiden Recensionen von einander in Zahlen darzulegen, habe ich die in den ersten 30 Gesängen des 4. Buches (B III 79. IV 1—30) C und B gemeinschaftlichen Verse gezählt; es sind 749. Die Zahl der Verse in dem betreffenden Stück sind in C 1303, in B 1128. Aus diesen Zahlen ergeben sich für die gemeinschaftlichen und die jeder Recension allein eigentümlichen Verse in Procenten in C: 57 % und 43 %, in B: 66 % und 34 %. Wenn auch diese Zahlen nicht überall dieselben sein mögen, so sieht man doch, dass ungefähr ein Drittel der Verse in jeder Recension ohne Entsprechung in der andern ist. Berücksichtigen wir zunächst nur diese Verhältnisse, so werden sie uns einen deutlichen Fingerzeig geben, wie wir uns die Entstehung der Recensionen zu denken haben. Bestände deren Verschiedenheit nur in einem Plus und Minus von überschüssigen und fehlenden Versen, so könnten wir zur Not annehmen, dass ein Überarbeiter von C diese in B zugedichtet, bez. jene gestrichen habe [1]). Die Veränderung der Reihenfolge der Verse legt

1) Das umgekehrte Verhältnis scheint von vornherein ausgeschlossen, wenn man beachtet, wie gewissenhaft Kataka bei der Annahme von *prakshipta* Versen verfährt. Jedenfalls war ihm ein Text von der Art, wie ihn B hat, unbekannt oder schien ihm wenigstens nicht beachtenswert.

aber eine andere Annahme nahe, nämlich, dass B wie C in letzter Linie von einander unabhängige schriftliche Aufzeichnungen eines hauptsächlich mündlich überlieferten Textes sind. Denn im Gedächtnis bewahrte Strophen verändern leicht ihre Reihenfolge, und bei solchen ist es auch nicht auffällig, dass ein späterer Halbvers sich früher einstelle und zwischen andere eindränge. Und ähnlich ist es mit längeren Stellen. Diese Ansicht nun, die auch schon Weber (Über das Râmâyaṇa p. 75 f.) ausgesprochen hat, bedarf aber noch genauerer Bestimmung. Denn wie wir sehen werden, liegen die Verhältnisse nicht so einfach, wie es auf den ersten Blick scheint. Um dem wirklichen Vorgang auf die Spur zu kommen, müssen wir die Abweichungen der 1. Art, die in der Lesart gemeinsamer Verse bestehenden, ins Auge fassen. Die allgemeine Ansicht geht dahin, dass C den ursprünglicheren Text biete. Hall bezeichnet sogar die Bengalische Recension als „a modern depravation" und als „spurious" (in seiner Ausgabe von Wilson's Übersetzung des Vishṇupurâṇa 2, 190 und 3, 317)[1]. Unlängst hat noch Böhtlingk ZDMG 43 p. 59 f. sein Urteil folgendermassen formulirt: „Da .... die epischen Eigenthümlichkeiten keine Archaismen, sondern Neubildungen sind und demnach nicht als gesuchte Nachahmungen einer älteren Sprache aufgefasst werden dürfen, so darf man wohl annehmen, dass diejenige Recension, welche deren weniger aufzuweisen hat, in unserem Falle die bengalische, kein höheres Alter beanspruchen dürfe. Wie diese bengalische Recension bestrebt ist seltenes und im ersten Augen-

1) Schlegel spricht sich folgendermassen aus (Praefatio LI): Video grammaticos scholae Bengalicae interdum scabritiem quandam sermonis tollere voluisse, vocabula obsoleta, structuram minus apte cohaerentem denique licentias epicas, exempli gratia omissum augmentum in praeterito imperfecto, vel formam य pro त्वा in absolutivis verborum simplicium: quarum licentiarum usus legitimus ex Manûs codice probatur. Perspicuitati quoque prospexerunt, quod adeo verum est, ut haud raro in locis difficilioribus lectiones Bengalicae scholiorum vice ad interpretandum valde utiliter adhiberi possint. Fateor, tamen saepe me non assequi, quid mutando lucrari sibi visi sint; et nihil aliud subesse arbitror, praeter novandi libidinem, et importunam grammaticorum semipoetarum sedulitatem.

blicke befremdendes zu entfernen, mag an zwei Beispielen, die ich im 41. Bande dieser Zeitschrift S. 188 fg. besprochen habe, gezeigt werden. 4, 56, 21 der Bomb. Ausg. lesen wir: iccheyam giridurgâc ca bhavadbhir avatâritum und 4, 58, 33 samudram netum icchâmi bhavadbhir Varuṇâlayam. An dem passivisch aufzufassenden Infinitiv nahmen die Veranstalter der bengalischen Recension Anstoss und änderten in Folge dessen 4, 56, 29 icchcyam asmâd giryagrâd bhavadbhir avatâraṇam, und 4, 58, 37 bhavadbhir nîtam icchâmi âtmânam Varuṇâlayam."

Man erkennt also noch durch die Veränderungen von B hindurch die ursprüngliche Lesart, die C bewahrt hat. Ähnliches lässt sich öfters beobachten, wie wir denn dergleichen Fälle im Verlaufe der Abhandlung noch mehrfach antreffen werden. Nur ein besonders lehrreicher Fall sei hier ausführlicher besprochen.

Als die Sagariden die Erde durchgruben, stiessen sie auf die Weltelephanten, die in C I 40 *diçâgaja* genannt werden. Das Wort *diçâ* ist nun zwar in das Sanskrit aufgenommen, aber es ist immerhin selten; dagegen ist es in der Form *disâ* ein gewöhnliches Wort im Prâkṛit, resp. Pâli. Darum erregte es Anstoss und wurde in B und A an unserer Stelle entfernt. Wie dies geschah, ersieht man aus der folgenden Nebeneinanderstellung der betreffenden Stellen. (Mit K. bezeichne ich das Kashmir. Ms., das im ersten Buche die Recension B enthält.)

1) C 40, 13, diçâgajam Virûpaksham dhârayantam mahîtalam.
B 42, 12, diçogajam „ „ mahîm imâm.
A 33, 42, âçâgajam „ „ „ „
K 42, „ „ „ imâm mahîm.

2) C 40, 16 a, te tam[1]) pradakshiṇam kṛitvâ diçâpâlam mahâgajam
B 42, 15 a, tam te „ „ diçogajam arindama (ebenso K.)
A 33, 44 b, te tam „ „ dikpâlam kunjaropamam
C 40, 16 b, mânayanto hi te Râma jagmur bhittvâ rasâtalam
B 42, 15 b, manyamânâ diçâm pâlam dakshiṇâm bibhidur diçam (ebenso K.)
A 33, 45 a, „ diço raksham jagmur bhittvâ vasundharâm.

---

1) Telugu u. kanar. Ausgaben: tam te.

3) C 40, 20, diçâgajam Samanasam dadṛiçus te mahâbalâh
B 42, 19, âçâgajam „ „ te mahâbalam (ebs. K.)
A 33, 49, „ Samanasam mahântam acalopamam

4) C 41, 7, pûjyamânam mahâtejâ diçâgajam apaçyata [1])
B 43, 7 so 'vaikshata Virûpâksham âçâgajam avasthitam (ebs. K.)
A 34, 7, stûyamâno mahâtejâ diggajam sa dadarça ha

5) C 41, 9, diçâgajas tu tac chrutvâ pratyavâca mahâmatih [2])
B 43, 9, âçâgajo 'pi „ „ pricchato 'mçumato vacah (ebenso K.)
A 34, 9, digvâraṇas tu „ „ saumyam Amçumato vacah

6) C 41, 10, tasya tad vacanam çrutvâ sarvân eva diçâgajân
B 43, 10, iti tasya vacah „ „ „ hi diggajân (ebs. K.)
A 34, 10, tasya tad vacanam „ „ „ „ „

Man sieht aus diesen Stellen, wie A und B dasselbe Streben haben, das anstössige Wort *diçâ* zu entfernen, wie sie dies aber nicht in übereinstimmender Weise gethan, sondern teils dasselbe, teils ein anderes Synonymum gewählt haben. Die Vergleichung ergiebt ferner, dass A nicht aus B geflossen ist, weil A meistens mit C besser übereinstimmt als mit B; noch auch B aus A, da wenigstens einmal (in der 3. Stelle) B mit C und nicht mit A übereinstimmt. Dieselben Beobachtungen lassen sich allenthalben in dem ganzen Werke machen. C hat in den meisten Fällen unzweifelhaft die ursprünglichere Lesart bewahrt. Jedoch ersieht man aus der zweiten der oben aufgeführten Stellen, dass A und B eine andere Lesart zugrunde lag als C. Im zweiten Halbverse stand offenbar *diçâpâlam*, was B in *diçâm pâlam*, A in *diço raksham* änderte. C setzte dafür *hi te Râma* wahrscheinlich, um die Wiederholung desselben Wortes in zwei aufeinander folgenden Halbversen, im selben Satze, zu vermeiden.

Die oben dargelegten Thatsachen beweisen, dass C in gewissen Fällen den älteren Text hat, und dass die übrigen Recensionen ihn dort mit einer deutlich erkennbaren Absicht verändert haben. Das spräche nun für die oben zurückgewie-

1) Tel. 1. Kan. adṛiçyata.
2) Tel. 1, 2. Kan. pratyâhâ 'mçumato vacah.

sene Annahme, dass die Urheber der übrigen Recensionen den Text von C überarbeitet hätten. Dagegen muss nun geltend gemacht werden, dass solche Stellen nur die verschwindende Minderheit der Veränderungen ausmachen, dass bei der Mehrzahl derselben kein Grund ersichtlich ist, weshalb sie eingeführt sein sollten. Schlegel selbst ist genötigt, dies einzugestehen, und er findet nichts anderes als die „novandi libido et importuna grammaticorum semipoetarum sedulitas". Das ist zwar sehr schön ausgedrückt, aber es erweist sich bei näherem Zusehn nicht als stichhaltig. Denn die Annahme einer derartigen Laune oder Schrulle würde vielleicht genügen, die Veränderungen in einem Gedichte von mässigem Umfange begreiflich zu machen, nicht aber bei einem Epos von der grossen Ausdehnung des Râmâyaṇa. Wir dürften nämlich dabei mit Sicherheit erwarten, dass dieses planlose Streben zu ändern alsbald ermattete, dass also, wenn die Divergenz von dem ursprünglichen Texte im Anfange auch noch so gross wäre, sie gegen Mitte und Ende des Werkes immer mehr abnähme. Statt dessen finden wir im Anfang, in der Mitte und gegen das Ende, überall in gleicher Weise, Veränderungen bald von grösserer, bald von geringerer Bedeutung, und Zusätze sowie Streichungen bald von grösserem, bald von geringerem Umfange. Das sind Thatsachen, die sich mit der Annahme eines von der Willkür getriebenen Überarbeiters nicht wohl vereinigen lassen. Und wir müssten nicht blos einen solchen unbegreiflichen Überarbeiter annehmen, sondern wenigstens zwei, einen für B und einen andern für A. Aber alle diese Schwierigkeiten fallen fort, wenn wir annehmen, dass zur Zeit, als die Recensionen festgestellt wurden, die jetzt noch nicht ganz ausgestorbene Institution der Rhapsoden oder gewerbsmässigen Recitatoren des Râmâyaṇa noch in voller Blüte stand, und der von ihnen mündlich überlieferte Text wenigstens eine ebenso grosse Autorität besass, wie etwa vorhandene Handschriften oder Handexemplare dieser Leute. Wir wissen zwar auch nicht einmal annähernd, in welche Zeit die Redaction fiel, doch dürfen wir mit Bestimmtheit voraussetzen, dass sie in die Periode fiel, in welcher der allgemeinste Gebrauch von der Schrift gemacht wurde; es wäre daher wunderbar gewesen, wenn sie nicht auch auf das Epos angewandt worden wäre. Aber das konnte nicht hindern, dass die Rhapsoden (*kāeyopajīvinas*) als die rechtmässigen Überlieferer und eigentliche Quelle des Rāmāyaṇa galten.

Unter dieser Voraussetzung werden dann die oben besprochenen Thatsachen verständlich und erscheinen als notwendige Folgen des angenommenen Vorgangs. Denn nichts ist natürlicher, als dass die Reihenfolge auswendig gelernter Verse sich im Gedächtnisse verschiebe, namentlich wenn ihm viele tausende von Versen aufgebürdet werden. Ferner ist natürlich, dass der Wortlaut mündlich überlieferter Verse teilweise bedeutende Veränderungen erleiden musste, da jeder Rhapsode mit Leichtigkeit dasjenige, so zusagen, aus eigenen Mitteln ergänzen konnte, was sein Gedächtnis nicht genau festgehalten hatte. Bedenken wir nun, dass die Rhapsoden sich nicht der gelehrten Bildung ihrer Zeit entziehen konnten, so begreifen wir leicht, dass in jenen Ländern, die Centren der klassischen Sanskritlitteratur waren, im Osten und Westen, wo der Gauḍa und der Vaidarbha Stil entstanden [1]), die Unregelmässigkeiten der epischen Sprache Anstoss erregen mussten, und deshalb in der bengalischen und westindischen Recension ziemlich getilgt worden sind. Man entgegne nicht, dass dieser Umstand die Beibehaltung der anstössigen Formen im Mahābhārata nicht verhindert habe. Denn das Rāmāyaṇa wurde als ein Kāvya betrachtet, und die Anforderungen, die man an ein solches stellte, konnten nicht ohne Einfluss auf die Gestaltung des Textes des Rāmāyaṇa bleiben. Für das Mahābhārata, das frühe schon als ein Rechtsbuch galt (cf. Bühler im Anzeiger der phil.-hist. Classe der kais. Ak. d. W. Wien 1892; Nr. XV), fielen dergleichen Rücksichten weg.

Nachdem diese Recensionen einmal festgestellt waren und dann im wesentlichen schriftlich, durch gelehrte Tradition fortgepflanzt wurden, war ihr Schicksal durchaus dem aller ähnlichen

1) Da wir jetzt, wo die Werke der bedeutenderen Poetiker veröffentlicht sind, ziemlich genau wissen, worin die Eigentümlichkeiten der verschiedenen Stilarten bestehen, so können wir zuversichtlich behaupten, dass die Verschiedenheit der Stilart kein Motiv für die Entstehung verschiedener Recensionen des Rāmāyaṇa abgegeben hat. Denn man wird vergeblich in der Bengalischen Recension die sehr charakteristischen Eigenschaften des Gauḍa-Stiles suchen.

Texte ähnlich. Die Erklärer strichen Verse und Stellen, die sie als *prakshipta* bezeichneten, wählten zwischen verschiedenen Lesarten, oder suchten durch Conjectur eine verdorbene Stelle zu verbessern. Aus dem Tilaka können wir uns ein Bild von diesen Vorgängen und einen Begriff von seines Verfassers, Râmavarman's, kritischem Standpunkt [1]) machen. Dort werden oft Lesarten erwähnt, verworfen oder verteidigt, die als „alt" *prâcîna* (z. B. V 1, 93. 102, 104) „überliefert" *pâṅkta* (V 50, 18. 51, 21. VI 48, 3) oder *sâmpradâyika* (I 16, 29) „nach Ausweis vieler Handschriften" *bahupustakasammata* (I 2, 18), bez. als „nicht überliefert" *apâṅkta* (VI 66, 25) oder „Conjectur eines Neuern" *âdhunikakalpitah pâṭhah* (V 1, 102. 42, 9) bezeichnet werden. Manche der nicht aufgenommenen oder ausdrücklich zurückgewiesenen Lesarten, sowie der als *prakshipta* bezeichneten Verse finden sich in den südindischen Ausgaben [2]). Alle diese Abweichungen sind aber an Zahl gering und meist auch sonst unbedeutend gegenüber denen, welche die andern Recensionen bieten.

---

1) Maheçvaratîrtha scheint kühner im Conjiciren gewesen zu sein. Râmavarman erwähnt öfters seine Conjecturen, ohne sie zu billigen, z. B. V 13, 42 Tîrthas tu „cirarâtriyam mama" iti pâṭham prakalpya … 45 Tîrthas tu „atra jîvitasangamah" iti pâṭham kalpayâmâsa.

2) Schlegel praefatio p. XXXIV berichtet, dass II 101 (tam tu Râmah etc.) von einem Scholiasten als im Dakshiṇâtyapâṭha fehlend bezeichnet werde. Tîrtha und Râmavarman erwähnen nichts dergleichen; Govindarâja aber sagt, dass dieser Gesang irrtümlich an seiner jetzigen Stelle (als 101ter) stehe, er gehöre hinter den 103ten, als 104ter. Und an letzterer Stelle haben ihn thatsächlich die kanaresische, die 2. Telugu und die Grantha-Ausgabe. — Auch sei hier noch erwähnt, dass Mallinâtha zu Raghuv. XIII 73 einen Vers aus dem Râm. citirt, Bomb. VI 127, 41, aber mit abweichender Lesart *abhinâdya tatah* für *abhyavâdayat*. Letzteres findet sich auch in den südindischen Ausgaben. A stimmt mit der Bombayer Ausgabe beinahe überein, während B III, 36 ein ganz abweichender Vers steht. Zu Ragh. II 75 citirt Mallinâtha Râm. I 37, 10—14. In 10a hat er *parvatam* mit T gegenüber von *paramam* Bomb., in 13a *iti etad* mit Bomb. gegenüber von *agnes tu* T, in 13d *avakîrya ca* für *avakîryata* T, *avaçîryata* Bomb. Derselbe Scholiast citirt zu Kirât. I 9: nistandrir apramattaç ca svadosha paradoshavat. Die Bombayer und die südindischen Ausgaben haben hier II 1, 24 eine abweichende Lesart, nämlich *svadoshaparadoshavit*. In A und B fehlt dieser Vers gänzlich.

§ 2.

Ein glücklicher Zufall gewährt uns einen lehrreichen Einblick in das Verfahren derjenigen, welche die verschiedenen Recensionen veranstaltet haben, und ermöglicht uns, über die vor denselben liegende Geschichte des Textes einigermassen gesicherte Schlüsse zu ziehen. Eine längere Stelle von beiläufig 28 Strophen kehrt nämlich dreimal in C und A, zweimal in B wieder. Es sind dies die letzten Reden, die Hanumat mit Sîtâ vor seinem Abschied von ihr wechselt, als er ihr in der Gefangenschaft bei Râvaṇa die Botschaft Râma's überbringt. Und zwar steht diese Stelle in C und A zum ersten Male (I) vor der Erzählung der Abenteuer, die Hanumat bei dieser Gelegenheit zu bestehen hat; nach dieser Episode kehrt dieselbe Stelle noch einmal wieder (II), bez. steht hier in B zum ersten Male. Zum dritten Male (III), bez. in B zum zweiten Male, finden wir dieselbe Stelle in dem Bericht, den Hanumat dem Râma abstattet. Ich gebe den Text dieser Stelle mit allen Lesarten am Ende des ersten Teiles p. 17 ff. Wir ersehen aus dem dort mitgeteilten Material, dass für ein und dieselbe Recension der Text nicht endgültig fest stand, sondern bei jeder Wiederholung andere Lesarten sich einstellten. Die Veranstalter einer Recension haben sich also nicht die Mühe genommen, die frühere Stelle zu vergleichen, um so an der späteren einen identischen Text geben zu können; sondern sie haben nach dem jedesmal vorliegenden Material, so gut es eben ging, den Text der Stelle zurecht gemacht. Wenn nun in ein und derselben Recension bei der Wiederholung einer Stelle sich so zahlreiche, wenn auch nicht grade inhaltlich abweichende, Varianten einstellen konnten, so ersehen wir daraus, welchen unbeabsichtigten aber unvermeidlichen Schwankungen überhaupt der Text unterworfen war.

Wichtiger aber noch als die Abweichungen ein und derselben Recension an den verschiedenen Stellen, sind die Übereinstimmungen der verschiedenen Recensionen an ein und derselben Stelle. Es ist zweifellos, dass III eine wörtliche Wiederholung von I sein soll; dennoch fehlen in III die Verse 42—48 in allen Recensionen (dieselben stehen in B II, da B I fehlt), und die Schlussverse von I sind andere als in III, worin wiederum alle drei Recensionen untereinander übereinstimmen. Daraus geht mit Sicherheit hervor, dass ABC aus einer älteren Recension geflossen sind, die schon jene Verschiedenheiten in I und III hatte. Es lässt sich kein Grund dafür anführen, dass die Urrecension nicht schriftlich niedergelegt worden sei. Aber da sie in sehr früher Zeit hergestellt sein muss, in der die Überlieferung des Textes noch vorwiegend eine mündliche war, so konnte diese erste Rāmāyaṇa-Ausgabe nicht verhindern, dass in dem Texte alle jene Veränderungen und Umstellungen eintraten, die bei mündlicher Überlieferung eines nicht canonischen Textes unvermeidlich und gar leicht erklärlich sind. Ob diese Urrecension sich aus den erhaltenen Recensionen in etwa werde wiederherstellen lassen, wird sich zeigen müssen, wenn alle Recensionen bekannt und in kritischen Ausgaben veröffentlicht worden sind.

Wir müssen nun weiter schliessen, dass vor der ersten Ausgabe des Rāmāyaṇa dieses lange Zeit ausschliesslich mündlich überliefert worden sei. Es muss aber zu jener Zeit das Rāmāyaṇa schon ein Corpus gebildet haben. Die Festsetzung desselben können wir die Diaskeuase nennen, die wir mit U bezeichnen wollen. Ihr sind die Inhaltsübersichten zuzuschreiben, die sich im ersten und im dritten Gesange des ersten Buches finden. Von diesen beiden Inhaltsangaben ist die an erster Stelle stehende offenbar die ältere, weil in ihr der Inhalt des ersten und des letzten Buches, die sich als spätere Zuthaten nachweisen lassen, noch nicht erwähnt wird, während dies doch an der zweiten Stelle geschieht. Aber die Untersuchung dieses Gegenstandes müssen wir einstweilen noch zurückstellen.

§ 3.

Wir hätten jetzt noch zu untersuchen, in wie weit das Bestehen der verschiedenen Recensionen durch Citate in frühen indischen Schriftstellern beglaubigt ist. Wenn wir von Citaten im Mahābhārata absehen, die in anderem Zusammenhang behandelt werden sollen, so finden sich die frühesten wörtlichen Citate in Bhavabhūti's Uttararāmacarita (siehe Weber l. c. p. 47). Der Vers:

mâ nishâda (der auch von Ânandavardhana, Dhvanyâloka p. 28 in derselben Gestalt citirt wird), kehrt in allen Recensionen in genau gleichem Wortlaut wieder, kommt also für unsere Frage nicht in Betracht. Die nächsten zwei von Bhavabhûti citirten Verse aus dem letzten Adhyâya des Bâlacarita (i. e. kâṇḍa) fehlen in B, finden sich aber in bedeutend abweichender Gestalt in C und A (Bonner Ms. u. Berlin. Mss. B u. C). Aber das Berlin. Ms. A und das Kashmir Ms., die hier genau übereinstimmen, haben bis auf 3 Varianten denselben Text wie Bhavabhûti.

Der folgende Vers:

tvadartham iva vinyastaḥ çilâpâdo 'yam agrataḥ |
yasyâ' yam abhitaḥ pushpaiḥ pravṛishṭa iva kesaraḥ ||

der in einem in C als *prakshipta* behandelten Sarga steht, findet sich in keiner Recension gleichlautend wieder. Am nächsten kommt das Bonner Ms.:

tvadartham iva vinyastaḥ çilâpaṭṭo 'yam agrataḥ |
yasyâ 'yam agrataḥ pushpaiḥ prahṛishṭa iva kesaraḥ ||

Die Lesarten der übrigen Mss. findet man bei Weber l. c. p. 48, mit dessen Ms. A das Kashmir Ms. wieder wörtlich übereinstimmt. Hieraus ergiebt sich also, dass die von Bhavabhûti citirte Recension der „westlichen" am nächsten stand. Allerdings ist der Schluss nicht ganz sicher, weil die Prämisse nicht ganz einwandsfrei ist. Bhavabhûti konnte nämlich die rohen Edelsteine Vâlmîki's für seinen Zweck etwas zurechtgeschliffen haben, und da das Uttararâmacarita ein sehr beliebtes Stück war, über dem viele Generationen Thränen der Rührung vergossen haben, so wäre wohl möglich, dass die Verse in der ihnen von Bhavabhûti verliehenen Form die ursprünglichen dort verdrängt hätten, wo der durch die Kunstpoesie gebildete Geschmack auf den Text des Râmâyaṇa Einfluss gewann. Es lässt sich nämlich darthun, dass eine Anspielung Bhavabhûti's sich nur auf den Text von C, nicht aber von A, beziehen kann. Im vorletzten Verse des 5. Aktes werden nämlich die drei Schritte, die Râma im Kampfe mit Khara rückwärts gethan habe, erwähnt. Dem entspricht nur C: III 30, 23:

tam âpatantam saṃkruddham kṛitâstro rudhirâplutam |
apâsarpad dvitripadam kiṃcit tvaritavikramaḥ ||

Bei Gorresio lautet der Vers etwas anders, und namentlich fehlt dort das für uns allein wichtige *dvitripadam*:

tam âpatantam vegena dîptâsyam rudhiraplutam |
apasṛitya tataḥ sthânâd dṛishṭvâ tvaritavikramaḥ |

In dem Bonner Ms. fehlt dieser Vers gänzlich. In den beiden Berliner Mss. nach Dr. Klatt's freundlicher Mittheilung lautet er:

A: tam evâ 'bhyadravat kruddham kṛittângam rudhirokshitam |
apasarpat pratipadam kiñcic caiva parikramam ||

B: tam evâ 'bhidravat kruddham kṛittangam rudhirokshitam |
apasarpat pratipadam kiñcit tvaritavikramaḥ ||

Ânandavardhana citirt im 2. Uddyota des Dhvanyâloka, p. 63, den Vers III 16, 13, dessen 2. Hälfte in Arjunavarmadeva's (Anfang 13. Jhd.) Commentar zu Amaru 79 gleichlautend wiederkehrt

ravisaṃkrântasaubhâgyas tushârâvṛitamaṇḍalaḥ |
niçvâsândha ivâ "darçaç candramâ na prakâçate ||

In der ersten Hälfte haben sämtliche Recensionen tushârâruṇa; die zweite Hälfte findet sich so nur in C; in B lautet sie: saniçvâsa ivâ, in dem Kashmir Ms: niçvâsavân ivâ, in dem Bonner Ms: niçâyâmpyandravaddarçya (sic). Ânandavardhana hebt das Wort *andha* besonders hervor, das sich nur in C findet.

Vâmana in Kâvyâlankâravṛitti 4, 3, 14 führt folgenden Vers an ohne Nennung des Dichters:

gaganam gaganâkâram sâgaraḥ sâgaropamaḥ |
Râma-Râvaṇayor yuddham Râma-Râvaṇayor iva ||

Die zweite Hälfte findet sich gleichlautend in C: VI 107, 52. Die erste Hälfte lautet dort:

sâgaram câ 'mbaraprakhyam ambaram sâgaropamam.

Das ist offenbar besser als die Lesart bei Vâmana, die als eine Veränderung erscheint, gemacht um noch weitere Beispiele für die poetische Figur *ananvaya* zu erhalten. Uebrigens findet sich diese erste Hälfte nicht in allen MSS. des Vâmana. Wenn wir nun in diesem Verse Vâmana's ein Citat aus dem Râmâyaṇa erblicken dürfen, so müssen wir auch annehmen, dass er die Recension C bez. eine ihr nahestehende gekannt habe, weil A und B den obigen Vers nicht haben.

Die obigen Citate aus dem 8. und 9. Jhd. nach Christus

lassen erkennen, dass damals eine Recension des Râmâyaṇa vorhanden war, die der jetzigen C nahestand, und wahrscheinlich auch eine andere, die der jetzigen A entsprach.

Die poetischen Bearbeitungen des Râmâyâṇa, von Kshemendra (Mitte des 11. Jhd.): Râmâyaṇa-Kathâsâra-Manjarî, und von Bhoja (etwa aus derselben Zeit): Râmâyaṇa-Campû, erlauben einen Schluss auf die zu Grunde liegenden Recensionen. Namentlich ersteres Werk [1]) schliesst sich genau dem Grundtext an, dem es Schritt für Schritt folgt. Sehen wir nun zu, wie es sich zu einem Zusatze in A und B verhält. In C wird am Ende des Bâlakâṇḍa in 5 Versen (77, 15 b—20 a) mitgeteilt, dass Daçaratha auf Yudhâjit's Bitte Bharata und Çatrughna zu ihrem mütterlichen Grossvater sendet. In A und B wird dies zu einer weitläufigen Erzählung in zwei Gesängen ausgesponnen, namentlich um Daçaratha's weise Lehren an seinen Sohn und die Erziehung des Prinzen bei seinem Grossvater vorzutragen. Dies spiegelt sich nun in Kshemendra's Auszug wieder, wo die betreffenden Verse so lauten:

tato mâtâmahapuram Bharatah pitur âjnayâ |
Çatrughnânugatah prâyân mâtulenâ 'bhiyâcitah ||
sa tatra guṇaratnânâm mahodadhir ivâ 'parah |
jagrâha sakalâ vidyâ gurubhyo vipulâçayah ||
sacchâstrâdhigamât tasya dharmasankrântidarçanam |
mano babhûva viçadam mârjitam sukṛitair iva ||
Bharate sûnuje râjnah Kaikeyasya pure sthite |
utkaṇṭhâkalito bheje cintâm Daçaratho nṛipah ||

Aus der Erwähnung der Erziehung Bharata's geht mit Sicherheit hervor, dass Kshemendra A, vielleicht B benutzt habe. Andererseits hat Bhoja wahrscheinlich C benutzt. Denn er macht nur eine kurze Bemerkung über Bharata's Besuch in folgendem Verse (im Anfang des zweiten Kâṇḍa's):

gacchatâ Daçarathena nirvṛitim bhûbhujâm asulabhâm bhujâbalât |
mâtulasya nagare Yudhâjitah sthâpitau Bharata-Lakshmaṇânujau ||

---

1) Siehe Bühler's Kashmir Report p. 47. Bühler hat dort auch schon auf die Wichtigkeit des Werkes für die Recensionsfrage hingewiesen. Ein Ms. von Kshemendra's Werk verdanke ich der Freundlichkeit Prof. M. A. Stein's.

Leider ist Kâlidâsa's Wiedergabe des Râmâyaṇa im 12. Gesange des Raghuvaṃça zu kurz, um etwas über die ihm vorliegende Recension zu verraten. Aber nicht unerwähnt will ich lassen, dass er die Bestrafung der zudringlichen Krähe XII 22 u. 23 nach der Abreise Bharata's vom Citrakûṭa erzählt, während in den uns erhaltenen Recensionen und in der Râmâyaṇa-Kathâsâra-Manjarî sie vor Bharata's Ankunft bei Râma ihren Platz hat, in C allerdings als *prakshipta* bezeichnet und daher auch von Bhoja nicht erwähnt. Dass die Geschichte von der Krähe ein sehr alter Zusatz ist, ersieht man daraus, dass Sîtâ den Râma durch Hanumat an sie erinnern lässt. Aber da sie nicht dem ursprünglichen Gedichte angehörte, so ist wohl möglich, dass über die Stelle, wo sie einzulegen sei, anfänglich keine Übereinstimmung bestand, und dass die von Kâlidâsa gebrauchte Recension sie noch an anderer Stelle besass, als ihr in der Folgezeit zugewiesen wurde.

Zum Schlusse verweise ich noch auf die oben p. 10 in der Anmerkung 2) bezeichneten Citate Mallinâtha's, die alle auf C zurückgehen und bald mit der Bombayer, bald mit den südindischen Ausgaben übereinstimmen. Ich bemerke noch, dass die vorgebrachten Citate und sonstigen Beziehungen auf das Râmâyaṇa solche sind, deren ich mich aus der Lektüre erinnerte, oder die ohne besondere Mühe aufzufinden waren. Es werden wahrscheinlich noch manche Belege aus älteren Schriftstellern nach und nach ans Licht gezogen werden und vielleicht zu interessanten Aufstellungen Veranlassung geben; sie werden aber unser Resultat nicht umstossen, sondern nur bestätigen können, dass nämlich die verschiedenen Recensionen in verhältnismässig frühe Zeit hinaufreichen.

Ich gebe hier den Text der Abschiedscene (Sîtâ und Hanumat) mit den Varianten, die sich in den verschiedenen Versionen und Recensionen finden. Voraus steht I der Text der Bombayer Ausgabe in V 39. Mit II bezeichne ich die 2. Version ebendaselbst V 56, 2 ffg., mit III die 3. Version in V 68, 3 ffg. Mit T werden die Varianten der südindischen Ausgaben bezeichnet. Darauf folgen die Varianten in der westindischen Recension nach der Bonner Handschrift bezeichnet mit A, wieder als I II III; zuletzt die der Bengalischen Recension (Gorresio'sche Ausgabe) bezeichnet mit B, II (V 53) und III (V 69)

tatas tam prasthitam Sîtâ vîkshamâṇâ punah punah |
bhartṛisnehânvitam vâkyam sauhârdâd anumânayat ‖ 19 ‖

C I T *d* anumânya ca
II *c* bhartuh snehânvitâ. *d* u. T Hanûmantam abhâshata. III fehlt.
A I *a* bhartuh für vâkyam, *d* anvamânayat
II *a* dṛishṭvâ für Sîtâ. *c d* bhartṛisnehâd idam bhartuh suhṛida(m) tam athâbravît. III fehlt.
B II *a* tam abhiprasthitam, *c d* bhartṛisnehâd idam vâkyam sauhârdât tam athâbravît. III fehlt.

yadi vâ manyase vîra vasai 'kâham arindama |
kasmiṃçcit saṃvṛito deçe viçrântah çvo gamishyasi ‖ 20 ‖

C II *a* yadi tvam . . . tâta, *b* ihânagha, *c* kvacit susaṃvṛite. In T etc. fehlt II 20—27.
A I *a* tâvad für vîra. II *a* yadi tvam . . . . tâvad. *c* kvacit susaṃvṛite. III *c* yadi mâ.
B II *a* yadiha . . . tâta. *c* kvacit tvam. III *a* yadi mâm.

mama caivâ 'lpabhâgyâyâh sânnidhyât tava vânara |
asya çokasya mahato muhûrtam mokshaṇam bhavet ‖ 21 ‖

C I T *a* ced alpa°. II *c* çokasyâ 'syâ 'prameyasya. *d* syâd api kshayah. III *a* câpy alpa°, *c d* çokavipâkasya muhûrtam syâd vimokshaṇam. T *a* câpy alpa° vîryavan. *c d* wie C III.
A I *b* tava vîryavân, *c d* çokasyâ 'sya vipâkasya muhûrtam syâd api kshayah.
II wie C II. III *b* vîryavat. *c d* wie C II.

B II und III *c* wie C II. III, *b* darçanena tavâ 'nagha, *c* syâd yadi kshayaḥ.

tato hi hariçârdûla punarâgamanâya tu |
prâṇânâm api sandeho mama syân nâ 'tra saṃçayaḥ || 22 ||

C I T *a* gate hi. II *a* gate hi, *b* punaḥ saṃprâptaye tvayi, *c d* prâṇeshv api na viçvâso mama vânarapuṅgava. III *a* gate hi tvayi vikrânte, *b* vai für tu. T wie C III nur vikrânte.

A I *a* gate hi, *b* punar âpattaye tvayi, *d* nâsti saṃçayaḥ. II *a* gate hi, *b* muhûrtasaṃaye tvayi. *c d* wie C II nur iha für api. III *a* gate hi. *b* punaḥ saṃprâptaye tvayi.

B II *a* gate hi. *b* muhûrtaṃ gagane tvayi, *c d* viçvâso mama na syât plavaṅgama. III *a* gate hi. *b* punarâgamanât tvayi.

tavâ 'darçanajaḥ çoko bhûyo mâṃ paritâpayet |
duḥkhâd duḥkhaparâmṛishṭâṃ dîpayann iva vânara || 23 ||

C II *a* adarçanaṃ ca te vîra, *b* dârayishyati, *c d* duḥkhataraṃ prâptâṃ durmanaḥçokakarçitâṃ III *a b* °jaṃ câpi bhayaṃ, *c* parâbhûtâṃ, *d* durgatâṃ duḥkhabhâginîṃ. T *c d* wie C III.

A I *a* tava câ 'darçanaṃ vîra, *c d* duḥkhaduḥkhataraṃ bhûtvâ durmanaskâṃ abhâginîṃ. II *a* adarçanaṃ hi te 'tiva, *b* tâpayishyati, *c d* duḥkhataraṃ prâpya durmanaskâṃ hy abhâginîm. III *a* tavâ 'darçanaṃ apy etad, *b* tâpayishyati, *c d* °taraṃ bhûtvâ duḥkhitâṃ duḥkhabhâginîm.

B II *a c* wie C II, *b* wie A II, *d* duḥkhitâṃ çokakarshitâm. III *a* °jaṃ vîra, *b* wie A III. *c d* idaṃ duḥkhataraṃ bhûtvâ duḥkhânâṃ mandabhâginîm.

ayaṃ ca vîra sandehas tishṭhatî 'va mamâ 'grataḥ |
sumahâṃs tvatsahâyeshu haryṛksheshu harîçvara || 24 ||

C I T *d* harîçvaraḥ. II *c* sumahatsu, *d* mahâbalaḥ. III *c* tvatsahâyena, *d* asaṃçayaḥ. T *d* na saṃçayaḥ.

A II *d* mahâbalaḥ. III *d* vânareshu mahâmate.

B II *b* tishṭhatî 'ha, *d* mahâbala. III *a* ayaṃ hi. *d* ca saṃçayaḥ.

kathaṃ nu khalu dushpâraṃ tarishyati mahodadhim |
tâni haryṛkshasainyâni tau vâ naravarâtmajau || 25 ||

C I T *b* tarishyanti. II *b* saṃtarishyanti sâgaraṃ. III *b* tarishyanti, ebenso T.

A I *b* tarishyanti. II *b* pârayishyanti sâgaraṃ.

B II *b* tarishyanti. III *a* tu für nu, *b* tarishyanti, *c* vânarasainyâni.

trayâṇâm eva bhûtânâṃ sâgarasye 'ha laṅghane |
çaktiḥ syâd Vainateyasya tava vâ Mârutasya vâ || 26 ||

C I T *b* sâgarasyâ 'sya. II *b* sâgarasyâ 'ti°. III *d* vâyor vâ tava câ 'nagha, T *b* wie I.
A II *b* sâgârasyâ 'ti°. III *b* ebenso, *c* gatih syâd.
B II *b* sâgarasyâ 'bhi°. III *b* sâgarasya vilanghane.

tad asmin kâryaniryogo vîrai 'vam duratikramo
kim paçyasc samâdhânam tvam hi kâryavidâm varah || 27 ||

C I T *c* paçyasi. II *a b* tad atra kâryanirbandhe samutpanno durâsade, *c* paçyasi, *d* kâryaviçâradah. III u. T *c* paçyasi, *d* brûhi vâkyavidâm vara. T III *a* aham für asmin.
A I *a* samyoga. II wie C II; III *d* devair api durâkramo, *c* paçyasi, *d* tvam vai.
B II *a* °nirbandhe, *b* samutpanno sudârupe, *c* paçyasi, *d* kâryaviçâradah.
. III *a* b °sandehe samprâptavati dushkare, *c* paçyasi, *d* kâryaviçâradah.

kâmam asya tvam evai 'kah kâryasya parisâdhane |
paryâptah paravîraghna yaçasyas te phalodayah || 28 ||

C II *d* balodayah ebenso T u. III.
A I *d* tu balodayah. II *d* na tvaducitam mama, III *d* wie I.
B II *d* nâ 'nyaç ce 'ti matir mama. III *d* kim tu vijnâpayâmi te.

balaih samagrair yudhi mâm Râvanam jitya samyuge |
vijayî svapuram yâyât tat tasya sadriçam bhavet || 29 ||

C I T *a* yadi, *c* °purim, *d* tat tu me syâd yaçaskaram. II fehlt.
III u. T *a* yadi, *b* hatvâ Râvanam âhave, *c* °purîm Râmo, *d* nayet tat syâd yaçaskaram.
A I *a* yadi, *b* vijitya ca Daçânanam, *c* Râmo, *d* wie C III. II folgt nach dem folgenden Verse. *a b* çarais tam ugram yadi mâm yudhi nirjitya Râvanam, *c* Râmo, *d* wie C III. III *a* yadi, *b* jitvâ Râvanam âhave, *c* Ayodhyâm svâm purim Râmo, d wie C III.
B II *a* yadi, b nihatya rajanicarân, *c d* nayec ca ... Râmah param tat syâd yaçaskaram. III *a b* jitvâ mâm Râvanam yadi samyuge, *c d* nayeta svapurim Râmas tat syât tasya yaçaskaram.

balais tu sankulâm kritvâ Lankâm parabalârdanah |
mâm nayed yadi Kâkutsthas tat tasya sadriçam bhavet || 30

C I u. II T *a* çarais tu . . B II *b* parapuranjayah. III *b* purim.
In C III A I u. III B II und III steht davor folgender Vers:
yathâ 'ham tasya vîrasya vanâd upadhinâ hritâ |
rakshasâ tadbhayâd eva tathâ nâ 'rhati Râghavah ||
A I *b* vanenayitvâ hritâ vanât.
B II *b c* viraho rudati sati | hritâ hy etena pâpena. III *b* balâd. *c* jîvatâm rakshasâm eva.

tad yathâ tasya vikrântam anurûpam mahâtmanah |
bhaved âhavaçûrasya tathâ tvam upapâdaya || 31 ||

II *d* bhavaty ebenso II T und III CT, A II, III B II III.

tad arthopahitam vâkyam praçritam hetusaṃhitam
niçamya Hanumân çesham vâkyam uttaram abravît || 32 ||

C I T *b* sahitam für praçritam. II *c* vîra für çesham, T tasya (!) III *c* niçamyâ 'ham tatas, *d* abruvam. T ebenso.
A II *b* °sampyutam, *c* tasyâ. III *b* °sampyutam, *c* praçamyâham tatas tasyâ, *d* abruvam.
B II *b* prasritam, *c* vîro. III *b* prasritam. *c* praçamyâ 'ham tatah, *c* abruvam.

devi haryṛikshasainyânâm îçvarah plavatâm varah |
Sugrîvah satyasampannas tavâ 'rthe kṛitaniçcayah || 33 ||

C I T *c* satva°. III u. T. *c* sattva°. In T II fehlen dieser und die folgenden Verse bis 46 incl.
A I II III *b* pravatâm, *c* sattva°. III *a b* °sainyena saṃvṛitah.
B II III *a* vânarasainyânam, *c* sattva. II *b* çatrutâpanah.

sa vânarasahasrâṇâm koṭîbhir abhisaṃvṛitah |
kshipram eshyati Vaidehi râkshasânâm nibarhaṇah || 34 ||

C II *d* Sugrîvah plavagâdhipah. III fehlt.
A I *d* nishûdakah. II *d* priyakṛit te mahâbalah. III fehlt.
B II *c d* Sugrîvo Vaidehi plavagâdhipah. III fehlt.

35—41 fehlen in II CA.

tasya vikramasampannâh sattvavanto mahâbalâh |
manahsankalpasampâtâ nideçe harayah sthitâh || 35 ||

C III *c* sadṛiçâ. A I *d* nirdeçe. III *b* satya°, *c d* °siddhârthâ nirdeçe.
B II *c d* °sampannâ nirdeçe. III *c* °sampannâ.

yeshâm no 'pari nâ 'dhastân na tiryak sajjate gatih |
na ca karmasu sîdanti mahatsv amitatejasah || 36 ||

C I T 2 etc. nahi. III T *a* eshâm. A III *a* teshâm. B *a* II u. III nâdhaç ca, *c* na te, *d* °vikramâh.

asakṛit tair mahotsâhaih sasâgaradharâdharâ |
pradakshiṇîkṛitâ bhûmir vâyumârgânusâribhih || 37 ||

C I *c* pradakshiṇâ. III u. T III *a b* mahâbhâgair vânarair balasampyutaih.

A I *d* sarva. III *a* taiç câpi 'yam mahâbhâgaih.
d sattvavadbhir mahâtmabhih.
B II u. III *a* nai 'kaças tair mahâbhâgaih.

madviçishṭâç ca tulyâç ca santi tatra vanaukasah |
mattah pratyavarah kaçcin nâsti Sugrîvasannidhau || 38 ||

B II III *a* tathâ tulyâh.

aham tâvad iha prâptah kim punas te mahâbalâh |
nahi prakṛishṭâh preshyante preshyante hî 'tare janâh || 39 ||

A I *d* hînate. II *d* preshayanty avarân varâh.
B II III *cd* nahi prakṛishṭân preshyâms tu preshayanty avarâvarân.

tad alam paritâpena devi çoko vyapaitu te |
ekotpâtena te Lankâm eshyanti hariyûthapâh || 40 ||

C III u. III T *b* manyur für çoko. III T *c* vai für te.
A I u. III *b* manyur. III *d* kapikunjarah. B II III *b* manyur apaitu,
d haripungavâh.

mama pṛishṭhagatau tau ca candrasûryâv ivo 'ditau |
tvatsakâçam mahâsanghau nṛisiṃhâv âgamishyanti || 41 ||

C I T *c* mahâsattvau. III *c* mahâbhâgau, ebenso T.
A I *c* mahâsattvau, *d* râjaputrâv iheshyatah. III *ab* hṛishṭatushṭâ tu
Vaidehî bhavishyasy acirâd iva, *c* mahâbhâgau.
B II u. III *c* mahâbhâgau. III *a* hi für ca.

von hier an fehlt III. bis 48

tau hi vîrau naravarau sahitau Râma-Lakshmaṇau |
âgamya nagarîm Lankâm sâyakair vidhamishyatah || 42 ||

C I T *a* tato vîrau. A I II *a* tau ca. B fehlt.

sagaṇam Râvaṇam hatvâ Râghavo Raghunandanah |
tvâm âdâya varârohe svapurîm pratiyâsyati || 43.

C I T *d* svapuram. II *ab* Râkshasam hatvâ nacirâd, *d* svâm.
A I *d* svapuram. II *b* nacirâd, *d* svâm purîm abhiyâsyati.
B II *b* varavarṇinim, *d* svâm purîm.

tad âçvasihi bhadram te bhava tvam kâlakânkshiṇî |
nacirâd drakshyase Râmam prajvalantam ivâ 'nalam || 44 ||

C II *a* samâç°, *cd* kshipram drakshyasi Râmeṇa nihatam Râvaṇam raṇe.
A I *d* acirâd drakshyasi patim tapantam iva bhâskaram. II *cd* wie C II,
ebenso B.

nihate râkshasendre ca saputrâmâtyabândhave |
tvam sameshyasi Râmeṇa çaçânkene 'va Rohiṇî || 45 ||

I T *a* mam für ca. A I u. II *a* tu für ca.

kshipram tvam devi çokasya pâram drakshyasi Maithili |
Râvaṇam caiva Râmeṇa drakshyase nihatam balât || 46 ||

C II T kshipram eshyati Kâkutstho haryṛkshapravarair yutaḥ (T vṛtaḥ) | yas te yudhi vinirjitya çokam vyapanayishyati | — T I *b* yâsyasi. *d* nihatam drakshyase cirât. A *b* yâsyasi. Fehlt in II u. III B.

evam âçvâsya Vaidehîm Hanûmân Mârutâtmajaḥ
gamanâya matim kṛtvâ Vaidehîm punar abravît I. || 47 ||
abhyavâdayat II.

A II *d* Jânakîm. B *d* Jânakîm.

Die folgenden Verse fehlen in II.

tam arighnam kṛtâtmânam kshipram drakshyasi Râghavam |
Lakshmaṇam ca dhanushpâṇim Lankâdvâram upâgatam || 48 ||

C III *a* arighnam simhasankâçam ebenso T III, *c* dhanushmantam, *d* T III upasthitam.

A I *c* sasugrîvam, *d* upasthitam. III *a* arighnam simhavikrântam, *b* drakshyati, *d* upasthitam.

B *a b* nacirâd drakshyase Râmam Sugrîvam ca mahâbalam. *d* upasthitam

nakhadamshṭrâyudhân vîrân simhaçârdûlavikramân |
vânarân vâraṇendrâbhân kshipram drakshyasi sangatân || 49 ||

A III *c* vânarendrâmç ca, *d* drakshyati. B III *c* vânarendrâbhân, *d* câgatân.

çailâmbudanikâçânâm Lankâ-Malaya-sânushu |
nardatâm kapimukhyânâm âryo yûthâny anekaçaḥ || 50 ||

C III *d* nacirâc chroshyase svanam. T III acirâc chroshyasi svanam.
A I *c* hari°, *d* çroshyasi nisvanam. III *c d* kapînâm nardatâm âryo çroshyase nacirâd giraḥ.
B *a* nîlâmb°, *c d* °malayânâm nacirâc chroshyase dhvanim.

Schlussverse in I (CA)

sa tu marmaṇi ghoreṇa tâḍito Manmatheshuṇâ |
na çarma labhate Râmaḥ simhârdita iva dvipaḥ || 51 ||

A *a* sa hi marmasu ghoreshu

rudа mâ devi çokena mâ bhût te manaso bhayam |
Çacî 'va bhartrâ Çakreṇa saṃgamishyasi çobhane || 52 ||

T *b* 'priyam, *c* patyâ, *d* bhartrâ nâthavatî hy asi.
A *a* mâ çuco devy açokârhe, *b* manasi klamah, *c* vaçinî Çrîr, ive 'ndreṇa,
d wie T

Râmâd viçishṭah ko 'nyo 'sti kaçcit Saumitriṇâ samah |
Agni-Mâruta-kalpau tau bhrâtarau tava saṃçrayau || 53 ||

A *a b* ko[pa]viçishṭas tu Râmeṇa Saumitrer vâpi kah samah, *d* saṃçrayah

nâ'smiṃç ciram vatsyasi devi deçe rakshogaṇair adhyushito 'tiraudre |
na te cirâd âgamanam priyasya kshamasva matsaṅgama-kâlamâtram ||

A *d* matsaṅg°

Schlussverse in III (C A B)

nivṛittavanavâsam ca tvayâ sârdham arindama |
abhishiktam Ayodhyâyâm kshipram drakshyasi Râghavam || 28 ||

A *a* nirv°, tu für ca, *d* drakshati.

tato mayâ vâgbhir adînabhâshiṇî çivâbhir ishṭâbhir abhiprasâditâ |
uvâha çântim mama Maithilâtmajâ tavâ 'tiçokena tatha 'tipîḍitâ || 29 ||

T *a* bhâshiṇâ, *c* jagâma, *d* pi çokena tadâ.
A *a* tathâ, *b* âryâ tvaritam prasâditâ, *c* cakâra, *d* na câpi, yathâni°.
B *a* tathâ, *c d* uvâca çântim mama câpi Jânakî na câpi çokam prajahâv aninditâ.

Zweiter Teil.

Nachweis eingeschobener Stücke.

§ 1.

Wir wenden uns jetzt einer andern Untersuchung zu. Alle, die sich mit dem Râmâyaṇa beschäftigt haben, sind zu der Erkenntnis gelangt, dass, abgesehen von der Verschiedenheit der Recensionen, der Text mancherlei Zusätze und Überarbeitungen enthalte. Ich will nunmehr versuchen an einer grösseren Zahl von Stücken nachzuweisen, dass sie nicht von dem ersten Dichter herrühren können. Die erste Frage ist: an welchen Kennzeichen kann man die spätern Stücke von dem ältern Texte unterscheiden. Wie billig richten wir dabei zuerst unser Augenmerk auf Formalien, unter denen das Metrum natürlich in erster Linie steht.

Die Gesetze des Çloka werden im Râmâyaṇa, von wenigen gleich zu besprechenden Ausnahmen abgesehen, streng beobachtet; sie sind dieselben wie im Mahâbhârata und bei den Kunstdichtern. Es kommen neben der Pathyâ nur die vier bekannten Vipulâformen vor, und auch für diese gelten die so oft besprochenen Gesetze. Abweichungen von der Regel sind nur sporadisch zu belegen. Ich führe die im 2.—6. Buche der Bombayer Ausgabe vorkommenden hier in der Note an, indem ich zugleich die etwa abweichenden Lesarten der südindischen Ausgaben und die entsprechenden Verse in B angebe[1]).

---

1) Die unregelmässigen Verse im 2.—6. Buche.

a) 9silbige Pâda:

yadaunah purusho bhavati II 103, 30.
abhivâdayo tvâ bhagavan III 11, 72.
Daçagrivo vinçatibhujo III 35, 9.
dhvajinah patâkinaç caiva V 4, 20.

In diesen Versen muss bhava, abhi-, daça-, dhvaji- durch Verschleifung einsilbig gelesen werden. Unregelmässig bleibt: hiranyaretâ divâkarah VI 105, 10.

Der metrisch anstössigen Verse findet sich also im 2.—6. Buche eine so verschwindend kleine Anzahl, dass wir sie füglich

---

b) Doppelconsonanz bildet keine Position:

tathâ 'çvâsaya hrîmantam II 19, 9.
kim tu Râmasya prîtyartham V 58, 13.
vimrçya buddhyâ praçritam VI 113, 23.

c) Der 2. pâda beginnt gegen die Regel mit einem Choriambus:

paitrpitâmahair dhruvaḥ II 105, 8.

Der Com. citirt aber einen metrisch richtigen pâṭha: pitrpaitâmahair.

d) Die zweite Vipulâ (⏓–⏑––⏑⏑⏓) ist unregelmässig:

pariçrântam pathy abhavat II 72, 9.
apaviddhaiç câpi rathaiḥ VI 48, 43.
tataḥ kruddho Vâyusuto VI 59, 112.
durâvâram durvishamaḥ VI 90, 64.
nityamâlâ nityaphalâḥ VI 128, 102.

e) Die dritte Vipulâ (⏓–⏑––´––⏓) ist unregelmässig:

tam anvârohat Sugrîvaḥ VI 38, 8.
iha Prahastenâ 'hitam VI 81, 44.
athavâ devi tvam kaçcid dosham etc. II 36, 28.
çailâḥ sasruvuḥ pâutyam V 28, 17.

In den zwei letzten Fällen hat die Telugu-Ausgabe die metrisch richtige Lesart, nämlich:

athavâ devi dosham tvam kaçcid etc.
çailâç ca sasruḥ pâutyam. (VI 48, 17 findet sich die Form prasusruḥ B VI 18, 24 prasasruḥ.)

f) Die vierte Vipulâ, ausgehend auf –⏑–⏓, kommt im 3.—6. Buche 24mal vor und hat dann allemal die vierte Silbe lang und Cäsur nach derselben. In 31 Fällen beginnt der Vers mit ⏓–⏑–|.

Schwache Cäsur steht:

Sumitrayâ 'nvâsyamânâ II 4, 32.

Sie ist vernachlässigt:

yatprasâdenâ 'bhishiktam II 6, 24.

In der Telugu (T) und der Gorresio'schen (B) Ausgabe finden sich folgende Abweichungen:

II 4, 32 = B 2, 3, 22 *Sumitrayo 'pâsyamânâ.*
II 6, 21 = B 2, 5, 24 *yatprasâdâd abhishiktam.*
II 19, 9 — T K. tad âçvâsaya hi 'mam tvam = B II 16, 12 tad âçvâsaya râjânam.
II 72, 9 = B 2, 74, 10 pathi tac chrântam utsrjya.
II 108, 30 = B 2, 111, 36 yadaunah purusho nûnam.

weiter nicht zu beachten brauchen. Wie steht es aber nun mit dem 1. und 7. Buche, gegen deren Echtheit begründete Zweifel oft erhoben worden sind?

Der Hauptsache nach unterscheiden sich diese Bücher von den übrigen in metrischer Beziehung gar nicht: der Çloka wird in ihnen nach denselben Gesetzen und mit derselben Strenge gehandhabt. Nur zwei Partien machen eine Ausnahme, nämlich die Viçvâmitra-Episode im ersten, und die Râvaṇeïs im letzten Buche. In beiden Stücken finden sich nämlich metrisch auffällige oder anstössige Verse in grösserer Anzahl.

In der ersteren Stelle sind folgende Pâda unregelmässig:

I 54, 9 evam uktas tu brahmarshir (B I 55, 9 brahmarshir evam uktas tu)

55, 3 romakûpeshu mlecchâç ca (B 56, 3 tu für ca) (T ... ca mlecchâ; A ml. ca rom.)

56, 14 teshu çânteshu brahmâstram (ebenso B und T)

64, 5 mâ bhaishî rambhe bhadram te kurushva mama çâsanam

III 11, 72 T K tvâm für tvâ — B III 17, 2 âmantrayo tvâm bhagavan.
III 35, 9 T 1, 2. K viṃçadbhujo Daçagrîvo, fehlt B.
V 4, 20 T 2 K dhvajotpatâkinaç caiva — B V 10, 22? dhanvinah khaḍginaç câpi.
VI 31, 44 — B VI 7, 47 Prahastena hâ 'hitam.
VI 38, 8 T 1, 2 K tam anvârohat — B 6, 14, 11 anvârohac ca Sugrîvah.
VI 43, 43 T 1, 2 K apaviddhaiç ca bhimaiç ca — B VI 18, 53 ca bhagnaiç ca.
VI 59, 112 T 1, 2 K atha Vâyusutah kruddho, B fehlt.
VI 90, 66 T 1, 2 durâvâram, T 1 durvishaham, T 2 K durvishahyam, B VI 70, 82 *durddharsham durvishaham.*
VI 105, 10 T 2 K svarparetâ divâkarah, B fehlt.
VI 114, 93 T 1, 2 vimṛçya buddhyâ dharmajño, B VI 95, 46 wie T.
VI 128, 102 T 1, 2 *nityapushpâ nityaphalâs*, B VI 113, 6 wie T.

Von diesen 16 metrisch anstössigen Stellen bleiben in der Gorresio'schen Ausgabe nur vier (die cursiv gedruckten), in der Telugu-Ausgabe sieben resp. zehn. Es ist schwer zu entscheiden, ob die Telugu-Ausgabe die ursprüngliche oder die emendirte Lesart bietet; ersteres scheint mir sicher bei: durâvâram durvishahyam, letzteres bei: tad âçvâsaya hi 'mam tvam, viṃçadbhujo Daçagrîvo, tam anvârohat Sugrîvo, dhvajotpatâkinaç caiva, vimṛçya buddhyâ dharmajño.

(T mâ bhaishîs tvam varârohe (von einer Kuh!))
(B 66, 5 tvam rambho kuru mâ bhaishîh priyam me priyabhâshiṇi)
65, 13 vinâçayati trailokyam (B 676 vinâçayati lokâṇs trîn)
65, 15 sammûḍham iva trailokyam (fehlt B)
65, 27 pûjayâmâsa brahmarshim (fehlt B)

Alle diese Pâda mit Ausschluss von 64, 5 werden metrisch richtig, wenn man annimmt, dass, wie in dem „Gâthâ-Dialekt", anlautende muta cum liquida nicht notwendig Position bilde. Natürlich gilt dies nur für die fraglichen Gesänge: 54—56 u. 65. In diesen wird die Erhebung Viçvâmitra's zum brahmarshi erzählt. Die dazwischen liegenden Gesänge 57—64 behandeln teils damit nicht direkt zusammenhängende, andere auf Viçvâmitra bezügliche Sagen (Triçanku, Ambarîsha und Çunahçepha [1])), teils offenbar spätere Ausspinnungen der ersten Geschichte, nämlich wie Viçvâmitra erst râjarshi (57), dann maharshi (63, 64) wird, ehe er die Würde eines brahmarshi erlangt.

Wir haben hier also ein metrische Eigentümlichkeit als Beweismittel dafür, dass ein in alle Recensionen aufgenommenes Stück, das in sich abgeschlossen ist, von einem anderen Dichter als dem der es einschliessenden Erzählung herrührt. — Aus ähnlichem Grunde müssen wir den ersten Teil des 7. Buches, der die Geschichte Râvaṇa's behandelt, für das Werk eines besondern Dichters halten. Denn auch hier finden sich in einem nicht sehr ausgedehnten Stücke sechs metrisch auffällige oder anstössige ungerade Pâda:

5, 26 Amarâvatîm samâsâdya
6, 26 Yamalârjunau ca hârdikya
16, 5 kiṃnimittam icchayâ me (T. 1. ecechayâ)
16, 30 tadâ vartmasu calitâ (T. 1. vartmastha, Tîrtha: laghvaksharam ârsham)
21, 14 saṃtâryamâṇân Vaitaraṇîm
30, 10 pakshiṇaç catushpado vâ (T. 1. pakshiṇaç ca catushpâdo eine handgreifliche Verbesserung.)

---

1) Es ist beachtenswert, dass im Aitareya Brâhmaṇa (ed. Aufrecht, Einleitung p. V) auf die Sage von Çunahçepha die Besprechung des untergeordneten Verhältnisses der Kshatriya folgt.

Bei Gorresio:

5, 26 Amarâvatîm âsâdya (!) (metrisch falsch.)

6, 33 Yamalârjunau ca hârdikyah (wie C)

16, 5 kim idam yannimittam tu

16, 36 âsanebhyaç ca calitâ

25, 11 târyamânân Vaitaranîm (metrisch falsch)

38, 10 catushpado vâ pakshî vâ (handgreifliche Verbesserung)

In A: Amarâvatîm samâsâdya

Yamalârjunau hârdikyah (metrisch falsch)

kim idam hy animittam me

âsanebhyah pracalitâ

(saptâryamânân Vaitaranîm fehlt)

(Der Vers „pakshinas" ist ganz anders in A)

Drei der obigen Pâda sind neunsilbig; von denselben ist einer in B unverändert erhalten: yamalârjunau ca hârdikyah, einer in A: amarâvatîm samâsâdya; zwei sind in B durch Unterdrückung einer Silbe auf acht Silben reducirt, aber der so hergestellte Pâda ist metrisch unrichtig; dasselbe findet bei einem Pâda in A statt. Es dürfte also nicht zu bezweifeln sein, dass alle drei neunsilbigen Pâda ursprünglich sind. Ebenso dürfte wenigstens einer der übrigen unregelmässigen Pâda (pakshinaç) alt sein. So fänden sich mindestens vier Fälle abweichender Versbildung in einem Stücke, das sich auch inhaltlich als ein in sich abgeschlossenes, und daher für sich stehendes zu erkennen giebt.

Die Ergebnisse, zu denen uns die Untersuchung auf Grund metrischer Besonderheiten in verschiedenen Teilen des Gedichtes geführt hat, sind für unsern eigentlichen Zweck von geringem Belang, so interessant sie an sich auch sein mögen. Denn dass das ganze siebente Buch ein späterer Zusatz sei, kann nicht wohl in Zweifel gezogen werden. Schon der Schluss des sechsten Buches beweist dies. Dort findet sich nämlich die Verheissung des Lohnes (çravanaphala), der denjenigen zuteil werden soll, die das Râmâyana (âdikâvyam idam câ"rsham purâ Vâlmîkinâ kritam) hören [1]); also

1) Aus demselben Grunde muss die „Herabkunft der Gangâ" I 38 bis 44 ein besonderer, später eingeschalteter Bestandteil sein. Denn auch

galt zur Zeit, wo dieser Schluss gedichtet wurde, das Uttarakâṇḍa noch nicht als ein integrirender Bestandteil des Râmâyaṇa.

In ähnlicher Weise fördert uns die Erkenntnis nicht wesentlich, dass die Episode über Viçvâmitra ein eingeschobenes Stück ist. Denn die Echtheit des ersten Buches ist mit guten Gründen in Zweifel gezogen worden, so schon vor 50 Jahren von Adolf Holtzmann (Über den griechischen Ursprung des indischen Thierkreises, Karlsruhe 1841 p. 86 fgg.). Im Verlaufe unserer Untersuchungen werden wir auf diesen Punkt zurückkommen; vorläufig mag es genügen, sich die begründeten Bedenken gegen die Echtheit des ersten Buches vor Augen zu halten. Wenn sie zu Recht bestehen, was nützt uns dann für unsere Untersuchung der Nachweis, dass in dem später hinzugedichteten ersten Buche ein Stück noch später eingeschoben ist?

Wenn auch unsere bisherigen Ergebnisse wenig befriedigend sind, so musste doch die Untersuchung des Metrums zuerst vorgenommen werden, weil ja die Vermutung nahe lag, auf diese Weise zu einer Kritik des Gedichtes gelangen zu können. Wenn die Vergeblichkeit des Versuches nachgewiesen ist, wird man mit um so grösserem Ernst nach andern Kriterien suchen. — Noch in anderer Weise könnte man die Metrik zur Unterscheidung verschiedener Teile des Textes verwenden. Neben den gewöhnlichen Çloken, Pathyâ, kommen nämlich vier Varietäten des Çloka, Vipulâ, vor. Nun sind, wie ich für die klassischen Dichter gezeigt habe (Indische Studien 17 p. 444), die Verhältniszahlen der verschiedenen Vipulâ zu einander sowie zu der Pathyâ je nach den Dichtern verschieden, und bekundet sich darin die individuelle dichterische Praxis. Man könnte nun ähnliche Untersuchung auch in verschiedenen Teilen des Râmâyaṇa anstellen. Aber es ist zweifelhaft, ob viel auf diesem Wege zu erreichen sein werde. Denn

---

er schliesst mit einem çravaṇaphalam: yaḥ çrâvayati vipreshu kshatriyeshv itareshu ca | priyante pitaras tasya priyante daivatâni ca | idam âkhyânam âyushyam Gangâvataraṇam çubham | yaḥ çriṇoti ca Kâkutstha sarvân kâmân avâpnuyât | (sarve pâpâḥ praṇaçyanti âyuḥ kîrtiç ca vardhate).

um einigermassen zuverlässige Durchschnittszahlen zu erreichen, müsste man dieselben auf ausgedehntere Stücke gründen; es würde also auf kleinere Stücke, die der Einschiebung verdächtig sind, dieser Prüfstein keine Anwendung finden können. Um nun zu zeigen, wie sich die Sachlage bei dieser Untersuchung stellt, gebe ich die Verhältniszahlen auf das Tausend berechnet. Voran stelle ich die Zahlen, wie sie sich aus 1600 Çloken des 2. Buches ergeben, es folgen dann die Zahlen aus der ersten (2) und zweiten (3) Indrajit-Episode (VI 44—50 u. VI 80—90); dann die aus der Hanumat-Episode (4) (V 41—55) und zuletzt (5) die aus der Viçvâmitra-Episode (I 54—65). Beachtenswerth ist, wie im 2. Stücke

Vipulâ	1	2	3	4
1. Stück	33	29	32	4
2. „	38	28	17	6
3. „	39	31	28	1
4. „	41	12	38	2
5. „	65	21	28	5

die Ziffer der 3. Vipulâ, im 4. Stücke die der 2. Vipulâ hinter der normalen Durchschnittszahl (im 1. Stücke) zurück bleibt, während im 5. Stücke die 1. Vipulâ unverhältnismässig häufig ist. Aber es dürfte zu gewagt erscheinen, allein darauf hin die bezeichneten Stücke einem andern Dichter zuzuschreiben als dem der Hauptmasse des Gedichts.

Auch darauf sei noch hingewiesen, dass an gewissen Stellen die Vipulâverse besonders häufig, an andern aber auffallend spärlich sind. Haben wir hier mit Einschiebsel geringerer Ausdehnung zu thun, oder stellte sich dem Dichter die Vipulâ ein, wenn die Erzählung erregter ist? Es ist mir öfters aufgefallen, dass ein neues Thema gern mit einem Vipulâverse eingeleitet wird.

Ein anderes Mittel, Stücke verschiedener Autoren von einander zu unterscheiden, würde die sprachliche Form bilden. Vielleicht würde eine lexikalische Statistik nachweisen, dass gewisse Wörter nur in bestimmten Teilen des Gedichtes vorkommen, in andern aber fehlen. Ich habe meinen Schüler Herrn Wirtz veranlasst, derartige Untersuchungen zunächst an Eigennamen und Epitheta vorzunehmen, und soweit ich von seinen Arbeiten Kenntnis genommen habe, dürften sie zu interessanten Resultaten führen. Allerdings wird das genannte Kriterium erst in zweiter Linie angewandt werden können, wenn nämlich schon aus anderen Gründen irgend ein Stück den Verdacht der Unechtheit erregt hat.

Zuletzt sei noch auf die grammatischen Unregelmässigkeiten hingewiesen. Aber dieselben scheinen ziemlich gleichmässig über das ganze Gedicht ausgestreut zu sein, so dass auch diese Hoffnung, zu einem Prüfmittel zu gelangen, wenig begründet ist. Aus der Sammlung, die Herr von Böhtlingk in den Berichten der phil.-hist. Classe der königl. Sächs. Gesellschaft der Wissenschaften 1887 gegeben hat, habe ich wenigstens nichts für unsern besondern Zweck verwendbares entnehmen können.

§ 2.

Nachdem so unser Bemühen, allgemein anwendbare äussere Anzeichen der Echtheit und Unechtheit aufzufinden, sich als vergeblich erwiesen hat, müssen wir uns damit bescheiden, auf innere Gründe hin diese Frage von Fall zu Fall zu lösen, indem wir Widersprüche mit Vorhergehendem oder Folgendem aufdecken, Abweichungen oder Besonderheiten in der ganzen Darstellung zur Kenntnis bringen, oder endlich in der äussern Form Auffälliges nachweisen. Ich beginne die Untersuchung mit einem Falle, in dem sich die Thatsache der Einschiebung eines grösseren Stückes in hohem Grade wahrscheinlich machen lässt. Es ist dies die Hanumat-Episode, der wir schon oben § 2 des ersten Teiles näher getreten sind.

Nachdem Hanumat die Sîtâ in Râvaṇa's Açokahaine gesprochen und sich von ihr verabschiedet hatte, überlegt er, wie er den Râkshasa einen argen Streich spielen könne V 41. Er verwüstet den Açokahain, setzt die Râkshasinnen dadurch in Furcht, dass er eine riesige Gestalt annimmt, und hat dann mit den Râkshasa, die Râvaṇa gegen ihn aussendet, blutige Kämpfe zu bestehen. Er macht mehrere Feinde nieder und zerschmettert zuletzt Râvaṇa's Sohn Aksha. Aber Indrajit bindet ihn durch die Brahmawaffe. So wird er vor Râvaṇa geführt, den er in Râma's Namen und als dessen Bote auffordert, die Sîtâ zurückzugeben. Râvaṇa will ihn in seinem Zorn töten lassen, aber auf Vibhîshaṇa's Einspruch, dass ein Bote nicht mit dem Tode, sondern nur durch Verstümmelung bestraft werden dürfe, lässt er ihm den Schwanz mit ölgetränkten Lappen umwickeln und diese dann anzünden. So durch die Stadt geführt, ohne dass ihm das Feuer Schaden zufügt (denn Sîtâ hatte den Agni gebeten, den Hanumat zu schonen), macht er sich von seinen Fesseln los und springt von Haus zu Haus, mit seinem brennenden Schwanze ganz Lankâ in Flammen setzend. Seine Furcht, Sîtâ möchte bei dem allgemeinen Brande umkommen, benehmen ihm glückverheissende Zeichen und beruhigende Stimmen der Câraṇa. Daran schliesst sich im 56. Gesange die oben besprochene, wiederholte Abschiedscene, von der in der Bombayer Ausgabe folgende Verse die Vermittelung zu dem Fortgang der Erzählung bilden:

râkshasân pravarân hatvâ nâma viçrâvya câ "tmanaḥ |
samâçvâsya ca Vaidehîm darçayitvâ param balam || 23 ||
nagarîm âkulâm kṛitvâ vancayitvâ ca Râvaṇam |
darçayitvâ balam ghoram Vaidehîm abhivâdya ca || 24 ||
pratigantum manaç cakre punar madhyena sâgaram ||
tataḥ sa kapiçârdûlaḥ svâmisandarçanotsukaḥ || 25 ||
âruroha giriçreshṭham Arishṭam arimardanaḥ | etc.

Die südindischen Ausgaben, Tîrtha und Govindarâja fahren direkt mit dem Verse „tataḥ sa" fort.

Ehe wir nun auf das Vorkommen der Abschiedscene vor und nach der Hanumat-Episode weitere Schlüsse bauen, müssen wir

1) Râmavarman beginnt seinen Comm. zum 56. Gesange mit den Worten: ita ârabhya „punar madhyena sâgaram" ity antâh sârdhacaturviṃçatiḥ çlokâḥ prâg vyâkhyâtaprâyâ eva. Dagegen ist aus Maheçvaratîrtha's und Govindarâja's Commentaren nicht zu ersehen, ob sie die ersten acht Verse (denn 8—10, 15—20 der Bombayer Ausgabe lassen sie aus) als Wiederholung erkannt haben.

feststellen, ob dasselbe Verhältnis schon in der Diaskenase U vorlag. Denn da in B die Abschiedsscene vor der Hanumat-Episode fehlt, und also dort sich nur in C und A findet, so könnte man zweifeln, ob schon U sie dort zum ersten Male gehabt oder erst hinter der Episode. Das letztere ist aus innern Gründen unwahrscheinlich. Denn erstens ist die Abschiedsscene der natürliche Abschluss der ganzen vorhergehenden Unterredung mit Sîtâ, und zweitens ist der zweite Vers (yadi vâ manyase) nach der Episode unsinnig. Denn es wäre eine geradezu kindische Zumutung Sîtâ's an Hanumat, dass er sich noch einen Tag lang versteckt bei ihr aufhalten sollte, nachdem er eben erst mit genauer Not seinen Feinden entgangen war; dagegen ist dieser Wunsch Sîtâ's leicht verständlich, wenn Hanumat noch von Niemand gesehen worden ist, also vor der Episode. Es ist somit nicht zu bezweifeln [1]), dass die Abschiedsscene ursprünglich vor der Episode gestanden haben muss, wie noch in C und A, und dass B sie dort weggelassen, um die auffällige Wiederholung [2]) zu heben. Da aber A B C die Stelle nach der Episode haben, so ist sicher, dass schon U sie dort wiederholte.

Die auffallende und aus dem Zusammenhang nicht zu begründende Wiederholung der Abschiedsscene lässt sich leicht und befriedigend durch die Annahme erklären, dass die Hanumat-episode später zugefügt worden sei. Durch ihre Einschaltung

1) Man könnte dagegen einwenden, dass das Wort *prasthitam* in dem ersten Verse (tatas tam prasthitam Sîtâ vikshamâṇâ) besser an der zweiten, als an der ersten Stelle passe. Aber dieser Einwand hält bei genauerem Zusehn nicht Stich. Denn auch an der zweiten Stelle ist H. noch nicht „aufgebrochen" *prasthita*. Ebenso wenig an der ersten Stelle; aber lesen wir da einige Verse zurück bis in den 38. Gesang, so finden wir folgenden Vers: maṇiratnam kapivaraḥ pratigṛhyâ 'bhivâdya ca | Sîtâm pradakshiṇam kṛtvâ praṇataḥ pârçvataḥ sthitaḥ ‖ 68 ‖ Daran schloss sich offenbar unmittelbar der Vers: tatas tam prasthitam, an. Nur so erklärt sich *prasthitam*, dann aber zu unserer vollen Befriedigung.

2) Den umgekehrten Weg hat die südindische Ausgabe (wahrscheinlich schon Maheçvaratîrtha und Govindarâja) betreten, indem sie nämlich am zweiten Orte zwar nicht die ganze Stelle gestrichen, aber sie doch auf wenige Verse zusammengedrängt hat.

wurde der Zusammenhang gestört, und es galt nun, den abgerissenen Faden wieder anzuknüpfen. Auf so feine Arbeit verstanden sich die Rhapsoden nicht, und ebenso wenig die Diaskeuasten, sondern sie halfen sich einfach dadurch, dass sie die Stelle wiederholten, an die sich die weitere Erzählung anschliesst, damit die Hörer wieder irgendwie in den Zusammenhang hinein kämen [1]).

Wir haben nun noch zwei gewichtige indirekte Zeugnisse dafür, dass die Episode dem ursprünglichen Gedichte fremd war. Erstens nämlich berichtet Hanumat bei seiner Rückkehr zu Râma V 65—68 ihm alles, was sich zwischen ihm und der Sîtâ zugetragen (bei dieser Gelegenheit findet sich die oben mit III bezeichnete Wiederholung der Abschiedsscene); aber er erwähnt mit keinem Worte seiner Thaten in Lankâ, seines Gesprächs mit Râvaṇa, der ihm zugefügten Mishandlung und seiner Rache; und als er im weitern Verlauf VI 3 von Râma aufgefordert wird, über Râvaṇa, sein Heer und Lankâ zu berichten, schildert er Lankâ als eine reichlich mit allen Mitteln der Verteidigung versehene Stadt, in grellem Widerspruch zu dem nachhinkenden Verse 3, 29, der für seine Zuhörer unverständlich hätte sein müssen, da er ihnen ja nichts von seinen Abenteuer bis dahin verraten hatte:

te mayâ saṅkramâ bhagnâḥ parikhâç câ 'vapûritâḥ |
dagdhâ ca nagarî Lankâ prâkâraç câ 'vasâditâḥ ||

---

1) Die oben angeführten zwei Verse (rakshasâm pravarân hatvâ) scheinen ein Versuch zu sein, die Rückkehr Hanumat's direkt an die Episode anzufügen. Sie sind in B auf den Anfang des 63. und des 64. Gesanges verteilt und zwar in folgender Form: pravarân râkshasân hatvâ nâma viçrâvya câ 'tmanaḥ | dagdhvâ ca nagarîm Lankâm Sîtâm drashṭum yayau kapiḥ [63, 1] gatvâ câ 'mantrayâmâsa gamanâya mahodadheḥ | tam abhiprasthitam dṛishṭvâ vîkshamâṇâ punaḥ punaḥ [2] Darauf folgt die Abschiedsscene (siehe oben p. 7) und der folgende Gesang, 64, beginnt: âkulâm nagarîm kṛitvâ vyathayitvâ ca Râvaṇam | darçayitvâ balam ghoram abhivâdya ca Maithilîm [1] tataḥ sa kapiçârdûlaḥ etc.

2) In ähnlicher Weise wird durch die Wiederholung derselben Verse: çṛiṇu me etc. III 36, 17 ff. und III 40, 17 ff. das zwischen diesen Stellen liegende Stück als Zusatz gekennzeichnet. Es ist oben eine Variation des Stoffes im 41. Gesange.

Überhaupt werden später keinerlei Spuren vom Brande Lankâ's erwähnt; als Râma die Stadt belagerte, stand sie in ihrer ganzen Herrlichkeit da, obschon zwischen dem Brand und Râvaṇa's Tod nicht mehr als ein Monat liegen soll. V 38, 64 f. 65, 25.

Das zweite Zeugnis findet sich in Hanumat's Bericht über Râma's Erlebnisse VI 126. Er sagt dort:

abhijñânam mayâ dattam Râma-nâmâṅgulîyakam |
abhijñânam maṇim labdhvâ caritârtho 'ham âgataḥ || 45 ||
mayâ ca punar âgamya Râmasyâ 'klishṭakarmaṇaḥ |
abhijñânam mayâ dattam arcishmân sa mahâmaṇiḥ || 46 ||

Aber keine Andeutung seiner Abenteuer in Lankâ!

Ein weiterer Grund gegen die Echtheit der Episode ist, dass in ihr im 46. Gesange erzählt wird, wie Hanumat den Yûpâksha und Virûpâksha erschlagen hat, während diese Helden später wieder am Leben sind und ihr Tod im sechsten Buche im 76. und 96. Gesange beschrieben wird.

Demgegenüber kann es nun nicht in die Wagschale gelegt werden, dass Hanumat alle seine Erlebnisse im 58. Gesange den Affen erzählt; denn dieser Bericht ist für den Hörer oder Leser recht überflüssig, nachdem alles eben erst ausführlich erzählt worden ist. Dass er ganz spät erst zugefügt worden ist, geht daraus hervor, dass auf den doppelten Abschied von Sîtâ Bezug genommen wird:

punar dṛishṭâ ca Vaidehî visṛishṭaç ca tayâ punaḥ || 165 ||

In den beiden folgenden Gesängen (59 u. 60) wird noch auf die Episode Bezug genommen, aber sie sind so verwirrt und voller Wiederholungen (z. B. 59, 7. 8 = 60, 5. 6 u. 59, 25—28 = 58 59—61), dass sie schwerlich für alt gelten können. Statt eine Beglaubigung für die Echtheit der fraglichen Episode abzugeben, spricht im Gegenteil deren Erwähnung in diesen Gesängen deutlich gegen ihre eigene Echtheit.

In der fraglichen Episode tötet Hanumat einen Sohn Râvaṇa's. Eine solche Heldenthat, sollte man denken, würde doch einen lauten Widerhall in dem Gedichte finden; Gelegenheit dazu böte sich oft, namentlich im Kampfteil des 6. Buches. Die Erwähnung Aksha's findet sich aber dort nur an zwei Stellen: VI 59, 58 und

VI 60, 75. Beide Stellen lassen sich leicht als Einschiebsel erweisen.

Gegen die Echtheit von VI 59 nämlich spricht, dass er in ganz ungewöhnlicher Weise aus Çloka und Trishṭubh gemischt ist; dass darin Akampana und Narântaka als lebend aufgeführt werden, obschon der Tod des Ersteren schon im 56., der des Letzteren im 58. Gesange erzählt worden sind[1]; ferner dass der hier geschilderte Kampf Lakshmaṇa's mit Râvaṇa, worin ersterer zuletzt mit einer Lanze durchbohrt wird, offenbar nur eine Nachahmung, zum teil Umdichtung, der Erzählung desselben Ereignisses im 100. Gesange ist; und endlich, dass, obgleich schon hier Râma mit Râvaṇa kämpft, er nach 100, 46—52 ihm damals erst zum ersten Male gegenüber treten soll.

Die Unechtheit der zweiten Stelle 60, 75 ergiebt sich leicht aus dem Zusammenhange. Es berichten nämlich dort die Râkshasa dem eben von ihnen aufgeweckten Kumbhakarṇa, was sich während dessen Schlafe alles ereignet hat: Râma's Zug über's Meer, die Verbrennung Lankâ's und Erschlagung Aksha's durch Hanumat (v. 75). Aber die beiden zuletzt genannten Ereignisse hätte Kumbhakarṇa schon kennen müssen, denn nach deren Eintreten hatte er am Rate der Râkshasa teilgenommen, wie im 12. Gesange desselben Buches erzählt wird.

Ich zweifle nicht, dass man auch den Stil der Hanumatepisode bei genauerem Studium als tief unter dem der zweifellos

---

1) Es dürften vielleicht Einige geneigt sein, auf dergleichen geringfügigere Widersprüche kein sonderliches Gewicht zu legen, nach dem Grundsatze: interdum dormit Homerus. Aber man hüte sich, dem Dichter zu grosse Schlafsucht beizulegen. Denn es ist zu bedenken, dass das Râmâyaṇa wahrscheinlich das Lebenswerk Vâlmîki's war, und dass er es nicht blos dichtete, sondern auch auswendig wissen musste, um es nach Art der epischen Dichter vorzutragen; dabei hätten ihm Widersprüche, die sich unwillkürlich eingeschlichen haben könnten, auffallen müssen, und er hätte für deren Entfernung zu sorgen Gelegenheit finden können. Darum darf man Widersprüche nicht als epischer Gewohnheit nicht widersprechend leichten Kaufes hinnehmen; namentlich wenn dieselben sich mehren, ist man berechtigt, auf Zusätze von anderer Hand zu schliessen.

echten Stücke stehend erkennen wird; namentlich wird man den Mangel conciser Darstellung, den Gebrauch versfüllender Beiwörter und Partikeln leicht bemerken. Doch sei hier auf noch etwas anderes hingewiesen, nämlich auf den burlesken Ton, der einen grossen Teil der Episode durchdringt. Es wird die Affennatur Hanumat's hervorgekehrt, um komisch zu wirken. Die Spielleute hatten sicherlich durch den Vortrag dieser Episode einen Lacherfolg bei ihren Zuhörern, und darauf hatte es der Dichter auch wohl angelegt, unbekümmert darum, ob das zu Hanumat's Charakter passe oder nicht. Wo immer die tierische Natur der Affen hervorgekehrt und ins Komische gezogen wird, dürfen wir Verdacht gegen die betreffende Stelle schöpfen. So wird V 61—64 ein toller Streich der durch den Erfolg ihrer Expedition übermütig gewordenen Affen, die Verwüstung des Madhuvana, erzählt. Dies Stück ist überflüssig und störend; streicht man es, so schliesst sich das Ende des 60. Gesanges ohne Schwierigkeit an den Anfang des 65. an:

tasmâd gacchâma vai sarve yatra Râmah sa-Lakshmaṇah |
Sugrîvaç ca mahâtejâh kâryasyâ 'sya nivedane || 60, 10.
tatah Prasravaṇam çailam te gatvâ citrakânanam |
praṇamya çirasâ Râmam Lakshmaṇam ca mahâbalam || 65, 1.

§ 3.

Wir wollen nun eine Anzahl von grössern und kleinern Stücken auf ihre Echtheit prüfen.

Sugrîva schickt die Affen auf die Suche nach der Sîtâ, und zwar in vier Expeditionen, die unter Vinata, Hanumat, Susheṇa, Çatabali stehen und den Osten, Süden, Westen und Norden durchstreifen sollen. Dies giebt Veranlassung, dem Sugrîva eine lange Beschreibung der vier Weltgegenden (IV 40—43) in den Mund zu legen. Dass in dem ursprünglichen Gedichte nicht von vier Expeditionen die Rede gewesen sein kann, sondern nur Hanumat mit seinen Genossen abgeschickt wurde, um Sîtâ ausfindig zu machen, ergiebt sich unzweifelhaft aus dem Umstande, dass Hanumat den Ring Râma's als Erkennungszeichen überbringt. Hanumat war also von vornherein als derjenige gedacht, der allein die Sîtâ finden könnte. Im 44. Gesange steht noch die ursprüngliche Erzählung, wie Sugrîva dem Hanumat den Auftrag und Râma ihm den Ring für Sîtâ giebt. Nur ein schwacher Versuch ist gemacht, den Widerspruch mit der Erzählung von der Absendung der drei andern Expeditionen abzuschwächen durch die Zufügung des ersten Verses:

viçesheṇa tu Sugrîvo Hanumaty artham uktavân |
sa hi tasmin hariçreshṭhe niçcitârtho 'rthasâdhane ||

Das Widersinnige, den Hanumat zum Boten an Sîtâ zu erwählen und trotzdem noch drei andere Expeditionen abzusenden, lässt sich nicht durch ein oder paar zugefügte Verse fortschaffen. Wir müssen, um das Ursprüngliche wiederherzustellen und die nachgewiesenen Widersprüche zu heben, die betreffenden Gesänge, 40—43, streichen, in denen die Entsendung der vier Expeditionen erzählt und die vier Weltgegenden beschrieben werden. Eine weitere Folge ist, dass mit diesen Gesängen auch 45—47 fallen und wir den Schluss von 44 an den Anfang des 48. Gesanges anschliessen müssen, und zwar an den 2. Vers desselben. Dann geht die Erzählung ohne Sprung weiter:

---

1) Beachtenswert ist, dass der Ring svanâmânkopaçobhitam ist. Eine andere Hindeutung auf Schriftzeichen finde ich in V 21, 27: ishavo nipatishyanti Râmalakshmaṇalakshitâh. Dass in Indien schon zur Zeit Açoka's die Schrift allgemein bekannt war, geht aus der Thatsache hervor, dass sich dieser König derselben zur Verbreitung seiner Morallehren bedienen konnte. Denn seine Inschriften sind nicht an Gelehrte gerichtet — dann würden sie in Sanskrit abgefasst sein —, sondern an das Volk; deshalb reden sie die Volksprache. Was würde der Gebrauch der Volksprache in Inschriften genützt haben, wenn das Volk sie nicht hätte lesen können? Deshalb halte ich die von M. Müller (die Wissenschaft der Sprache. Leipzig 1892 p. 167) ausgesprochenen Meinung, das Magadha-Alphabet sei „das Werk einer Kommission von Gelehrten, die, wahrscheinlich im Auftrage des Königs (Açoka), aus fremden Quellen ein Alphabet entwarfen", für verfehlt. Die systematisch phonetische Vollständigkeit des Açoka-Alphabets beweist zwar die Mitwirkung von Gelehrten bei dessen definitiven Festsetzung; aber die unphonetische, später aufgegebene Orthographie der ältesten Inschriften zeugt für den praktischen Gebrauch der Schrift im Volke, dessen Schreibweise sie adoptiren.

sa tad gṛihya hariçreshṭhaḥ kṛitvâ mûrdhni kṛitâñjaliḥ |
vanditvâ caraṇau caiva prasthitaḥ plavagarshabhaḥ || 44, 15.
sa tu dûram upâgamya sarvais taiḥ kapisattamaiḥ |
tato viçitya Vindhyasya guhâç ca gahanâni ca || 48, 2.

Die Erwähnung des Vindhya hier und in 49, 15 ist sehr auffällig. Man muss daraus entnehmen, dass Hanumat mit seinen Affen hauptsächlich den Vindhya nach der Sîtâ absuchte. Und dass dies der Gedanke des Dichters war, ersieht man auch noch aus 53, 3. Dort erblicken nämlich die Affen den Ocean am Fusse des Vindhya (Vindhyasya tu gireh pâde ... upavishṭâh) und beschliessen, weil die Frist zur Rückkehr abgelaufen ist, das *prâyopaveçanam* zu machen. Die Absuchung des Vindhya würde nun dem Auftrage, den Süden zu durchforschen, widersprechen, denn wir müssen uns dies Gebirge weit nördlich von Kishkindhâ denken. Dem liesse sich nun entgegenhalten, dass in der Beschreibung des Südens im 41. Gesange zuerst der Vindhya genannt wird v 8. Aber es ist zu beachten, dass die Schilderung der Weltgegenden nicht den Ort, in welchem sich Sugrîva befindet, zum Ausgangspunkt hat, sondern das Gangesland [1]), die Heimat des Dichters dieses Stückes. Diese Verrückung des Standpunktes ist ein neuer Grund für die Unechtheit des Stückes; denn von dem ursprünglichen Dichter darf man wohl voraussetzen, dass er sich soweit in die von ihm geschilderte Situation versetzen konnte, dass er derartige Missgriffe vermieden hätte. Fällt das oben bezeichnete Stück weg, so erhält Hanumat nur den Auftrag Sîtâ ausfindig zu machen, und nicht den, eine bestimmte Weltgegend abzusuchen. Und damit lässt sich der Wortlaut in den beiden ältesten Inhaltsübersichten im 6. und 1. Buche wohl vereinigen. Es heisst nämlich VI 126, 40:

âdishṭâ vânarendreṇa Sugrîveṇa mahâtmanâ |
daça koṭyaḥ plavangânâm sarvâḥ prasthâpitâḥ diçaḥ ||

1) Die Sarayû gehört zum Osten, Maru zum Westen, der Vindhya zum Süden, der Himâlaya zum Norden. In dem Festgruss an Boehtlingk glaubte ich die Erwähnung des Vindhya als einen Beweis für die Unbekanntheit des Südens verwerten zu dürfen; nach dem oben Bemerkten fällt dieses Argument fort.

und I 1, 71:

sa ca sarvān samānīya vānarān vānararshabhah |
diçah prasthāpayāmāsa didrikshur Janakātmajām ||.

Hieraus geht nicht hervor, dass vier Expeditionen nach den vier Weltgegenden gesandt worden seien, obgleich der Wortlaut dies nicht gerade unmöglich macht, sondern nur soviel, dass die Affen in grosser Anzahl überallhin auf die Suche nach Sītā gingen.

Ein weiteres Bedenken gegen die Ursprünglichkeit der Erzählung von den vier Expeditionen ist der Umstand, dass alle im weiteren Verlaufe der Geschichte hervortretenden Affen den Hanumat begleiteten, selbst Sushena (IV 65, 9), der doch den Westen zu durchforschen abgesandt war! Die Führer der übrigen drei Expeditionen spielen aber, soweit sie überhaupt noch vorkommen, gar keine hervorragende Rolle.

Für die Unechtheit der Weltbeschreibung kann man auch einen formellen Grund geltend machen: die sehr verworrene und sprunghafte Darstellung. Sie rührt wahrscheinlich von einem Spielmann her, der dies offenbar beliebte Thema, das in den Digvijaya und ähnlichen Partien des Mahābhārata des öftern und mit gründlicherer Sachkenntnis behandelt worden ist, auch auf seinem Repertoir haben wollte.

Um noch an einigen kleineren Stücken den Nachweis der Unechtheit zu erbringen, verweise ich zunächst auf VI 69. Dort wird der Tod einiger Rākshasa erzählt, die entweder schon vorher getötet worden sind, wie Triçiras III 27, Narāntaka VI 58, oder noch einmal getötet werden, wie Mahodara VI 97 und Mahāpārçva VI 98. Äusserlich ist die Einstreuung von Indravajrastrophen in die Çloken auffällig und gehört sicherlich einer jüngeren dichterischen Übung an [1]).

Oben p. 31 ff. erkannten wir aus der Wiederholung derselben Verse vor und hinter einem Abschnitt dessen Unechtheit. Ähnliches lässt sich öfters, wenn auch nicht bei so grossen Stücken,

1) Ich pflichte auch der Ansicht bei, dass die Strophen in anderen Versmassen, die meistens aber nicht überall das Ende eines Gesanges bezeichnen, nicht von dem ersten Dichter herrühren.

wie der Hanumat-Episode, beobachten. So werden die Verse VI 17, 27—30 im folgenden Gesange v. 17—20 wiederholt. Es wird nämlich in diesen Gesängen die Aufnahme Vibhîshaṇa's erzählt. Sugrîva rät ihn als Spion zu töten, Râma aber betont die Pflicht, Schutzflehende zu schützen. Zwischen beider Reden ist die Beratung der Frage vor den versammelten Affen eingeschoben, wobei nach Andern Sugrîva spricht und seine Rede mit denselben Worten wie seine erste schliesst. Darauf steht noch an beiden Stellen (17, 30 und 18, 20) der Vers:

> evam uktvâ (tu taṃ Râmaṃ saṃrabdho) vâhinîpatiḥ |
> vâkyajño vâkyakuçalaṃ tato maunam upâgamat ||

Statt der eingeklammerten Worte steht an der zweiten Stelle: Raghuçreshṭhaṃ Sugrîvo. Dass 17, 31 bis 18, 16 ein Zusatz sein muss, ist klar. Der Zweck der Einschiebung ist, Lehren des Nîtiçâstra vorzutragen. Es ist einleuchtend, dass dieser Gegenstand allenthalben an den Höfen der Grossen mit Interesse gehört wurde, weshalb die Rhapsoden jede Gelegenheit gerne ergreifen mochten, ihre Weisheit einem dankbaren Publikum aufzutischen [1]). Die meisten Erörterungen dieser Art machen schon durch ihren trockenen lehrhaften Ton den Eindruck der Unechtheit; z. B. der 100. Gesang des zweiten Buches.

Eine andere Kategorie von Zusätzen erkennt man an einem ähnlichen Anzeichen. Zuweilen wird nämlich schon am Ende eines Abschnittes der Übergang zu einem neuen Gegenstande gemacht, der aber erst später, nämlich nach dem Zusatz, in Angriff genommen wird. So endet der erste Bericht Hanumat's über sein Zusammentreffen mit Sîtâ in C mit den Worten:

> etad eva mayâ 'khyâtaṃ sarvaṃ Râghava yadyathâ |
> sarvathâ sâgarajale santâraḥ pravidhîyatâm || V 65, 27.

Eine Wirkung dieser Mahnung findet sich aber erst nach drei Gesängen, nämlich in VI 1. Die eingeschobenen Gesänge haben nur

1) Man denke an das 12. Buch des Mahâbhârata, das ähnlichen Zwecken dient, und dessen Einfügung in das Epos nur eine äusserliche, ganz lockere ist.

den Zweck, die rührende Scene zu verlängern. Denn wenn es einem Rhapsoden gelang, seine Zuhörer zu rühren, so wird er wohl dementsprechend belohnt worden sein. In dem vorliegenden Falle ist nun die Sprache des 66. Gesanges ziemlich verwirrt, und der 67. Gesang ist eine wörtliche Wiederholung der Abschiedsscene, wie oben ausführlicher dargelegt worden ist.

Endlich sei noch ein Fall erwähnt, in dem sich die Anfänge verschiedener Versionen desselben Gegenstandes nebeneinander erhalten haben. So herrscht im Anfange des 6. Buches, wo die Verbannung Vibhîshaṇa's erzählt werden soll, grosse Verwirrung. Im 6. Gesange tritt der Rat der Râkshasa zusammen, ebenso im 10., im 11. und im 12. Gesange! Es kann hier gar kein Zweifel bestehen, dass die Anfänge von vier Liedern, die denselben Gegenstand behandelten, einfach an einander gereiht sind. Es ist kaum der Versuch gemacht, aus den verschiedenen Versionen eine einheitliche Erzählung herzustellen. Ich will nur auf diese Thatsache hinweisen, ohne eine Reconstruktion des Ursprünglichen zu unternehmen. Wahrscheinlich wagten die Diaskeuasten es nicht, Überliefertes beiseite zu schieben, wie uns denn häufig, namentlich in C, Verse erhalten sind, die sich nicht construiren lassen, weil in ihnen das Prädikat fehlt, und Ähnliches: es sind das eben Bruchstücke von Versen, die man lieber in ihrer jetzigen, obgleich fragmentarischen Form bewahren, als kurzerhand entfernen wollte. Man sieht daraus, wie gewissenhaft oder, wenn man will, wie oberflächlich die Redaktoren verfuhren, und wir dürfen daher hoffen, dass ein eingehendes Studium uns mit grösserer Sicherheit und Vollständigkeit die Geschichte und Komposition des Râmâyaṇa werde erkennen lassen, als dies z. B. bei den homerischen Epen der Fall ist.

§ 4.

Die meisten Zusätze dürfen wir im 6. Buche erwarten. Die Kämpfe mit den Râkshasa, wo Felsen und Bäume auf die Feinde geschleudert und durch andere wunderbare Waffen unschädlich gemacht werden, waren für Dichter und Rhapsoden ein dankbares Thema, das sie zu neuen eigenen Schöpfungen anregte.

Durch mehr als sechzig Gesänge ziehen sich die schier endlosen Kämpfe hin. Dass die ursprüngliche Schilderung viel kürzer war, möchte ich einesteils daraus schliessen, dass in der Inhaltsübersicht I 1 der ganze Kampf vor Lankâ nur mit einer Zeile bedacht ist:

tena gatvâ purîṃ Lankâm hatvâ Râvaṇam âhave |
Râmah Sîtâm anuprâpya parâm vrîḍâm upâgamat || 81 ||

Anderseits scheint aus VI 91, 16 hervorzugehen, dass bis dahin, bis zum Tode Indrajit's, also vor dem letzten Entscheidungskampf, die Schlacht nur drei Tage gedauert habe:

Vibhîshaṇa-Hanûmadbhyâṃ kṛitaṃ karma mahad raṇe || 16 ||
ahorâtrais tribhir vîrah kathaṃcid vinipâtitah |

Die drei Tagewerke lassen sich noch deutlich erkennen:

1. Tag. Allgemeiner Kampf. Indrajit bindet Râma und Lakshmaṇa durch den Pfeilzauber.

2. Tag. Die Râkshasa werden zurückgeschlagen. Kumbhakarṇa wird geweckt. Er greift in den Kampf mächtig ein, wird aber zuletzt getötet.

3. Tag. Indrajit's Kampf und Tod.

(4. Tag. Râvaṇa's Kampf und Tod.)

Natürlich rechnen die einheimischen Erklärer [1]) ganz anders. Sie stehen unter dem dogmatischen Zwange, dass Râma genau nach 14 Jahren in seine Vaterstadt zurückkehren müsse, nämlich Caitra su. di. 9; und damit müssen alle andern zerstreut sich im Gedichte findenden Zeitangaben irgendwie in Einklang gebracht werden. Sie nehmen daher eine viel längere Zeitdauer und zwar einen halben Monat für den Kampf um Lankâ an.

Ich will nun versuchen, hier im 6. Buche einige grössere Partien als 'spätere' Einschiebsel nachzuweisen. Nachdem das Heer der Affen über den Ocean gesetzt war, erblickte Râma schreckliche Zeichen, die den bevorstehenden Kampf verkünden VI 23. Dieselben Verse 23, 2—13 kehren wörtlich in 41, 11—22 wieder. Wenn wir die zwischen beiden Stellen stehenden Gesänge

1) Über die verschiedenen Ansichten berichtet Râmavarman im Tilaka zu VI 108.

weglassen, vermissen wir nichts Wesentliches. In denselben wird erzählt, wie Çuka und Sâraṇa das Heer der Affen ausspionieren und darüber Râvaṇa berichten. Der schickt dann noch einen Spion Çârdûla und erhält auch von ihm Bericht. Çârdûla und Çuka sind aber schon vorher als Spione im 20. Gesange aufgetreten, ehe das Heer über den Ocean gesetzt war. Offenbar ist die eine Erzählung durch die andere veranlasst, und zwar scheint mir die an späterer Stelle stehende die ältere zu sein. Denn der Gedanke ist berechtigter, das vor Lankâ lagernde Heer durch Spione ausforschen zu lassen, als das noch jenseits des Oceans befindliche. Aber das allmähliche Wachstum der Erzählung können wir noch weiter verfolgen. Denn da Çârdûla dasselbe leistet wie Çuka und Sâraṇa, so ist die eine Erzählung kaum etwas besseres als eine Variation der anderen. Übrigens scheint mir jede Erzählung von einer Spionage überflüssig zu sein, weil sie keinerlei Einfluss auf den weiteren Gang des Gedichtes hat. Aber da in der Kriegskunst der Inder die List eine wenigstens ebenso grosse Rolle wie die Tapferkeit spielt, so mögen sich spätere Sänger veranlasst gesehen haben, das Versäumnis Vâlmîki's nachzuholen.

Darauf folgt die Scene, in der Râvaṇa die Sîtâ durch den hervorgezauberten Kopf Râma's und seinen Bogen zu täuschen sucht; aber nach einem Eindruck machenden Anfang wird die Scene in kläglicher Weise zum Abschluss gebracht. Wahrscheinlich ist der vorliegende Text stark entstellt, und war wohl, wie aus dem Schlusse des 34. und dem Anfange der 35. Gesanges zu ersehen ist, der ursprüngliche Gedanke der, dass der Lärm des nahenden Heeres den Betrug Râvaṇa's aufdecken sollte. Denn dieser hatte der Sîtâ gesagt, Prahasta habe in einem nächtlichen Überfall das Heer der Feinde noch am jenseitigen Ufer des Meeres überwunden. Wie dem auch sein mag, sicher scheint mir, dass der Gedanke, der zur Ausarbeitung dieser Erzählung führte, der Zwillingsbruder, möchte ich sagen, von demjenigen ist, der in Gesang 47 und 48 zur Ausführung gelangte. Dort wird nämlich erzählt, wie Râvaṇa der Sîtâ auf dem Pushpaka die scheintoten Râma und Lakshmaṇa zeigen lässt. In beiden Scenen bricht dann Sîtâ in Klagen aus, und eine mitleidige Râkshasî, im ersten Falle Saramâ, im zweiten

Trijaṭâ, klärt sie über den Sachverhalt auf. Welche von beiden Erzählungen die ältere ist, können wir ununtersucht lassen; beide scheinen mir nämlich nur eine Variation der sicherlich älteren, weil schon im Mahâbhârata erwähnten, Erzählung zu sein, die sich im 81. Gesange findet. Dort zaubert nämlich Indrajit ein Ebenbild der Sîtâ hervor, dass er vor den Augen Hanumat's und der Affen enthauptet. Es ist eine Art diabolischer Bosheit, wie Indrajit selbst sagt:

pîḍâkaram amitrâṇâm yac ca, kartavyam eva tat | 81, 28.

Für den Augenblick wirkt dies Mittel: die Feinde werden bestürzt, Râma mutlos, bis Vibhîshaṇa die Erklärung giebt. Diese Begebenheit ist durchaus dem Charakter der in ihr wirkenden Personen angemessen und dient dazu, deren Leidenschaften drastisch uns vor Augen zu führen. Dagegen sind jene beiden vorhin besprochenen Scenen, die dasselbe Motiv nur in umgekehrter Anwendung enthalten, ohne äussere und innere Berechtigung. Denn wozu sollte Râvaṇa die Sîtâ an den Tod Râma's glauben machen, wenn dieser Glaube nur von kürzester Dauer sein konnte? Sie wird sich darum ihm doch nicht auf Knall und Fall ergeben. Râvaṇa's Betrug bezweckt nur, die Frau zu quälen, die er begehrt, und das ist des grossen Dämonen durchaus unwürdig. Aber den Sängern genügte es, eine spannende Situation zu erfinden und durch die Klagen der Sîtâ zu rühren.

Die noch erübrigenden Gesänge VI 35—40 sind überflüssig: 35 und 36 sind nach 14 ff. abgeschmackt; die Aufstellung des Heeres in 37 findet sich später, 41 und 42, noch einmal. In 38 und 39 wird Lankâ beschrieben, wie es Râma vom Suvela aus erblickt: ganz überflüssig, nachdem die Stadt schon ausführlich im 5. Buche beschrieben ist.

Noch auf eine den oben besprochenen ganz analoge Wiederholung im 6. Buche sei hier aufmerksam gemacht.

Im 74. und 101. Gesange wird in ziemlich übereinstimmender Weise erzählt, wie Hanumat, um die vier Heilkräuter zu holen, 1000 Meilen durch die Luft fliegt, an dem bezeichneten Orte zwischen Kailâsa und Ṛishabha die Heilkräuter nicht findet, und dann mit dem ganzen Kräuterberge beladen nach Lankâ zurückkehrt. Die kürzere Schilderung in 101 setzt die längere in 74 voraus [1]); diese ist aber zum Teil in Trishṭubh gedichtet, was immer ein Zeichen späterer Abfassung ist. Noch ein anderer Grund spricht aber gegen ihre Echtheit. Der Sprung Hanumat's über das Meer, um nach Lankâ zu gelangen, wird von dem Dichter als eine ungeheure That weitläufig erzählt; würde derselbe Dichter eine noch viel wunderbarere und unglaublichere Leistung Hanumat's in so summarischer Weise abthun? Sicherlich nicht! Er würde dem Eindrucke, den die erste Leistung gemacht hat, durch die Erzählung einer noch grösseren Abbruch thun. Dagegen würde ein Rhapsode seinen Stolz darein setzen, durch eine neue Erfindung die alte Erzählung zu übertrumpfen; zugleich wird er gerne die Gelegenheit benutzen, aus der letzteren solche Züge, die besonderen Beifall finden, seiner Dichtung einzuverleiben (vergl. VI 74, 45 ff. mit V 1, 10 ff.). Noch einmal, nämlich im 50. Gesange, wird ein Anlauf genommen, Hanumat nach den Heilkräutern abzusenden. Aber die Erzählung wird nicht durchgeführt, sondern Garuḍa erscheint als deus ex machina und heilt Râma und Lakshmaṇa von dem Pfeilzauber. Das ist offenbar die ältere Gestalt der Erzählung; die Heilung durch die von Hanumat in wunderbarer

---

1) Die Unechtheit des ganzen 101. Gesanges lässt sich noch in anderer Weise darthun. Am Ende des vorhergehenden Gesanges thut nämlich Râma den feierlichen Schwur (v 48):

asmin muhûrte naciràt satyam pratiçṛṇomi vaḥ |
arâvaṇam arâmam vâ jagad drakshyatha vânarâḥ ||

Und er lädt dann die drei Welten zu Zeugen seines Kampfes mit Râvaṇa ein (v 56):

adya paçyantu Râmasya Râmatvam mama saṃyuge |
trayo lokâḥ sagandharvâḥ siddhâç ca sahacâraṇâḥ ||

(die Lesart in d nach T, die bomb. Ausgabe hat siddhagandharvacâraṇâḥ). Das ist offenbar die Einleitung zu dem Entscheidungskampf, der nun geschildert werden müsste. Dazwischen steht aber jetzt die Erzählung von Lakshmaṇa's Heilung durch die von Hanumat herbeigeschafften Wunderkräuter. Dadurch wird der Zusammenhang zerrissen und die pathetische Einleitung der Kampfesschilderung völlig wirkungslos gemacht. Ein äusseres Zeichen der Einschiebung des 101. Gesanges hat sich erhalten: die Verse 100, 57 und 58 kehren mit einigen Abweichungen in 101, 3 und 4 wieder. So ist also noch die Fuge erkennbar.

Weise herbeigebrachten Heilkräuter war eine spätere Erfindung, bestimmt die ältere zu verdrängen. Einige Rhapsoden mögen schon im 50. Gesange die spätere Version vorgetragen und an die Stelle von Garuḍa's Erscheinen gesetzt haben: das beweist der Umstand, dass sich dort 50, 26 ff. noch der Anfang der Erzählung von Hanumat's Absendung nach dem Kräuterberg erhalten hat. Die erste Rettung der beiden Haupthelden durch Garuḍa ist also wahrscheinlich ein Bestandteil des alten Gedichtes und die beiden späteren, wunderbareren Erzählungen von zwei ähnlichen Heilungen sind nur Variationen desselben Grundthemas, die dem Repertoir der Rhapsoden angehören.

Wir dürfen annehmen, dass ähnliche Vorgänge, wie die eben geschilderten, des öfteren eingetreten sind: Variationen eines Themas wurden als Originalstücke betrachtet und dann benutzt, um die Erzählung weiter auszuspinnen, und um Gelegenheit für neue Zusätze oder Episoden zu schaffen. Ein lehrreiches Beispiel dafür findet sich im 2. Buche. Nachdem die Verbannten Ayodhyâ und die Ihrigen verlassen hatten (40), werden in Gesang 41—44 die Vorgänge in Daçaratha's Palast geschildert. Im 42. Gesange wird erzählt, wie der König, nachdem er seinen Sohn aus den Augen verloren hatte, ohnmächtig zur Erde stürzt. Kausalyâ und Kaikeyî stützen ihn; er verstösst Kaikeyî und ihren Anhang. Dann kehrt er allein, unter Klagen, zurück und lässt sich in Kausalyâ's Wohnung führen. Dort bricht er in neue Klagen aus. Zuletzt erblindet er und sagt zur Kausalyâ: „Ich sehe dich nicht, Kausalyâ, berühre mich mit deiner Hand: mit Râma schwand mein Augenlicht und kehrt noch immer nicht zurück.“ 42, 34. Die poetische Gerechtigkeit erfordert, dass der greise König jetzt sein Leben aufgebe: die Trennung von seinem geliebten Sohne musste den trostlosen Vater den Todesstoss versetzen; das war offenbar die Intention des Dichters. Dass er diesen Gedanken gehabt habe, ergiebt sich aus 51, 14. Dort äussert nämlich Lakshmaṇa, der mit Guha die erste[1]) Nacht Wache hält:

---

1) Nach dem vorliegenden Texte ist es allerdings die zweite Nacht. Aber das dürfte nur darauf beruhen, dass Gesang 45—49 eingeschoben

Kausalyā caiva rājā ca tathaiva jananī mama |
nā 'çaṃse yadi jīvanti sarve te çarvarīm imām ||

Aber in dem Gedichte, wie es jetzt vorliegt, bleibt Daçaratha am Leben und stirbt erst sechs Tage später, nachdem Sumantra, der mittlerweile zurückgekehrte Wagenlenker Rāma's, über dessen erste Erlebnisse Bericht erstattet hatte. In der folgenden Nacht erwacht der König und erzählt der Kausalyā, dass er in seiner Jugend den Sohn eines blinden Büsserpares absichtslos mit einem Pfeilschuss getötet, und dass dessen Eltern ihm geflucht, er würde dereinst aus Schmerz über den Verlust seines Sohnes sterben. Er fühlt, dass der Fluch jetzt in Erfüllung gehen soll. Ähnliche Worte, wie die oben übersetzten, kehren hier wieder:

cakshurbhyāṃ tvāṃ na paçyāmi Kausalye tvaṃ hi māṃ
spṛiça 64, 61.

Die Zeichen des Todes treten ein und mit einem letzten Aufschrei, in dem er Rāma's und seiner Frauen gedenkt, giebt der König seinen Geist auf. So wird im 63. und 64. Gesange erzählt. Ich zweifle nicht daran, dass diese Erzählung sich ursprünglich unmittelbar an Rāma's Weggang angeschlossen habe, und ich glaube noch eine Spur des ursprünglichen Verhältnisses im Anfang des 63. Gesanges zu finden. Vers 2 lautet nämlich:

sabhāryo hi gate Rāme Kausalyāṃ Koçaleçvaraḥ |
vivakshur asitāpāṅgīṃ smṛitvā dushkṛitam ātmanaḥ || 3 ||

Darauf folgt zwar, um die Chronologie zu retten, der folgende Vers:

sa rājā rajanīṃ shashṭhīṃ Rāme pravrājite vanam |
ardharātre Daçarathaḥ so 'smarad dushkṛitaṃ kṛitam || 4 ||

---

sind. Das ergiebt sich aus dem Anfange des 50. Gesanges. Dort apostrophirt Rāma die Stadt Ayodhyā: āpṛicche tvāṃ purī çreshṭhe ..... punar drakshyāmi. Diese Worte setzen doch voraus, dass Rāma die Stadt vor sich liegen sieht. Die Entfernung von Ayodhyā bis zum Ganges, wo das oben berührte Gespräch zwischen Lakshmaṇa und Guha stattfindet, ist für eine Tage-Reise zu Wagen sehr viel, vielleicht zu viel. Aber wer wird einem epischen Dichter daraus einen Vorwurf machen? Es gehört übrigens nicht mehr dazu, als in 7 Tagen von Ayodhyā nach Girivraja zu gelangen, wie im 71. Gesange angegeben wird. Wahrscheinlich schloss sich der 50. Gesang unmittelbar an den 40. an. Vergleiche die ähnlichen Worte 40, 47 und 50, 5.

Aber der gleiche Anfang *sa râjâ* des folgenden Verses verrät den Zusatz in v. 4.

> sa râjâ putraçokârtaḥ smṛitvâ dushkṛitam âtmanaḥ |
> Kausalyâm putraçokârtâm idam vacanam abravît ||5||

Wahrscheinlich ist die zweite Hälfte von 3 und die erste von 4 eingefügt; denn 3 d kehrt in 5 b wörtlich wieder, *asitâpâṅgi* ist in dieser tragischen Situation ein unpassendes Epitheton, und *vicakshuḥ* kann nicht die ihm hier zugemutete Stelle eines verbum finitum übernehmen. Allerdings wäre nach der Streichung der beiden Halbverse das Wort *Kausalyâm* in 5 b unerklärlich. Wahrscheinlich ist es an die Stelle eines Wortes wie *sânujâ* getreten; denn Râma ist nicht nur mit seiner Gattin in den Wald gezogen, sondern auch mit seinem Bruder. Die beiden Halbverse wurden eingeschoben, um das Dogma von den 6 Tagen zu retten, die zwischen Râma's Abreise und Daçaratha's Tode liegen sollen [1]).

A und B haben zwar diese Verse nicht, aber dennoch beginnt auch in diesen beiden Recensionen der 65. Gesang mit einem inhaltlich ähnlichen Verse, aus dem man denselben Schluss ziehen kann, den ich oben aus den Versen von C gezogen habe.

> Râme mamjaçâriṇîle sânuje vanam âçrite |
> râjâ Daçarathaḥ çrîmân (A, kṛicchrâm) âpadam samapadyata ||

Doch auch hier findet sich die Angabe, dass das zu beschreibende Ereignis am 6. Tage nach Râma's Abreise eintrat. Der Grund für die Festsetzung dieses Datums, das der Intention des Dichters widerspricht, ist nicht ersichtlich. Ich vermute folgendes. Râma's Verbannung und Rückkehr aus derselben wird am 9. Tage der hellen Hälfte des Caitra gefeiert. Nach 6 Tagen ist Vollmond des Caitra. Wahrscheinlich hat man auf diesen Tag den Tod des Daçaratha festgesetzt.

Treffen die von uns angestellten Überlegungen das Richtige, so müssen Gesang 41—44 fortfallen. Sie sind eben nur Varia-

1) Die gleiche Angabe findet sich auch in andern Werken: Râmavarman citirt zu II 57, 2 aus dem Padmapurâṇa folgenden Vers: Râmasya nirgamadinâd dine shashṭhe 'rdharâtrake, hâ hâ Lakshmaṇa hâ Sîte hâ Râme 'ti mṛito nṛipaḥ ||

tionen eines Themas, mit denen spätere Sänger auf die Rührung der Zuhörer speculirten.

Der ursprüngliche Zusammenhang wird also der gewesen sein, dass an Râma's Abschied die Erzählung seiner Reise bis zur Niederlassung auf dem Citrakûṭa sich anschloss. Dann griff der Dichter zurück, um die Vorgänge in Ayodhyâ zu schildern: den Tod des Königs, die Herbeiführung Bharata's, seinen Zug, um Râma zur Annahme der Herrschaft zu bewegen [1]). Mit dem 94. Gesange wird der erste Faden der Erzählung wieder aufgenommen, um mit dem zweiten im 96. Gesange zusammen gesponnen zu werden.

§ 5.

Unsere bisherigen Untersuchungen verfolgten das Ziel, einzelne Stücke als spätere Zusätze nachzuweisen. Wir wollen jetzt das Umgekehrte versuchen, nämlich aus dem später zugefügten ersten Buche den ursprünglichen Kern herauszuschälen. Dass das erste Buch späteren Ursprungs sei, hat, wie oben angedeutet, schon Adolf Holtzmann in seinem Schriftchen: „Über den griechischen Ursprung des indischen Thierkreises“ Karlsruhe 1841 nachzuweisen versucht. Ich gebe hier die ganze Stelle p. 36 ff. wieder.

„Doch will ich kurz auf die vielen innern Widersprüche der ersten Capitel aufmerksam machen.

„Capitel 17 kehren die Götter heim, während doch schon viel früher, Capitel 14, ihr Verschwinden erzählt ist. Wischnu besinnt sich, Cap. 15, in welcher Familie er geboren werden wolle, und doch bitten ihn die Götter, Cap. 14, er möge in der Familie des Dasarath geboren werden. Im Cap. 14, 36 frägt Wischnu die Götter, warum sie so erschrocken seien, und diese erzählen hierauf von Rawana, und doch haben sie ihm gerade vorher v. 31 bereits Alles

1) Die beiden letztgenannten Gegenstände sind vielleicht dem ursprünglichen Gedichte fremd gewesen, oder waren doch nur ganz kurz skizzirt. Denn die Erzählung, wie sie jetzt in den Gesängen 66—93 vorliegt, ist sicher unursprünglich sowohl wegen ihrer schleppenden Breite, als auch wegen der vielen Wiederholungen. Die Untersuchung dieser Frage würde mich hier zu weit führen. Ich verspare mir dieselbe auf eine andere Gelegenheit.

erzählt und ihm gesagt, was er thun solle. Es wird von drei Opfern erzählt, von denen jedes die beiden andern überflüssig macht, das Pferdeopfer 13, dann *ishtih putrîjâ* Cap. 14, und noch eine *ishtih putrîjâ* Cap. 15. Auch das erste, das Pferdeopfer, wird einmal von Rischjasringa geleitet, 11, das anderemal von Wasischtha, und die Verwirrung in den Zeitangaben, die v. Schlegel in der Note berührt, kommt daher, dass nach Ablauf des ersten Jahres der Zurüstungen unter Rischjahringa, noch einmal die nämlichen Zurüstungen, aber unter Leitung des Wasischtha erzählt werden, so dass das Opfer in den dritten Frühling, statt in den zweiten zu fallen scheint."

„Die gewünschte Nachkommenschaft wird erlangt entweder durch das Pferdeopfer, welches den Opferer und seine Weiber von Sünden rein macht, oder durch die Kraft des blossen Wunsches des Rischjasringa 13, 56, oder durch die Gnade der Götter Cap. 14, die aus Verehrung für Rischjasringa seine Bitte gewähren; oder endlich weil die Götter Wischnu bitten, als Mensch geboren zu werden, um sie von Rawana zu befreien."

„Man scheint zwei Hauptredactionen unterscheiden zu können; nach der einen ist es die Kraft des Pferdeopfers, die dem Dasarath zu Kindern verhilft; nach der andern haben die Götter, um sich von Rawana zu befreien, beschlossen, dass Wischnu geboren werden solle, und er wählt sich den Dasarath zum Vater. Nach der ersten Redaction ist die ganze Berathung im Himmel überflüssig, in der zweiten ist das Pferdeopfer unnöthig. Die erste Redaction aber, die auf der Erde beginnt, könnte des Rischjasringa entbehren, da Wasischtha berühmter ist, als dieser. Die Rischjasringaredaction hat die Absicht, die Geburt des Rama von der Mitwirkung der Königsfamilie von Anga abhängig zu machen."

„Überhaupt sieht man dem ganzen ersten Buche die Absicht an, welche die Überarbeiter des Gedichtes veranlasste, es mit so langen Zusätzen zu vermehren. Rama sollte über alle andern Helden erhoben werden. Daher zuerst die wunderbare Geburt, dann das Spannen des Bogens, wodurch Rama mit den Helden des Mahabharata verglichen und über sie erhoben werden soll, und endlich die Begegnung mit dem ältern Rama, die offenbar nur deswegen eingefügt ist, damit der ältere sich vor dem jüngern demüthige. Die Feierlichkeiten bei der Hochzeit, die berühmten Heiligen, die dabei Dienste thun, die von Wasischtha recitirte Genealogie Ramas, dem Allem sieht man deutlich an, dass es aus dem Wunsche, den Rama zu verherrlichen, entstanden ist. Besonders die Genealogie beweist, dass diese Capitel in einer Zeit entstanden sind, als man mit den alten Sagen schon aufs willkürlichste umgehen durfte. Sie steht im Widerspruch mit der ganzen indischen Überlieferung, und mischt die Namen ganz verschiedener Königsreihen untereinander, in der offenbaren Absicht, alle Namen alter berühmter Könige unter den Vorfahren Rama's aufzuführen. Andere Theile haben nicht die Absicht, den Rama zu verherrlichen, sondern Ortschaften, die wahrscheinlich in den ächten Sagen nicht genannt werden, und die doch auch in der Ramasage vorkommen wollten. Daher die wunderliche Reise mit Visvamitra."

„Auch der ganze Ton des ersten Buches sticht auffallend ab gegen den Ton der ächten Theile des zweiten Buches. Wenn man sich durch die dürren Erzählungen des ersten Buches, die Erklärungen von Ortsnamen, etymologischen Spielereien, die Heldenthaten wunderbarer Waffen, wahrlich mit wenig Genuss hindurchgearbeitet hat, so wird man auf das Angenehmste überrascht, wenn man bald nach Beginn des zweiten Buches auf eine blühende, kräftige Sprache stösst, an welcher man sogleich den wahren Dichter erkennt. Und in diesen Stücken des zweiten Buches, die wirklich poetisches Verdienst haben, kommen nie Beziehungen auf die Ereignisse des ersten Buches vor [1]). Im Gegentheil, wenn z. B. gerühmt wird, wie Rama sich im Bogenschiessen geübt habe, so kann doch der nämliche Dichter ihn nicht schon vorher Thaten verrichten lassen, die ihn über alle andern Bogenschützen erheben."

„Auf solche Gründe gestützt, glaube ich, dass das ganze Buch, vielleicht mit Ausnahme weniger Capitel, nicht von Walmiki herrühre, dass es vielmehr aus mehrfachen, einander widersprechende Zusätzen späterer Zeit entstanden sei."

1) Diese wichtige Bemerkung Holtzmanns trifft übrigens auch für die übrigen echten Bücher zu.

Auf die Motive, die zur Hinzufügung des ersten Buches geführt haben, werden wir in anderem Zusammenhange zurückkommen müssen. Hier genügt es, unsere Zustimmung zu Holtzmann's Behauptung auszusprechen. Seine Gründe liessen sich leicht vermehren. Ich will nur auf zwei Punkte aufmerksam machen. Im ersten Buche erfahren wir, dass Lakshmaṇa Sîtâ's Schwester Urmilâ heimführt [1]), aber im 2. Buche hören wir nichts von ihr, und doch wäre gerade da, bei dem Entschluss Lakshmaṇa's, den Râma zu begleiten, bei dem Abschied der Verbannten von den Eltern, Gelegenheit gewesen, Lakshmaṇa's Gattin zu erwähnen. Zu welchen rührenden Scenen wäre da Veranlassung gewesen! Aber Vâlmîki scheint die arme Urmilâ vergessen zu haben, natürlich weil er sie nicht gekannt hat. Und so macht er denn auch Râma nicht zum Lügner, wenn dieser III 18, 3 die ihn zum Manne begehrende Çûrpaṇakhâ an Lakshmaṇa weist, weil derselbe noch unverheiratet sei (akṛitadâra).

Der zweite Punkt betrifft Bharata's Abwesenheit zu der Zeit, als Râma in den Wald verbannt wird. Diese wird im zweiten Buche vorausgesetzt und auch ausdrücklich erwähnt. Da nun im ersten Buche erzählt wird, dass Bharata und Çatrughna ihren mütterlichen Oheim besuchen, so könnte man glauben, dass diese Erzählung nicht entbehrt, folglich auch das erste Buch nicht so ohne weiteres gestrichen werden könne. Sieht man sich aber die auf Bharata bezüglichen Stellen des ersten Buches genauer an, so merkt man alsbald, dass sie sehr ungeschickt eingefügt sind. Im 73. Gesange wird nämlich erzählt, dass Yudhâjit gekommen sei, um seinen Schwestersohn Bharata zu sehen. Das geschieht am Morgen der Hochzeit. Die vierfache Hochzeit geht vor sich, ohne dass wir von Yudhâjit noch etwas hören bis erst im letzten

1) Die Verheiratung Sîtâ's wird noch einmal vorgetragen, nämlich II 118, wo Sîtâ ihre Vorgeschichte der Anasûyâ erzählt. Diese Episode scheint eingeschoben zu sein, als das erste Buch noch keinen festen Bestandteil des Râmâyaṇa bildete. In ihr geschieht auch der Vermählung Urmilâ's mit Lakshmaṇa Erwähnung, aber in einem einzigen am Ende angehängten Verse (32), dessen Unechtheit sofort in die Augen fällt, da er zwei zusammengehörige Verse trennt.

Gesänge. Dort lässt Daçaratha den Bharata und Çatrughna mit Yudhâjit ziehen[1], und zwar, wie der Zusammenhang erfordert, bald nach der Hochzeit und Rückkehr nach Ayodhyâ. Schon dieser Zeitpunkt ist sonderbar gewählt für die Reise der Jungvermählten in das ferne Land der Kekaya. Noch auffälliger ist aber, dass Bharata viele Jahre in der Ferne geweilt haben müsste; denn er wird ja erst wieder zurückgerufen, als Râma in den Wald gezogen war. Zwischen der Hochzeit und der Verbannung Râma's denkt sich aber der Dichter bez. derjenige, der dem Râmâyaṇa seine jetzige Gestalt gegeben hat, einen langen Zeitraum. Denn es heisst I 77, 25:

Râmaç ca Sîtayâ sârdham vijahâra bahûn ṛitûn.

Dazu bemerkt der Commentar: dvâdaça varshâṇî 'ty artha iti bahavah, wobei er wahrscheinlich von der Angabe in V 33, 17—18 ausgeht[2]. Im Widerspruch mit dieser ganzen Erzählung sagt II 8, 28 Mantharâ zu Kaikeyî: bâla eva tu mâtulyam Bharato nâyitas tvayâ. Man sieht also, dass die Erzählungen im ersten Buche nur eine sehr widerspruchsvolle Begründung zu der im 2. Buche vorausgesetzten Situation geben[3]. Vâlmîki war gar nicht genötigt, die Abwesenheit Bharata's zu motiviren. Die Sage gab sie ihm als Thatsache, und er erzählt die Vorgänge so, wie die

1) In A und B wird die Reise Bharata's weit ausgesponnen. Die beiden Prinzen werden während ihres Aufenthaltes in ihres Grossvaters Residenz in allen Wissenschaften unterrichtet. Der Besuch muss also sich mehrere Jahre hingezogen haben nach der Auffassung desjenigen, der diese Episode hinzugedichtet hat.

2) Nach B. V 31, 11. 12 wäre es allerdings nur ein Jahr.

3) Es muss auch auffallen, dass bei der Rückkehr Bharata's II 69 ff. nur einmal ganz nebenher (70, 28) des Çatrughna Erwähnung geschieht. Es macht durchaus den Eindruck, als ob die ursprüngliche Erzählung nur um Bharata gewusst hätte, und erst Çatrughna später in ihr untergebracht worden sei. Überhaupt spielt er eine solche Nebenrolle, und ist für die Sage so überflüssig, dass man wohl zu der Vermutung kommen kann, er habe nicht ursprünglich der Sage angehört, sondern diese habe nur drei Söhne des Daçaratha gekannt, wie sie auch nur drei Frauen desselben kennt. Die späteren Sagen, wie sie z. B. in der Jaina-Litteratur vorkommen, lieben die Tetraden, wie Leumann hervorgehoben hat, Wiener Zeitschrift f. d. K. d. M. VI p. 85 Anm.

Sage sie ihm lieferte, indem er uns nach Weise der epischen Dichter in medias res führt. Bharata war eben nicht im Wege, und damit genug für den Dichter und seine Zuhörer. Das erste Buch ist also seinem Inhalte nach als später zugedichtet zu betrachten, wie ja viele andere Epen einen ähnlichen Zusatz im Anfang erhalten haben, in dem die Jugend des Helden beschrieben wird[1]. Aber wir dürfen annehmen, dass der Beginn des ursprünglichen Gedichtes irgendwie in das erste Buch aufgenommen sei. Versuchen wir ihn von den vielen Zudichtungen loszulösen.

Den Anfang des eigentlichen Gedichtes müssen wir im 5. Gesang suchen. Voraus geht eine Anpreisung des Gedichtes (I 5, 1—4), die dem Kuça und Lava in den Mund gelegt wird, durch den Dualis *vartayishyâvah*[2]. Da sich aber dieses Wort ohne weitere Schwierigkeit in *vartayishyâmi* oder *vartayishyâmah* verändern lässt, so erkennen wir in diesen vier Çloken das solenne Prooemium der Rhapsoden. In der Bengalischen Recension ist dieser eigentliche Zweck auch noch deutlich zu erkennen.

Mit Vers 5 hebt das eigentliche Gedicht an. Zunächst wird in einem Verse die Landschaft der Kosala gepriesen, dann in den zwei folgenden die Hauptstadt derselben: Ayodhyâ[3]. Darauf folgt schon in Vers 9 die Nennung Daçaratha's, der natürlich eine Schilderung oder Lobpreisung dieses Fürsten folgen musste. Statt dessen wird der ganze Rest des 5. Gesanges von einer langatmigen Schilderung Ayodhyâ's angefüllt. Dass dieses ganze Stück ein späterer Zusatz ist, folgt nicht nur aus dem eben hervorgehobenen allgemeinen Grunde, sondern auch daraus, dass es mit dem Halbverse: purîm âvâsayâmâsa râjâ Daçarathas tadâ, anhebt, der aus dem Çloka 9 zurechtgemacht ist. Offenbar sollte

---

1) In Talboys Wheeler's mysteriöser Nord-West-Recension beginnt die Erzählung sozusagen in der Kinderstube!

2) Siehe die auf p. 58 gegebene Reconstruktion des Anfanges des Râmâyaṇa. Die Zahlen daselbst verweisen auf die Bombayer Ausgabe.

3) Ich halte den dritten Vers 5, 8 für einen späteren Zusatz, weil er in seiner ersten Hälfte nur eine müssige Wiederholung des im letzten Pâda des vorhergehenden Verses Gesagten ist, aus dem er auch das Wort *sucibhakta* entlehnt.

so wieder der Anschluss an den alten Text gewonnen werden. Demselben Zwecke dient Çloka 1 des folgenden Gesanges. Lassen wir diesen Vers beiseite, so enthalten die drei folgenden (2—4) ein kurzes Encomion Daçaratha's, das sich ursprünglich direkt an die erste Nennung des Königs (5, 9) angeschlossen haben dürfte; denn v. 2 enthält die an solcher Stelle zu erwartende Erwähnung des Geschlechts des Fürsten.

Auf den 4. Vers folgt dann bis zum Ende des Gesanges eine Schilderung der Zustände in Ayodhyâ unter Daçaratha's Regierung, die der Beschreibung der Stadt im vorhergehenden Gesange parallel ist und wie diese mit Sicherheit als ein späterer Zusatz angesehen werden darf.

Nachdem Daçaratha vorgeführt ist, sollte man naturgemäss erwarten, dass nun seine Frauen uns genannt würden. Aber sie werden weder hier noch auch im Verlaufe des Gedichtes dem Hörer oder Leser *rite* vorgestellt. Kausalyâ wird zum ersten Male 14, 33 und zwar nur beiläufig erwähnt; darauf wird sie im 16. Gesange mit Sumitrâ und Kaikeyî genannt. Aber von ihrer Herkunft und was sonst dem Leser zu wissen nötig ist, erfährt er dabei nichts, sondern er muss es allmählich im Fortgang der Erzählung sich zusammentragen. Aus dem eben mitgeteilten Thatbestande dürfen wir wohl mit Sicherheit schliessen, dass der Dichter es überhaupt unterlassen hatte, die Königinnen seinen Hörern förmlich vorzuführen, weil er nämlich bei ihnen die Kenntnis der Personen der Sage voraussetzen durfte. Um seine Erzählung einzuleiten, genügte es, dass er die Hauptpersonen, die gewissermassen schon auf dem Schauplatze stehen, in aller Kürze nannte, um sie dann sofort in Action treten zu lassen.

Auf die Nennung Daçaratha's folgt im 7. Gesange das Eulogium der Räte des Königs. Es ist sicher späterer Zusatz. Denn abgesehen davon, dass manche derselben gar keine Rolle weiter spielen, würde die Schilderung dieser Nebenpersonen ungebührlich breit sein, wo eine Hauptperson, Daçaratha, mit ein paar Strophen abgethan wird und andere wichtige Personen, die Königinnen, gänzlich leer ausgehen.

Es ist äusserst wahrscheinlich, dass unmittelbar nach der

Beschreibung des Daçaratha die Nennung seiner Söhne im 18. Gesange erfolgte. Alles was zwischen dem 6. und 18. Gesange liegt ist später hinzugefügt worden, wie die in diesem Teile enthaltenen Widersprüche beweisen, auf die Holtzmann aufmerksam gemacht hat. Dafür, dass wir im 18. Gesange wieder auf Bruchstücke des alten Gedichtes stossen, spricht unverkennbar die wörtliche Übereinstimmung einiger Verse desselben, und die grosse Ähnlichkeit anderer mit solchen im ersten Gesange des zweiten Buches. Denn da, wie Holtzmann gezeigt hat, die ursprüngliche Erzählung mit dem zweiten Buche anhebt, so dürfen wir in seinem Anfange Bruchstücke von dem Anfange des alten Gedichtes erwarten; allerdings nicht den ganzen Anfang, da ein Teil desselben zur Eröffnung des erweiterten Werkes, wie es uns jetzt vorliegt, verwandt worden ist; noch auch ohne Veränderung, da Rücksicht auf den Inhalt des zugefügten ersten Buches genommen werden musste. Die gleichen und ähnlichen Verse in I 18 lassen also erkennen, dass dort der alte Text auseinander gerissen worden ist. Wenn ich versuche die disiecta membra poetae wieder aneinanderzufügen, so bin ich mir der problematischen Natur meiner Reconstruktion wohl bewusst: sie soll eben nur zeigen, wie etwa nach dem uns vorliegenden Material der ursprüngliche Text ausgesehen haben mag. Also, da die Erzählung von der wunderbaren Geburt der Söhne der späteren Dichtung angehört, so schliesst sich der Vers 18, 16, in dem berichtet wird, dass dem Daçaratha vier Söhne geboren wurden, natürlich an die Nennung Daçaratha's als König von Ayodhyâ an. Darauf mussten die Namen der Söhne genannt werden; das geschieht in Vers 21, 22 so, dass in geschickter Weise auch Vasishtha eingeführt und die Namen der Mütter angedeutet werden. Nur der Name der Kausalyâ fehlt; er wird aber später nachgetragen (II 1, 8 = I 18, 12), wo die Erzählung zur Hauptperson, zu Râma, überging. Es folgte auf diesen Vers offenbar das Enkomion Râma's, sei es, wie es im 18. Gesange des ersten Buches (etwa v. 27—33) oder im ersten des zweiten Buches steht (etwa v. 10—15). Darüber will ich mich nicht in Vermutungen verlieren. Nur das möchte ich noch hervorheben, dass die eigentliche Handlung bald nach der erörterten Einleitung beginnen musste, mit dem Verse der jetzt II 1, 36 steht:

atha râjño bahubhâvai 'va vṛiddhasya cirajîvinah |
prîtir eshâ katham Râmo râjâ syân mayi jîvati ||.

Reconstruktion des Anfanges des ursprünglichen Textes.

sarvâpûrvam iyam yeshâm âsît kṛitsnâ vasundharâ |
Prajâpatim upâdâya nṛipâṇâm jayaçâlinâm || 1 ||
yeshâm sa Sagaro nâma sâgaro yena khânitah |
shashṭih putrasahasrâṇi yam yântam paryavârayan || 2 ||
Ikshvâkûṇâm idam teshâm râjñâm vaṃço mahâtmanâm |
mahad utpannam âkhyânam Râmâyaṇam iti çrutam || 3 ||
tad idam vartayishyâvah sarvam nikhilam âditah |
dharmârthakâmasahitam çrotavyam anasûyatâ || 4 ||

Kosalo nâma muditah sphîto janapado mahân |
nivishṭah Sarayûtîre prabhûtadhanadhânyavân || 5 ||
Ayodhyâ nâma nagarî tatrâ "sîl lokaviçrutâ |
Manunâ mânavendreṇa yâ purî nirmitâ svayam || 6 ||
âyatâ daça ca dve ca yojanâni mahâpurî |
çrîmatî trîṇi vistîrṇâ suvibhaktamahâpathâ || 7 ||
tâm tu râjâ Daçaratho mahârâshṭravivardhanah |
purîm âvâsayâm âsa divi devapatir yathâ || 9 ||
Ikshvâkûṇâm atiratho yajvâ dharmaparo vaçî |
maharshikalpo râjarshis trishu lokeshu viçrutah || 6, 2 ||
balavân nihatâmitro mitravân vijitendriyah |
dhanaiç ca saṃcayaiç câ 'nyaih Çakra-Vaiçravaṇôpamah || 3 ||
yathâ Manur mahâtejâ lokasya parirakshitâ |
tathâ Daçaratho nâma lokasya parirakshitâ || 4 ||
râjñah putrâ mahâtmânaç catvâro jajñire pṛithak |
guṇavanto 'nurûpâç ca rucyâ proshṭhapadopamâh || 18, 16 ||
jyeshṭham Râmam mahâtmânam Bharatam Kaikayîsutam |
Saumitrim Lakshmaṇam iti Çatrughnam aparam tathâ |
Vasishṭhah paramaprîto nâmâni kurute tadâ || 22 ||

sarve vedavidaḥ çûrâḥ sarve lokahite ratâḥ |
sarve jñânopasampannâḥ sarve samuditâḥ guṇaiḥ ‖ 25 ‖
cf. II 1, 5.

teshâm api mahâtejâ Râmo ratikaraḥ pituḥ |
Svayambhûr iva bhûtânâm babhûva guṇavattaraḥ ‖ II 1, 6 ‖
cf. I 18, 24 (n. 26)

Kausalyâ çuçubhe tena putreṇâ 'mitatejasâ |
yathâ vareṇa devânâm Aditir Vajrapâṇinâ ‖ II 1, 8 ‖ =
I 18, 12.

Dritter Theil.

Stellung des Râmâyaṇa in der indischen Litteratur.

§ 1. Ursprung und Verbreitung des Râmâyaṇa.

Die vorausgehenden Untersuchungen habe ich nicht in der Absicht angestellt, die Zusätze und Erweiterungen des ursprünglichen Râmâyaṇa's in irgend welcher Vollständigkeit blosszulegen; dazu wird es noch anderer Vorarbeiten und Hülfsmittel bedürfen, als wir zur Zeit besitzen. Es sollte vielmehr nur gezeigt werden, welcher Art diese Zusätze, und wie sie eingefügt sind. Sie sind so zahlreich, dass wir sie nicht einem oder wenigen Dichtern zuschreiben können. Wie an manchem unserer alten ehrwürdigen Dome jede kommende Generation Neues zugefügt und Altes ausgebessert hat, ohne dass die ursprüngliche Anlage trotz aller angebauten Kapellchen und Türmchen verwischt worden wäre: so sind auch an dem Râmâyaṇa viele Generationen von Sängern thätig gewesen; aber der alte Kern, um den so vieles angewachsen ist, ist dem nachprüfenden Auge des Forschers, wenn auch nicht in allen Einzelheiten, so doch in den Hauptzügen unschwer erkennbar. Betrachten wir nun die Zusätze genauer, so erkennen wir zweierlei. Erstens herrscht, von Nebensächlichem abgesehen, in ihnen derselbe Geist wie in den echten Teilen, und zweitens sind sie meist so lose angefügt, dass wir die Fuge noch deutlich erkennen können. Das spricht nun unzweifelhaft gegen die Wahrscheinlichkeit einer tendentiösen Überarbeitung etwa im brahmanischen Sinne, wie man wohl angenommen hat. Hätte eine solche an dem *erweiterten* Gedichte stattgefunden, so wären die Fugen gewiss stärker verwischt worden und das Ganze erschiene mehr als aus einem Gusse. Denn eine tendentiöse Überarbeitung können wir uns nicht so denken, dass nur einige Worte oder Verse als anstössig verändert oder weggelassen worden wären. So etwas wird sicher eingetreten sein, ohne dass wir es nachzuweisen vermöchten; aber das verstehe ich auch nicht unter Überarbeitung, weil es das Ganze nicht berührt. Von einer tendentiösen Überarbeitung können wir nur dann reden, wenn ein vorliegender Stoff in neuem Geiste umgestaltet wird, um Anschauungen und Gesinnungen, die von denen des alten Werkes abweichen oder ihnen vielleicht entgegengesetzt sind, in dasselbe hineinzutragen. Davon ist nun im Rāmāyaṇa nichts wahrzunehmen, weil die zugefügten Partien denselben Geist atmen, wie das ursprüngliche Gedicht; und wenn in ihnen eine neue Anschauung auftaucht, wie die von der Wesenseinheit Rāma's mit Vishṇu, so bleibt dieselbe auf die angefügten Teile beschränkt und sie durchweht nicht das ganze Gedicht, wie man bei einer tendentiösen Umarbeitung desselben annehmen müsste [1]). Will man nun diesen Schwierigkeiten

---

1) Man hat die Identificirung Rāma's mit Vishṇu als Beweis für eine brahmanische Bearbeitung eines zuerst für Kshatriya bestimmten Rāmāyaṇa's betrachtet, indem die Brahmanen die Verehrung des Vishṇu als ein Gegengewicht gegen den zunehmenden Buddhismus gefördert hätten. Der Vishṇukult ist aber ursprünglich vom Brahmanismus ebenso unabhängig, wie der Çiva's und andere volkstümliche Kulte. Sie wurden nur von den Brahmanen anerkannt und mit brahmanischer Theologie verquickt, gerade so wie ethnische Einrichtungen von ihnen religiös sanktionirt wurden, z. B. die Witwenverbrennung, ferner die Verstossung der Alten (vergl. unser Altenteil) in der Institution des Vānaprastha, und anderes mehr. Diese Anerkennung volkstümlicher Kulte ist gewiss erfolgt, weil sie nicht zu umgehen war, und die drohende Gefahr des Buddhismus hat nichts damit zu thun. Haben denn die Brahmanen irgend eine Gegenbewegung gegen den ihnen noch viel gefährlicheren Islam ins Werk gesetzt? Der bewusste Kampf des Brahmanismus gegen den Buddhismus mit geistlichen und andern Mitteln ist nicht zu erweisen. Einige haben Vishṇu als einen besonders brahmanischen Gott ansehen wollen. Çiva ist es aber nicht in geringerem Grade. Denn im Brāhmaṇa des weissen Yajus wird gesagt „dass die Vāhīka den Agni Bhava, die Prācya dagegen Çarva nennen" (Weber, Ind. Litt.² p. 194 note*). Bhava und Çarva sind aber später Namen des Rudra-Çiva, der dadurch also mit dem brahmanischsten aller Götter, mit Agni direkt identificirt wird. Darauf weist auch seine Bezeichnung Nīlalohita. Dass auch noch andere Gottheiten mit ihm verschmolzen sind, soll nicht in Abrede gestellt werden. Aber dasselbe gilt auch von dem späteren Vishṇu. Çiva- und Vishṇukult haben nichts mit der Kastenangehörigkeit ihrer Anhänger zu thun, wie ich in Gött. gel. Anz. 1892 p. 629 f.

durch die Annahme entgehen, dass schon das ursprüngliche Gedicht tendentiös umgearbeitet worden sei, ehe die Zusätze und Erweiterungen eingefügt worden waren, die dann natürlich von derselben Tendenz getragen sein mussten, so hat man die Verpflichtung, Beweise für diese Annahme vorzubringen. Ich sehe aber nicht ein, wie man Beweise dafür erbringen kann: äussere Zeugnisse giebt es nicht, und innere Gründe, die man aus dem Gedichte selbst holen könnte, habe ich trotz wiederholten Studiums desselben nicht entdecken können. Vielleicht ist Jemand zu einer solchen Annahme geneigt, weil sie mit der Ansicht harmonirt, die er sich von der Entwicklung der indischen Litteratur gemacht hat. Eine derartige Ansicht mag noch so geistvoll sein, aber so lange sie nicht das Ergebnis einer gründlichen Erforschung der vorliegenden Thatsachen ist, hat sie nur subjektiven Wert und verdient noch keine Beachtung. Diese Ausführungen richten sich nicht nur gegen die Annahme einer brahmanischen Überarbeitung, sondern auch gegen die von einem Forscher, ich erinnere mich nicht mehr von welchem, hingeworfene Hypothese, dass das Epos aus einem prâkṛitischen Original in das Sanskrit übertragen sein könne.

Was nun die Entstehung der Zusätze und Erweiterungen betrifft, so lässt sich schon jetzt darüber eine wohlbegründete Ansicht aufstellen. Wie wir aus dem Râmâyaṇa selbst erfahren, wurde es von Rhapsoden teils recitativ vorgetragen (*path*), teils unter Begleitung eines Saiteninstrumentes gesungen (I 4, 8. 34 VII 71, 14 f. 94, 4 etc.) und mündlich überliefert (I 4, 10 ff.), zunächst von den beiden mythischen Söhnen Râma's und Zöglingen Vâlmîki's, Kuça und Lava, in deren Name man schon lange die volksetymologische Ausdeutung von *kuçîlava* „Barde, Schauspieler" gesucht hat (siehe Petersburger Wörterbuch s. v. *kuçîlava*) [1]). In alten Zeiten, als die epische Poesie blühte, be-

---

dargelegt habe, sondern nach Megasthenes verehrten die Bewohner der Ebene den Herakles-Krishṇa, die der Berglande den Dionysos-Çiva.

1) Schon im Râm. I 4, 5. 17 werden Kuça und Lava *kuçîlavau* genannt. Für die Stellung der epischen Sänger, denen der Vortrag des Râmâyaṇa oblag, sind die Stellen von Bedeutung, die über Kuça und

stand ebenfalls die Institution der fahrenden Sänger, Spielleute, Rhapsoden (*kāvyopajīvinas*); und es ist natürlich, dass jedes Gedicht, wes Ursprungs es auch gewesen sei, nach Art der epischen Gesänge fortgepflanzt, d. h. durch Rhapsoden mündlich überliefert wurde [1]). Das war auch mit dem Rāmāyaṇa der Fall: es wurde zum Eigentum der fahrenden Sänger. Diese werden sich die Ausnützung ihres Besitzes haben angelegen sein lassen, ich meine nicht so sehr in materieller Beziehung [2]), als darin, dass sie nach dem Beifall ihrer Zuhörer geizten. Es ist ganz natürlich, dass die dichterisch Begabten unter ihnen ihr Repertoir durch eigene Kompositionen vermehrten unter Rücksichtnahme auf die Stimmung, Eigenart und Interessen ihrer Zuhörerkreise. Derart sind namentlich die Modificationen desselben Themas, deren wir so viele im vorhergehenden Teile nachgewiesen haben, ferner die Ausspinnung rührender Scenen (der *karuṇa rasa* waltet ja nach den Poetikern im Rāmāyaṇa vor), Gegenstände aus dem Nītiçāstra, komische und burleske Scenen etc. Zusätze, die Anklang fanden, wurden weiter überliefert und bildeten fortan integrirende Bestandteile des Rāmāyaṇa. Auch mag es zuweilen vorgekommen sein, dass jün-

---

Lava handeln, nämlich I 4. VII 71. 93 und 94. 99. Dass sie „fahrende Leute" waren, geht klar aus VII 93, 8 hervor. Interessant ist die Vorschrift VII 93, 10, dass täglich zwanzig sarga vorgetragen werden sollen. Dass die Vortragenden ursprünglich Brahmanen sein mussten, scheint mir durch VI 128, 115 nicht bewiesen, denn dieser Epilog gehört später Zeit an; in v. 120 wird auf das Abschreiben des Gedichtes Bezug genommen. Ebenso ist der Epilog VII 111 ganz spät, weil dort von Vorlesern *vâcaka* die Rede ist.

1) Erst nachdem der Rhapsodenstand gesunken war infolge des Aufkommens einer kunstvolleren Dichtkunst und deren Pflege in anderen, gelehrten Kreisen, und nachdem die Schrift immer mehr praktische Verwendung gewonnen hatte, wird man zur schriftlichen Aufzeichnung des bis dahin mündlich Überlieferten übergegangen sein.

2) Zwar nehmen Kuça und Lava die ihnen von den munis gebotenen bescheidenen Geschenke an I 4, 20 ff., weisen aber das Gold Râma's zurück VII 94, 19. R. C. Temple stellt den verkommenen jetzigen Nachfolgern der epischen Sänger folgendes Zeugnis aus (Legends of the Panjab vol. I p. X): he performs, of course, for payment, but many as the vices and faults of these people are, avarice is not one of them.

gere Versionen einer Erzählung beliebter wurden, als die ursprüngliche, und dieselbe schliesslich gar verdrängten. So schwoll das Râmâyaṇa zu immer grösserem Umfange an und wäre gar auseinander gefallen, wenn nicht eine Festsetzung seines Corpus wäre vorgenommen worden. Und zwar diente dazu die Inhaltsangabe im ersten Gesange des ersten Buches. Da in ihr der Inhalt des ersten und letzten Buches nicht berührt wird, so muss die Feststellung des epischen Corpus erfolgt sein, ehe das erste und letzte Buch entstanden. Wahrscheinlich beschränkte sich die Diaskeuase nicht auf Festsetzung dessen, was zum Râmâyaṇa gehören sollte, sondern dieses wurde auch in *sarga* eingeteilt. Denn schon im Uttarakâṇḍa 93 wird mehrfach auf die *sarga* Bezug genommen.

Wie anderswo die weiterdichtende Thätigkeit der Rhapsoden nicht auf den Inhalt des ursprünglichen Gedichtes beschränkt blieb, sondern auch diejenigen Teile der Sage in Angriff nahm, die der erste Dichter nicht behandelt hatte: dasjenige, was vor der von dem ersten Dichter erzählten Geschichte liegt, nämlich die Vorgeschichte des Helden und seiner Gegner (die *enfances* der romanischen Epen) und die Fortsetzung der ursprünglichen Geschichte; so geschah es auch in Indien. Die Jugend Râma's wurde im Bâlakâṇḍa besungen, und seine Geschichte bis zu seinem Tode im Uttarakâṇḍa fortgesetzt. Darauf machte sich wiederum die Notwendigkeit geltend, das vermehrte epische Corpus festzustellen. Ein Zeugnis davon ist die Inhaltsangabe im 3. Gesange; jedoch scheint damals das Uttarakâṇḍa noch nicht zu endgültigem Abschluss gelangt zu sein, weil sein Inhalt im 3. Gesange nur im Allgemeinen erwähnt wird. Darauf weist auch VII 94, 26:

âdiprabhṛiti vai râjan pancasargaçatâni ca |
kâṇḍâni shaṭ kṛitâni 'ha sottarâṇi mahâtmanâ ||

Es lässt sich nun aus dem Bâla- und Uttarakâṇḍa, wie ich glaube, der Beweis entnehmen, dass ein grosser Zeitraum zwischen ihrer Abfassung und der des ursprünglichen Gedichtes liegen muss.

Der Held des Râmâyaṇa wurde nämlich durch dieses selbst zum sittlichen Ideal des Volkes, und von einem Stammes- zum

National-Heros. Die ihm zuteil werdende Verehrung erhob ihn alsbald aus der menschlichen in die göttliche Sphäre und bewirkte seine Identification mit Vishṇu, gerade so, wie dies bei einem anderen epischen Helden des westlichen Indiens, bei Kṛishṇa, geschehen ist, und wie es bei dem von Sir Alfred Lyall nachgewiesenen Euhemerismus in der indischen Religionsentwicklung kaum anders kommen konnte. Bei Beiden, Râma und Kṛishṇa, scheint ein Held der Sage mit einer Volksgottheit verschmolzen zu sein: Kṛishṇa der Yâdaver mit einer Hirtengottheit Govinda, und Râma der Râghaver mit einem volkstümlichen Gotte, dem Dämonenbesieger Râma. Erst nachdem dies geschehen war, wurde der so gebildete Halbgott als eine Menschwerdung Vishṇu's aufgefasst.

Die Vergöttlichung Râma's, seine Identificirung mit Vishṇu, ist im ersten und dem letzten Buche eine Thatsache, die dem Dichter immer vor Augen steht. In den fünf echten Büchern aber ist diese Idee, von wenigen eingeschobenen Stellen abgesehen, noch nicht nachweisbar; im Gegenteil ist Râma dort immer durchaus Mensch [1]). Es bedurfte gewiss einer längeren Zeit, ehe sich die Umwandlung des Charakters Râma's, wie sie in den beiden zugefügten Büchern zutage tritt, vollzogen hatte.

Zu demselben Schlusse drängt uns die Thatsache, dass in dem ersten und letzten Buche Vâlmîki als ein Zeitgenosse Râma's und schon als ein Ṛishi gilt. Beides war aber erst dann möglich, als Vâlmîki in eine solche zeitliche Entfernung von den späteren Dichtern gerückt war, dass schon die Nebel der Sagenbildung seine Person ihren Augen undeutlich machen konnten. Die Zeit, die dazu nötig war, können wir auch nicht annähernd schätzen; sicher ist nur, dass sie eher nach Jahrhunderten als nach Jahrzehnten zu bemessen sein wird. Dass in das Râmâyaṇa noch Zusätze aufgenommen wurden, als die Griechen und Skythen den Indern bekannt geworden waren, werden wir in § 4 sehen.

So stellt sich uns das Râmâyaṇa in seiner jetzigen Gestalt als der Niederschlag einer langen Periode epischen Dichtens dar. Trotzdem behält auch die Überlieferung, die in ihm ein einheit-

1) Siehe Muir, Original Sanskrit Texts, vol. IV p. 175 u. 441 ff.

liches Gedicht, das Âdikâvyam, nicht, wenn auch in gewisser Einschränkung, Recht, insofern der Kern, um den sich das epische Dichten vieler Generationen bewegte, das einheitliche Werk eines hervorragenden Dichters war.

Wo hat dieser Dichter gelebt und von wo geht die epische Dichtung der Vâlmîkiden aus? Zur Beantwortung dieser Frage bietet uns die Tradition im Râmâyaṇa selbst, und zwar im Bâlakâṇḍa und Uttarakâṇḍa, einen wertvollen Anhalt. In VII 45 beschreibt nämlich Râma Vâlmîki's Einsiedelei als am südlichen Ufer des Ganges an der Tamasâ gelegen; dazu stimmt genau die Angabe in I 2, 3 und die Erzählung in VII 48. Auch in VII 66 gelangt Çatrughna von Vâlmîki's Einsiedelei westlich wandernd an die Yamunâ. Doch las Kataka nach Râmavarman's Zeugniss zu 66, 15 Gangâtîram statt Yamunâtîram. Ist Kataka's Lesart (nach Maheçvaratîrtha lasen so *kecit*) richtig, so verlegte eine andere Tradition Vâlmîki's Einsiedelei an das nördliche Ufer des Ganges. Jetzt [1] zeigt man als Stätte derselben einen Hügel im Banda-Distrikt in Bundelkund, an dem Ufer der Yamunâ, nahe ihrer Vereinigung mit dem Ganges bei Allahabad [2].

Von dem, was das Râmâyaṇa sonst noch über Vâlmîki berichtet, interessirt uns in diesem Zusammenhange nur, dass er zu dem Königshaus von Ayodhyâ in enger Beziehung steht. Denn in seiner Einsiedelei findet die verstossene Sîtâ eine Unterkunft und gebiert Kuça und Lava, die später das Gedicht von ihm erlernen [3].

---

1) R. N. Cust in der Calcutta Review XLV citirt in Monier Williams, Indian Epic poetry p. 60 note † und in Indian Wisdom 2. ed. p. 337 note 1.

2) Nach II 56, 16 hätte Vâlmîki am Citrakûṭa gelebt. Doch fehlt diese Stelle in B und ist zweifellos ein sekundärer Zusatz.

3) Nach dem Adhyâtma Râmâyaṇa II 6, 64 ff. war Vâlmîki zwar von Geburt ein *dvija*, lebte aber zuerst unter Kirâtas, geriet dann unter Räuber und wurde selbst ein Räuber. Er hatte mit einer *Çûdrâ* viele Söhne. Den 7 Ṛishis verdankt er seine Reinigung. Ähnlich die jetzige Tradition. Wenn auch im Râmâyaṇa selbst nichts derartiges vorkommt, noch auch bei Bhavabhûti, wie Weber ü. d. R. p. 9 Note 2 bemerkt, so mag diese Tradition doch alt sein und ein Körnchen Wahrheit enthalten.

Nun beachte man daneben das Proömium der Sänger in I 5. Dort heisst es:

Ikshvâkûṇâm idam teshâm vaṃçe râjñâm mahâtmanâm |
mahad utpannam âkhyânam Râmâyaṇam iti çrutam ||

Diese Angabe, nach der das Râmâyaṇa in der Familie der Ikshvâkuiden entstanden ist, lässt sich nun mit derjenigen über Vâlmîki's Autorschaft ungezwungen in folgender Weise vermitteln. Die Geschichte oder Sage von dem Ikshvâkuiden Râma bildete den Gegenstand vieler epischen Gesänge der Barden, *sûta*, an den Höfen der Fürsten aus dem Geschlechte der Ikshvâkuiden. Dieses Stoffes bemächtigte sich ein hervorragender Dichter, der Brahmane Vâlmîki; er verband alle in verschiedenen Liedern zerstreute Züge zu einem einheitlichen Bilde, und schuf so ein zusammenhängendes Epos, wenn auch nicht das erste seiner Art, so doch das erste von dauerndem Bestande, das also mit Fug und Recht als *âdikâvyam*, als erstes kunstgerechtes Gedicht bezeichnet werden konnte. Überall müssen wir ja epische Lieder als dem eigentlichen Epos vorausgehend annehmen. So wird es auch in Indien, speciell bei dem Râmâyaṇa, der Fall gewesen sein. Das Epos des Vâlmîki (denn wir haben keinen vernünftigen Grund zu bezweifeln, dass sein Dichter so hiess) wurde dann von den berufsmässigen Rhapsoden *kuçîlava*, die wir wohl von den Hofbarden *sûta* unterscheiden müssen[1]), erlernt und öffentlich vorgetragen.

Es scheint nämlich in der niedrigen Stellung des noch nicht bekehrten Vâlmîki sich die geringe Achtung wiederzuspiegeln, deren die fahrenden Sänger genossen. Sie galten gewissermassen als Repräsentanten des zur Mythe gewordenen Vâlmîki.

Ob der Phonetiker Vâlmîki, dessen „Name bekanntlich selbst unter den Lehrern erscheint, die im Taittirîya-Prâtiçâkhya citirt werden" (Weber ü. d. R p. 9 N.), mit dem Dichter des Râmâyaṇa irgend etwas zu thun habe, ist nicht zu erweisen; aber unzweifelhaft ist, dass beide nicht identisch sind.

1) I 4, 28 wird von Kuça und Lava, dem Prototyp der *kuçîlava*, gesagt: praçasyamânau sarvatra kadâcit tatra gâyakau | rathyâsu râjamârgeshu dadarça Bharatâgrajaḥ || Hier kann nicht an Hofbarden gedacht sein, da der König auf diese nicht durch ihren Ruf beim Volke

Wir sind also nach dem Vorhergehenden berechtigt anzunehmen, dass das Râmâyaṇa entstanden ist im Lande der Kosala, die von den Ikshvâkuiden-Fürsten von Ayodhyâ beherrscht wurden. Aber es drang wahrscheinlich bald über die Grenzen seines ursprünglichen Verbreitungsgebietes hinaus zunächst in Länder unter Fürsten aus einer Seitenlinie der Ikshvâkuiden und unter solchen, die mit diesen verbündet waren. Ein Ausdruck für diese Vorgänge scheint das Epos selbst in den später zugefügten Büchern I und VII zu enthalten, insofern dort Erzählungen über andere Fürsten vorgetragen werden, offenbar mit der Absicht, diese und die ihnen unterthänigen Stämme zu den Ikshvâkuiden von Ayodhyâ in engere Beziehung zu setzen und dadurch zu verherrlichen.

Es sind die Mithila-Videha [1]), die durch Sîtâ mit dem Königshause von Ayodhyâ verbunden werden, und über deren Entstehung in VII 57 eine Sage erzählt wird; weiter westlich das Land von Sâṅkâçya, aus dessen Herrscherhause zwei Brüder Râma's sich ihre Frauen holen; im Osten Aṅga, dessen König, Romapâda, in freundschaftliche Beziehung zu Daçaratha tritt. In VII 38 lernen wir auch den König von Kâçi als einen Freund Râma's kennen. Die Hereinziehung Viçvâmitra's in die Erzählung scheint den Zweck zu haben, Stämme, die diesen Ṛishi verehrten oder die sich von Kuça ableiteten, mit Râma in Beziehung zu setzen, so dass sie in dem Epos wenigstens genannt wurden. Es gilt dies von den Städten Kauçâmbî, Mahodaya (Kânyakubja), Dharmâraṇya und Girivraja (I 33) sowie von Kâmpilya (I 33), ferner wohl von

---

erst aufmerksam gemacht werden musste. Auch was von ihrer Ausbildung bei Vâlmîki erzählt wird, weist auf ihre Verschiedenheit von Hofbarden hin.

1) Die Hauptstädte Mithilâ und Viçâlâ liegen ganz nahe bei einander, stehen aber unter verschiedenen Fürsten, erstere unter Janaka, letztere unter Sumati. Siehe I 47 u. 48. Zu buddhistischer Zeit waren beide Städte zu dem berühmten Vaiçâlî zusammengewachsen, in dem ein oligarchisches Regiment der Licchavi bestand. Siehe Kern, Buddhismus I 157. Ein Vorort oder Teil der Stadt hiess Kuṇḍagrâma, wo Mahâvîra's Vater Siddhârtha eine Art obrigkeitlicher Gewalt gehabt haben muss.

Stämmen weiter im Osten an der Kauçikī, welcher Fluss mit Satyavatī, der älteren Schwester Viçvāmitra's identificirt wird, I 34. Durch die Nennung dieser Städte und Länder in dem später zugefügten Teile des Rāmāyaṇa bietet dasselbe uns eine gewisse Bürgschaft dafür, dass in dem so umschriebenen Ländergebiete, dem östlichen Hindustan also, das Epos Vālmīki's zuerst seine vorzüglichste Verbreitung fand [1]).

§ 2. Verhältnis zum Mahābhārata.

Wie wir in Übereinstimmung mit der Tradition annehmen, dass das Rāmāyaṇa in dem Heimatlande seines Helden entstanden und zuerst verbreitet worden ist, so werden wir auch ein gleiches für das Mahābhārata annehmen müssen. Die Hauptrolle spielen in demselben die Völker der westlichen Hälfte Indiens. Dort also werden die Sagen, welche den Kern des Mahābhārata bilden, nicht nur entstanden, sondern auch zunächst von den *sūta* besungen worden sein. Diese epischen Gesänge scheinen aber

---

1) Von den Herrschaften, die Çatrughna und die Söhne Bharata's und Lakshmaṇa's erhalten VII 70. 101. 102, dürfen wir wohl absehen, da diese Sagen sicher einer ganz späten Zeit angehören. Sie bezeugen die spätere Ausbreitung des Rāmāyaṇa bis in den fernsten Westen. — Auffällig ist, das Daçaratha's Gemahlin Kaikeyī aus so fernem Lande stammt; denn die Kekaya sassen am obern Bias und Ravi. Wenn der Name *Kaikeyī* nicht zu fest mit dem Kern des Rāmāyaṇa verbunden wäre, könnte man vermuten, dass eine Vertauschung der Hauptstadt von Magadha, Girivraja oder Rājagṛiha, mit der Hauptstadt der Kekaya, die ebenfalls II 68, 6 und sonst Rājagṛiha, II 64, 21 aber Girivraja genannt wird, stattgefunden habe, und man könnte ferner in der Rolle der Kaikeyī den Reflex einer Stammesfeindschaft zwischen den Magadha und Kosala finden. Aber es war noch die Erinnerung lebendig, dass die Ikshvākuiden aus dem fernen Osten stammten. Denn in II 68, 17 wird die Ikshumatī, wahrscheinlich ein Nebenflüsschen der Çatadrū, erwähnt als ein zum Stammsitz der Ikshvākuiden gehöriger Fluss (pitṛpaitāmahīṁ puṇyāṁ terur Ikshumatīṁ nadīm). Sie waren also in Vorzeiten den Kekaya benachbart, und so erklärt es sich, wie Daçaratha zu seinem Weibe Kaikeyī kam.

nie in ein einheitliches Epos nach Art des Râmâyaṇa umgegossen, sondern nur in einen zusammenhängenden epischen Cyklus zusammengefasst worden zu sein. Da nun der Schauplatz des Mahâbhârata ein viel weiterer ist, als im Râmâyaṇa, soweit die historischen und an der Haupthandlung teilnehmenden Völker in Betracht kommen, so ist wohl möglich, dass der in einem Teile des Gebietes ausgebildete epische Cyklus in anderen Teilen nach anderen politischen und religiösen Gesichtspunkten einschneidende Veränderungen, ja Umdichtung erlitt. Auf diese sehr verwickelten Fragen werden wir weiter unten zurückkommen. Was uns hier zunächst angeht, ist das Verhältnis der beiden Epen zu einander. Denn indem beide über die Grenzen ihrer beiderseitigen Ursprungs- und Heimatsländer hinausgetragen wurden, mussten sie schliesslich in Berührung geraten. Wie weit war damals die Entwickelung des Râmâyaṇa und die des Mahâbhârata gediehen? Hierauf können wir eine ganz positive Antwort geben: das Râmâyaṇa war in der Hauptsache abgeschlossen, während die Dichtung des Mahâbhârata noch im Flusse begriffen war. Die Gründe hierfür sind folgende:

1. Im Râmâyaṇa werden die Helden des Mahâbhârata nicht erwähnt, während im Mahâbhârata öfters Bezug auf die Râmasage genommen wird, ja eine ganze Episode, das Râmopâkhyânam, derselben gewidmet ist [1].

2. Findet sich im 7. Buche des M. Bh. 6019,20 ein dem Sâtyaki in den Mund gelegtes Citat aus Vâlmîki's Werk,

(api câ 'yam purâ gîtaḥ çloko Vâlmîkinâ bhuvi)

nämlich:

na hantavyâḥ striya iti yad bravîshi plavangama
(sarvakâlam manushyeṇa vyavasâyavatâ sadâ)
pîḍâkaram amitrâṇâm yat syât kartavyam eva tat.

---

1) Weber Ü. d. R. hebt folgende längere Stellen hervor: M. Bh. III 11177—11219, III 2221—2247, XII 944—955. Auf p. 66 ff. hat er einige parallele Stellen aus R. und M. Bh. confrontirt, wobei durch gesperrten Druck ersichtlich gemacht ist, wie weit der Wortlaut in beiden übereinstimmt.

Der erste und letzte Halbvers[1]) stehen nun wörtlich so im Râmâyaṇa VI 81, 28 (Gorresio 60, 24). Also das Râmâyaṇa des Vâlmîki war schon als ein altes Werk allgemein bekannt, ehe das Mahâbhârata zum Abschluss gekommen war. Prof. Weber, der ü. d. R. p. 40 auf obige Stelle des Mahâbhârata hingewiesen hat, ohne die entsprechende im Râmâyaṇa zu finden, hebt noch ein anderes Citat (purâ gîto Bhârgaveṇa mahâtmanâ | âkhyâne Râmacarite) hervor, nämlich 12, 2086:

râjânam prathamam vindet tato bhâryâm tato dhanam |
râjany asati lokasya kuto bhâryâ kuto dhanam ||

Dieses Citat findet sich nicht im Râmâyaṇa[2]), auf eine inhaltlich ähnliche Stelle hat aber schon Weber a. a. O. aufmerksam gemacht.

Finden wir also ein direktes Citat aus dem Râmâyaṇa in dem Mahâbhârata und zwar in einem Stücke, das nicht als Zusatz betrachtet werden darf, so werden wir von vornherein geneigt sein anzunehmen, dass das Râmopâkhyâna im Mahâbhârata III 277—291 unserem, vielleicht noch von manchen der oben nachgewiesenen Zusätze freien, Râmâyaṇa nacherzählt sei. Weber p. 36 f. stellt vier mögliche Erklärungen des Verhältnisses auf, ohne sich für eine derselben entscheiden zu wollen: 1. das Râmopâkhyâna ist die Quelle des Râmâyaṇa; 2. ersteres die Epitome einer älteren, verlorenen Recension des letzteren; 3. ersteres ist die Epitome des letzteren; 4. beide sind Weiterbildungen ein und derselben, verlorenen Quelle. Der Grund, weshalb Weber sich nicht entscheiden kann, ist, dass die Abweichungen des Râmopâkhyâna vom Râmâyaṇa

1) Der mittlere Halbvers ist Zusatz des citirenden Dichters und ist nicht etwa in unserem Râmâyaṇa-text zufällig ausgefallen. Denn 1. soll nur ein, nicht anderthalb Çloka angeführt werden; 2. spricht im Râm. nicht ein Mensch, *manushya*, sondern Indrajit der Râkshasa; 3. ist *sarvakâlam* und *sadâ* ein Pleonasmus, den sich nur ein Dichter zu Schulden kommen lassen kann, der, um einen für ihn wichtigen Begriff einzufügen, eine ganze Zeile dichten muss.

2) Ich kann dies so bestimmt behaupten, weil Prof. Aufrecht, der auch ein Verzeichnis der Versanfänge des Râmâyaṇa (Bombayer Ausgabe) angefertigt hat, mir mitteilt, dass obiger Vers nicht darin vorkomme. Ein Übersehen meinerseits ist also ausgeschlossen.

„den Charakter grösserer Einfachheit und Ursprünglichkeit" ihm zu tragen scheinen. Mir scheint in Weber's Darstellung das Wort „Epitome" unglücklich gewählt zu sein, weil man damit den Begriff treuer Wiedergabe der vorliegenden Erzählung zu verbinden, und daher Abweichungen als bewusste und beabsichtigte Veränderungen bez. Entstellungen aufzufassen pflegt. Diese unrichtige Auffassung wird vermieden, wenn wir statt von Epitome von freier Nachdichtung sprechen. Denn wer frei nach dem Gedächtnis, und nicht dem geschriebenen Texte mit dem Finger folgend, ein älteres Gedicht nach- und umdichtet, wird leicht an seinem Stoffe Vereinfachungen vornehmen, die wohl den Eindruck des Ursprünglichen machen können. Diesen Standpunkt des Dichters nehme ich nicht nur für das Râmopâkhyâna, sondern auch für zahlreiche andere Episoden des Mahâbhârata an, von denen durch eingestreute Vocative, wie *râjan*, *Kaunteya* etc. feststeht, dass sie für ihre Aufnahme in das Mahâbhârata, wahrscheinlich nach älteren Liedern, umgedichtet sind. Die Richtigkeit meiner Ansicht über das Râmopâkhyâna werde ich nun so darzuthun versuchen, dass ich einerseits in ihm manche zum Teil wörtlich übereinstimmende Reminiscenzen aus dem Râmâyaṇa nachweise, anderseits die sich in ihm findenden Abweichungen von jenem zu erklären suche. Ich citire beide Werke nach den Bombayer Ausgaben (M, R) und notire die Abweichungen bei Gorresio (B).

1) avadhyo vadhyatâm ko vâ vadhyaḥ ko vâ vimucyatâm M Bh. 277, 22 = R II 10, 33. B 9, 11 (M 'dya für das zweite vâ, B für das erste).

2) kaccit kshemam pure tava M. Bh. III 278, 3.
kaccit te kuçalam râjaṃl Lankâyâm râkshaseçvara R III 35, 41 (fehlt B).

3) hâ Sîte Lakshmaṇe 'ty evam cakroçâ ''rtasvareṇa ha M 278, 23.
hâ Sîte Lakshmaṇe 'ty evam âkruçya tu mahâsvanam R III 44, 24.
hâ Lakshmaṇe 'ti cukroça trâyasve 'ti mahâvane B 50, 22.

4) abhavyo bhavyarûpeṇa M 278, 32 = R III 46, 9.
abhavyo bhavyarûpâm tâm B 52, 14.

5) mama Lankâ purî nâmnâ ramyâ pâre mahodadheh M 278, 35.

Lankâ nâma samudrasya madhye mama mahâpurî R III 47, 29
Lankâ nâma samudrasya dvîpaçreshṭhâ purî mama B 53, 35.
mama pâre samudrasya Lankâ nâma purî çubhâ R III 48, 10
mahâpurî B III 54, 14.

6) katham hi pîtvâ mâdhvîkam pîtvâ ca madhumâdhavîm |
lobham sauvîrake kuryân nârî kâcid iti smaret ‖ M 278, 40 cf.
surâgrya(B Sarâsrama)sauvîrakayor yad antaram
tad antaram Dâçarathes tavaiva ca R III 47, 45. B 53, 56.

7) vasate tatra Sugrîvaç caturbhih sacivaih saha M 279, 45.
nivasaty âtmavân vîraç caturbhih saha vânaraih R 72, 12.
sa vasaty âtmavân çûraç caturbhih saha vânaraih B 75, 63.

8) tṛiṇam antaratah kṛitvâ tam uvâca niçâcaram M 281, 17.
tṛiṇam antaratah kṛitvâ pratyuvâca sucismitâ R V 21, 3 (fehlt B).

9) arâkshasam imam lokam kartâsmi niçitaih çaraih M 284, 16 =
R VI 41, 67.
arâkshasam imam lokam karomi niçitaih çaraih B VI 16, 68.

10) tatah sutumulam yuddham abhaval lomaharshaṇam M 287, 23.
tad babhûvâ 'dbhutam yuddham tumulam romaharshaṇam
R III 25, 34 = B 31, 44.
tatrâ "sît sumahad yuddham tumulam lomaharshaṇam R VI 43, 16
= B 18, 23.

11) paramâpadgatasyâpi nâ 'dharme me matir bhavet | M.
paramâpadgatasyâpi dharme mama matir bhavet | R.
paramâpadgatasyâpi dharma eva dhṛitir bhavet | B.
açikshitam ca bhagavan brahmâstram pratibhâtu me | M 275, 30
= B VII 10, 30.
açikshitam ca brahmâstram bhagavan pratibhâtu me ‖
R VII 10, 30—31.

12) yasmâd râkshasayonau te jâtasyâ 'mitrakarçana | M 277, 31
= B VII 10, 34.
yasmâd râkshasayonau te jâtasyâ 'mitranâçana | R VII 10, 34 b.
nâ 'dharme dhîyate buddhir amaratvam dadâmi te ‖ M.
nâ 'dharme jâyate buddhir amaratvam dadâmi te ‖ R.
nâ 'dharme vartate buddhir amaratvam dadâmi te ‖ B.

Ich bemerke hierzu vorab folgendes: a) fünfmal stehen die Lesarten von C näher denen des MBh als die von B, b) zweimal die von B (und zwar im 7. Buche), c) zweimal hat B nichts entsprechendes. Daraus ergiebt sich, dass C durch das MBh gut beglaubigt wird, während die beiden Übereinstimmungen von B mit MBh zu geringfügig sind, um daraus mit Sicherheit auf das Bestehen von B zur Zeit der Abfassung des Râmopâkhyâna schliessen zu können.

Von hohem Interesse sind auch noch folgende zwei Thatsachen: 1. dass zwei Verse aus dem Uttarakâṇḍa im Râmopâkhyâna sich wieder finden; 2. dass einmal eine Stelle MBh III 278, 40 an eine im Râmâyaṇa anklingt, die nicht im gewöhnlichen Versmasse abgefasst ist. Wir dürfen daraus schliessen, dass zur Zeit der Abfassung des Râmopâkhyânam 1. das Uttarakâṇḍa, wenigstens die Râvaṇeïs, schon bestand, 2. die sarga des Râmâyaṇa wie jetzt mit Versen in anderen Metren schlossen. Aus obigen Übereinstimmungen geht wohl mit Sicherheit hervor, dass unser Râmâyaṇa die Quelle des Râmopâkhyâna gewesen ist. Sollte aber noch Jemand daran zweifeln, so verweisen wir auf den schon oben p. 14 citirten Vers:

sâgaram câ 'mbaraprakhyam ambaram sâgaropamam |
Râma-Râvaṇayor yuddham Râma-Râvaṇayor iva || VI 107, 52
(fehlt B).

Dieser wirklich grossartige Vers, der einmal gehört nicht wieder vergessen wird, wird im MBh folgendermassen wiedergegeben:

Daçaskandhara-râjasûnvos tathâ yuddham abhûn mahat |
alabdhopamam anyatra tayor eva tathâ 'bhavat || III 290, 20.

Nach Inhalt und Form eine klägliche Umschreibung, die sich auf den ersten Blick als Nachahmung verrät.

Dass das Râmopâkhyâna nun eine ziemlich flüchtige Nachdichtung eines ausführlich erzählenden Werkes ist, zeigt sich auch darin, dass es zuweilen nur mit einem oder wenigen Worten andeutet, was im Râmâyaṇa ausführlich erzählt wird und ohne dessen Kenntnis unverständlich bleiben müsste. So wird R VI 84—86 erzählt, Indrajit sei unbesiegbar, wenn er sein Opfer in der Nikumbhilâ dargebracht hätte. Darum veranlasst Vibhîshaṇa den

Lakshmaṇa, jenen an der Vollendung des Opfers zu hindern. Das alles wird MBh III 289, 17 nur mit einem Worte angedeutet:

akṛitâhnikam evai 'nam jighâṃsur jitakâçinam |
çarair jaghâna saṃkruddhaḥ kṛitasaṃjno 'tha Lakshmaṇaḥ ||

Das kṛitasaṃjno verstehen wir auch nur, wenn wir R VI 87, 32 lesen:

Râvaṇâtmajam âcashṭe Lakshmaṇâya Vibhîshaṇaḥ ||
yaḥ sa Vâsavanirjetâ Râvaṇasyâ "tmasambhavaḥ |
sa esha ratham âsthâya Hanûmantam jighâṃsati || etc.

Dieselben Bemerkungen treffen auch zu auf MBh III 282, 69—71.

pratyayârtham kathâm ce 'mâm kathayâmâsa Jânakî ||
kshiptâm ishîkâm kâkâya Citrakûṭe mahâgirau |
bhavatâ purushavyâghra pratyabhijnânakâraṇât ||
grâhayitvâ 'ham âtmânam tato dagdhvâ ca tâm purîm |
samprâpta iti tam Râmaḥ priyavâdinam âcayat ||

Die Andeutung über die freche Krähe und die über die Verbrennung der Stadt würden einem Zuhörerkreis unverständlich gewesen sein, der das Râmâyaṇa (V 38. 67. 41—56) nicht kannte. Aber der Dichter setzte offenbar die allgemeine Kenntnis des Râmâyaṇa hier und anderswo voraus, so z. B. wenn er 284, 21 kurz sagt: Suvelasya samîpataḥ, ohne vorher oder nachher zu sagen, welche Bewandtnis es mit dem Suvela habe, ob er ein Fluss, ein Wald oder ein Berg sei. Er brauchte es offenbar nicht zu sagen, weil jeder es schon aus dem Râmâyaṇa wusste.

Was nun die Abweichungen des Râmopâkhyâna vom Râmâyaṇa betrifft, so müssen wir, wie gesagt, bei deren Erklärung von der Annahme ausgehen, dass der jüngere Dichter nicht eine Epitome, sondern eine Nachdichtung des bekannten Epos, und zwar nicht nach geschriebenen Vorlagen, sondern nach dem Gedächtnis geben wollte. Daher stellen sich leicht bei ihm Verwechselungen ein. So schiesst R VI 67 Râma dem Kumbhakarṇa mit seinen göttlichen Pfeilen die Arme, die Beine und zuletzt den Kopf ab; im Râmop. 289, 21 fgg. bringt Lakshmaṇa auf ähnliche Weise den Indrajit um. R VI 107, 53 fgg. schiesst Râma dem Râvaṇa einen Kopf ab, sofort wächst ihm ein neuer hervor, und so hundertmal hintereinander; dasselbe Wunder ereignet sich im Râmop. 287, 16 mit den Gliedmassen, die Lakshmaṇa dem Kumbhakarṇa abschneidet. Im Râmâyaṇa greift Indrajit dreimal in den Kampf ein, VI 44—46, 73, 80—90; im Râmop. nur einmal, doch sind dabei Züge aus der ersten und der letzten Stelle des Râmâyaṇa darin vereinigt: Angada's That 288, 18. 19. aus VI 44, Indrajit's Rückkehr in die Stadt 288, 15 nach VI 46 oder 73, Indrajit's letzter Gang 289, 17 aus VI 86. Hier könnte man zweifeln, ob der Dichter des Râmop. nach einer älteren Version des Râmâyaṇa, in der Indrajit nur einmal auftrat, sich gerichtet, oder die in unseren Texten auseinander gerissene Erzählung in eins verbunden habe. Letzteres ist mir wahrscheinlicher, da er, wie wir im Verlaufe sahen, die meisten der späteren Zusätze des Râmâyaṇa schon kannte. Wenn sich nur einmal die Befreiung von dem Pfeilzauber und die Heilung durch das Wunderkraut findet, statt zweimal, so braucht dies ebensowenig eine Wiedergabe einer ursprünglicheren Erzählung zu sein, wie die ähnliche, aber im Detail anders vereinfachte Erzählung in Kâlidâsa's Raghuv. XII 76—79, die doch ihrerseits unser Râmâyaṇa voraussetzt. Andere Veränderungen mögen von der Phantasie des Dichters eingegeben sein. Wir dürfen dies um so unbedenklicher annehmen, als die Inder auch Selbsterlebtes nicht ohne phantastische Ausschmückung wiederzugeben vermögen, sogar nicht einmal vor Gericht, sodass, wie mir einst Sir E. Clive Bailey mitteilte, die Richter auf diese Eigenschaft oder Unart der Zeugen billig Rücksicht nehmen müssen.

Wenn also das Râmop. das Râmâyaṇa, und zwar im Grossen und Ganzen in der uns (in C) vorliegenden Gestalt, voraussetzt, so könnte man noch fragen, weshalb es überhaupt gedichtet wurde, da ja das Original allgemein bekannt war. Die Antwort ergiebt sich von selbst: das Mahâbhârata sollte eine grosse Encyklopädie sein, die alle Sagen und alles Wissenswerte enthielt [1]). Da durfte natürlich auch die Sage von Râma nicht fehlen. Sie wurde dem MBh einverleibt in derselben Weise wie viele ältere

1) cf. Mahâbhârata I 307 = I 2, 37
anâçrityo 'dam âkhyânam kathâ bhuvi na vidyate |
âhâram anapâçritya çarîrasye 'va dhâraṇam ‖

Sagen: sie wurde umgedichtet, um besser hinein zu passen. Das Verhältnis des Râmâyaṇa zum Râmop. lässt uns ahnen, wie viel andere Sagen bei dieser Umdichtung eingebüsst haben, z. B. die Geschichte von Nala. So schön letztere ihrem Inhalte nach ist, so wenig befriedigend ist die Form, in die ein handwerkmässiger Dichter sie im Nalopâkhyâna gebracht hat. Nur kleinere zusammenhängende Stücke in der altertümlichen, beinahe noch vedischen, Trishṭubh und Jagatî, sind von der späteren Umdichtung verschont und im wesentlichen wohl unverändert erhalten geblieben.

Wenn wir nun es als eine feststehende Thatsache betrachten müssen, dass das Râmâyaṇa schon lange bekannt war, ehe das Mahâbhârata zum Abschluss gelangte, so erhebt sich naturgemäss die Frage, welchen Einfluss das ältere Gedicht auf das jüngere ausgeübt habe. Der Thatbestand zeigt, dass in beiden Gedichten dieselbe Sprache, derselbe Stil und dieselbe Metrik herrschten: dieselbe Sprache, wenigstens in C, wie von Böhtlingk in seiner oben p. 31 citirten Abhandlung gezeigt hat; derselbe Stil[1]) und dieselbe Darstellungsweise, natürlich mit kleineren Unterschieden, wie sie bei der Verschiedenheit in Anlage und Begabung von Dichtern auch derselben Zeit selbstverständlich sind. Ein durchgreifender Unterschied ist nur der, dass im Mahâbhârata die Reden durch ein ausserhalb des Verses stehendes *N. N. uvâca* oder *ûcuḥ* eingeleitet werden, im Râmâyaṇa auch dies in die Erzählung selbst aufgenommen wird. Die sonstige Übereinstimmung ist äusserst auffällig bei der Grösse des Gebietes, in dem die epische Dichtkunst blühte, von Kabul bis Bengalen. Auch bestand sie nicht von Haus aus. Denn die dem MBh angehörigen Stücke in der altertümlichen, beinahe noch vedischen Trishṭubh und Jagatî sind auch in ihrer Darstellungsweise entschieden altertümlicher als die Hauptmasse des Werkes. In ihnen hat die Erzählung oft den Charakter des Sprunghaften, Abrupten, Fragmentarischen. Wir müssen diese Stücke als Reste, oder wenigstens

1) Auch in stehenden Ausdrücken findet Übereinstimmung statt. So lesen wir I 38, 9: prajâkâmaḥ sa ca 'prajaḥ, und VI 58, 5: bhîmam bhîmaparâkramam; Wendungen, die jeder Anfänger aus seinem Nala kennt.

Repräsentanten, der älteren Epik betrachten. Von ihr unterscheidet sich der Stil der Hauptmasse des Gedichtes durch seine Glätte und Leichtigkeit der Darstellung. Diese Vorzüge sind eine Neuerung, eine Errungenschaft, die wahrscheinlich einem hochbegabten, bahnbrechenden Dichter verdankt wird, dessen Werk sich die Herzen aller eroberte. Ich betrachte es als höchst wahrscheinlich, dass Vâlmîki diesen Einfluss gehabt hat, weil sein Werk sich neben und trotz dem Mahâbhârata erhalten, und weil die Tradition ihn als den Âdikavi, den ersten Dichter bezeichnet.

Scheint also die Einheitlichkeit der Sprache und Darstellungsweise im indischen Epos auf den massgebenden Einfluss eines hervorragenden Dichters hinzuweisen, so werden wir eine gleiche Annahme auch wohl wegen der epischen Verskunst machen dürfen. Es ist ja überraschend, dass dieselben Gesetze, die den epischen Çloka beherrschen, auch noch für die klassischen Dichter gelten, während in der Zeit der Brâhmaṇa und Upanishad dasselbe Metrum noch viel freier gehandhabt wird und in dem Übergangsstadium von der vedischen Anushṭubh zum eigentlichen Çloka erscheint. Das eigentlich epische Versmass der alten Zeit scheint Trishṭubh bez. Jagatî gewesen zu sein. Das dürfte schon aus dem alten Namen der ersteren — Âkhyânaka — zu schliessen sein. Wie schon hervorgehoben, finden sich im Mahâbhârata noch manche alterthümliche Stücke in diesem Versmass, das dem vedischen noch sehr nahe steht. Warum, so könnte man fragen, ist das Âkhyânaka, wenn es in der That einmal das epische Versmass gewesen ist, es nicht auch für die Folgezeit geblieben? Die Antwort scheint sich mir leicht aus der Betrachtung dieses Metrums zu ergeben. Denn schon die vedische Trishṭubh scheint mehreren Typen zuzustreben, die in den späteren Upajâti-, Çâlinî-, Vâtormî- etc. Strophen krystallisirt sind[1]. Je weiter die Entwickelung ging, um so mehr löste sich die Vielgestaltigkeit des Metrums in die willkürliche Abwechselung mit verschiedenen Typen auf.

---

1) Siehe meine Abhandlung: „Über die Entwicklung der indischen Metrik in nachvedischer Zeit“ in der Zeitschrift der Deutschen Morgenländischen Gesellschaft, Bd. 38, p. 608 ff.

An Stelle der stets wechselnden Mannigfaltigkeit wäre mit der Zeit ein buntscheckiges Wesen getreten in Strophen, deren Zeilen zwar von derselben Silbenzahl, aber nach verschiedenem Typus gebaut gewesen wären. Es ist nun leicht begreiflich, und die Entwickelungsgeschichte des Metrums bestätigt es auch, dass jeder der im Âkhyânaka mit anderen gemischt auftretenden Typen das Bestreben haben musste, sich rein und ausschliesslich zu entfalten, d. h. dass die ganze Strophe aus Zeilen desselben Typus gebaut wurde. So trat an Stelle des alten Âkhyânaka die Upajâti-Strophe, bei der alle Mannigfaltigkeit aufgehört hatte, wenn man nicht etwa in dem Wechsel von 13- und 14silbigen Zeilen, den sich allerdings klassische Dichter nicht erlauben, einen gewissen Ersatz dafür sehen will. Jüngere Stücke in solchen Upajâti- und Vaṃçasthâ-Strophen finden sich im Mahâbhârata in grösserer Zahl, im Râmâyaṇa aber nur in geringerer, wobei obendrein der Zweifel sehr berechtigt ist, ob diese Stellen nicht alle samt und sonders spätere Zusätze sind. Zur Abwechselung war ein solches kunstvolleres Metrum auch ganz wohl angethan, aber wegen seiner starren Einförmigkeit war es nicht als episches Versmass geeignet; denn in ihm mussten Epen von der Ausdehnung, wie sie in Indien üblich war, von unausstehlicher Eintönigkeit werden.

Anders und umgekehrt ging die Entwickelung bei der Anushṭubh von einer gewissen Einförmigkeit des vedischen Verses zu grösserer Mannigfaltigkeit in den Brâhmaṇa und Upanishaden. Im epischen Çloka erscheint nun die Willkür durch bestimmte Gesetze gebunden, die aber trotzdem noch eine grosse Abwechselung zulassen. Sehen wir davon ab, dass die erste und letzte Silbe eines jeden Pâda anceps ist, so bleiben für die geraden Pâda 5 Formen; für die ungraden der Pathyâ 6, für dieselben aller vier zulässigen Vipulâ 8; also für den Halbçloka (als kleinste metrische Einheit) $6 \times 5 + 8 \times 5 = 70$ Formen. Rechnen wir noch die Variationen hinzu, die aus der Doppelzeitigkeit der ersten und letzten Silbe folgen, so erhalten wir im Ganzen $4 \times 70 = 280$ Variationen. Die Unterschiede zwischen den einzelnen Variationen sind aber nicht derart, dass der gemeinsame Charakter verwischt würde, und auch ihre grosse Anzahl verhinderte, dass sich festbestimmte Typen hätten entwickeln können. Selbst die Vipulâ-Arten, die noch am ehesten als abweichende Typen erscheinen könnten, thun es dennoch nicht, weil der Vipulâ-Pâda ja mit dem immer denselben Typus aufweisenden geraden Pâda zu einer Einheit verbunden ist, so dass das Abweichende seines Charakters nicht zur vollen Geltung gelangen kann [1]).

Die Gesetze des Çloka sind von den Indern nur zum Teil, nämlich für die Pathyâ, theoretisch erkannt d. h. als Regeln ausgesprochen worden; diejenigen über die Vipulâ werden zwar von guten Dichtern streng beobachtet, scheinen aber, weil Vorschriften darüber nicht bestehen, instinktiv durch viele Lektüre des Epos von jedem erlernt worden zu sein. Ein ähnliches Verhältnis dürfen wir auch für die frühere Zeit voraussetzen. Wahrscheinlich schuf ein bedeutender Dichter die Norm und alle folgenden Dichter der epischen Zeit ahmten sie nach. So finden wir im Mahâbhârata und Râmâyaṇa durchweg Übereinstimmung im Bau des Çloka. Jener bahnbrechende Dichter war wahrscheinlich Vâlmîki; wir wissen ja von keinem Andern vor ihm, der eine solche Bedeutung gehabt haben könnte. Diese Annahme steht nun in vollem Einklang mit der Tradition. Im 2. Gesange des 1. Buches des Râmâyaṇa wird nämlich erzählt, wie Vâlmîki den Çloka zufällig

---

1) Die vorkommenden Formen sind:

2. und 4. Pâda ⏓⏑–⏓⏑–⏑⏓
⏓–⏑⏑⏑–⏑⏓
⏓––⏓⏑–⏑⏓

1. und 3. Pâda; a) Pathyâ ⏓⏑⏓⏓⏑––⏓
⏓–⏑⏓⏑––⏓
⏓––⏓⏑––⏓

b) Vipulâ 1. ⏓–⏑– / ⏓⏑–– / ⏓––– } ⏑⏑⏑⏓
2. ⏓–⏑––⏑⏑⏓
3. ⏓–⏑––¦––⏓
4. ⏓–⏑– / ⏓⏑–– / –––– } –⏑–⏓

gefunden, und dass ihm Brahman befohlen habe, die Thaten Râma's in diesem Versmaasse zu besingen. Wenn dieser Sage etwas Thatsächliches zu Grunde liegt, so kann es nur das sein, dass der epische Çloka in seiner endgültigen Form auf Vâlmîki zurückgeht.

In der vorausgehenden Untersuchung haben wir in Anlehnung an die Tradition die Ansicht zu begründen versucht, dass das Râmâyaṇa als das erste einheitliche, nach bestimmtem Plane gedichtete Epos epochemachend wirkte, dass die von Vâlmîki geschmeidig und gefällig gemachte epische Sprache, sowie das von ihm verfeinerte Versmass von da ab allgemeine Anerkennung und Nachahmung fanden. Folgerichtig müssen wir dann auch weiter annehmen, dass die epischen Sänger, um dem neuen und besseren Geschmacke zu genügen, ihre veralteten Gesänge in die neue Form umgossen. Es wäre also eine allgemeine Umdichtung der epischen Sagen in Çloka nach Vâlmîki's Weise erfolgt, als das Râmâyaṇa sich weiter und weiter ausbreitete. Trifft diese Annahme das Richtige — und sie scheint mir ziemlich gut gestützt — so würde damit auch ein dunkler Punkt in der Entwickelung des Mahâbhârata in ein neues Licht gerückt werden. Wie nämlich A. Holtzmann schon 1846 behauptet und sein gleichnamiger Neffe in seinem eben erschienenen Werke: Zur Geschichte und Kritik des Mahâbhârata, Kiel 1892 eingehend dargelegt hat [1]), ist trotz der entschiedenen und ausgesprochenen Parteinahme des uns vorliegenden Textes für die Paṇḍuinge doch noch zu erkennen, dass ursprünglich die Kuruinge in der Sage als die edlere Partei erscheinen. Denn obschon die Kuruinge mit Worten weidlich schlecht gemacht werden, sind doch ihre Thaten mit geringen Ausnahmen durchaus edel, während die gepriesenen Paṇḍuinge eine Schlechtigkeit nach der anderen begehen, was möglichst durch sophistische Gründe beschönigt wird. Wie kommt diese

1) Auf die übrigen zum Teil äusserst phantastischen Ansichten, die Holtzmann in seinem oben genannten Werke vorgebracht hat, brauche ich hier nicht einzugehen, da ich mich darüber ausführlich in einer Kritik, in den Göttingischen Gelehrten Anzeigen 1892, p. 625 ff., ausgesprochen habe.

Verschiebung des Grundplanes? Man könnte denken, dass die Vergöttlichung Kṛishṇa's die Parteinahme für die Paṇḍuinge bedingte. Aber dagegen spricht, dass die veränderte Stellungnahme schon längst erfolgt war, ehe Kṛishṇa zum Gott erhoben wurde. Und wenn auch der Kṛishṇakult in der entscheidenden Zeit aufgekommen wäre, so ist er doch wahrscheinlich nicht gleich so allgemein geworden, dass ihm zu Liebe die ganze Sage gewissermassen hätte auf den Kopf gestellt werden können. Es geht überhaupt nicht an, die Voraussetzung zu machen, dass die Umarbeitung des Mahâbhârata nach festem Plane, gewissermassen auf Verabredung erfolgt sei. Denn wie hätte ein solcher Beschluss gefasst oder über seine Ausführung gewacht werden können? Den bösen Brahmanen kann man doch nicht die Schuld geben; denn sie bildeten eine tausendköpfige Gesellschaft und keine Hierarchie; es fehlte ihnen also an beratenden, beschliessenden und ausführenden Organen, ohne die wir uns die ihnen zugemutete Wirksamkeit schlechterdings nicht vorstellen können. Die Umdichtung des Epos muss sich in einfacher Weise, ohne Hintergedanken, vollzogen haben. Sie musste aber mit einer gewissen Notwendigkeit eintreten, wenn durch ein einheitliches, kunstvolleres, von einem hochbegabten Dichter verfasstes Epos der literarische Geschmack sich so verfeinert hatte, dass ihm die früheren epischen Gesänge nicht mehr entsprachen. Letztere mussten ihm dann angepasst werden, um nicht ganz zu veralten. Dabei musste die Stimmung und die Teilnahme der Zeit und der Gegend, wann und wo die Umdichtung vorgenommen wurde, sich in dieser wieder spiegeln. Fand sie in einem Lande statt, dessen Sympathie mehr den Paṇḍuingen galt, weil seine Fürsten mit diesen in den alten epischen Gesängen verbündet oder befreundet erschienen [1]), so ist es ganz natürlich und ohne weitere gewaltsame, durch nichts zu beweisende Annahme begreiflich, dass in dem umgedichteten Mahâbhârata die Paṇḍuinge als die Bevorzugten erscheinen werden. Und es ist auch keine wunderbare Fügung, dass die Umdichtung des Mahâbhârata in einem Lande erfolgte, in dem die Paṇḍuinge

1) Vergl. Holtzmann a. a. O. p. 130.

mehr galten als die Kuruinge; eine Betrachtung der geographischen Verhältnisse des alten Indiens lässt vielmehr dies als etwas natürliches und notwendiges erscheinen. Denn westlich von den Kosala, bei denen das Râmâyaṇa entstanden war, und ihnen benachbart sitzen die Stämme der Pañcâla, aus deren Königshause Draupadî, die gemeinschaftliche Gattin der fünf Pâṇḍusöhne, stammte. In ihrem Lande musste das Râmâyaṇa sich zunächst verbreiten und festen Fuss fassen, ehe es zu den noch weiter westlich wohnenden Stämmen gelangen konnte, die auf Seiten der Kuruinge nach der Überlieferung des Epos standen. Es ist also natürlich, dass im Pañcâla-Lande früher als im fernen Westen Vâlmîki's Dichtung Bewunderung und Nachahmung fand. Die Folge war, dass die nach der neuen Weise umgedichteten epischen Lieder Partei für die Paṇḍuinge nehmen mussten.

Wir brauchen für diesen Vorgang keinen sehr langen Zeitraum anzunehmen. Denn wie schnell eine literarische Umwälzung erfolgt, die durch das Werk eines hervorragenden Dichters hervorgerufen wird, dafür liefert die Litteraturgeschichte vieler Völker hinlänglich bekannte Beispiele. Sie wirkt mit der Macht einer Mode, die zum schnellen, nicht selten unbesonnenen Bruch mit dem bis dahin Üblichen führt. Und so dürfen wir annehmen, dass Vâlmîki's Weise rasch Nachahmung fand, und dass es nicht langer Zeit bedurfte, bis die alten Sagen in dem neuen Gewande vorgetragen wurden.

Meine Ansicht über den Einfluss des Râmâyaṇa auf das Mahâbhârata stützt sich, um es noch einmal kurz zusammen zu fassen, auf folgende Punkte:

1. Das Râmâyaṇa ist älter als der grösste Teil des Mahâbhârata in der uns vorliegenden Gestalt.

2. Es war wenn nicht das erste, so doch ein alle Vorläufer in dieser Richtung weit überragendes und in den Schatten stellendes, einheitliches und kunstvolles Epos.

3. Die von Vâlmîki zur Vollendung gebrachte dichterische Technik in Darstellung, Sprache und Metrik wurde mustergültig für die epische Dichtung der folgenden Zeit.

4. Die epischen Gesänge, welche die Sagen des Mahâbhâ-

rata zum Gegenstand hatten, wurden nach den Anforderungen des durch Vâlmîki aufgebrachten höheren Kunststils umgedichtet.

5. Dies geschah in dem Lande der Pancâla, welche die Pandusinge verehrten und dem Stammlande des Râmâyana, den Kosala, benachbart waren.

§ 3. Buddhistischer Einfluss.

Professor Weber stellt an die Spitze seiner Abhandlung über das Râmâyana die Besprechung des Dasaratha Jâtaka [1]), das nach seiner Ansicht eine ältere Form der Râma-Sage enthalten soll. Der wesentliche Inhalt desselben mit Übergehung der erbaulichen Zuthaten, derentwegen es vorgetragen wird, läuft auf folgendes hinaus. Dasaratha, König von Benares, hatte mit seiner Gemahlin drei Kinder: den Râmapaṇḍita, Lakkhaṇa(-kumâra oder -paṇḍita) und die Sîtâdevî. Nach dem Tode seiner Frau heiratete er eine andere, die ihm den Bharata(kumâra) gebar. Aus Freude darüber gewährte ihr der König eine Wahlgabe. Sie machte aber erst nach 7 oder 8 Jahren davon Gebrauch, um dem Bharata die Thronfolge zu sichern. Der König verweigert ihr dies hartnäckig, doch aus Furcht vor ihren Intriguen rät er seinen Kindern (von der ersten Frau), in den Wald zu ziehen und erst nach 12 Jahren (solange sollte er nach der Angabe seiner Astrologen noch leben) zurückzukehren und die Herrschaft zu übernehmen. Die beiden Prinzen mit ihrer Schwester ziehen in den Himâlaya. Dasaratha stirbt aber schon nach neun Jahren. Die Königin Witwe bemüht sich vergeblich, Bharata als König anerkennen zu lassen. So macht sich Bharata auf den Weg, um Râma zurückzuführen. Der aber weigert sich: er müsse noch die übrigen 3 Jahre im Walde aushalten. Er giebt dem Bharata seine Sandalen mit, die während seiner Abwesenheit den Thron einnehmen sollen. Râma bleibt dann allein zurück, bis die 3 Jahre um sind. Darauf kehrt er heim und heiratet Sîtâdevî.

1) Der Text steht in Fausböll, the Jâtaka, IV p. 124 ff. Mit Übersetzung herausgegeben von demselben, The Dasaratha Jâtaka, Copenhagen 1871.

Ich halte diese Erzählung nicht für altertümlicher als Vâlmîki's Râma-Sage, sondern für eine Entstellung derselben. Zwar fehlt Çatrughna, aber die Zahl der Kinder Daçaratha's beläuft sich trotzdem auf vier, da Sîtâ zu seiner Tochter gemacht ist. Sie war sicher ursprünglich und nicht erst nach dem Exil Râma's Gattin, worauf der Zusatz *devî* zu ihrem Namen hindeutet. Ferner ist in der buddhistischen Erzählung die Wahlgabe ganz überflüssig, da Daçaratha nicht ihretwegen, sondern aus Furcht vor den Intrignen der Königin, die Prinzen in den Wald ziehen lässt. Wir müssen deswegen voraussetzen, dass in der dem Erzähler des Jâtaka vorliegenden Sage die Verbannung Râma's, der ja allein zur Thronfolge berechtigt war, durch die Wahlgabe veranlasst wurde. Man beachte auch, wie albern die Dauer des Exils, sowie Râma's Verbleiben im Walde nach Bharata's Ankunft motivirt ist. Man sieht leicht ein, dass Râma aus einem zwingenderen Grunde sein Wort gegeben haben muss, nicht vor der bestimmten Zeit, hier 12 Jahre, in die Vaterstadt zurückzukehren. Und endlich wie abgeschmackt ist die Geschichte mit den Sandalen, wenn der rechtmässige Herrscher nur drei Jahre abwesend sein soll; wie berechtigt und wirkungsvoll dagegen im Râmâyaṇa, nach dem Bharata sofort, nicht erst nach 9 Jahren, den Râma aufsucht und letzterer noch 14 Jahre in der Verbannung bleiben soll. So beweisen die innern Widersprüche im Jâtaka, dass seine Erzählung auf einer Râma-Sage beruhte, die der des Râmâyaṇa in wichtigen Punkten bedeutend näher stand, als es auf den ersten Blick den Anschein hat.

Wenn eine orthodoxe Sage von einem Andersgläubigen in den Dienst seiner Sekte gepresst wird, wird er sie nicht unverändert lassen, damit seine Erzählung zwar von der ursprünglichen verschieden, ihr aber nicht gänzlich unähnlich werde. Eine solche willkürliche Änderung hat der Erzähler des Jâtaka vorgenommen, indem er das Exil der Kinder durch die Vorsorge des Vaters motivirt, der sie vor den Nachstellungen der Stiefmutter sicher stellen will. Dasselbe Motiv kehrt noch in andern buddhistischen Erzählungen wieder, von denen Weber l. c. p. 2 zwei namhaft macht. Der Autor des Jâtaka brauchte also nicht einmal seine

Phantasie in Thätigkeit zu versetzen, er konnte sich für seinen Zweck einer feststehenden Schablone bedienen. Dabei hat er, aus Halbheit, oder weil dieser Zug zu fest stand, es nicht gewagt, das ursprüngliche Motiv, die der Kaikeyî gewährte Wahlgabe, ganz zu unterdrücken, obschon deren Beibehaltung in seiner Erzählung ihr in keiner Weise dient. Die erste Veränderung machte andere nötig. Dabei bestrebt sich der Erzähler alles äusserlich plausibel zu machen. 7 oder 8 Jahre nach Bharata's Geburt gehen die älteren Kinder ins Exil. Nach 9 weiteren Jahren stirbt Daçaratha, obschon die Astrologen seinen Tod erst für's 12. Jahr vorausgesagt hatten (in echten Märchen und Sagen irren die Wahrsager nie!). Bharata war also 16 oder 17 Jahre alt: ein angemessenes Alter, um die Herrschaft anzutreten. Aber man merkt zu deutlich die Absicht bei diesen probabeln Zeitangaben. Alle diese Züge machen durchaus den Eindruck des Sekundären.

Man könnte zweifeln, ob die Beschränkung des Jâtaka auf den ersten Teil der Râma-Sage nicht als etwas altertümliches anzusehen sei. Denn es ist wahrscheinlich, dass die Râma-Sage aus zwei ursprünglich nicht zusammengehörigen Teilen zusammengesetzt ist: der erste Teil umfasst die Vorgänge in Ayodhyâ mit Daçaratha als Hauptperson, der zweite die Abenteuer im Daṇḍaka-Walde und die Besiegung Râvaṇa's. Dem ersten Teile liegen wahrscheinlich von der Sage ausgeschmückte Schicksale eines Ikshvâkuiden-Prinzen zu Grunde, dem zweiten Teile dagegen Mythen, mit denen wir uns später beschäftigen werden. Weber ist nun der Ansicht, dass zur Zeit, als das Dasaratha Jâtaka entstand, der zweite Teil der Sage noch gar nicht bestanden habe, während ich überzeugt bin, dass der Erzähler des Jâtaka (das ja Dasaratha- und nicht Râma-Jâtaka heisst) den zweiten Teil wegliess, weil es ihm in erster Linie darum zu thun ist, Râma als frommen Buddhisten hinzustellen [1]), und sich zu diesem Zwecke die letzte Hälfte der

---

1) Ähnlich beurteilt R. Fick die Jaina Version der Sagara-Sage. „Der Zweck dieser Bearbeitungen war augenscheinlich, die dem indischen Volke bekannten mythischen Helden und deren Thaten als der jainistischen Religion und Geschichte angehörig hinzustellen und auf

Râma-Sage mit ihren Kämpfen und blutigen Scenen nicht wohl verwenden liess. Dass er sie aber dennoch gekannt habe, dafür findet sich im Jâtaka ein deutliches Anzeichen. Das Râmâyaṇa Vâlmîki's schliesst nämlich mit der Wiedervereinigung Sîtâ's mit Râma. Statt ihrer erscheint im Jâtaka nach Märchenbrauch die Verheiratung der Beiden miteinander. Sîtâ durfte daher vorher nicht Râma's Gattin sein, während doch schon ihr Name: Sîtâdevî, sie als Königin, d. h. als die Gemahlin Râma's bezeichnet. Damit sie aber diejenige Rolle spielen könne, die ihr während der Verbannung zufällt, machte der buddhistische Erzähler sie zur Schwester Râma's. Nun ist zwar die Geschwisterehe nach gemeiner Anschauung verpönt; aber ein buddhistischer Erzähler mochte sie für erlaubt halten, da ihm dafür die Sage von der Entstehung der Sâkya- und Koliya-Geschlechter ein geheiligtes Beispiel bot. Während aber in dieser Sage die Geschwisterehe motivirt ist, insofern sie die befürchtete Geschlechtserniedrigung verhindern sollte, wird nicht der geringste Grund für die Verheiratung Râmapaṇḍita's mit seiner Schwester Sîtâdevî auch nur angedeutet. Die Beiden galten offenbar in der Sage von Anfang an als Ehegatten, und erst der Erzähler des Jâtaka hat sie zu Geschwistern gemacht.

Einige Züge des Jâtaka erinnern noch speciell an das Râmâyaṇa; so wenn die Königin sich in das *sirigabbham* zurückzieht, warum wird nicht gesagt. Es ist offenbar das Schmollgemach, *krodhâgâra*, des Râmâyaṇa gemeint, das aber dort (II 9, 22. 10, 21) nicht der Begründung entbehrt. Ferner wird im Jâtaka hervorgehoben, dass Viele den Verbannten das Geleit gaben, und endlich, dass Bharata mit grossem Heere kommt, es aber in der Nähe lagern lässt: alles dieses findet sich ausführlich auch im Râmâyaṇa erzählt.

Endlich kehrt, wie schon Weber bemerkt hat l. c. p. 65 Note 2, noch ein Vers aus dem letzten Gesange des echten Râmâ-

---

diese Weise dem Jainismus ein hohes bis in die Urzeit hinaufreichendes Alter aufzuprägen.“ Eine jainistische Bearbeitung der Sagara-Sage, Kiel 1889, p. XXI.

yaṇa (6, 128) in dem Jâtaka in Pâliform wieder. Der Vers lautet in den südindischen Ausgaben (in den Bombayer ist er verstümmelt) also:

daça varshasahasrâṇi daça varshaçatâni ca |
bhrâtṛibhiḥ sahitaḥ çrîmân[1]) Râmo râjyam akârayat ||

Im Jâtaka lautet dieser Vers:

dasa vassasahassâni saṭṭhiṃ vassasatâni ca |
kambugîvo mahâbâhû Râmo rajjam akârayi ||

Dieser Vers steht mitten in der sonst durchaus prosaischen Erzählung; er ist daher, wie die meisten solcher Verse, als einer älteren Quelle entlehnt anzusehen. Über diese Quelle giebt uns die Einleitung zu dem Jâtaka in dem Worte *porâṇakapaṇḍitâ* einen wichtigen Fingerzeig: die Quelle waren offenbar epische Lieder. Da wir nun ein Epos haben, in dem der besprochene Vers vorkommt, das Râmâyaṇa, so ist dieses auch aller Wahrscheinlichkeit nach die Quelle, aus der der Erzähler des Jâtaka den Stoff zu seiner frommen Legende geschöpft hat.

Wenn wir somit in dem buddhistischen Dasaratha Jâtaka keine ältere Form der Râma-Sage erblicken dürfen, so müssen wir jetzt untersuchen, ob sich in dem Râmâyaṇa buddhistische Spuren nachweisen lassen. Weber sagt p. 5: „die einzige Stelle endlich, in welcher Buddha's, und zwar als einem Diebe gleichzustellen, gedacht wird (II 109, 34), hat schon Schlegel als vermuthlich sekundären Einschub bezeichnet". Der Leser möge selbst urteilen: Nachdem Râma endgültig dem Bharata abgeschlagen hatte, die Königswürde anzunehmen, sucht Jâbâli II 108 ihn dazu zu bewegen, mit Gründen, die der Lokâyatika-Philosophie entlehnt sind. Râma widerlegt dessen Ansicht und wiederholt seinen Entschluss, sein gegebenes Wort nicht zu brechen. Dann geht die Darstellung aus dem Çloka in Upajâti über bis zum Schluss v. 30—39. v. 30 lautet:

1) Der dritte pâda lautet im Berliner Ms. A und im Bonner Ms.: vîtaçokabhayakrodho, im Ms. C: evaṃguṇasamâyukto. Der erste Halbvers steht auch I 1, 97, der zweite lautet dort: Râmo râjyam upâsitvâ brahmalokaṃ prayâsyati.

anuçishyamâṇaḥ punar ugratejâ niçamya tan nâstikavâ-
kyahetum |
athâ 'bravît tam nṛpates tanûjo vigarhamâṇo vacanâni tasya ||
Nachdem die Sache schon abgethan ist, wird sie also noch einmal aufgenommen und zwar in anderem Metrum. Beide Umstände würden schon für sich allein genügen, die ganze Stelle als höchst verdächtig erscheinen zu lassen, vereinigt beweisen sie ihre Unechtheit [1]). Dazu kommt, dass sie in den anderen Recensionen thatsächlich fehlt. In dem Kashmir Ms. schliesst sich v. 36 unmittelbar an v. 29 an, und vv. 38 und 39 fehlen.

Aber noch auf andere Weise hat man das Râmâyaṇa zu dem Buddhismus in Beziehung setzen wollen. Talboys Wheeler hat nämlich in seiner History of India die Ansicht aufgestellt, in dem Zuge Râma's gegen Lankâ komme der feindselige Gegensatz gegen die ceylonesischen Buddhisten zum Ausdruck, die unter dem Bilde der Râkshasa zu verstehen seien. (Siehe Weber l. c. p. 4.) In erster Linie fragt man sich, warum ein Dichter in Kosala die Buddhisten in Ceylon, der weltfernen Insel, sollte gehasst haben. Gab es überhaupt schon zu seiner Zeit Buddhisten, so hätte er sie in unmittelbarer Nähe gehabt und hätte sie nicht erst in Ceylon zu suchen gebraucht. Dass der buddhistische Einfluss Ceylon's sich bis nach dem nördlichen Indien fühlbar gemacht habe, ist gar nicht auszudenken. Hat doch der Buddhismus des Nordens eine ganz andere Entwickelung durchgemacht, als der des Südens, beide sind praktisch von ein-

1) Übrigens steht diese Stelle selbst in einem grösseren älteren Einschub, der von 107, 17 bis 111, 11 reicht. Denn an Râma's bestimmte Absage, nach Ayodhyâ zurückzukehren, und die Äusserung seines Entschlusses: pravekshye Daṇḍakâraṇyam aham apy avilambayan | âbhyâm tu sahito vîra Vaidehyâ Lakshmaṇena ca || musste sich direkt Bharata's Drohung schliessen, ihn durch das *pratyupaveçana* zu zwingen. Der Eindruck dieser Drohung wird durch die jetzt dazwischen stehenden Reden, von denen die Vasishṭha's in 110 in diesem Zusammenhange geradezu albern ist, sehr geschwächt, da der plötzliche Entschluss Bharata's gänzlich unmotivirt erscheint. Also auch hier haben wir einen Einschub in einem Einschub.

ander unabhängig. Und ferner, wenn Vâlmîki die Buddhisten unter dem Bilde der Râkshasa darstellen wollte, so ist es ihm vorzüglich gelungen, seine Absicht unerkennbar zu machen. Denn wenn auch die Râkshasa als Dämonen brahmanische Opfer störten (was übrigens nirgends von Buddhisten berichtet wird), so gelten sie doch als vedakundig und bringen selbst Opfer dar; und Râvaṇa hat ja durch seine Askese von Brahman sich seine Unverletzlichkeit ertrotzt. Indische Dichter spielen nicht so Versteckens mit ihren Absichten, und wenn sie allegorisch dichten, so sorgen sie dafür, dass man sie verstehe. Man denke sich: Vâlmîki, der grösste Dichter der vorklassischen Zeit, dichtete eine Allegorie, die Niemand verstanden hat, bis ein Europäer des 19. Jahrhunderts hinter das wohl verborgene Geheimniss gekommen ist!

Mir ist aber auch weiter zweifelhaft, dass das *Lankâ* Vâlmîki's Ceylon bedeute. Nach der wiederholt ausgesprochenen Vorstellung des Dichters ist Lankâ die von Viçvakarman am anderen Ufer des Meeres auf dem Trikûṭa erbaute Stadt, 100 Meilen vom Festlande Indiens, speciell vom Fusse des Vindhya (cf. IV 58, 3) bez. vom Berge Mahendra entfernt. Das alles passt recht wenig auf Ceylon; soll diese Insel aber doch darunter verstanden werden, so kann nur eine dunkle Mähr von dem wirklichen Ceylon zu Vâlmîki gedrungen sein. Denn die Bezeichnung Lankâ's als Insel, *dvîpa*, scheint dem alten Râmâyaṇa fremd zu sein; sie findet sich nur in IV 58, 20 (= B 58, 24), ausserdem IV 111, 54 in einer Stelle, die in B fehlt; hier könnte *dvîpa* aber als Continent wie in Jambûdvîpa gemeint sein. In der Beschreibung der vier Weltgegenden, die wir oben p. 37 ff. als späteren Zusatz nachgewiesen haben, gilt das Land des Râvaṇa als eine Insel, IV 41, 23 ff., wozu man den Commentar vergleiche; endlich noch in dem ebenfalls späteren 7. Buche, 45, 10. Offenbar lag für Vâlmîki Lankâ im Fabelland, von dem er keinerlei sichere Kunde besass. Seine Vorstellungen sind von den brahmanischen Indern festgehalten worden. Die Astronomen verlegten Lankâ auf den Äquator, wo er von dem ersten Meridian (dem von Ujjayinî) getroffen wird. Kein Astronom in Ceylon hätte danach seine Heimat mit Lankâ identificiren können, da die erste Beobachtung ihn belehren musste, dass er viele Grade nördlich vom Äquator und östlich vom Meridian von Lankâ wohnte. In der That gilt auch in der klassischen Periode Lankâ als von Siṃhaladvîpa verschieden. Varâhamihira nennt bei der Aufzählung der Länder im Süden (Bṛihat Saṃhitâ 14) Lankâ in Vers 11 und davon getrennt in Vers 15 die Siṃhalâh. Bhavabhûti lässt im Mahâvîracarita 7. Act $^{13}/_{14}$ den Râma bei seiner Heimreise auf dem Pushpaka die Einsiedelei Agastya's, d. h. den Berg Rohaṇa auf Ceylon, erst erblicken, nachdem er schon den Ocean hinter sich hat. Ähnlich Murâri im Anargharâghava 7. Act v. 78, der ausdrücklich Siṃhaladvîpa nennt, ebenso Râjaçekhara im Bâlarâmâyaṇa 10. Act 58 ff., allerdings ohne Siṃhaladvîpa selbst zu nennen. Und in demselben Drama, Bâlar. $7^{59}/_{60}$ schleppen die Affen zum Brückenbau die Gipfel aller Berge herbei, auch von Rohaṇâcala, was widersinnig wäre, wenn Râjaçekhara Lankâ mit Ceylon identificirt hätte[1]).

Mit diesem brahmanischen Gebrauche steht in gutem Einklang die älteste Benennung Ceylons; sie ist nämlich nicht Lankâ, sondern Tâmraparṇî. Unter diesem Namen Ταπροβάνη wurde die Insel den Zeitgenossen Alexanders bekannt; auch Açoka nennt sie Taṃbapaṃni[2]). Der Name war vielleicht von einer wichtigen Hafenstadt auf die ganze Insel übertragen worden. Später, zu Ptolemäus' Zeit, ist der Name Siṃhala oder Sîhala geläufig gewesen, da er die Insel Σαλική, die Bewohner Σάλαι nennt.

Dagegen nennen die ceylonesischen Buddhisten ihre Insel Lankâ[3]), und zwar taucht dieser Name zuerst im Dîpavaṃsa

---

1) Sollte der Berg Rohaṇa vielleicht mit dem Mahendra identisch sein? Denn Mahendra ist von Agastya ins Meer gesetzt, Râmâyaṇa IV 41, 19. Im Dîpavaṃsa wird Rohaṇa erwähnt und von Oldenberg im Index als Provinz bezeichnet.

2) *taṃbapaṃṇi*, Girnar II 2, *taṃbapaṃni* Khâlsi II 4, Kapurdigiri II 4, *taṃbapaṃniya* Kh. XIII 6 K. d. G. XIII 9. So hiess auch die Stelle bez. Stadt, wo Vijaya zuerst in Ceylon gelandet und dann residirt haben soll (Dîpav. 9, 30 ff.); ferner ein bekannter Fluss des gegenüberliegenden Continents, der auch im Râmâyaṇa VI 41, 17 genannt wird.

3) Inschriftlich ist dieser Name erst vom 10. Jhd. abwärts belegt. Siehe Ed. Müller, Ancient Inscriptions in Ceylon Nr. 116, 117 etc.

(verfasst zwischen 302 und 477 n. Chr.) auf[1]. Da die Namen Sīhala und Tambapaṇṇi, wie unten in den Noten angegeben, mit Vijaya, dem sagenhaften ersten Herrscher Ceylons, in Verbindung gebracht werden, so dürften sie die gebräuchlichsten und ältesten gewesen sein, wohingegen Laṅkā keine volkstümliche, sondern nur eine gelehrte, bei den Buddhisten beliebte Benennung gewesen zu sein scheint. Die Vermutung liegt nahe, dass dieser Name dem Rāmāyaṇa erst entnommen worden ist, als dasselbe auch in Südindien bekannt und sein Inhalt überall populär geworden war[2]. Wie unbestimmt auch die Vorstellungen im Rāmāyaṇa über den Süden Indiens sein mögen, so haben sich doch die Bewohner des Deccan nicht entgehen lassen, alle von Rāma berührte Punkte irgendwie zu identificiren, um so in den Besitz heiliger Tīrtha zu kommen. So soll in der Marāṭhī Bearbeitung des Rāmāyaṇa der Zug Rāma's sich „noch" deutlich erkennen lassen. Es ist daher nicht zu verwundern, dass die Bewohner Ceylons auch in einem durch Rāma berühmt gewordenen Lande zu wohnen beanspruchten. Dass sie auf Laṅkā raten mussten, braucht nicht weiter ausgeführt zu werden, wenn man bedenkt, wie diese Hypothese bis jetzt bei unsern Gelehrten als unbestrittener Glaubenssatz hingenommen worden ist. Ich glaube, die „Adam's bridge", die mit Rāma's *setu* identificirt wird, hat Alle überzeugt.

Will man aber trotz meiner Darlegung Laṅkā als den eigentlichen und ältesten Namen Ceylons ansehen, so muss man annehmen, dass Vālmīki zu einer Zeit gelebt habe, in der die hi-

1) Dīp. 9, 1 wird der Name Sīhala, in 9, 20 Ojadīpa, Varadīpa, Maṇḍadīpa, Tambapaṇṇi als Synonyme von Laṅkādīpa angegeben. Der Name Sīhala wird mit der Colonisirung der Insel durch Vijaya in Verbindung gebracht, insofern dieser ein Sohn Sīha's ist.

2) Auch nach Hinterindien drang das Rāmāyaṇa, wenn vielleicht auch nur in neueren Bearbeitungen. So habe ich Abbildungen von Zeichnungen, die Rāma's Kämpfe darstellen, aus Tempeln in Bangkok gesehen. Man sieht, dass der Buddhismus kein Hinderniss für die Verbreitung des Rāmāyaṇa war. — Wie längst bekannt, giebt es ein Rāmāyaṇa in Kawi. Es ist aber keine Übersetzung, sondern ein richtiges Kunstgedicht, von dem Kern eine Probe mitgeteilt hat in den Bijdragen tot de Taal-, Land- en Volkenkunde van Neerlandsch-Indië 1883.

storischen und den brahmanischen Indern allein bekannten Namen Tâmraparṇî und Siṃhaladvîpa, noch nicht aufgekommen waren.

Zum Schlusse noch eine Bemerkung über das Wort Lankâ. Es hat keine Etymologie im Sanskrit. Nun werden in Brown's Telugu Dictionary für „Insel" nur *dîvu* und *lanka* angegeben. Ersteres ist offenbar aus *dvîpa*, prâkṛit *dîvo* entstanden. Wenn es feststände, dass *lanka* ein echtes Telugu-Wort wäre, so hätten wir eine äusserst interessante Erklärung für den Namen Lankâ. Aber bei dem geringen Alter der Telugu-Litteratur ist Vorsicht geboten. Denn es könnte sehr wohl, seitdem Lankâ als Insel gedacht wurde, das nomen proprium zum nomen appellativum geworden sein, da die Sprache von alters ohne allgemeines Wort für „Insel" gewesen sein könnte, weil die Küste Telinga's sehr arm an Inseln ist und in den Flüssen höchstens „Inselchen" sind.

Man könnte aus der freieren Behandlung des Çloka in den canonischen Schriften der Buddhisten schliessen, dass sie älter seien als das Râmâyaṇa, in dem ja strenge Gesetze den Versbau regeln. Dagegen ist mehreres zu beachten. Erstens werden auch in späteren Sanskrit-Gedichten, die nicht auf Formvollendung Anspruch machten, z. B. Hemacandra's Pariçishṭaparvan, und namentlich in wissenschaftlichen Werken die strengeren Gesetze des Çloka oft nicht beachtet. Zweitens war der litterarische Gebrauch des Pâli noch neu, und hatten die Dichter offenbar mit der geringeren Geschmeidigkeit der Sprache zu kämpfen, so dass sie sich ohne grosse Bedenken über die strengeren metrischen Gesetze wegsetzen mochten. Drittens sind die Pâli Werke sehr schlecht überliefert, und lassen sich viele metrische Fehler in unseren Ausgaben leicht durch Verbesserungen beseitigen. Die veröffentlichten Texte lassen aber dennoch erkennen, dass die Gesetze der Vipulâ-Verse in den meisten Fällen beobachtet wurden.

Wichtiger aber als die Behandlung des Çloka ist, dass in der buddhistischen Litteratur schon frühe die Âryâ gebraucht wird, während dieses später so beliebte Versmass in den Epen noch nicht vorkommt.

§ 4. Griechischer Einfluss.

Wir müssen uns untersuchen, ob im echten Bestandteile des Râmâyaṇa sich griechischer Einfluss wahrnehmen lasse. Zunächst sei hervorgehoben, dass die Yavana, Pahlava, Çaka, Tushâra etc. im 54. Gesange des ersten Buches genannt werden. Aber es ist schon oben p. 50 ff. gezeigt worden, dass das erste Buch, die *enfances*, erst später zu dem Werke Vâlmîki's hinzugedichtet worden ist, und dass überdies die Viçvâmitra-Episode, zu welcher der 54. Gesang gehört, eine spätere Zuthat zu dem ersten Buche ist. Aus der Erwähnung der Yavana in der Viçvâmitra-Episode können wir also keinen Schluss auf das Alter des ersten Buches, noch weniger auf das des Râmâyaṇa selbst machen.

Zum zweiten Male werden die genannten Völker erwähnt im 4. Buche bei der Beschreibung der vier Weltgegenden. (Siehe Weber, ü. d. R. p. 24, Anm. 2.) Aber auch von diesem Stücke haben wir oben p. 37 ff. den Nachweis erbracht, dass es dem ursprünglichen Gedichte fremd war. Wir können also aus den beiden Erwähnungen der Yavana, die sich in allen Recensionen finden, nur folgern, dass das corpus des Râmâyaṇa noch nicht endgültig abgeschlossen war, als die Griechen den Indern bekannt geworden waren. Auf die Erwähnung griechischer Zodiacalbilder und des Horoscop's, die sich nur in der Recension C findet, lässt sich gar kein chronologischer Schluss bauen, wie schon Weber l. c. p. 27 bemerkt. Er sagt daselbst: „es liegt somit in der That die Annahme nicht fern, dass die Einfügung jener Angaben beim Horoscop der Nativität das sekundäre Werk eifriger Astrologen war, die bei einem so wichtigen Ereigniss genaue Information zu erhalten und zu geben wünschten."

Dagegen würde es von einschneidender Bedeutung für die Frage nach der Entstehungszeit des Râmâyaṇa sein, wenn Weber mit seiner Ansicht Recht behielte, dass dem Zuge gegen Lankâ „einfach der Raub der Helena und der Kampf um Troja als Vorbild gedient" habe l. c. p. 12. Hiergegen ist zu bemerken, dass zwischen dem gewaltsamen Raub der Sîtâ und der auf Einwilligung beruhenden Entführung der Helena, sowie zwischen dem

Kampf vor Lankâ und dem um Troja nur eine Ähnlichkeit des Motivs besteht, dass aber diese nur ganz äusserliche Ähnlichkeit sofort aufhört, wenn man auf die Einzelheiten der Erzählung eingeht. Die Entlehnung des ersten Motivs, sei es von Seiten der Inder oder der Griechen, scheint mir eine völlig unnötige Annahme zu sein, weil der Weiberraub in frühen Zeiten und auch jetzt noch bei weniger civilisirten Völkern eine vielverbreitete Gewohnheit und anerkannte Eheform bildet, und weil sich daraus wohl oft blutige Fehden entwickelt haben. Man vergleiche z. B. den Raub der Sabinerinnen und die Erzählungen im ersten Buche Herodot's, wo ja Völkerfeindschaften und Kriege durch Frauenraub motivirt werden. Da also Frauenraub bei einer gewissen Stufe der Cultur fast überall vorkommt, und da er ebenso überall Veranlassung zu Fehden und Kriegen gegeben hat, so sieht man nicht ein, weshalb die indische Sage ihn nicht selbständig als Motiv benutzt haben sollte; will man aber trotzdem Entlehnung dieses Motivs seitens der Inder annehmen, so könnte man dies nur dadurch begründen, dass man die Übereinstimmung begleitender einzelner Umstände darthäte, die nicht als eine naturgemässe Folge des Frauenraubs als solchen, sondern nur äusserlich und gewissermassen zufällig mit ihm in der als älter beanspruchten Sage verknüpft sind. Aber nach dergleichen Kennzeichen der Entlehnung sucht man vergebens; im Gegenteil, alles ist in der indischen Erzählung anders geartet als in der griechischen [1]).

Ebensowenig scheint mir Râma's Bogenspannung mit der des Odysseus in innerem Zusammenhang zu stehen. Râma muss den Bogen spannen, um Janaka's Tochter zu gewinnen: es ist das eine vor der Ehe abzulegende Kraftprobe, die wahrscheinlich bei manchen Kriegerstämmen obligat war; vergleiche Sigfrid's Steinwurf. Bei den Indern war nun der Bogen die Hauptwaffe, darum spielt er auch die Hauptrolle bei der Kraftprobe, welche

---

1) Als eine mythologische Parallele mag sie gelten. So sagt schon Cox (the mythology of Arian nations II 132), der in Râma einen Sonnengott sehen will: but the story of his wife Sita who is stolen away and recovered by Rama after the slaughter of Ravana runs parallel with that of Saramâ and Pani, of Paris and Helena.

die Bedingung für die Gewinnung nicht nur der Sîtâ, sondern auch der Draupadî war. Ist die Kraftprobe eine ethnische Sitte, keine speciell griechische, so müssen wir auch hier, wenn die Entlehnung glaublich gemacht werden soll, ein Kennzeichen der Entlehnung fordern. Ein solches fehlt. Denn bei der Bogenspannung des Odysseus ist das Motiv ganz anders gewendet: durch sie gewinnt nicht Odysseus die Penelope, die ja schon sein Weib ist, sondern die Forderung, den Bogen zu spannen und durch die 12 Beil-Öhren zu schiessen, soll doch nur eine List sein, die Freier hintan zu halten.

Nun beruft sich Weber auf das Janaka Jâtaka, in dem die Rettung eines Schiffbrüchigen durch eine Meergöttin und das Spannen eines Bogens zur Gewinnung der Königin vorkommt. „Es erscheint somit hier die Rettung des Odysseus durch Leukothea vereint mit dem Spannen des Bogens, den die übrigen Freier nicht spannen konnten; und wird man nun hierdurch, resp. eben durch diese Vereinigung beider Umstände, einerseits jedenfalls unwillkürlich an Homer erinnert, so wird man andrerseits durch den zweiten derselben direkt auf jenen im *Râmâyaṇa* geschilderten Vorgang am Hofe des *Mithilâ*-Königs *Janaka* hingeführt; und zwar dies letztere in ganz zweifelloser Weise, denn es handelt sich ja eben auch in diesem *Jâtaka* um einen jungen *Mithilâ*-Prinzen, gleiches Namens mit dem Vater der *Sîtâ* (*Janaka*), der da auszog, um sein väterliches Reich wieder zu gewinnen und dabei die obigen Fata besteht. Sind nun diese letzteren, was bei ihrer Vereinigung in der That wohl schwer abzuweisen sein möchte, wirklich auf Homer zurückgehend, so würde hienach auch für die Scene des *Râmâyaṇa* die gleiche Herkunft indicirt sein". Weber l. c. p. 17. Zugegeben, dass wegen der „Vereinigung beider Umstände" die Erzählung des Jâtaka wahrscheinlich der Odysseus-Sage nachgebildet sei, so folgt daraus noch gar nichts für das Râmâyaṇa, dem die im Jâtaka mitgeteilten Abenteuer des Janaka völlig fremd sind. Wenn das Jâtaka älter als das Râmâyaṇa wäre, so könnte man annehmen, dass aus ersterem die Bogenspannung in das Epos hinüber genommen wäre, wobei allerdings die handelnden Personen und alle übrigen Umstände gründlich verändert wären. Aber wir haben oben gesehen, dass das Dasaratha Jâtaka entschieden sekundär gegenüber dem Râmâyaṇa ist, und es bedürfte gewichtiger Gründe, um das umgekehrte Verhältnis für das Janaka Jâtaka glaublich zu machen. Nehmen wir aber an, dass die Erzählung von Râma's Bogenspannung schon bestand, als die Odysseus-Sage in Indien bekannt wurde, so verstehen wir, weshalb sie mit Janaka in Verbindung gesetzt wurde; denn der Umstand, dass Janaka einen schwer zu spannenden Bogen besass, reichte wohl für die volkstümliche Märchendichtung hin, ihn zum Helden einer Erzählung zu machen, in der das Spannen eines solchen Bogens ein wichtiges Moment war. Besser würden Râma oder Arjuna für diese Rolle gepasst haben, da sie wirklich einen derartigen Bogen spannten; aber die Geschichte dieser Helden stand offenbar schon so fest durch die beiden Epen, dass man ihnen keine neue, den alten Erzählungen widersprechende Abenteuer mehr andichten konnte.

Ich will nicht die Möglichkeit, bezw. die Wahrscheinlichkeit bestreiten, dass die Geschichte von Vijaya im Mahâvaṃso VII und das Janaka Jâtaka zum Teil griechischen Ursprungs sind (Weber l. c. p. 13 Note 1 und p. 17). Aber ihre Entlehnung ist sicher viel jüngeren Datums als die Râma-Sage. In diesen beiden buddhistischen Erzählungen spielt die Seeschifffahrt keine unwichtige Rolle; sie war offenbar damals eine allbekannte Thatsache. Dem Dichter des Râmâyaṇa, oder denjenigen, bei denen die Râma-Sage sich bildete, scheint sie entweder gänzlich unbekannt[1]) oder doch etwas so wenig bekanntes gewesen zu sein, dass nicht einmal der Gedanke auftauchte, den Râma nach Laṅkâ mit Schiffen übersetzen zu lassen. Bei genauerer Bekanntschaft mit der Seefahrt würde wohl nicht die abenteuerliche Vorstellung von dem titanischen Brückenbau sich festgesetzt haben. Der

1) Von Schiffen ist zwar mehrfach im Râmâyaṇa die Rede, aber es scheinen meist darunter Flussfähren verstanden zu sein; so bei der Überfahrt Râma's über den Ganges und in dem stehenden Vergleich eines Untergehenden mit „bhârâkrânto 'va naur jale“. Vielleicht bestand schon Flussschifffahrt; aber von ihr zur Seeschifffahrt ist noch ein grosser Schritt.

Sprung Hanumat's über den Ocean, die Art wie Râma den Sâgara zwingen will, ihm zu helfen, würden sicher nicht erdacht worden sein in einem Volke, in dessen Mährchen und Sagen die Seefahrt eine ganz gewöhnliche Vorstellung war: alles dies weist auf ein continentales, weit vom Ocean wohnendes Volk als dasjenige, in dem sich die Râma-Sage entwickelte. Hätte nun, um auf Weber's Hypothese zurückzukommen, Vâlmîki die Anregung zu seiner Komposition des Râmâyaṇa durch eine, wenn auch noch so oberflächliche Kenntnis des homerischen Sagenkreises erhalten, so würde Schiffahrt, die wir uns gar nicht aus der Odyssee, und nicht wohl aus der Ilias wegdenken können, im Râmâyaṇa doch irgend eine Rolle spielen, und der Dichter würde nicht auf die oben genannten, phantastischen Aushilfsmittel verfallen sein. Soll aber die Kenntnis Vâlmîki's von dem homerischen Sagenkreis nur so weit gegangen sein, dass er ihm einige Motive entlehnte, so ist diese Annahme durchaus unwahrscheinlich und erscheint überflüssig, wenn man bedenkt, welch überreiche Fülle an Motiven die einheimische Erzählungslitteratur Indiens von jeher enthielt. Statt aus ihr zu schöpfen, sollte der grösste epische Dichter Indiens eine fremde Anleihe gemacht haben!

Hier sei auch noch die Sage von Çambûka besprochen, in der man eine alte Beziehung auf christliche Missionen hat finden wollen [1]). Diese Sage wird in VII 73—76 erzählt. Während der glücklichen Regierung Râma's starb einem Brahmanen sein Sohn in frühen Jahren. Er gab Râma die Schuld an dem vorzeitigen Tode des Knaben. Râma beruft deshalb eine Versammlung, in der Nârada die Zunahme des *adharma* im 2. und 3. Zeitalter auseinandersetzt. Im 4. Zeitalter würden auch die Çûdra Busse thun. Das thue jetzt sicher ein solcher, darum sei der Knabe gestorben. Râma zieht auf dem Pushpaka-Wagen aus, um den Übelthäter zu finden. Im Süden, am Çaivala-Berge, erblickt er einen Büsser. Der erklärt auf Befragen, dass er ein

1) K. M. Banerjea im Vorworte zu seiner Ausgabe des Nârada Pancarâtra; Weber, Sitzungsber. der Akad. d. Wiss. zu Berlin XXXVII p. 932.

Çûdra namens Çambûka sei. Er übe Askese, um in den Himmel zu gelangen. Da schlägt ihm Râma mit seinem Schwerte das Haupt ab. Das ist der Inhalt der Sage. Prüft man ihn ohne Voreingenommenheit, so wird man nichts darin finden, was mit Notwendigkeit auf fremden Einfluss schliessen liesse. Den Çûdra ist von Haus aus das höhere religiöse Leben versagt, namentlich war ihnen die höchste Stufe, der 4. Âçrama verwehrt, den die Brahmanen sich mit der Zeit als ein besonderes Privileg zu vindiciren suchten [1]). Durchbrochen wurde dieser Zwang durch den Buddhismus und Jainismus, die von dem Stande der *bhikshu* auch die Çûdra nicht ausschlossen. Solches Ärgernis durfte in Râma's heiligem Reiche nicht stattfinden; die strenge Ahndung desselben sollte eine ernste Warnung sein für eine Zeit, die an der geheiligten Ordnung nicht mehr festhielt. Darum würde ich zu der Annahme neigen, dass die Legende von Çambûka in einem Lande und zu einer Zeit entstanden ist, wo gemischte Mönchsorden, wahrscheinlich die der Buddhisten und Jaina, sich bildeten. So erklärt sich Alles in befriedigender Weise und ich vermag keinen Grund einzusehen, weshalb Bekanntschaft mit christlichen Missionen angenommen werden müsste, wo doch alles von rein indischen Vorstellungen beherrscht ist. Oder hat etwa der Berg Çaivala im Süden die Vermutung auf die Christen gelenkt? Das wäre doch ein äusserst schwacher und gänzlich ungenügender Anhaltspunkt. Wenn diese Ortsbestimmung überhaupt von Bedeutung wäre, so läge es jedenfalls viel näher, an die Digambara zu denken, die ja im Süden Indiens in frühen Zeiten sehr verbreitet waren.

Übrigens sei noch bemerkt, dass Banerjea die freieren religiösen Einrichtungen der Vaishṇava, welche die Çûdra nicht nur in die Gemeinde aufnahmen, sondern sie auch eventuell als geistliche Lehrer anerkannten, auf den Einfluss ihrer christlichen Nachbaren an den Küsten von Malabar und Coromandel zurückführen will. Diese Ansicht wird jetzt wohl niemand mehr ernstlich teilen, da wir wissen, welche grosse Rolle in der Entwicklung der dravidischen Kultur der in den ersten Jahrhunderten unserer Zeitrechnung im Deccan herrschende Jainismus ausgeübt hat.

1) Sacred books of the East, vol. XXII p. XXXI.

§ 5. Das Alter des Râmâyaṇa.

Die vorangehenden Untersuchungen haben uns den Weg gebahnt zur Erörterung der Frage nach dem Alter des Râmâyaṇa. Wir haben den Nachweis erbracht, dass das Râmâyaṇa älter als die Hauptmasse des Mahâbhârata und ebenfalls älter als das buddhistische Dasaratha Jâtaka ist, wodurch seine Abfassung schon in die ersten Jahrhunderte vor unserer Zeitrechnung gerückt wird. Dagegen haben wir als unbegründet die Annahme zurückgewiesen, dass der Sage oder Mythe von Râma's Zug nach Lankâ eine Beziehung auf die Buddhisten Ceylons zu Grunde liege, und dass für den zweiten Teil seines Epos Vâlmîki von Homer entlehnte Motive benutzt habe[1]); wir haben endlich gezeigt, dass sowohl Buddha als auch die Griechen und andere erst spät in Indien bekannt gewordene Völker nur in nachweislich sekundären Teilen des Râmâyaṇa genannt werden. Wenn wir daher einerseits die Abfassungszeit dieser sekundären Stücke in ziemlich späte Zeit, sagen wir in oder nach dem zweiten Jahrhundert vor unserer Zeitrechnung ansetzen müssen, so liegt andererseits die Annahme nahe, dass der alte echte Teil, das ursprüngliche Gedicht Vâlmîki's erheblich älter sei. Eine genauere Bestimmung der Zeitgrenze ergiebt sich am sichersten meines Erachtens

---

1) Dieselben Ansichten hat schon Sir Monier Monier-Williams ausgesprochen, Indian Wisdom ed. 2, p. 319, Note 1. Nachdem er gegen die Ansetzung des Râmâyaṇa um den Beginn unserer Zeitrechnung sich verwahrt hat, fährt er fort: Nor can I concur in the opinion that the Râmâyaṇa is later than, and to a certain extent a copy of the Buddhist story of Râma, called Daçaratha-jâtaka, in which Râma is represented as the brother of Sîtâ, and in which there are certain verses almost identical with verses in the present text of the Râmâyaṇa. Nor do I think that the great Indian Epic has been developed out of germs furnished by this or any other Buddhistic legends. Still less can I give in any adhesion to the theory that the Hindu Epics took ideas from the Homeric poems; or to the suggestion of Mr. Talboys Wheeler, that the story of the Râmâyaṇa was invented to give expression to the hostile feeling and emulation between the Brâhmans and Buddhists of Ceylon, alleged to be represented by the Râkshasas.

aus einer Prüfung der im Râmâyaṇa sich wiederspiegelnden politischen Verhältnisse des östlichen Indiens.

Es fällt ins Gewicht, dass wie in den Legenden von Buddha und Mahâvîra, so auch im Râmâyaṇa Pâṭaliputra nicht erwähnt wird, obschon die Erzählung in I 35 Râma an der Stelle vorbeiführt, wo sich später diese Hauptstadt Indiens erhob. Die Gründung anderer Städte des östlichen Hindustan's, die von Kauçâmbî, Kânyakubja, Girivraja, Dharmâraṇya und Kâmpilya wird in I 32 und 33 erzählt, offenbar um, wie oben p. 68 ausgeführt, diejenigen Gegenden zu verherrlichen, in denen das Râmâyaṇa bei seiner ersten Verbreitung über sein Ursprungsland, Kosala, hinaus Aufnahme und Pflege fand. Wir dürften also eine Hindeutung auf Pâṭaliputra mit Bestimmtheit erwarten, wenn es schon wie zu Megasthenes' Zeit die Hauptstadt Indiens gewesen wäre, als die dem Viçvâmitra in den Mund gelegten Sagen dem Râmâyaṇa einverleibt wurden. Das fand also aus dem angeführten Grunde vor der Zeit der Nanda und Maurya statt. Zu gleichem Schlusse berechtigt uns auch der Umstand, dass der König der Anga mit Daçaratha in engere Verbindung gebracht wird I 9—11. Nun war das Reich der Anga das erste, das eine Beute des wachsenden Magadha wurde [1]). Bis zum Sturze der Maurya gab es keine selbständigen Könige von Anga; während dieser Zeit wäre die zur Verherrlichung der alten Dynastie von Anga mitgeteilte Sage von der Verbindung ihres Königshauses mit dem der Ikshvâkuiden von Ayodhyâ ganz zwecklos gewesen.

Die Gründung des grossen Reiches, zu dem die mit Buddha gleichzeitigen Könige von Magadha den Grundstein legten, und das unter Açoka seine grösste, halb Indien umfassende Ausdehnung

1) Die Überlieferung der Purâṇa, der Buddhisten und Jaina lassen uns diese Vorgänge mit einiger Deutlichkeit erkennen. Ajâtaçatru (Kûnika) verlegte nach den Jaina seine Residenz von Râjagṛha nach Campâ im Lande der Anga. Von ihm wurde die Annexion von Videha vorbereitet, wenn nicht vollzogen. Damit war auch das Schicksal der Gebiete von Kâçi und Kosala besiegelt, die unter vielen kleinen Teilfürsten standen. Ajâtaçatru's Sohn (oder Enkel) Udâyin Kâlâçoka wird die Gründung von Pâṭaliputra zugeschrieben. Vgl. meinen Aufsatz „über Kâlâçoka-Udâyin“ in Zeitschr. d. Deutschen Morgenl. Ges. 35 p. 667 ff.

erreichte, ist die bedeutendste Thatsache in der politischen Geschichte Indiens in vorchristlicher Zeit. Auch die indische Tradition erkennt dies an; denn im Vishṇu Purâṇa IV p. 148 wird von Nanda gesagt: wie ein zweiter Paraçurâma wird er alle Kshatriya vernichten, nachher werden Çûdra herrschen". Damit trat an Stelle der patriarchalischen Regierungsform die Despotie. Mit andern Mitteln als früher musste das gewaltsam geeinigte Reich zusammengehalten und gelenkt werden. Die Politik wurde eine schwere Kunst. Nicht mit Unrecht betrachtete man daher Câṇakya, den ersten Reichskanzler der Maurya, zugleich als Hauptautorität für das Nîtiçastra. Da nun der Schwerpunkt jenes neuen Reiches dort lag, wo das Râmâyaṇa zuerst verbreitet wurde, so würden in ihm so wichtige, alle früheren Verhältnisse umstossende historische Vorgänge nicht ohne deutlich erkennbaren Reflex geblieben sein, wenn es nämlich nach ihrem Eintreten gedichtet worden wäre. Aber davon finden sich keinerlei Spuren. Der Dichter lebte offenbar in tiefem Frieden. Eine Staatenpolitik, wie sie unter Eroberern aufkommt, ist ihm durchaus unbekannt. Für ihn sind die Triebfedern der Geschichte: Palastintriguen und Thronstreitigkeiten. Râma wird durch eine Palastintrigue in die Verbannung getrieben; die Brüder Vâlin und Sugrîva verdrängen sich nacheinander vom Throne, den schliesslich letzterer mit Râma's Hülfe dauernd erringt; und der Abfall Vibhîshaṇa's von seinem Bruder Râvaṇa entrollt ein drittes Bild von Familienzwist in Herrscherhäusern. Die Leidenschaften, die der Krieg in der menschlichen Brust entflammt, scheint der Dichter nicht mitgefühlt zu haben. Denn obschon er viele Kämpfe schildert, so sind sie doch der menschlichen Sphäre gänzlich entrückt. Diese grotesken Dämonen- und Titanen-Kämpfe sind reine Erzeugnisse einer gewaltigen Phantasie, bei denen reale Anschauung und etwas wie eigene Erfahrung nicht mitgewirkt zu haben scheinen. Ich bin geneigt zu glauben, dass diese Schilderungen des Râmâyaṇa einen verhängnisvollen Einfluss auf die Darstellung von Kämpfen in der späteren epischen Dichtung bis auf die Jetztzeit [1]) ausgeübt haben. Denn zum

1) Siehe die von Grierson im Indian Antiquary XIV 209 ff. herausgegebene und übersetzte Ballade von Âlhâ.

Teil wenigstens mag die Nachahmung der Kampf-Partien des Râmâyaṇa die Ursache davon sein, dass in der übrigen, nach unserer Erörterung in § 2 späteren, epischen Dichtung auch menschliche Helden mit phantastischen Waffen noch phantastischere Heldenthaten vollbringen. Soweit politische Verhältnisse berührt werden, liegt der Schilderung durchaus die Anschauung der patriarchalischen Herrschaft von Stammesfürsten zu Grunde; nirgends verrät sich die Bekanntschaft mit grösseren und complicirteren Verhältnissen. Zwar gilt der König von Kosala als ein mächtiger, doch mehr ehrwürdiger Fürst, der aber mit den übrigen Fürsten durchaus auf dem Fusse der Gleichheit verkehrt. Die Grenzen seiner Herrschaft erreicht Râma nach dem jetzigen Text in zwei, nach der ursprünglichen Darstellung wahrscheinlich in einem Tage [1]). Ausser Ayodhyâ hören wir von keiner andern Stadt des Reiches; denn selbst das nahe Çriṅgaverapura [2]) ist die Stadt des befreundeten Nishâda-Häuptlings Guha. Von dem, was jenseits der Reichsgrenzen liegt, namentlich von Südindien, hatte Vâlmîki nur sehr ungenaue und ganz unklare Vorstellungen. Hätte er in einem grossen und mächtigen Reiche, unter den Nanda oder Maurya, gelebt, so wäre das wohl anders geworden. Denn der in einem weiten Reiche sich von selbst einstellende grössere Verkehr vermittelt genauere Kunde von den fernern Landesteilen, auch von dem, was jenseits der eigentlichen Landesgrenze liegt. Ganz anders also wäre der geographische Hintergrund in Vâlmîki's Gemälde ausgefallen, wenn er Bürger eines mächtigen Reiches gewesen wäre. Als Dichter der patriarchalischen Fürsten von Ayodhyâ malt er nur das heimische Kosala nach der Natur, den übrigen weiten Schauplatz seiner Erzählung fast rein nach der Phantasie.

Betrachten wir aus den eben geltend gemachten Gesichtspunkten die politischen Verhältnisse, wie sie im Mahâbhârata ge-

---

1) Siehe oben p. 47 Anm.

2) Nach Talboys Wheeler, History of India II p. 185, ist es „the modern Sungroor, which is situated on the left or northern bank of the river Ganges“. Im Imperial Gazetteer findet sich kein Ort dieses Namens.

schildert werden, so ergiebt sich ein bedeutsamer Gegensatz. Für die Dichter des Mahâbhârata galt das Reich von Magadha als ein dem Mittellande feindliches. Sein König Jarâsandha hatte seine Herrschaft weit über die Grenzen von Magadha ausgedehnt. Sein Reich „umfasste ausser Magadha das Land von Cedi und einen Theil der Matsya im Westen, das Land der Kârûsha an der Sarayû und Gebiete an der Gomatî im Norden, das Land Anga und die Gebiete der Banga, der Puṇḍra und Kirâta im Osten; er war mit dem Könige von Kâçi verbündet. Die Sage berichtet nun weiter, dass Jarâsandha, mit dieser grossen Macht ausgerüstet, die Völker Madhyadeça's angegriffen, aus ihren Sitzen vertrieben und eine grosse Bewegung unter ihnen erregt habe". (Lassen, Indische Alterthumskunde I p. 609; 2. Aufl. p. 755.) Hier haben wir also in der Sage das Spiegelbild des Reiches der Nanda, vielleicht der ersten Maurya; und in der Feindschaft gegen Jarâsandha spiegelt sich der Hass gegen einen Eroberer auf dem Throne von Magadha. Nicht als wenn sich hinter Jarâsandha ein Nanda oder vielleicht Candragupta verberge; aber die epischen Dichter des Madhyadeça übertrugen die politischen Verhältnisse und Stimmungen ihrer eigenen Zeit oder der jüngsten Vergangenheit auf die mythische Vorzeit. Ich glaube danach sind wir wohl zu der Annahme berechtigt, dass die Sagen über Jarâsandha, die im Mahâbhârata erzählt werden, um das vierte Jahrhundert vor unserer Zeitrechnung feste Gestalt angenommen haben.

Kehren wir nach dieser Abschweifung zu unserer Untersuchung über das Alter des Râmâyaṇa zurück.

Sehr beachtenswert ist, dass die Hauptstadt des Reiches im alten Teile des Râmâyaṇa durchweg Ayodhyâ genannt wird, während an ihrer Stelle von den Buddhisten und Jaina, von den Griechen und von Patanjali, Sâketa genannt wird. Der Wechsel des Namens lässt vermuten, dass die alte Stadt verfiel, und in ihrer Nachbarschaft später eine neue emporblühte. Die Sage berichtet uns nun im Uttarakâṇḍa, dass die Stadt sich entleerte, als Râma mit der ihm ergebenen Bürgerschaft gen Himmel fuhr, und fügt als Prophezeiung hinzu, dass sie lange Zeit öde liegen werde, bis Ṛishabha[1]) sie dereinst wieder besiedeln werde (VII 111, 10). Ich möchte beinahe glauben, dass der Dichter[2]) von II 114 Ayodhyâ in Ruinen gesehen hätte, denn die Schilderung der in ihrer Trauer wie verödeten Stadt scheint einen mächtigen Eindruck wiederzuspiegeln, von dem der Dichter tief ergriffen war. Der Grund, weshalb das alte Ayodhyâ verödete, kann eine Zerstörung durch Feinde gewesen sein; wahrscheinlicher aber trug die Schuld daran die Verlegung der Residenz. Die Sage im Uttarakâṇḍa lässt nämlich Râma's Sohn Lava in Çrâvastî seinen Herschersitz nehmen (VII 108, 5)[3]). Dazu stimmt, dass zur Zeit Buddha's der König der Kosala, Prasenajit (Pasenadi), in Çrâvastî[4]) herrschte. Das ursprüngliche Râmâyaṇa wurde nun offenbar gedichtet, ehe sich diese Veränderungen vollzogen hatten. Denn in ihm gilt noch Ayodhyâ als der prächtige Herrschersitz der Ikshvâkuiden-Fürsten; sein neuer Name fehlt noch, und Çrâvastî wird noch nicht erwähnt. Dasselbe trifft auch für das Bâlakâṇḍa zu. Wäre zur Zeit von dessen Abfassung Çrâvastî der Mittelpunkt eines mächtigen Fürstentums gewesen, so wäre es bei dem zutage liegenden Bestreben dieses Teiles des Epos, alle bedeutenden Städte in die Erzählung hineinzuziehen, sicherlich nicht unerwähnt geblieben. Hiernach dürfen wir also annehmen, dass das Râmâyaṇa und der ältere Teil des Bâlakâṇḍa (von der Viçvâmitra-Episode gilt das natürlich nicht) in frühen Zeiten, nicht nach dem 5. Jhd. n. Chr. abgefasst worden sind.

Einen ähnlichen Grund, nach dem das Bâlakâṇḍa in vorbuddhistischer Zeit abgefasst sein muss, haben wir schon oben

---

1) Diesen Ṛishabha haben die Jaina wohl zu ihrem ersten Propheten gemacht (Usabha Kosalie). Er war in Ikkhâgabhûmi geboren.

2) Nach meinem Dafürhalten nicht Vâlmîki, da die ganze Partie von Daçaratha's Tod bis zum Zusammentreffen Bharata's mit Râma in seiner jetzigen Gestalt durchaus sekundär erscheint.

3) Nach dem Raghuvaṃça XVI 25 hat Kuça später wieder seinen Sitz von Kuçâvatî nach Ayodhyâ verlegt.

4) Çrâvastî liegt ausserhalb des eigentlichen Kosala. Nach den Jaina ist es die Hauptstadt der Landschaft Kuṇâla, siehe Weber, Verzeichnis der Sanskrit- und Prâkṛit-Handschriften, 2. Bd. pp. 562. 851.

p. 68 Anm. 1 berührt. Wie dort ausgeführt, waren nach I 47 und 48 Mithilâ und Viçâlâ Zwillingstädte, aber jede unter besonderem Herrscher: Mithilâ unter Janaka, und Viçâlâ unter Sumati. Zur Zeit Buddha's waren beide Orte zusammengewachsen zu der Freistadt Vaiçâlî, in der ein oligarchisches Regiment der Licchavi-Fürsten bestand.

Nach dem in I 5 erhaltenen prooemium der Sänger (siehe oben p. 58) blühte der Sang des Râmâyaṇa zur Zeit, als die Ikshvâkuiden von Ayodhyâ noch ein mächtiges Herrschergeschlecht waren. Zur Zeit Buddha's und Mahâvîra's hatte sich das sehr geändert. Zwar herrschte noch Prasenajit aus dem Hause der Ikshvâkuiden [1]) in Çrâvastî; aber im eigentlichen Kosala regierten nach den Jaina [2]) die neun conföderirten Licchavi-Fürsten, wie im Lande Kâçi die neun Mallaki-Fürsten, die in Abhängigkeit von Vaiçâlî standen. Auch die Purâṇen erzählen von dem Ende der Ikshvâkuiden (Vishṇu Purâṇa IV 22), doch rechnen sie auch Çâkya, Çuddhodana und Râhula zu ihnen. An einzelnen Stellen mögen sie sich noch länger gehalten haben; die Blüte ihrer Macht, unter deren Eindruck der Dichter des Râmâyaṇa steht, war aber sicher längst dahin; die Zersplitterung ihrer Herrschaft an viele Fürsten erklärt die Leichtigkeit, mit der die Emporkömmlinge auf dem Throne vom Magadha ihr Reich vergrössern konnten. Es war eben in dem Lande Kosala eine Oligarchie an Stelle der alten Monarchie getreten. In einer eingeschobenen Stelle im Râmâyaṇa, II 8, 6—25, scheint auf solche Verhältnisse Bezug genommen zu sein. Dort äussert nämlich Kaikeyî, dass Bharata dennoch später zur Herrschaft gelangen würde, wenn sie auch zuerst an Râma überginge; Mantharâ muss sie belehren, dass immer der älteste Sohn die Herrschaft erhalte und die jüngeren Söhne von ihr ausgeschlossen seien. Diese Auseinandersetzung wäre albern, wenn wir nicht annähmen, dass sie zur Belehrung von Zuhörern eingeschoben wäre, die unter einer andern Regie-

1) So vermute ich; beweisen lässt sich allerdings nicht, soviel ich weiss, dass dieser Fürst ein Ikshvâkuide war.

2) Kalpasûtra § 128 und Note.

rungsform als der gewöhnlichen Monarchie lebten[1]. Während also Vālmīki zur Blütezeit der Ikshvākuiden lebte, sind noch Zusätze zu seinem Werke entstanden, als jene Macht schon tief gesunken war. Da nun die Könige von Magadha auch mit diesem Rest bald aufräumten, so erhalten wir als älteste Grenze für die Abfassung der erwähnten Zusätze etwa das 5. Jhd. v. Chr., während das ursprüngliche Gedicht wahrscheinlich bedeutend älter ist.

Es lassen sich noch einige andere Anhaltspunkte anführen, die auf ein solches Alter des Rāmāyaṇa schliessen lassen. Schon Schlegel hat betont[2], dass in unserem Gedichte die Witwenverbrennung nicht vorkomme. Mögen immerhin einzelne Andeutungen sich dieser Behauptung entgegenstellen lassen[3], Thatsache ist aber, dass keine der in der Erzählung auftretenden Witwen sich verbrennen lässt, keine der drei Frauen Daçaratha's, noch Vālin's Frau Tārā, noch auch Rāvaṇa's Lieblingsgattin Maṇḍodarī.

Sir Monier Monier-Williams (Indian Wisdom 2. ed. p. 315) stellt diese Thatsache als den ersten seiner Gründe für die frühe

---

1) Auf ähnliche Zustände weist I 42, 1: kāladharmam gate Rāma Sagare prakṛtijanāḥ | rājānam rocayāmāsur Aṃçumantaṃ sudhārmikam ‖ Das kann doch nur aus der Vorstellung herausgesagt sein, dass das Volk einen rechtsgültigen Einfluss auf die Wahl des Thronfolgers gehabt habe. Man beachte auch den auffälligen Ausdruck *rājakartāraḥ* in II 79, 1 in einer Stelle, die ich oben p. 105 Anm. 2 als wahrscheinlich sekundär bezeichnet habe.

2) Zeitschrift f. d. Kunde des Morgenl. Bd. 3, p. 379: „In libro Rameidos secundo, Daçaratha exstincto, uxores regiae funus comitantur, sed cunctae marito superstites vivunt: quamquam mors voluntaria Causaliae, filium extorrem lugentis, occasionem tenerrimos affectus movendi poetae praebitura fuisset. Non potest non agnoscere lector paullo acutior in hoc carmine prisci aevi indolem, nisi si cui natura talium rerum sensum negaverit". Kurz vorher sagt er von der Witwenverbrennung: „ante Alexandri Magni aetatem nefariae pietatis officium tam altas radices egerat, ut extra Indiae fines, universo Eumenis exercitu spectante, sponte sit observatum". Daher Schlegels Überzeugung, das Rāmāyaṇa sei mindestens im 7. Jhd. vor Alexander d. Grossen in Indien verbreitet gewesen.

3) So II 66, 12; allerdings in einem jüngeren Zusatz.

Abfassung des Râmâyaṇa (nicht später als das 5. Jhd. v. Chr.) hin. Ich citire seine Worte:

„The Râmâyaṇa records no case of Satî. In the Mahâbhârata, Mâdrî, wife of Pâṇḍu, is made to immolate herself with her husband, and the four wives of Vasudeva and some of Kṛishṇa's wives do the same; but it is remarkable that none of the numerous widows of the slain heroes are represented as burning themselves in the same manner. This shows that the practice of Satî was beginning to be introduced in the North-west of India near the Panjâb (where we know it prevailed about 300 years B. C.), but that it had not at the time of the earliest composition of the Râmâyaṇa reached the more eastern districts. But if one Epic records no Satî, and the other only rare cases — notwithstanding the numerous opportunities for referring to the practice afforded by the circumstances of the plot — it follows that we ought to place the laying down of the first lines of both compositions before the third century B. C., when we know from Megasthenes that it prevailed generally even as far east as Magadha."

Man könnte dem entgegenhalten, dass die Witwenverbrennung eine ethnische Institution ist und daher auch wohl in Indien von Alters her immer in einzelnen Fällen geübt worden sein wird. Aber es handelt sich hier um die religiöse Sanktionirung und allgemeine Durchführung eines alten Gebrauches. Dies ist in Indien nachweislich erst in historischer Zeit in immer rigoroserer Weise eingetreten. Darum bleibt obigem Argument seine Beweiskraft unbenommen.

Eine weitere Stütze für meine Ansetzung der Entstehung des Râmâyaṇa vor dem 5. Jhd. vor Christus finde ich in einer astronomischen Notiz im dritten Buche. Dort heisst es 16, 12:

nivṛittâkâçaçayanâh pushyanîtâ [1]) himâruṇâh |
çîtavṛiddhatarâyâmâ triyâmâ yânti sâmpratam ||

„Die kalten und längsten Nächte, die von Pushya geführt werden." Diesen Ausdruck kann man nur so verstehen, dass Pushya vom

1) B pushpahînâ.

Anfange bis zum Ende der Nacht am Himmel steht. Das trifft für die Zeit der längsten Nächte bez. kürzesten Tage ein, wenn die Colur durch Pushya (den Krebs) geht, und das war der Fall um das 7. Jhd. vor unserer Zeitrechnung, wenn man den *yoga*-Stern Cancri zum Ausgangspunkt nimmt. Allerdings kommt es auf ein paar Jahrhunderte plus minus dabei nicht an, da die Coluren ja nur um einen Grad in 70 Jahren weiter rücken. Aber soviel ist ersichtlich, dass diese Notiz nur einige Jhd. vor Christus Geltung haben konnte, wie ja auch schon im frühesten griechischen Zodiacus das Wintersolstitium im Krebs liegt. Hiergegen könnte man einen Einwand erheben. Wie nämlich bei uns an der Bezeichnung Wendekreis des Krebses bis auf den heutigen Tag festgehalten worden ist, obschon der Name nicht mehr den Thatsachen entspricht, und wie in Indien der alte Anfang (Kṛittikâ) der Nakshatra-Reihe auch wenigstens ein Jahrtausend über die Zeit seiner Berechtigung in Gebrauch blieb, so könnte auch unsere Notiz über die Lage der Colur eine aus älterer Zeit herübergenommene sein. Diese Erklärung ist möglich, ich halte sie aber nicht für wahrscheinlich; denn mit *pushyanîta*, das kein terminus technicus ist, soll nicht eine irgendwie astronomische Bestimmung, sondern offenbar ein sinnfälliges Merkmal gegeben werden. Es entstammt also voraussichtlich der Beobachtung und hat insofern grösseren chronologischen Wert als ein astronomischer terminus.

Vielleicht lässt sich noch eine andere Stelle astronomischen Inhalts chronologisch verwerten. In III 23 werden die Unglückszeichen geschildert, die vor dem Kampfe Khara's mit Râma sich ereigneten. Unter anderen verfinsterte sich dabei die Sonne. Die die Finsternis begleitenden Umstände sind nun so naturgetreu wiedergegeben, dass man annehmen muss, der Dichter habe eine totale Sonnenfinsternis erlebt. Es heisst da:

kabandhaḥ parighâbhâso dṛçyate bhâskarântike ‖ 12 ‖
jagrâha sûryaṃ svarbhânur aparvaṇi mahâgrahaḥ |
pravâti mârutaḥ çîghraṃ nishprabho 'bhûd divâkaraḥ ‖ 13
utpetuç ca vinâ râtriṃ târâḥ khadyotasaprabhâḥ |
saṃlînamînavihagâ nalinyaḥ çushkapankajâḥ ‖ 14 ‖
cîcîkûcî 'ti vâçyanto babhûvus tatra sârikâḥ | 15

Das Aufspringen des Windes, das Sichtbarwerden von Sternen, das Schlafengehen einiger Vögel, die Aufregung anderer bei totalen Sonnenfinsternissen sind mehrfach wahrgenommen worden [1]. Aber totale Sonnenfinsternisse ereignen sich an einem bestimmten Orte äusserst selten, namentlich solche von längerer Dauer, bei denen von den oben erwähnten begleitenden Erscheinungen allein die Rede sein kann. Eine derartige starke totale Finsternis wird für Deutschland erst 1999 eintreten. Nun ist das Land, in dem das Râmâyaṇa gedichtet worden sein muss, nach unsern obigen Erörterungen etwa mit dem jetzigen Oudhe identisch, ein ziemlich beschränktes Gebiet. Die totalen Sonnenfinsternisse (ringförmige und partiale kommen natürlich nicht in Betracht), die im östlichen Indien in den ersten acht Jahrhunderten vor unserer Zeitrechnung eintraten, lassen sich mittelst des Canon's der Finsternisse von von Oppolzer [2]) und Schramm's Tafeln zur Berechnung der näheren

---

1) von Littrow, die Wunder des Himmels 5. Aufl. p. 234, giebt folgende Schilderung: „In dem Augenblicke aber, wo der letzte lichte Punkt der Sonne verschwindet, zeigt sich Firmament und Landschaft in einer höchst merkwürdigen Beleuchtung. . . . . Die eigentümliche schwärzliche Bläue des Himmels, der orangefarbene Saum am Horizonte, von den ausser dem Mondschatten liegenden Theilen der Atmosphäre rührend, das düstere Zwielicht, das auf der Gegend lagert, verfehlen nie einen ergreifenden Eindruck auf den Beschauer zu machen. Die plötzlich mitten in den Tag hineingeworfene Nacht erniedrigt die Temperatur um viele Grade, es fällt Thau und Wolken bilden sich; die grösseren Gestirne entzünden sich mit einem Male beinahe zu vollem Glanze . . . Die getäuschten Thiere verstummen und suchen ihre Zufluchtsstätten, viele Pflanzen schliessen ihre Blätter und Blüthen". Manche der hier geschilderten Einzelheiten werden in obiger Stelle des Râmâyaṇa angeführt vor der Erwähnung der Sonnenfinsternis, wir sind aber wohl berechtigt, sie als von dem Dichter bei einer solchen gemachte und weiter ausgeschmückte Wahrnehmungen anzusehen. Die betreffenden Stellen lauten:

âkâçam tad anâkâçam cakrur bhûmâmbuvâhakâh ‖ 7 ‖
babhûva timiram ghoram uddhatam romaharshaṇam |
diço vâ pradiço vâ 'pi suvyaktam na cakâçire ‖ 8 ‖
kshatajârdrasavarṇâbhâ saṃdhyâ kâlam vinâ babhau |

2) Denkschriften der kais. Akademie d. Wiss. zu Wien, math.-nat. Klasse Bd. 52.

Umstände der Sonnenfinsternisse[1]) leicht ermitteln. Meine Berechnungen geben das Datum der Finsternisse und den Punkt nördlicher Breite an, wo die Linie der Centralität den Meridian von Ayodhyâ (82 ° öst. Länge von Greenwich) schneidet. Ich beginne mit 180 v. Chr. weil vorher nur ringförmige Finsternisse eintraten.

180 v. Chr.	4. März.	Breite	21 °	519 v. Chr.	23. Nov.	Breite	33 °
227 „	7. Sept.	„	15 °	546 „	19. Juni.	„	27 °
241 „	15. Juni.	„	18 °	548 „	23. Oct.	„	26 °
248 „	4. Mai.	„	33 °	574 „	9. Mai.	„	28 °
274 „	24. März.	„	34 °	729 „	14. März.	„	32 °
281 „	6. Aug.	„	19 °	762 „	15. Juni.	„	35 °
309 „	15. Aug.	„	29 °	769 „	5. Mai.	„	29 °
426 „	22. Mai.	„	27 °	794 „	6. Nov.	„	26 °

Für uns kommen nur die Finsternisse in Betracht, deren Centralitätslinie den Meridian von Ayodhyâ zwischen dem 29. Breitegrad (Himâlaya) und etwa dem 24. schnitt. Es sind dies die Finsternisse der Jahre 309, 426; 546, 548, 574; 769, 794. Von diesen sind die von 426 und 548 die grössten, die von 309 fällt dagegen schon in den Himâlaya hinein. Sonach wäre nach unserer Voraussetzung, dass der Dichter in Oudhe etwa am Hofe der Ikshvâkuiden oder in einer unfernen Eremitage wohnte, am wahrscheinlichsten, dass er die Finsternis von 426, oder eine der drei im 6. Jahrhundert, oder gar der zwei im 8. Jahrhundert erlebt und den gewonnenen Eindruck in seinem Gedichte verwendet habe. Die drei Finsternisse im 6. Jahrhundert, ebenso die zwei im 8., fallen etwa in ein Menschenalter: die wiederholte Erfahrung, die von Vielen gemacht wurde, mochte das Bild der Vorgänge besonders fest dem Gedächtnis einprägen.

Nach allen diesen Anhaltspunkten scheint es am sichersten zu sein, die Entstehungszeit des Râmâyaṇa vor das 5., vielleicht in das 6. oder 8. vorchristliche Jahrhundert anzusetzen.

---

1) Ebendaselbst, Bd. 51.

§ 6. Die epische Sprache.

Das Urteil über das Alter des Epos hängt ab von der Ansicht, die man sich über die epische Sprache gebildet hat. Wir müssen daher auf diesen Punkt näher eingehen. Nach dem Ergebnis unserer einleitenden Untersuchung über das Verhältnis der verschiedenen Recensionen zu einander dürfen wir uns hier auf C beschränken. Die sprachlichen Abweichungen der Bombayer Ausgabe vom klassischen Sanskrit sind ungefähr dieselben wie im Mahâbhârata: es sind die Eigentümlichkeiten des sogenannten epischen (*ârsha*) Sanskrit [1]). Es erhebt sich nun die Frage, ob das epische Sanskrit älter ist als Pâṇini oder jünger. Für die erste Alternative lässt sich geltend machen, dass ein Dichter wie Vâlmîki nicht die Vorschriften der Grammatiker hätte unbeachtet lassen dürfen, wenn dieselben zu seiner Zeit schon autoritative Geltung erlangt gehabt hätten. Für die zweite Alternative kann man mit gleichem Rechte hervorheben, dass Pâṇini und die anderen Grammatiker ein so berühmtes Werk wie das Râmâyaṇa bei ihren grammatischen Untersuchungen nicht einfach hätten unberücksichtigt lassen können, wenn es nämlich damals schon bestanden hätte. Da die epische Sprache entschieden auf einer jüngeren Entwicklungsstufe steht als die von Pâṇini gelehrte, so wird man

1) Siehe v. Böhtlingk in den Berichten der phil.-hist. Classe der königl. Sächs. Ges. d. Wissensch. 1887. — Eine Altertümlichkeit müssten wir der epischen Sprache zuschreiben, wenn Râmavarman mit seiner Annahme des *pluta* Recht hätte. Die betr. Stellen stehen in der Bombayer Ausgabe II 49, 13 (sûta 3 ity eva sâ 'bhâshya) und II 103, 25 (tata 3 etad bhavaty iti). Wahrscheinlich ist aber Govindarâja's Erklärung zu der ersten Stelle die richtige: atra guṇâbhâvo vâkyasandhir ârshatvât; an der zweiten Stelle liest er und Maheçvaratîrtha: tataḥ 'tat te bhavaty iti. — v. Böhtlingk sagt mit vollem Recht (oben p. 5), dass die epischen Eigentümlichkeiten keine Archaismen, sondern Neubildungen seien. Für unsere Beurteilung des Alters der epischen Sprache ist es aber von Wichtigkeit, darauf aufmerksam zu machen, dass diese Neubildungen einer bedeutend älteren Stufe der Sprachentwickelung angehören als die massenhaften Prâkṛticismen, die für den sogenannten Gâthâ-Dialekt charakteristisch sind.

geneigt sein, der zweiten Alternative den Vorzug zu geben. Jedoch ist dabei folgendes zu bedenken. Angenommen, dass Vâlmîki jünger als Pâṇini sei, so wäre damit nicht zugegeben, dass auch die epische Sprache jünger als Pâṇini sein müsse. Denn wenn auch der Einfluss Vâlmîki's die Festlegung der epischen Sprache in der uns bekannten Form bewirkt haben mag, wie ich oben p. 77 wahrscheinlich zu machen versucht habe, so ist die epische Dichtung doch sicher älter als Pâṇini, und damit auch ein epische Sprache, aus der sich die uns vorliegende entwickelt hat. Denn es ist nicht anzunehmen, dass sich die epischen Sänger in früher Zeit der brahmanischen Hochsprache bedient und später zur Blütezeit der epischen Poesie von der Reinheit der Sprache abgelassen hätten. Da nun Pâṇini nirgends die Abweichungen der epischen Sprache lehrt, obschon er die Bildung von Eigennamen der epischen Sage [1]) angiebt, so müssen wir schliessen, dass er die epische Sprache nicht in den Kreis seiner Untersuchungen hineinziehen wollte. Wahrscheinlich war der Stand der epischen Sänger (kuçîlava) so wenig geachtet, dass auch ihre Sprache nicht als rein und massgebend betrachtet werden konnte. Massgebend war nach Patanjali zu Pâṇini VI 3, 109 die Sprache der *çishṭa* in Âryâvarta d. h. (in Bhandarkar's Übersetzung, Wilson Lectureship. Art XVI p. 91): „Those Brahmans in this country of the Âryas who do not store up riches (lit. who keep only so much grain as is contained in a jar) who are not greedy, who do good disinterestedly, and who without any effort are conversant with a certain branch of knowledge are the worshipful Çishṭas."

Bhandarkar bemerkt dann weiter: „Here then we have the clearest possible evidence that Sanskrit was the vernacular of holy or respectable Brahmans of Âryâvarta or Northern India, who could speak the language correctly without the study of grammar". Er fährt dann fort: „And this is what you may say even with

---

1) Und zwar der Mahâbhârata, dessen Ursprungsland, wie wir oben hervorgehoben haben, im Westen zu suchen ist, wo auch Pâṇini's Heimat war.

regard to the modern vernaculars. Who is it that speaks good or correct Marâṭhî? Of course, Brahmans of culture. The language of the other classes is not correct Marâṭhî. The word Çishṭa may be translated by "a man of education or culture"; and this education or culture has, since remote times, been almost confined to Brahmans." Und hierzu stimmt auch der Charakter der von Pâṇini gelehrten Sprache. Nach Dr. Bruno Liebich, Panini p. 47, ist „das Sanskrit, welches Panini lehrt, syntaktisch so gut wie identisch mit der Sprache der Brâhmaṇa's und Sûtra's; in formaler Beziehung unterscheidet es sich von jener durch den Mangel einer kleinen Anzahl von altertümlichen und meist von ihm selbst als vedisch notirten Bildungen, von dieser durch das Nichtanerkennen einiger laxen Formen, wie sie in jeder Litteratur neben den strikten Forderungen der Grammatik vorzukommen pflegen."

Die Nachricht Patanjalis und das Resultat der Untersuchungen Liebichs stützen sich gegenseitig. Denn wenn die von Pâṇini gelehrte Sprache von den *çishṭa* geredet wurde, so musste sie auch mit der Sprache der Brâhmaṇa und Sûtra die grösste Ähnlichkeit haben, weil ja die *çishṭa* die Überlieferer dieser Litteratur waren und naturgemäss in deren Sprache die höchste Norm für ihre Sprache erblicken mussten. Neben dem Sanskrit der *çishṭa* bestanden offenbar in früher Zeit in anderen Gesellschaftskreisen noch verschiedene Varietäten des Sanskrit von geringerer Reinheit und verschiedener Güte je nach der Bildung der Sprechenden. Eine Probe dieses minderwertigen Sanskrit haben wir in der Sprache des Epos [1]).

---

1) Während die von Pâṇini gelehrte Sprache (bhâshâ) den Accent noch besass, hat die epische wie die spätere klassische Sprache ihn verloren. Es scheinen nun auf ein solches Sanskrit, das den alten Accent eingebüsst hatte, die Prâkṛit-Sprachen zurückzugehen. Wenigstens hat man in ihnen bis jetzt noch keine Nachwirkung des alten Accentes nachweisen können. Bedenkt man, dass in vielen indogermanischen Sprachen der alte Accent in sehr erkennbarer Weise auf die Lautgestalt der Wörter eingewirkt hat, so dass aus dieser seine frühere Stelle auch nach seinem Schwinden oft mit Sicherheit festgestellt werden kann, so ist das Fehlen von Nachwirkungen des alten Accents in den Prâkṛit-

Auf den Unterschied zwischen dem grammatischen Sanskrit, bezw. Sprache der *çishṭa*, und dem vulgären Sanskrit wird nun im Râmâyaṇa mehrfach Bezug genommen. Als Hanumat dem Râma Sugrîva's Botschaft ausrichtet IV 3, ist Râma über dessen reine Sprache ganz erstaunt:

nâ 'nṛigvedavinîtasya nâ 'yajurvedadhâriṇah |
nâ 'sâmavedavidushah çakyam evam vibhâshitum || 28 ||
nûnam vyâkaraṇam kṛitsnam anena bahudhâ çrutam |
bahu vyâharatâ 'nena na kiṃcid apaçabditam || 29 ||

Als Hanumat die Sîtâ in Laṅkâ trifft, überlegt er, wie er zu ihr sprechen solle (V 30):

vâcam co 'dâharishyâmi mânushîm iha saṃskṛitâm || 17 ||
yadi vâcam pradâsyâmi dvijâtir iva saṃskṛitâm |
Râvaṇam manyamânâ mâm Sîtâ bhîtâ bhavishyati || 18 ||
avaçyam eva vaktavyam mânusham vâkyam arthavat |

Das *mânusha* ist im Gegensatz zu des Sprechenden Affengestalt betont. Dagegen ist mit *dvijâtir iva* offenbar soviel wie mit dem *çishṭa* des Patanjali gemeint. Am deutlichsten ist das aus der ersten Stelle zu ersehen, in der als Grund für Hanumat's reine Sprache [1]) seine Kenntnis des Veda und der Grammatik erschlossen wird. So zeichnet sich auch die Sprache anderer Weisen durch ihre Korrektheit aus; II, 91, 22 heisst es:

çikshâsvarasamâyuktam suvrataç câ 'bravîn munih.

Andere Stellen, in denen die Sprache als *saṃskṛita* bezeichnet wird, hat Muir, Original Sanskrit Texts II p. 159, zusammengestellt. Nirgends wird im Gegensatz dazu *prâkṛita* von der Sprache gebraucht, obgleich von *prâkṛita jana*, gewöhnlicher oder Alltags-mensch, öfters die Rede ist.

Meines Erachtens muss eine objektive Erwägung obiger

Sprachen äusserst auffällig, und legt obige Vermutung nahe, dass die lingua vulgaris, auf welche die Prâkṛitsprachen zurückgehen, ein Sanskrit mit schwebender Wortbetonung gewesen sei.

1) Diejenigen, welche in den Affen die Aborigines des Südens erkennen wollen, werden Mühe haben zu erklären, warum gerade Hanumat wegen seines reinen Sanskrit gerühmt wird. Er gilt nach VII 36, 44 ff. sogar als grosser Grammatiker.

Stellen zu folgender Ansicht über die Idiome führen, die dem Dichter bei Abfassung derselben im Sinne gelegen haben. Die Vedakundigen, grammatisch Gebildeten redeten eine reinere Sprache als die Übrigen, doch war die der Letzteren keine andere Sprache. Der Unterschied bestand nur in dem Grade der Reinheit (*na kiṃcid apaçabditam*). Die reine oder gereinigte Sprache hiess *saṃskṛita*. Das Verhältnis entspricht genau dem von Patanjali behandelten zwischen der Sprache der *çishṭa* und der Übrigen.

Hält man dies fest, so wird man zugeben müssen, dass die Frage, ob Pâṇini vor Vâlmîki gelebt habe, oder umgekehrt, nicht entschieden werden kann. Wenn nun unsere Ansicht richtig ist, dass durch Vâlmîki's Werk die Sprache des Epos im weitesten Sinne festgelegt wurde, und wenn man ferner die Thatsache in Betracht zieht, dass das Râmâyaṇa in Sanskrit abgefasst worden ist, während zu Açoka's (wahrscheinlich schon zu Buddha's) Zeit in demselben Teile Indiens Prâkṛit die Sprache war, in der man zu der grösseren Masse der Bevölkerung reden musste, so bestätigt dies auch die von uns auf anderem Wege gewonnene Ansicht, dass Vâlmîki in sehr früher Zeit, jedenfalls lange vor Açoka, gelebt haben muss. Denn die epische Sprache muss zu einer Zeit geworden sein, als das Sanskrit noch in weitesten Kreisen gesprochen und verstanden wurde [1]).

1) Dies ist das dritte Argument Sir Monier Monier-Williams (a. a. O. p. 316): „It is evident from the Açoka inscriptions that the language of the mass of the people of Hindûstân in the third century B. C. was not pure Sanskṛit. It consisted rather of a variety of provincial Sanskritic dialects, to which the general name of Prâkṛit is applied. If, then, the first redaction of these popular poems had taken place as late as the third century, is it likely that some forms of Prâkṛit would not have been introduced into the dialogues and allowed to remain there, as we find has been done in the dramas, the oldest of which — the Mṛicchakaṭikâ — can scarcely be much later than the second century A. D.? (B. C. ist Druckfehler. Die Ansicht des Autors ist nach p. 471 zweifellos.) It is true that the language of the original story of both Epics, as traceable in the present texts, is generally simple Sanskṛit, and by no means elaborate or artificial; but this is just what might have been understood by the majority of the people five centuries B. C., before the language of the people had become generally prâkṛiticized."

Dies Argument lässt sich auch noch in anderer Weise verwenden, um das hohe Alter der Epen wahrscheinlich zu machen. Die „schöne“ Sanskrit-Litteratur der klassischen Periode stammt aus einer Zeit, als das Sanskrit schon längst nicht mehr eine „lebende“ Sprache war. Wenn sie dennoch in Sanskrit abgefasst ist, so muss es ältere Werke der schönen Litteratur gegeben haben, die zur Zeit des noch „lebenden“ Sanskrit verfasst waren. Denn eine „tote“ Sprache wird nicht für eine Literaturgattung gebraucht, zu der sie nicht während ihres „Lebens“ geeignet gemacht worden war. Wenn nun die Epen, die ja vor der klassischen Sanskrit-Poesie liegen, nicht zur Zeit des „lebenden“ Sanskrit entstanden wären, so würde jene gewissermassen in der Luft schweben. Man wende nicht ein, dass die ältere epische Litteratur verloren gegangen, die uns vorliegende aber zur Zeit des „toten“ Sanskrit gedichtet sei. Denn die Meisterwerke sind überall, also auch in der epischen Litteratur, erhalten geblieben; diese müssten nach jener Annahme zu einer Zeit in Sanskrit gedichtet worden sein, als die Sprache der Açoka-Inschriften das volkstümliche Idiom waren. Das ist aber nicht wohl möglich, weil ein auf Volkstümlichkeit Anspruch machendes Epos nicht in einer schon abgestorbenen, sondern in einer volkstümlichen, oder wenigstens einer in weitesten Kreisen verständlichen Sprache abgefasst sein muss. — Man hat nun vielfach angenommen, dass die Muster der klassischen Sanskrit-Litteratur einer vorausgegangen Prâkṛit-Litteratur entnommen wären. Für die Märchenlitteratur mag das zum Teil zutreffen, für die erotische Poesie ist es mir trotz Hâla noch sehr zweifelhaft, und für die übrige klassische Sanskrit-Litteratur entbehrt diese Ansicht jeglicher Stütze. Also müssen wir bei der natürlichen Annahme bleiben, dass die epische Periode die Vorgängerin und das Fundament der klassischen Litteratur gewesen ist. Wir werden weiter unten in § 7 auf diesen Gegenstand in anderem Zusammenhang zurückkommen.

Aus der epischen Sprache ist auch die der klassischen Sanskrit-Poesie hervorgegangen, und zwar durch genauere Befolgung der Grammatik seitens der gelehrten Dichter. Im übrigen besteht eine sehr grosse Ähnlichkeit zwischen dem epischen und dem klassischen Sanskrit. Aber so sehr auch die Dichter den Pāṇini als Schiedsrichter über Sprachreinheit anerkannten, in einem Punkte sind sie trotzdem nicht von dem Gebrauch der Epen abgewichen. Wie das Epos verwenden sie nämlich das Perfectum einfach als erzählendes Tempus, ohne die Einschränkung, die Pāṇini lehrt (*parokshe liṭ*) [1]. Dieser Umstand ist um so bedeutsamer, als die klassischen Prosaschriftsteller Daṇḍin und Bāṇa [2]) das Perfectum nur da gebrauchen, wo es nach Pāṇini zulässig ist. Die Quelle der klassischen Prosa ist also wahrscheinlich eine andere als die der klassischen Poesie. Die Quelle der letzteren war offenbar das Epos, da die epischen Dichter die Vorgänger der klassischen waren. Wenn einmal ein gründlicher Kenner Pāṇini's die Abweichungen von Pāṇini's Grammatik in dem classischen Sanskrit bei Kālidāsa und anderen frühen Dichtern zusammenstellt, wird sich wahrscheinlich ergeben, dass die meisten Abweichungen sich auch schon in der epischen Sprache finden.

Zum Schlusse betrachten wir noch das Verhältnis der epischen Sprache zu dem Pali als dem ältesten Vertreter der litterarischen Prākṛit-Dialekte. Natürlich müssen wir dabei die Lautgestalt ausser Acht lassen. Aber hinsichtlich der Benutzung der Formen zeigt sich ein bedeutsamer Unterschied. Im Pali nämlich ist das eigentliche erzählende Tempus Imperfect und Aorist, deren Formen vielfach so mit einander verschmolzen sind, dass man nicht mehr gesonderte Canones aufstellen kann, wenn die Grammatiker es auch in willkürlicher Weise zu wege gebracht und „eine

---

1) Genauer gesagt, werden in der epischen Sprache alle drei Tempora der Vergangenheit ohne Unterschied der Bedeutung gebraucht. Aber der Aorist ist, von einigen Verben abgesehen, so selten, dass wir uns nicht zu wundern brauchen, wenn die Bedeutungsdifferenz zwischen ihm und dem Imperfektum gänzlich schwand.

2) Subandhu bindet sich nicht an Pāṇini's Regel. Siehe Vāsavadattā's Erzählung am Ende seines Werkes. Bei Daṇḍin treten Perfecta plötzlich massenhaft auf in den 4 eingelegten Erzählungen des 6. Ucchvāsa. In den Erzählungen der Prinzen dürfen Perfecta nicht gebraucht werden, da die Erzähler Selbsterlebtes berichten. Dort finden sich daher als erzählende Tempora nur Imperfectum, Aorist, Präsens historicum und Participi perfecti activi und passivi gebraucht.

trügerische Vollständigkeit der Flexion erzielt“ haben[1]). Man ersieht aber aus dem vorliegenden Thatbestand, dass in der älteren Sprache, aus der das Pali hervorging, der Aorist in sehr häufigem Gebrauch gewesen sein muss, weil er einen so grossen Anteil an der Gestaltung des Präteritum hatte. Anderseits scheint das Perfect äusserst wenig gebraucht worden zu sein, weil sein Vorkommen im Pali ein sehr beschränktes ist[2]). Beinahe das entgegengesetzte Verhältnis waltet in dem epischen Sanskrit. In ihm ist das Perfektum verhältnismässig ebenso häufig, wie der Aorist, von einzelnen Verben abgesehen, selten ist. Daraus dürfen wir schliessen, dass das epische Sanskrit und das Urpali zwei verschiedene Sprachströme waren, die zwar parallel miteinander, aber doch deutlich getrennt dahinfliessen, wenn sie auch in letzter Linie aus derselben Quelle hervorgekommen sein mögen.

§ 7. Die poetische Kunst[3]).

Jeder, der sich in das Epos und in die Kunstpoesie einigermassen eingelesen hat, kennt den grossen Unterschied im Charakter beider; aber es würde schwer fallen, denselben mit knappen Worten richtig zu bezeichnen. Sagen wir, dass der epische Dichter auf den Stoff, der Kunstdichter mehr auf die Form sieht, dass dem ersteren mehr, was er sagt, dem letzteren mehr, wie er es sagt, am Herzen liege, so ist das doch nur in den allgemeinsten Umrissen wahr[4]). Der Kunstdichter verfügt allerdings über eine grosse Fülle von Kunstmitteln, die die Schönheit des Gedichts erhöhen (*alaṃkâra*); aber auch der epische Dichter ist nicht karg in der Anwendung des wichtigsten derselben, des Vergleiches in seinen verschiedenen Formen. Legen wir an das Râmâyaṇa den Masstab des deutschen Epos, so erscheint es sogar überreich an poetischem Schmucke. Die Inder haben denn auch

1) Ernst Kuhn, Beiträge zur Pali-Grammatik, p. 108.

2) Ernst Kuhn l. c. p. 114.

3) Wegen des Metrums siehe oben p. 21 ff., 79 ff.

4) Dhvanyâloka p. 148 ed. Kâvyamâlâ: na hi kaver itivṛittamâtranirvahaṇena kiṃcit prayojanam; itihâsâd eva tatsiddheḥ.

nie die innere Verwandtschaft der Dichtkunst Vâlmîki's mit der der späteren *mahâkavi* verkannt, wie er denn von ihnen ja *âdikavi* genannt wird. Ich glaube in der That, dass die Kunstpoesie sich allmählich entwickelt hat im Anschluss an die Dichtkunst, die von den Vâlmîkiden ausgebildet wurde, wenn ich mit diesem, nach der Analogie von Homeriden gebildeten Namen diejenigen bezeichnen darf, die das Gedicht Vâlmîki's ergänzt und vermehrt haben, bis es seine jetzige Gestalt erlangt hat. Zur Begründung meiner Ansicht will ich aus dem Râmâyaṇa, ohne Rücksicht auf die „Echtheit" oder „Unechtheit" der betreffenden Stücke, Erscheinungen anführen, die eine weiter fortgeschrittene Ausbildung der *alaṃkâra*, eine unverkennbare Freude an ihnen beweisen, und die die Entwickelung des in den Kunstgedichten herrschenden Geschmackes in seinem Anfangsstadium zeigen.

Zunächst weise ich auf Häufung der Vergleiche hin. In II 114 soll die trauernde Stadt Ayodhyâ beschrieben werden; das geschieht in 16 Versen, deren jeder einen Vergleich mit der ihrer Pracht verlustigen Stadt enthält. Ähnlich verhält es sich mit II 19, wo das bekümmerte Ansehn der Sîtâ in der Gefangenschaft mit 29 Vergleichen geschildert wird. Das ist nicht mehr naïve Verwendung einer Kunstform im Dienste der Sache, sondern ein Gefallen an der Form als solcher.

Dem Vergleich (*upamâ*) nahe verwandt ist die Gleichsetzung (*rûpakam*) [1], die in ihrer primitiven Form, wie sie die in der Note angeführten Beispiele zeigen, zu den ursprünglichsten Kunstmitteln der indischen Poesie gehören. Und so finden wir sie, wie jeder weiss, häufig genug in der epischen Dichtkunst. Im Râmâyaṇa wird sie aber nicht selten auch mit grosser Kunst zu ausgeführten Bildern verwendet. Einige Beispiele werden zeigen, wie nahe Vâlmîki oder seine Nachfolger der Künstlichkeit der späteren Poesie schon gekommen waren:

---

1) Kâvyâdarça II 66:
upamaiva tirobhûtabhedâ rûpakam ucyate |
yathâ bâhulatâ pâṇipadmam caraṇapallavaḥ ||

vishâdanakrâdhyushite paritrâsormimâlini |
kim mâm na trâyase magnâm vipule çokasâgare || III 21, 12.
Mantharâprabhavas tîvrah Kaikeyîgrâhasankulah |
varadânamayo 'kshobhyo 'majjayac chokasâgarah || II 77, 13.

Derselbe Gedanke weiter ausgeführt II 59, 28—31:

Râmaçokamahâvegah Sîtâvirahapâragah |
çvasitormimahâvarto bâshpavegajalâvilah ||
bâhuvikshepamîno 'sau vikranditamahâsvanah |
prakîrnakeçaçaivâlah Kaikeyîvadavâmukhah ||
mamâ 'çruvegaprabhavah kubjâvâkyamahâgrahah |
varavelo nriçaṃsâyâ Râmapravrâjanâyatah ||
yasmin bata nimagno 'ham Kausalye Râghavam vinâ |
dustaro jîvatâ devi mamâ 'yam çokasâgarah ||

Muster eines *rûpaka*, wie es n i c h t sein soll, könnte folgendes Elaborat eines Dichterlings abgeben, II 85, 19. 20:

dhyânanirdaraçailena viniḥçvasitadhâtunâ |
dainyapâdapasanghena çokâyâsâdhiçringinâ ||
pramohânantasattvena santâpaushadhivenunâ |
âkrânto duhkhaçailena majjatâ Kaikayîsutah ||

Das Bild des Oceans, das wir oben hatten, kehrt noch mehrfach wieder, so VI 7, 20 ff.:

çaktitomaramînam ca vinikîrnântraçaivalam |
(gajakacchapasambâdham açvamaṇḍûkasankulam ||
rudrâdityamahâgrâham marudvasumahoragam |) [1]
rathâçvagajatoyaugham padâtipulinam mahat ||
anena hi samâsâdya devânâm balasâgaram | etc.

Ferner in V 57, 2 ff.:

sa candrakumudam [2] ramyam sârkakâraṇḍavam çubham |
tishyaçravaṇakâdambam abhraçaivalaçâdvalam ||

---

1) Der eingeklammerte Vers ist offenbar Zusatz in C, er fehlt in B. Irgend ein Continentale hat ihn verbrochen, der nicht wusste, dass in der See keine Frösche leben! *açva* und *gaja* kehren in dem folgenden Halbverse wieder.

2) Dass der Lotus nicht in der See wächst, ist den Indern nicht verborgen geblieben; aber es ist nun mal bei den Dichtern so hergebracht (*kavisamaya*) und wird daher von den Poetikern nicht als *dosha* betrachtet, cf. Sâhityadarpaṇa 590.

punarvasumahâmînam [1]) lohitângamahâgraham |
airâvatamahâdvîpam svâtihaṃsavilâsitam ||
vâtasaṃghâtajâlormi candrâṃçuçiçirâmbumat |
Hanûmân apariçrântaḥ pupluve gaganârṇavam ||

Ähnlich ist das Bild von einem Flusse in VI 58, 29:

hatavîraughavaprâm tu bhagnâyudhamahâdrumâm |
çoṇitaughamahâtoyâm yamasâgaragâminîm ||
yakṛitplîhamahâpaṅkâm vinikîrṇântraçaivalâm |
bhinnakâyaçiromînâm aṅgâvayavaçâdvalâm ||
gṛidhrahaṃsavarâkîrṇâm kaṅkasârasasevitâm |
medaḥphenasamâkîrṇâm âvartasvananisvanâm ||
tâm kâpurushadustarâm yuddhabhûmimayîm nadîm | etc.

Etwas anders ist VI 93, 11:

mâtaṅgarathakûlâç ca çaramatsyâ dhvajadrumâḥ |
çarîrasaṃghâṭavahâḥ prasasruḥ çoṇitâpagâḥ ||

Das Bild eines Teiches liegt vor in VI 95, 15:

vyâkoçapadmavaktrâṇi padmakesaravarcasâm [2]) |
adya yûthataṭâkâni gajavat pramathâmy aham ||

Nicht recht geglückt ist VI 24, 42 f.:

mama câpamayîm vîṇâm çarakoṇaiḥ pravâditâm |
jyâçabdatumulâm ghorâm ârtagîtamahâsvanâm ||
nârâcatalasaṃnâdâm nadîm ahitavâhinîm |
avagâhya mahâraṅgam vâdayishyâmy ahaṃ raṇe ||

Zweimal findet sich der Vergleich von Laṅkâ mit einer Frau:

vaprapràkârajaghanâm vipulâmbunavâmbarâm |
çataghnîçûlakeçântâm aṭṭâlakâvataṃsakâm || V 2, 21.
tâm ratnavasanopetâm goshṭhâgârâvataṃsakâm |
yantrâgârastanîm ṛiddhâm pramadâm iva bhûshitâm || V 3, 18.

---

1) Spätere Dichter benutzen für ähnliche Schilderungen die Zodiakalbilder *mîna makara karkaṭa.* Das Fehlen derselben hier beweist die Unbekanntschaft des Dichters mit dem Tierkreis. Die Ähnlichkeit von Punarvasu (Castor u. Pollux) mit einem grossen Fisch, von Tishya (Krebs) und Çravaṇa (Adler) mit Enten und von Svâtî (Arcturus) mit einer Gans kann nur eine äusserst lebhafte Phantasie entdecken.

2) i. e. vânarâṇâm.

Zum Schluss noch einige auf Râma angepasste Bilder:

râkshasendramahâsarpân sa Râmagaruḍo mahân |
uddharishyati vegena Vainateya ivo 'ragân || V 21, 27.

çarajâlânçumân çûraḥ kape Râmadivâkaraḥ |
çatrurakshomayam toyam upaçosham nayishyati || V 37, 18.

çarîranâbhisattvârcih çarâram nemikârmukam |
jyâghoshatalanirghosham tejobuddhiguṇaprabham ||
divyâstraguṇaparyantam nighnantam yuddhi râkshasân |
dadṛiçû Râmacakram tat kâlacakram iva prajâḥ || VI 93, 28 f.

Râmavṛiksham raṇe hanmi Sîtâpushpaphalapradam |
praçâkhâ yasya Sugrîvo Jâmbavân Kumudo Nalaḥ || etc. VI 90, 4.

Die angeführten Beispiele werden zur Genüge gezeigt haben, in welcher Richtung die Entwicklung der Poesie vorwärts drängte. Manche der obigen Verse mögen von Epigonen gedichtet sein; wahrscheinlich aber gehen die Muster auf Vâlmîki zurück, der wie jeder wahrhaft grosse Dichter ein Pfadfinder genannt werden kann, welcher der Kunst neue Bahnen öffnet. Auch andere poetische Figuren ausser dem *rûpaka* tauchen gelegentlich schon bei ihm auf, denen man später in der Kunstpoesie häufig begegnet. So haben wir in VI 108, 21 eine *sahokti*:

tasya hastâd dhatasyâ 'çu kârmukam câpi sâyakam |
nipapâta saha prâṇair bhraçyamânasya jîvitât ||

Oben p. 74 haben wir schon den Vers: sâgaram câ 'mbaraprakhyam VI 107, 21 angeführt, der eine *upameyopamâ* mit *ananvaya* verbindet. Der erste Halbvers findet sich auch in folgender Beschreibung des Oceans VI 4, 115. 116:

sâgaram câ 'mbaraprakhyam ambaram sâgaropamam |
sâgaram câ 'mbaram ce 'ti nirviçesham adṛiçyata ||
sampṛiktam nabhasâ 'py ambhaḥ sampṛiktam ca nabho 'mbhasâ |
tâdṛigrûpe sma dṛiçyete târâratnasamâkule ||

Eine complicirte *utprekshâ* liegt vor in V 20, 13:

tvâm kṛitvo 'parato manye rûpakartâ sa viçvakṛit |
nahi rûpopamâ (hy) anyâ tavâ 'sti çubhadarçane ||

Eine *ekâvalî* findet sich V 7, 9. Schliesslich sei auch noch ein merkwürdiger Çloka in IV 30, 45 erwähnt, der eine *samâsokti* enthält. Obgleich derselbe mitten in Trishṭubh-Versen steht, so erhält er doch durch den Commentar des Govindarâja und Râmavarman eine gewisse Beglaubigung. Er lautet:

cañcaccandrakarasparçaharshonmîlitatârakâ |
aho râgavatî sandhyâ jahâti svayam ambaram ||

Aber nicht nur in den poetischen Figuren, sondern auch in der Wahl und der Art der Schilderung [1]) von gewissen Gegenständen erscheint das Râmâyaṇa als ein Vorläufer der späteren Kunstpoesie. Die Schilderungen der Regenzeit und des Herbstes in IV 28, des Winters III 16, des Citrakûṭa II 94, der Mandâkinî II 95 und ähnliches, sind zum Teil schon ganz im Geschmack der späteren Zeit. Am reichsten an solchen Beschreibungen ist das 5. Buch, das eben daher seinen Namen Sundara-Kâṇḍa erhalten haben dürfte. Die meisten dieser Schilderungen gehören wahrscheinlich nicht dem ursprünglichen Gedichte an; zweifellos ist das bei den Stücken in Trishṭubh- und Jagatî-Strophen der Fall. In diesen findet man auch die Vorstufe zu den späteren *yamaka* z. B. V 5, 3 und 4:

yâ bhâti Lakshmîr bhuvi Mandarasthâ
yathâ pradosheshu ca sâgarasthâ |
tathaiva toyeshu ca pushkarasthâ
rarâja sâ cârunicâkarasthâ ||
haṃso yathâ râjatapañjarasthaḥ [2])

---

1) Ich denke mir, dass in der vorkâlidâsa'ischen Kunstpoesie die Beschreibung eine grosse Rolle spielte, und kann mich für diese Ansicht auf den Ṛitusaṃhâra und die bekannte Mandasor-Inschrift berufen. Für vorkâlidâsa'isch halte ich auch das Ghaṭakarparam. Man sieht aus dem 22. Verse (das ganze Gedicht hat ja nur 22 Verse), wie stolz der Dichter auf seine Kunst war. Hätte er später gelebt, so würde er nicht so siegesbewusst ausgesprochen haben, dass ihn keiner in *yamakas* übertreffen würde. Denn seine Leistung ist mit späterem Massstabe gemessen recht schwach. Weil das Gedichtchen seinerzeit als ein Meisterstück bewundert wurde, darum hat es sich wahrscheinlich erhalten, auch als es nicht mehr bewunderungswert war.

2) Ich habe den *sandhi* am Ende des *pâda* hier und in den fol-

siṃho yathâ Mandarakandarasthaḥ |
vîro yathâ garvitakuñjarasthaḥ
candro 'pi babhrâja tathâ 'mbarasthaḥ ||

Allerdings sind viele *yamaka* in anderen Versen weniger gut, insofern sie von demselben Worte gebildet werden, oder nicht völliger Gleichlaut der Silben durchgeführt ist. In letzterem Falle haben wir zuweilen echte Reime, z. B. ebendaselbst 13 und 14:

dadarça kântâç ca samâlabhantyaḥ
tathâ 'parâs tatra punaḥ svapantyaḥ |
surûpavaktrâç ca tathâ hasantyaḥ
kruddhâḥ parâç câpi viniḥçvasantyaḥ ||
mahâgajaiç câpi tathâ nadadbhiḥ
supûjitaiç câpi tathâ susadbhiḥ |
rarâja vîraiç ca viniḥçvasadbhiḥ
hradâ bhujangair iva niḥçvasadbhiḥ ||

In dieser Form sind der ganze 5. und 7. Gesang des 5. Buches abgefasst; einzelne Beispiele finden sich auch im 28. Gesange des 4. Buches.

Der Stil dieser Partien in Trishṭubh und Jagatî erinnert an den des Buddhacarita Açvaghosha's, von dem Mr. Sylvain Lévi im Journal Asiatique XIX 211 ff. den ersten Sarga mitgeteilt hat; jedoch sind Açvaghosha's Verse glatter, wie es bei der höher entwickelten Kunstpoesie zu erwarten steht. Bezüglich der *yamaka* vergleiche man v. 14—16 mit solchen im Râmâyaṇa. Die Ähnlichkeit fällt in die Augen, aber auch die grössere Vollendung der Form im Buddhacarita. Ich setze die betreffende Verse hierhin.

udârasankhyaiḥ sacivair asankhyaiḥ
kritâgrabhâvaḥ sa udagrabhâvaḥ |
çacî yathâ "bhair akritânyathâbhaiḥ
Çâkyendrarâjaḥ sutarâm rarâja || 14 ||

---

genden Beispielen aufgelöst. Man sieht daraus, dass am Ende der *pâda* noch volle Cäsur stand, wie das auch für den Çloka bei Vâlmîki in den meisten Fällen anzunehmen ist, siehe von Böhtlingk in seiner oben p. 31 citirten Abhandlung.

tasyâ 'tiçobhâvisṛitâtiçobhâ
raviprabhâvâ 'statamaḥprabhâvâ |
samagradevînivahâgradevî
babhâva mâyâpagate 'va Mâyâ || 15 ||
prajâsu mâte 'va hitapravṛittâ
gurau jane bhaktir ivâ 'nuvṛittâ |
Lakshmîr ivâ 'dhîçakule kṛitâbhâ
jagaty abhûd uttamadevatâbhâ || 16 ||

Der letzte Vers steht hinsichtlich der Kunstform mit solchen des Râmâyaṇa auf einer Linie; die beiden ersten dagegen sind viel künstlicher als irgend ein Vers Vâlmîki's.

Überblickt man alles, was ich von Anfängen einer sich verfeinernden Kunstübung vorgebracht habe, so wird man zugeben müssen, dass die Poesie des Râmâyaṇa schon weit von der naiven, volkstümlichen Epik abgewichen war, und dass wir in ihr die aufdämmernde Morgenröte der später zu so blendender Pracht sich erhebenden Kunstpoesie wahrnehmen können. Wir werden auch in diesem Sinne der Tradition Recht geben dürfen, dass das Râmâyaṇa das Âdikâvyam ist.

§ 8. Die Sage des Râmâyaṇa.

Wenden wir uns nun zur Betrachtung der Sage des Râmâyaṇa, wie sie in den echten Büchern, II—VI, vorliegt. Auf den ersten Blick erkennt man, dass sie aus zwei grundverschiedenen Teilen zusammengesetzt ist. Der erste Teil, den das Ayodhyâkâṇḍa enthält, schildert in ergreifender Weise die Vorgänge am Hofe Daçaratha's mit ihren Folgen. Hier ist alles menschlich, natürlich, durchaus nicht phantastisch. Ähnliche Vorgänge mögen sich oft genug an indischen Höfen abgespielt haben: Ränke einer Königin, die ihrem Sohne zum Throne verhelfen wollte, indem sie den ihrer Nebenbuhlerin ins Unglück brachte. Eines solchen Ereignisses im Hause der Ikshvâkuiden mag sich frühe die Sage bemächtigt und die dabei auftretenden Personen zu typischen Charakteren ausgestaltet haben. Niemand wird in diesem Teil der Sage einen mythologischen Hintergrund vermuten. Endete das Râmâyaṇa mit der Rückkehr Bharata's, so würde man die ganze

Erzählung für eine historische Sage halten, d. h. eine solche, die durch geschichtliche Vorgänge ins Dasein gerufen worden ist [1]).

Anders verhält es sich mit dem zweiten Teile der Sage: da ist alles wunderbar und phantastisch, und nur das Genie oder der Glaube des Dichters lässt es uns als möglich erscheinen. Offenbar gaben zu diesem zweiten Teil der Sage Mythen den Grundstoff. Wollen wir also die Râma-Sage mythologisch deuten, so müssen wir ihren ersten Teil ganz ausser Augen lassen, und müssen uns auf den zweiten Teil derselben beschränken. Ehe wir in die Besprechung dieses Gegenstandes eintreten, muss ich aber noch einem möglichen principiellen Einwande begegnen. Es könnte nämlich die

---

1) Fraglich ist es natürlich, ob gerade die genannten Personen von dem Geschick getroffen wurden, das im Râmâyaṇa erzählt wird. Vielleicht ist die Erzählung nur an berühmte Namen aus dem Hause der Ikshvâkuiden angeknüpft worden. Ikshvâku, Daçaratha und Râma werden ja schon im Ṛig Veda genannt, aber einzeln und so, dass kein Verhältnis zwischen ihnen, noch etwas anderes von ihnen aus ihrer Nennung geschlossen werden könnte, als dass sie berühmte oder mächtige Könige waren. Die betreffenden Stellen sind X 60, 4. I 126, 4. X 93, 14. Ich will nicht bestreiten, dass einzelne Motive dieser Sage einen mythologischen Zug zum Hintergrund haben mögen. Dahin gehört vielleicht die Verbannung Râma's auf vierzehn Jahre in den Wald, die ihr Gegenstück in der 13jährigen Verbannung der Pâṇḍuinge hat. Dass ein Prinz, der in seiner Heimat keine Stelle fand oder aus ihr verdrängt wurde, auszieht und sich anderswo eine Herrschaft gründet, dafür liefert die Geschichte von Râjasthan zahlreiche Beispiele. Bot vielleicht nur so viel die ursprüngliche Sage, von der die im Râmâyaṇa vorliegende die letzte Umgestaltung ist, und hat sich hier später ein mythologisches Motiv zugesellt? Man könnte vielleicht vermuten, dass die ursprüngliche Sage von der Auswanderung eines Ikshvâkuiden-Fürsten (Râma) aus den Stammsitzen an der Ikshumatî erzählte und mit der Gewinnung des Landes Kosala an der Sarayû endete; später aber, als die alte Heimat fast vergessen war, wäre dann Daçaratha nach Ayodhyâ versetzt worden. So würde sich die Rolle der Kaikeyî erklären und die Erziehung des Bharata und Çatrughna bei dem Könige der Kekaya; der vertriebene Prinz hätte dann in der Heimat seiner Mutter, der Kosalerin, Zuflucht und eigene Herrschaft gefunden etc. etc. Doch ist es leicht, Vermutungen hierüber aufstellen, aber unmöglich, Beweise dafür vorzubringen.

Behauptung aufgestellt werden, Vâlmîki habe in dem zweiten Teile nicht alte Sagen verarbeitet, sondern habe denselben gänzlich aus seiner Phantasie geschöpft. Mit einer solchen Voraussetzung würden wir aber nicht überall durchkommen. In der Episode von Vâlin und Sugrîva spielt nämlich Râma eine höchst bedenkliche Rolle, indem er ersteren aus dem Hinterhalte mit einem Pfeile durchbohrt. Würde der Dichter eine solche Rolle seinem Helden, den er sonst als Verkörperung edler Gesinnung und rechtmässigen Handelns hinstellt, zugeteilt haben, wenn ihm nicht eine feststehende Sage die Hände gebunden hätte? Der Dichter, oder wahrscheinlich spätere Sänger, haben wohl den Widerspruch gefühlt und sich bemüht, mit sophistischen Gründen das offenbare Unrecht Râma's wegzuinterpretiren IV 17. 18. Zweifellos haben wir also in der genannten Episode eine alte Sage, mit der Râma verknüpft war. Wir haben daher keinen Grund zu einer andern Annahme für den übrigen Teil der Sage.

Die älteste Ansicht über die Bedeutung der Sage, wie sie schon Lassen, Ind. Alt. I[2] p. 635 aussprach, geht dahin, dass „das Râmâyaṇa die Sage von dem ersten Versuch der Arier sich erobernd nach dem Süden zu verbreiten enthalte; es setzt aber die friedliche Verbreitung brahmanischer Missionen als noch früher“. Die opferstörenden und priesterfressenden Râkshasa sollen die rohen Stämme bedeuten, welche den brahmanischen Einrichtungen feindselig entgegentraten, die Affen aber andere Urbewohner, die den arischen Kshatriya Hülfe leisteten. Es kann nicht geleugnet werden, dass diese Theorie etwas bestechendes hat. Fragen wir aber danach, ob die Râma-Sage bei dieser Annahme verständlicher werde, so müssen wir mit Nein antworten. Denn Râma's Abenteuer würden sich als einen missglückten Versuch darstellen, weil sie keine Erfolge in der genannten Richtung hatten. Die Herrschaft der Affen und der Râkshasa bleibt ja nach wie vor bestehen; nur kommt ein anderer Affe und ein anderer Râkshasa auf den Thron. In beiden Fällen ist es der Bruder seines von Râma besiegten Vorgängers. Nirgends gründet Râma eine „arische Herrschaft“ und nicht einmal der Gedanke an die Möglichkeit eines solchen Vorhabens wird irgendwo angedeutet. Angenommen, dass die Sage die vorausgesetzte Bedeutung habe, so müsste sie doch zu einer Zeit entstanden sein, als schon arische Herrschaften im Süden bestanden; denn die Sage will ja überall die Entstehung der bestehenden Verhältnisse erklären. Aber, wie eben ausgeführt, würde die Râma-Sage dies nicht thun, da sie consequent an der Anschauung festhält, dass im Süden keine arischen Herrschaften vor oder nach dem Zuge Râma's bestanden.

Weber hat nun (Literaturgeschichte² p. 209) die eben beleuchtete Ansicht dahin verändert, „dass der Sage ein historisches Factum, die Ausbreitung der arischen Cultur nach dem Süden, resp. nach Ceylon hin, zu Grunde liege". Aber auch in dieser Form findet die allegorische Deutung keine Stütze an den im Râmâyaṇa enthaltenen Nachrichten. Denn auch in Hinsicht der Kultur weiss das Râmâyaṇa nichts von einer durch Râma's Zug bewirkten Veränderung oder Besserung, abgesehen von dem eben berührten Thronwechsel, zu berichten.

Die Vorstellungen über den Süden Indiens, die man aus dem Râmâyaṇa gewinnen kann, sind recht unklare, wie ja auch sonst der geographische Horizont des Dichters ein durchaus beschränkter ist. Er weiss von brahmanischen Einsiedeleien im Süden, im übrigen ist er ihm ein Land, in dem Unholde und fabelhafte Wesen hausen. Letzterem brauchen wir weiter keine Bedeutung beizulegen, da überall die Sagen über Riesen und Ungeheuer in Länder lokalisirt wurden, von denen man wenig mehr als ihr Dasein kannte, wenn diese Sagen nicht eben in eine so ferne Vorzeit projicirt wurden, dass es gleichgiltig war, wo man sie lokalisirte. Übrigens gehören die opferstörenden Râkshasa nicht etwa ausschliesslich dem Süden an. Denn auch in dem jüngeren ersten Buche muss Viçvâmitra sich ihrer mit Râma's Hülfe erwehren; und doch liegt seine Einsiedelei im arischen Norden.

Talboys Wheeler's Ansicht, dass im Râmâyaṇa allegorisch die Feindschaft gegen die Buddhisten zum Ausdruck gelange, habe ich oben p. 89 ff. widerlegt und kann also auf die dortigen Erörterungen verweisen. Mein Urtheil geht also dahin, dass das Râmâyaṇa keine Allegorie enthält. Wir bedürfen aber auch keiner solchen Erklärung; denn wie ich jetzt zeigen will, kann man in den Hauptpersonen der Sage noch deutlich Gestalten erkennen, die uns aus der indischen Mythologie bekannt sind oder wenigstens in ihr Entsprechung finden. Ich will nicht die Sage in ihren Einzelheiten natursymbolisch deuten, wie dies Angelo de Gubernatis in seinem Werke „die Thiere in der indogermanischen Mythologie" namentlich in Capitel I § 2 und IX mit grosser Kombinationsgabe, wenn auch nach meinem Dafürhalten nicht immer mit Glück gethan hat; denn man greift bei solchen Deutungen immer nur einzelne Züge heraus, während wir nie sicher sein können, dass gerade diese Züge der ursprünglichen Mythe und nicht vielmehr der ausschmückenden Phantasie der späteren Erzähler angehören. Man muss sich daran genug sein lassen, die Gestalten der Sage auf solche der Mythologie zurückzuführen; wenn man erstere mit Kategorien der Natursymbolik aufzufassen versucht, verfällt man gar zu leicht in ein Spielen mit Gedanken, ähnlich wie Philosophen einer vergangenen Generation, die etwas erreicht zu haben glaubten, wenn sie alles Seiende in die geräumigen Kategorien der Hegelschen Philosophie unterbrachten.

Wir beginnen unsere Untersuchung mit Sîtâ, über deren mythologischen Charakter kein Zweifel bestehen kann. Schon im Ṛig Veda (IV 57, 6. 7)[1] wird die personificirte Ackerfurche unter dem Namen Sîtâ göttlich verehrt. In späteren vedischen Texten, die Weber, Abhandl. d. Akad. d. Wissensch. Berlin 1858

---

1) Die Stelle lautet:

arvâcî subhage bhava Sîte vandâmahe tvâ |
yathâ naḥ subhagâ 'sasi yathâ naḥ suphalâ 'sasi ||
Indraḥ Sîtâm nigṛhṇâtu tâm Pûshâ 'nu yacchatu |
sâ naḥ payasvatî duhâm uttarâm-uttarâm samâm ||

Grassmann. O reiche Furche sei du uns nahe, wir verehren dich, damit du uns segensreich, damit du uns fruchtreich seiest. — Es möge Indra in die Furche hineingreifen, die Richtung gebe ihr Pûshan, sie möge uns nahrungsreich strömen in jedem Jahr, das folgen mag.

Ludwig. Herwärts komm, o selige Sîtâ, wir bezeigen dir unsere Verehrung, damit du uns glückselig seist. — Indra drücke die Furche ein, Pûshan gebe ihr die Richtung, als milchreich ziehe sie uns aus die weitere und weitere ebenso [milchreich] (als milchreich werde sie uns gezogen [auch] jedes künftige Jahr?).

p. 370—373, zusammengestellt hat, namentlich im Adbhutâdhyâya des Kauçika Sûtra und im Pâraskara Gṛihya Sûtra (II 17) wird sie ebenfalls als Genie des Ackerfeldes, als ein Wesen von grosser Schönheit gepriesen, und zwar gilt sie dort als Indrapatnî und Parjanyapatnî. Dass die Sîtâ des Râmâyaṇa identisch mit dieser vedischen Sîtâ ist, kann nicht bezweifelt werden. Denn sie kommt aus der Erde hervor, als Janaka einst pflügte, I 66, und zuletzt verschwindet sie unter dem Erdboden in den Armen der Göttin Erde, VII 97. Da sie nun in den gṛihya-Texten die Gattin Indra's, bez. Parjanya's ist, so muss Râma eine Form des Indra-Parjanya sein, worauf wir später zurückkommen werden. Der Kampf Râma's mit Râvaṇa wäre dann eine andere Form des Kampfes Indra's mit Vṛitra, dem Dämon der Dürre. Für die Gleichsetzung Râvaṇa's mit Vṛitra lässt sich noch anführen, dass sein Sohn, der mythologisch nur als eine Seite seines Wesens aufzufassen sein dürfte, der Besieger oder Feind Indra's, Indrajit oder Indraçatru, ist; der angeblich ursprüngliche Namen Indrajit's, Meghanâda, wird fast gar nicht gebraucht (VII 12). Auch der in einer Höhle hausende Bruder Râvaṇa's, Kumbhakarṇa, erinnert an die vedischen Vorstellungen von Vṛitra. Die bedeutsamste That Râvaṇa's aber ist der Raub der Sîtâ, der die Veranlassung zu dem folgenden Kampfe gab; auch der hat sein vedisches Vorbild. Zwar raubt keiner der Feinde Indra's dessen Gattin [1]), aber die Paṇi halten die Wasser umschlossen, sie haben die Kuhherden weggetrieben und hüten sie in der Berge Höhlen. Was für die Hirten der vedischen Zeit die Kühe waren, das war für die Ackerbauer der späteren Zeit das Saatfeld: sie stellten sich den Frevel des Dämons der Dürre als Raub der Sîtâ vor. Dieser führt nun eine andere wichtige Person auf den Schauplatz: Hanumat. Zum Verständnis von dessen mythologischem Charakter scheint mir die Thatsache von entscheidender Wichtigkeit zu sein, dass er jetzt in ganz Indien

1) Es sei denn, dass man die Verführung der Indrâṇî durch Vṛishâkapi im Ṛig Veda X 86 als ein Analogon ansehen könnte. Doch ist der obscöne Hymnus sehr dunkel. Vielleicht ist Vṛishâkapi gar nicht einmal ein mythisches Wesen, sondern es mag irgend etwas obscönes damit gemeint sein.

die Schutzgottheit des Dorfes geworden ist. Sir Alfred C. Lyall sagt in seinen Asiatic Studies p. 13 über ihn „... Hanumân who from a sacred monkey has risen, through mists of heroic fable and wild forest legends, to be the *universal tutelary god of all village settlements*. The setting up of his image in the midst of an hamlet is the outward and visible sign and token of fixed habitation, so that he is found in every township." Da in Hanumat's Wesen, wie es im Epos geschildert wird, nichts liegt, was ihm seine jetzige, in ganz Indien anerkannte Stellung hätte einbringen können, so ist an ihr das Râmâyaṇa unschuldig; es muss vielmehr etwas in seinem ursprünglichen natursymbolischen Charakter liegen, was ihm zu seiner Anerkennung als Dorfschutzgottheit verhalf; d. h. er muss zum Ackerbau, auf dem ja die Existenz der Dorfgemeinde in erster Linie beruht, in Beziehung gestanden haben. Ich vermute, dass er der Genius des *Monsoons* ist. Ein solcher verdiente es wohl, in jedem Dorfe Indiens verehrt zu werden. Denn, wie allgemein bekannt, hat eine Verzögerung oder ein spärlicher Ausfall des Monsoon-Regens Mangel oder gar Hungersnot im Gefolge, und der ganze Erfolg des Ackerbaus hängt davon ab, ob der Regen zur richtigen Zeit und in der nötigen Quantität eintritt. Ist Hanumat eine Personification des Monsoons, so müssen sich bei ihm Beziehungen zu dem den jährlichen Regen heraufführenden Winde und zu den den Regen spendenden Wolken nachweisen lassen. Solche Züge treffen wir nun beim Hanumat des Râmâyaṇa an. Er ist der Sohn des Windgottes, daher sein Beiname Mârutâtmaja und Mâruti; wie alle Affen kann er beliebige Gestalt annehmen: er ist *kâmarûpin* wie die Wolken. Wie die Wolke fliegt er durch die Luft, hundert Meilen hin über das Meer, um Sîtâ, die personificirte Agricultur aufzusuchen, und er findet sie. Aus dem fernen Süden, woher der Monsoon heraufzieht, wird Sîtâ zurückgeführt; und zwar gelingt dies Râma nur mit Hülfe der Affen, i. e. der Regenwolken.

Da Hanumat eine Gottheit der Ackerbauer ist, so könnte man in ihm irgend einen Gott der Aborigines vermuten. Dagegen spricht aber der durchaus sanskritische Namen: Hanu-mant „der mit Kinnbacken versehene." Der Bedeutung nach entspricht dieser Name einem Beinamen Indra's *çiprin, çipravat*, insofern Nirukta 6, 17 die Erklärung gegeben wird: *çipre hanû nâsike vâ*. Allerdings wissen wir nicht, was mythologisch unter dem Attribut „Kinnbacke" zu verstehen ist; aber da es Indra beigelegt wird, einem Gotte, der zu dem Regen in Beziehung steht, so ist es wahrscheinlich, dass der nach demselben Attribute benannte Hanumat ebenfalls eine Regengottheit ist.

Und hier sei noch auf eine auffällige mythologische Parallele hingewiesen, die Hanumat mit Indra in Zusammenhang zu bringen scheint. Die Auffindung der Sîtâ durch Hanumat, nachdem er über das Meer gesprungen war, erinnert nämlich an die im Rig Veda X 108 gerühmte That der Saramâ. Auch sie setzt über die Gewässer der Rasâ (tathâ rasâyâ ataram payâṃsi) und findet in weiter Ferne (dûre hy adhvâ jagurih parâcaih) den von den Paṇi gehüteten Schatz, um ihn als Indra's Botin zurückzuverlangen. Es entsprechen sich hier Saramâ und Hanumat, die Rasâ und das Meer, der Schatz der Paṇi und Sîtâ, die Paṇi und die Râkshasa. Natürlich sollen die beiden Mythen nicht einander gleichgesetzt werden, noch will ich behaupten, dass die eine aus der anderen hervorgegangen sei; wohl aber glaube ich, dass beide auf dieselbe mythologische Grundanschauung zurückgehen und sie in verschiedener Form ausgestaltet haben. Eine Spur dieses Zusammenhangs scheint das Râmâyaṇa noch bewahrt zu haben. Denn VI 33. 34 (allerdings in einem sekundären Zusatz, siehe oben p. 45) tritt eine Râkshasin namens Saramâ[1]) auf, um Sîtâ zu trösten, die durch den trügerischen Zauber Râvaṇa's in den Glauben versetzt war, Râma und die Seinigen seien tot. Sie erzählt ihr alles, was Râvaṇa bisher beschlossen und gethan habe, und verspricht ihr, sein ferneres Thun auszukundschaften und ihr zu berichten. Hier scheint eine Weiterbildung der vedischen Saramâ-Mythe in Verbindung mit Sîtâ in ihren letzten Ausläufern vorzuliegen.

Wir hatten Râma[2]) mit Indra-Parjanya identificirt und ge-

---

1) Auch Vibhîshaṇa's Gemahlin heisst Saramâ VII 12.

2) Das Wort *râmá* bedeutet im Veda „schwarz, dunkelfarbig", im classischen Sanskrit „erfreuend, lieblich". Das bietet keinen sichern Anhalt zur Deutung der mythologischen Personen, die Râma heissen.

zeigt, dass die Râma-Sage ziemlich parallel der Indra-Mythe verläuft. Es könnte nun sein, dass Râma im Grunde gar nicht mit Indra zusammen hinge, und dass erst sekundär die Indra-Mythen auf ihn in veränderter Form übertragen worden wären. Um das wahrscheinlich zu machen, müsste man aber nachweisen können, welches denn die mythologische Natur Râma's sei, wenn sie sich nicht mit der Indra's decken sollte. Das wird aber nicht wohl möglich sein, wenn man nicht mit solchen universellen Kategorien wie Sonnengott und dergleichen operiren will, in die man schliesslich alles hineinzwängen kann. Man wird also eine natürliche Verwandtschaft Râma's mit Indra annehmen müssen und zwar so, dass Râma eine lokale Form des Indra sei, diejenige Form, in der ein ackerbauendes Volk die Ideen verkörperte, die bei den hauptsächlich Viehzucht treibenden Stämmen der vedischen Zeit in Indra ihren Ausdruck fanden [1]). Dass er zum Ackerbau in engerer Beziehung stand, geht ja schon daraus hervor, dass Sîtâ, die personificirte Ackerfurche, seine Gattin ist.

Ganz zweifellos ist diese Beziehung, wie schon Weber, ü. d. R. p. 7, hervorgehoben hat, bei dem gleichnamigen Bruder Kṛishṇa's, Râma dem Pflugträger (Halin Halabhṛit Halâyudha, Lângalin etc.), der auch Balarâma, Baladeva und Bala genannt wird. So unähnlich im Ganzen auch die Sage von Balarâma derjenigen von unserem Râma ist, so finden sich doch zwei auffallende Berührungspunkte. Balarâma [2]) erschlägt nämlich den Dämon Dhenuka, der Eselgestalt angenommen hat, während der andere Râma den Dämonen Khara, d. h. Esel, tötet; ferner tötet er den Dämon Dvivida und nach Harivaṃça v. 9802 auch den Mainda, während in unserer Râma-Sage diese Beiden als Affen auf Râma's Seite stehen. Es dürfte daher wohl nicht zu gewagt sein anzunehmen,

---

1) Man könnte ausser dem, was im Vorhergehenden vorgebracht worden ist, für die Gleichsetzung Râma's mit Indra noch anführen, dass ersterer den Triçiras erschlägt III 27 wie letzterer den dreiköpfigen Sohn des Tvashṭṛi; dass auf Betreiben der buckeligen Mantharâ Râma verbannt wird, wogegen Indra die Mantharâ, Virocana's Tochter, erschlägt.

2) Nach dem 5. Buche des Vishṇu Purâṇa tötet er folgende Dämonen: Dhenuka, cap. 8; Pralamba, 9; Mushṭika, 20; Dvivida, 36.

dass im letzten Grunde beide Râma's auf dieselbe volkstümliche Gottheit der Ackerbauer zurückgeht, dessen Mythe sich im Westen zur Sage von Râma dem Pflugträger, im Osten zu der von Râma dem Besieger Râvaṇa's entwickelt habe. Ist das richtig, so müssen wir auch bei Balarâma Züge wiederfinden, die eigentlich Indra angehören, da ja nach unserer Annahme der ursprüngliche Râma nur eine andere Form Indra's ist. Ein solcher gemeinsamer Zug lässt sich nun nachweisen: es ist die Trunksucht, der auch Balarâma von Natur ergeben ist (cf. Vishṇu Purâṇa V 25, 5 . . . madirâtarsham avâpâ 'tha parâtmanm). Je verpönter die Trunksucht bei den späteren Indern ist, um so auffälliger ist es, wenn sie dieselbe einem ihrer Götter zuschreiben; es liegt daher nahe zu vermuten, dass Balarâma's Trunksucht in causalem d. h. genetischem Zusammenhange mit der noch nicht als Laster aufgefassten gleichen Eigenschaft des vedischen Indra's stehe.

Noch einen dritten Râma, Jamadagni's grimmen Sohn, der seine Mutter Reṇukâ erschlug und 21 mal die Erde von Kshatriya reinigte, kennt die epische Sage und bezeichnet ihn als den ältesten der drei Râma. Aber eine Beziehung auf den Ackerbau liegt nicht zutage. Eifrige Mythologen allerdings könnten die Tötung seiner Mutter Reṇukâ, d. h. die Staubige, als das Aufreissen des Erdbodens durch die Pflugschar, und die wiederholte Reinigung der Erde von Kshatriya als das Mähen des Getreides deuten, wobei der Gleichklang von *kshetra* und *kshatra* mitgewirkt hätte. Aber ohne positiven Anhalt haben solche Deutungsversuche geringen Wert. Für unsere Untersuchung macht es auch wenig aus, ob Paraçurâma, der als 6. Avatâra Vishṇu's gilt, in letztem Grunde eine Ackergottheit oder eine wirkliche Persönlichkeit war; wir können ihn ganz aus dem Spiele lassen.

Für die hohe Altertümlichkeit einer volkstümlichen Gottheit Râma spricht auch, dass nach ihr wie in späterer Zeit, so schon im Veda mehrere Personen genannt zu sein scheinen, Ṛig Veda X 93, 14. Çat. Br. 4, 6, 1, 7. und Ait. Br. 7, 34[1]. Ja viel-

---

1) Weber in den Sitzungsber. d. Ak. d. Wissensch. zu Berlin XXXVIII p. 818, Note 2.

leicht ist er schon eine indo-eranische Gottheit, wenn er nämlich zu dem Luftgenius Râman qâçtra des Avesta in Beziehung stehen sollte, der meist mit Mithra zusammen vorkommt. Spiegel sagt über ihn: „Als Luft, vayu, wird er besonders im fünfzehnten Yast gepriesen. Die Luft ist ihrer Gestalt nach besonders Yt. 15, 54. 57 geschildert. Sie ist natürlich vor Allem eine behende, rüstige Gottheit, aber sie wird nicht blos gedacht als der Schnellste der Schnellen, sondern auch als der Stärkste der Starken. Sie hat eine goldene Rüstung, einen goldenen Wagen [1]) und goldenes Rad. Sie wird darum auch in Schlachten angerufen (Yt. 15, 49). In ihrer Streitbarkeit liegt der Grund, dass sie von den Helden der Vorzeit angerufen wurde und diesen den Sieg verlieh.“ (Avesta, die heiligen Schriften der Parsen, 3. Bd. p. XXXIV.) Ist nun der avestische Râman, der Genius der Luft, mit dem indischen Râma-Indra aus derselben Wurzel hervorgegangen? Die Möglichkeit wird man nicht leugnen können, da beider Bereiche nahe genug verwandt sind, wenn sie sich auch nicht vollständig decken. Aber bei dem verwaschenen Charakter der avestischen Göttergestalten ist es nicht möglich, zu einer Entscheidung zu kommen. Nur auf eins will ich noch hinweisen: wie Râman mit Mithra vereint ist, so Râma mit Lakshmaṇa, Balarâma mit Kṛishṇa, und in der Sîtâ-Anrufung des Ṛig Veda Indra mit Pûshan.

Über Lakshmaṇa's mythologischen Charakter lässt sich nichts sagen. Er ist lediglich der Begleiter und treue Freund Râma's, ohne dass er je bestimmend in die Handlung eingreift. Sollte ihn vielleicht sein Name Saumitri, Sohn der Sumitrâ, zu Mitra in Beziehung setzen? Sein eigentlicher Name, Lakshmaṇa, könnte etwa den Schützenden (von *raksh*) bedeuten, gemäss der Rolle, die er in der Sage spielt.

Ebenso müssen wir die Sage von Sugrîva (des Sûrya Sohn) und Vâlin (des Indra Sohn) unerklärt lassen. Man könnte hierbei an den Vṛishâkapi des Ṛig Veda denken, von dem Indra sagt: çiro nv asya râvisham, na sugam dushkṛite bhuvam X 86, 5.

1) Zu vergleichen wäre, dass Indra dem Râma in dem Entscheidungskampf mit Râvaṇa seinen Wagen, seine Rüstung und Waffen leiht.

Aber einerseits tötet Indra nach jenem Hymnus doch nicht den Vṛishâkapi, andererseits habe ich schon oben p. 131 in der Anmerkung meinen Zweifel daran ausgesprochen, dass Vṛishâkapi wirklich ein mythologisches Wesen sei.

Wir können diese Untersuchung nicht abschliessen, ohne wenigstens noch einen Blick auf die spätere Entwicklung der Râma-Sage zu werfen. Schon Weber hat l. c. p. 9 ff. die in späterer Zeit so feste Verbindung Râma's mit dem Monde in dem Namen Râmacandra aufgeklärt. Es ist zunächst mit Sîtâ-Furche eine andere Sîtâ verschmolzen, die nach dem Taitt. Br. 2, 3, 10 den König Soma liebte und, um ihn zu gewinnen, von ihrem Vater mit dem *sthâgara alankâra* geschmückt wird, wie im Râmâyaṇa II 128, 18 ff.[1] Sîtâ von Anasûyâ, Atri's Gemahlin, einen unvergänglichen *angarâga* erhält. Diese Verschmelzung hatte dann weiter zur Folge, dass der König Soma, i. e. der Mond, mit Râma verschmolz. Allerdings lassen sich im Râmâyaṇa noch keine sichere Spuren dieser Verschmelzung aufzeigen, es sei denn, dass die Geschichte von der goldenen Gazelle irgend etwas damit zu thun hätte, was mir jedoch wenig glaublich erscheint.

Ungleich wichtiger aber und für die Auffassung der späteren Zeit bestimmend war die Identificirung Râma's mit Vishṇu. Wie

---

1) Diese Erzählung, wie vielleicht das Meiste, was jetzt zwischen Bharata's Weggang und der Ankunft der Çûrpaṇakhâ steht, dürfte als späterer Zusatz zu betrachten sein. Die Besuche in Atri's und in Agastya's Einsiedelei haben den Zweck, Râma mit diesen Rishi in Verbindung zu setzen, und dürften ebensowenig alte Bestandteile sein, wie Râma's Besuch bei Bharadvâja im 2. Buche. Die paar Abenteuer, die im Anfange des 3. Buches erzählt werden, erwecken nur den Schein, dass sie die 11 oder 12 Jahre, die zwischen Bharata's Weggang und dem Abenteuer mit Çûrpaṇakhâ liegen, nicht gänzlich leer seien. In der That genügen sie dazu nicht, so dass auch nach dem vorliegenden Text Râma 10 Jahre thatenlos am Teiche Pañcâpsaras verbringt. Wahrscheinlich zogen in dem ursprünglichen Gedicht die Verbannten, nachdem sie den Citrakûṭa verlassen hatten II 117, 4, weiter III 11, 1—5 und gelangten nach Pañcavaṭî III 15, wo sie sich häuslich niederliessen. Dort traten dann die Ereignisse ein, mit denen der zweite Teil der Erzählung eingeleitet wird.

wir gesehen haben, ist diese Vorstellung dem ursprünglichen Gedichte noch fremd [1]). Aber sie muss nicht lange nachher aufgetaucht sein; denn sie findet sich schon in Zusätzen zu den echten Büchern und herrscht durchaus in den zugedichteten, im Âdi- und Uttara-kâṇḍa. Für das Aufkommen derselben ist die notwendige Voraussetzung, dass die Verehrung des Vishṇu allgemein geworden war. Denn die Identificirung Râma's mit Vishṇu soll ersterem ja nur zur Verherrlichung dienen. Die Frage ist, wie sie ins Leben gerufen wurde. Wir sehen nun zunächst, dass Vishṇu selbst seit der vedischen Zeit eine bedeutsame Wandlung durchgemacht hat. Im Ṛig Veda ist er keiner der hervorragenden Gottheiten, wenn ihm auch nach vedischer Gewohnheit die höchsten Attribute beigelegt werden. Muir, der alle auf Vishṇu bezügliche Stellen aus dem Ṛig Veda im 4. Bande der Original Sanskrit Texts p. 63 ff. zusammengestellt hat, hebt ausdrücklich die „subordinate position occupied by Vishṇu in the hymns of the Rig-veda as compared with other deities" hervor (Chapter II Sect. II). Es ist aber beachtenswert, dass er besonders oft in Verbindung mit Indra vorkommt, indem der eine Gott dem anderen hilft.

In späterer Zeit wird diese Verbindung noch enger, so dass Vishṇu als jüngerer Bruder Indra's, Upendra, gilt (I 29) und Beide Hari heissen. Wodurch der Vishṇukult volkstümlich wurde, während die religiöse Bedeutung Indra's immer mehr schwand [2]), wissen wir nicht; sicher aber scheint mir, dass damit gleichzeitig viele Züge Indra's auf Vishṇu übertragen wurden [3]). Namentlich

---

1) Überhaupt treten in den echten Teilen des Gedichtes die Götter wenig hervor. Und von diesen greift nicht Vishṇu oder Çiva, sondern Indra in den Gang der Ereignisse ein, indem er seinen Wagen und Panzer dem Râma leiht, ferner Garuḍa, der den Pfeilzauber Indrajit's löst, und Agni, der die Reinheit der Sîtâ bezeugt — wenn nämlich dieses Stück zum alten Gedichte gehört. Der Sonnengott und der Windgott werden als Väter von Sugrîva und Hanumat genannt. Dagegen findet sich in dem ersten und letzten Buche kaum eine Erzählung, in der nicht ein oder mehrere Götter vorkommen.

2) Manche späteren Mythen über ihn gereichen ihm nicht zur Ehre, vergl. z. B. I 24. 46 f. 48 f.

3) Daher vielleicht der Name von Vishṇu's Gemahlin, *Indirâ*?

ist er der Bekämpfer von Dämonen, *Daityâri*, geworden, eine Rolle, die im Veda noch dem Indra zufällt. Es scheint nun derselbe Process sich auch an Râma, der nach meiner Darstellung eine mythologische Variante Indra's ist, wiederholt zu haben, wozu der ähnliche Charakter der Mythen, die Besiegung vieler Dämonen, den ersten Anstoss gegeben haben mag. Aber Râma wurde nicht eins mit Vishṇu, indem er mit ihm verschmolz, sondern er galt als eine Incorporation, ein Avatâra Vishṇu's, des höchsten Gottes. In dieser Form hat sich ihm die Verehrung des indischen Volkes zugewandt und ist ihm unter verschiedenen Gestalten treu geblieben bis auf den heutigen Tag. Der Glaube an Râma als Verkörperung der höchsten Gottheit ist das Grunddogma in Râmânand's religiösem System, das in wirksamer Weise der Ausbreitung des Çivaïsmus mit seinem unwürdigen Aberglauben und Schmutz in den Weg getreten ist; der Glaube an Râma endlich hat den grössten Dichter des mittelalterlichen Hindustan, Tulsî Dâs, zu seinem Râmâyan, oder wie das Werk eigentlich heisst, dem Râm Carit Mânas begeistert, das noch heute so zu sagen die Bibel für hundert Millionen Hindus ist [1]).

1) Vergl. Grierson, The modern vernacular Literature of Hindustan (im Journal of the Asiatic Society of Bengal, Part I for 1888) p. 42 ff. Er sagt von dem Râmâyan des Tulsî Dâs: the fact of its universal acceptance by all classes, from Bhâgalpur to the Panjâb and from the Himâlaya to the Narmadâ, is surely worthy of note. „The book is in every one's hands, from the court to the cottage, and is read or heard and appreciated alike by every class of the Hindu community, whether high or low, rich or poor, young or old.“ (Growse's Translation of the Râmâyan). Wenn Grierson sagt „in an age of license no book can be purer than his Râmâyan“, so dürfen wir nicht vergessen, dass derselbe Vorzug auch schon dem Werke Vâlmîki's eignet, an dessen sittlicher Reinheit selbst der prüdeste Sittenrichter nichts auszusetzen haben dürfte. Für das erste und letzte Buch mit ihren obscönen Erzählungen kann natürlich Vâlmîki nicht verantwortlich gemacht werden. Wenn dem Tulsî-krit Râmâyan seine Sittenreinheit zu so allgemeiner Anerkennung verholfen hat, so dürfen wir annehmen, dass dieselbe Ursache seinem mehr als zwei Jahrtausende älteren Vorbilde einst ebenso die Herzen der alten Inder gewonnen hat.

Inhalts-Angabe

des

Râmâyaṇa nach der Bombayer Ausgabe.

(Einige Namen werden da, wo sie beständig vorkommen, abgekürzt und zwar in folgender Weise: Bh. Bharata, D. Daçaratha, H. Hanumat, K. Kaikeyî, Kau. Kausalyâ, L. Lakshmaṇa, R. Râma, Râv. Râvaṇa, S. Sîtâ, Su. Sugrîva, Vi. Vibhîshaṇa, Vai. Vaiçravaṇa.)

I. Bâla-Kâṇḍa.

1. Vâlmîki fragt den Nârada, wer jetzt auf Erden die höchsten Vorzüge in sich vereinige. Nârada schildert ihm den Râma, seine Erlebnisse und Thaten, welche in Buch 2—6 erzählt werden. Zum Schlusse preist er Râma's Regierung, wie sie bis zu dessen Tode sein werde. 2. Nachdem Nârada in den Himmel zurückgekehrt war, ging Vâlmîki mit seinem Schüler Bharadvâja an die Tamasâ. Dort sieht er ein Krauñca-(Brachvogel-)pärchen, von dem das Männchen durch einen Nishâda getötet wird. Das Weibchen schreit jämmerlich. Von Mitleid ergriffen flucht Vâlmîki dem Nishâda. Seine Worte bilden den Çloka. Darauf badet er und kehrt in seine Einsiedelei zurück. Dort besucht ihn Brahman, vor dem sich sein Mitleid in einem Upaçloka (?)[1] losringt. Brahman sagt ihm, dass er den Çloka gebildet habe, und dass er Râma's Thaten besingen solle, und verlässt ihn alsdann. Vâlmîki beschliesst, das Râmâyaṇa in Çloken abzufassen. 3. Vâlmîki in Meditation versunken schaut das Wirken und Handeln Râma's. Es folgt eine kurze Übersicht über das ganze Râmâyaṇa.

4. Vâlmîki lehrt sein Gedicht (Paulastyavadha) den beiden Söhnen Râma's, Kuça und Lava. Sie tragen es vor in einer Versammlung von frommen Männern und werden von diesen je nach Vermögen beschenkt. Einstmals sieht Râma sie auf der Strasse, führt sie in seinen Palast, wo sie vor seinen drei Brüdern und den Räten das Gedicht vortragen.

5. In Kosala liegt Ayodhyâ, wo Daçaratha herrscht. Beschreibung der Stadt. 6. Daçaratha war ein mächtiger und weiser König.

1) Es ist nämlich eine Vipulâstrophe.

Beschreibung der Bevölkerung von Ayodhyā. **7.** Der König hatte 8 Räte (amātya): Dhṛishṭi, Jayanta, Vijaya, Surāshṭra, Rāshṭravardhana, Akopa, Dharmapāla und Sumantra; 2 ṛitvij: Vasishṭha und Vāmadeva; und andere Minister, nämlich Suyajna, Jābāli, Kāçyapa, Gautama, Mārkaṇḍeya, Kātyāyana. Beschreibung derselben.

8. Da der König keinen Sohn hatte, beschloss er das Pferdeopfer darzubringen. Er giebt seinen Räten den Auftrag, alles zu diesem Zwecke nötige herzurichten.

9. Der Wagenlenker (Sumantra) sagt dem König, dass Sanatkumāra einst erzählt habe, Vibhāṇḍaka, Kāçyapa's Sohn, würde einen Sohn Ṛishyaçṛinga haben, der in strenger Keuschheit, ohne von Weiber etwas zu erfahren, aufwachsen würde. Nun würde Romapāda, König von Anga, durch ein Vergehen bewirken, dass es in seinem Lande nicht regnen werde. Seine Räte würden ihm zur Abwendung dieses Unheils raten, Ṛishyaçṛinga herbeizuführen und mit seiner Tochter Çāntā zu vermählen. Da sie sich fürchten, den Muni selbst herbeizuführen, bringen sie ihn durch List herbei. **10.** Sumantra erzählt, dass Romapāda auf Rat seines Purohita Hetären abgeschickt habe. Diese hätten den weiberunkundigen Ṛishyaçṛinga in seiner Einsiedelei während seines Vaters Abwesenheit besucht, und seien von ihm als Ṛishi bewirtet worden. Sie hätten ihn umarmt und ihm Süssigkeiten als Früchte ihrer Einsiedelei gegeben. Andern Tags sei er dahin gegangen, wo er die Frauen zuerst gesehen habe, und sei von ihnen weggeführt worden, worauf sofort reichlicher Regen gefallen sei. Romapāda habe dem Ṛishyaçṛinga seine Tochter Çāntā vermählt. **11.** Sumantra fährt fort: Sanatkumāra habe dann weiter prophezeit, dass Daçaratha, mit dem König der Anga befreundet, ihn bitten werde, dass er ihm, dem Kinderlosen, den Ṛishyaçṛinga samt Gemahlin zur Leitung seines Opfers abtreten möge. Das werde geschehen und Daçaratha werde 4 Söhne bekommen. — Daçaratha geht auf Sumantra's Rat mit grossem Gefolge zum König von Anga, welcher Ṛishyaçṛinga und Çāntā mit ihm ziehen lässt. Dem Ṛishyaçṛinga wird ein feierlicher Empfang in Ayodhyā bereitet.

12. (Im Ganzen eine Wiederholung von 8.)

13. Nach einem Jahre lässt Vasishṭha auf Daçaratha's Befehl alles zur Aufnahme der Gäste und Teilnehmer am Opfer herrichten. Dann beauftragt er Sumantra die Gäste einzuladen: Janaka, König von Mithilā, den König von Kāçi, den der Kekaya mit seinem Sohne, Romapāda mit seinem Sohne, Bhānumat, König der Kosala (fehlt in T und B), den König von Magadha, und die befreundeten Könige vieler anderer Länder. — Nachdem die Vorbereitungen ausgeführt, die Gäste angekommen und bewirtet waren, geht der König auf den Opferplatz, und das Opfer beginnt. **14.** Als das Jahr zu Ende und das Pferd zurückgekehrt war, wurde das Opfer dargebracht unter Ṛishyaçṛinga's

Leitung. Ausführliche Beschreibung des ganzen Hergangs. Die *dakshiṇā* wird verteilt und Ṛishyaçṛiṅga verkündet, dass der König vier Söhne bekommen werde. **15.** Er bringt nun für den König die *putriyā ishṭi* dar.

Zu jener Zeit beklagen sich die Götter bei Brahman über Rāvaṇa, dem er die Gabe der Unverletzlichkeit verliehen hatte. Brahman erwiedert, dass Rāvaṇa durch einen Menschen getötet werden könne. Die Götter bitten nun Vishṇu, dass er von Daçaratha's drei Gemahlinnen sich als dessen vier Söhne solle gebären lassen, um Rāvaṇa zu töten. Vishṇu willigt ein. **16.** Vishṇu fragt die Götter wie er ihnen helfen solle. Sie erzählen ihm, dass Rāvaṇa infolge der Gunst Brahman's nur durch einen Menschen getötet werden könne, und bitten ihn deshalb Mensch zu werden. Vishṇu wählt sich Daçaratha zum Vater.

Während letzterer die *putriyā ishṭi* abhält, kommt Vishṇu als ein göttliches Wesen im Opferfeuer zum Vorschein mit einem Gefässe in der Hand, dessen Inhalt Daçaratha seinen Gemahlinnen zu trinken geben solle. Dieser verteilt den Trank so, dass Kausalyā $\frac{1}{2}$, Sumitrā $\frac{3}{8}$ und Kaikeyī $\frac{1}{8}$ bekommen. (Aber anders in 18.)

17. Brahman fordert die Götter auf, mit Nymphen und andern weiblichen Genien die Affen, die zukünftigen Genossen Rāma's, zu erzeugen. Durch sein Gähnen war schon Jāmbavat, der Bärenkönig, entstanden. Indra zeugt Vālin, Sūrya den Sugrīva, Bṛihaspati den Tāra, Kubera den Gandhamādana, Viçvakarman den Nala, Pāvaka den Nīla, die Açvinen den Mainda und Dvivida, Varuṇa den Sushena, Parjanya den Çarabha, Māruta den Hanumat, und andere Gottheiten die übrigen Affen. Die Affen wohnen auf Gebirgen und Vālin ist ihr König.

18. Nachdem das Opfer vollendet und die Gäste gegangen waren, gebaren die drei Frauen Daçaratha's vier Söhne, denen Vasishṭha die Namen Rāma (Kausalyā's Sohn), Bharata (Kaikeyī's S.), Lakshmaṇa und Çatrughna (Sumitrā's Söhne) gab. Von diesen waren R. und L., Bh. und Ç. unzertrennliche Freunde.

Als sie herangewachsen waren, wünschte Daçaratha sie zu vermählen. Da liess sich einst Viçvāmitra, des Gādhi Sohn, melden. D. geht ihm entgegen und empfängt ihn feierlich, wie sich's gebührt. Dann in den Palast zurückgekehrt, fragt er, welchen Wunsch er ihm erfüllen könne. **19.** Viçvāmitra sagt, dass die beiden Rākshasa, Subāhu und Mārīca, immer sein Opfer störten; er bittet daher, dass ihm Rāma beigegeben werden möge, der die Dämonen besiegen würde. Der König ist ganz niedergeschlagen ob dieser Bitte. **20.** R. sei noch nicht 16 Jahre alt, er selbst wolle mit seinem Heere ihm helfen, oder den Rāma begleiten. Wer denn jene Rākshasa seien? Als er hört, dass sie von Rāvaṇa beauftragt seien, wird er ganz mutlos und verweigert dem Heiligen Rāma. **21.** Darauf gerät Viçvāmitra in Zorn und Vasishṭha rät dem König, Rāma ziehen zu lassen; denn derselbe könne nicht von den Dämonen getötet werden. Zudem besitze Viçvâmitra wunderbare Waffen, die die Söhne Kṛçâçva's mit Jayâ und Suprabhâ, den Töchtern Daksha's, seien. **22.** Da ruft Daçaratha den Râma und Lakshmaṇa herbei.

Die Beiden begleiten Viçvâmitra. Als sie an das südliche Ufer der Sarayû kommen, giebt Viçvâmitra dem Râma die beiden Zauber: die *balâ* und *atibalâ*. **23.** Am nächsten Morgen wandern sie weiter und gelangen zum Zusammenfluss von Sarayû und Gangâ. Dort ist eine Einsiedelei. Als dort Çiva einst Busse gethan habe, habe Amor sich an ihn gewagt. Da habe ihn Çiva verbrannt, weshalb Amor Ananga und jener Ort Anga genannt werde[1]. In der Einsiedelei sind Çiva's (Rudra's) Schüler. Sie nehmen die Gäste freundlich auf.

24. Am andern Morgen setzen sie über den Ganges und sehen am südlichen Ufer einen furchtbaren Wald. Viçvâmitra erzählt, dass östlich die Malada und Karûsha wohnten. Als Indra wegen der Ermordung Vṛtra's mit der Sünde des Brahmanenmordes behaftet gewesen sei, hätten ihn, den schmutzigen und hungrigen, die Ṛshi an jener Stelle gereinigt, und zum Andenken seien jene beiden Landschaften nach Indra's Schmutz *mala* und Hunger *karûsha* wie gesagt, benannt worden. Ihre frühere Blüte habe die Yakshî Tâṭakâ, die Gemahlin Sunda's und Mutter Mârîca's, vernichtet. Die hause jetzt in dem Walde. Râma solle sie töten. **25.** Tâṭakâ, einzige Tochter Suketu's, habe nach ihres Mannes Tode mit ihrem Sohne Mârîca den Agastya angreifen wollen. Agastya habe den Mârîca zur Strafe in einen Râkshasa und sie in eine scheussliche Menschenfresserin verwandelt. Râma solle kein Bedenken tragen, sie zu töten, da sie ausserhalb des Rechtes stehe. So habe Indra die Mantharâ, Virocana's Tochter; Vishṇu die Gemahlin Bhṛgu's und Mutter Kâvya's getötet zum Heile der Menschen. **26.** R. sagt zu und ergreift seinen Bogen. Tâṭakâ in ihrer scheusslichen Gestalt kommt herbei. R. will sie nur verstümmeln und verjagen. Da sie aber mit ihren Zauberkünsten kämpft, sich unsichtbar macht etc., so rät Viçvâmitra dem R., sie zu töten. R. thut es. Die Götter erscheinen, ihn zu loben, und tragen Viçvâmitra auf, dass er R. die göttlichen Waffen gebe. **27.** Am andern Morgen übergiebt ihm Viçvâmitra Waffen, die den R. verehren. **28.** Viçvâmitra giebt ihm noch andere Waffen; R. entlässt dieselben. Weitergehend sehen sie einen Wald, über den er Viçvâmitra um Auskunft bittet.

29. Vor dem Vâmanâvatâra, erzählt dieser, habe dort Vishṇu Busse gethan. Zu jener Zeit führte Bali, der Sohn Virocana's, die Herrschaft über die Dreiwelt. Als er ein grosses Opfer vollzog, baten

---

1) Hiernach erstreckte sich Anga weiter nach Westen als später, wenn es die jetzigen Distrikte Mongarh und Bhagalpur umfasste.

die Götter den Vishṇu, Zwerggestalt anzunehmen und den Bali um eine solche Gabe anzugehen, die den Göttern Ruhe verschaffen würde. Damals hatte Kaçyapa und Aditi ein langes Gelübde vollendet und zum Schluss Vishṇu gepriesen, der Kaçyapa eine Bitte gewährt. Derselbe bittet ihn, dass er als sein Sohn und jüngerer Bruder Indra's geboren werde. Er solle im Siddhâçrama weilen und den Göttern beistehen. Das geschieht und in Zwerggestalt bittet er Bali um 3 Schritte, erlangt so die Weltherrschaft, die er Indra übergiebt. Er, Viçvâmitra, lebe jetzt in dessen Einsiedelei, dort aber störten Râkshasa seine Opfer. Er mit R. und L. geht in die Einsiedelei und wird von den Muni ehrfurchtsvoll begrüsst. Viçvâmitra unterzieht sich auf R.'s Bitte der Weihe zum Opfer. **30.** Am andern Morgen fragt R., wie lange er das Opfer schützen müsse. Die Muni antworten: 6 Tage lang. Am sechsten Tage leuchtete plötzlich die Opferstätte in hellem Lichte. Da kommen die beiden Râkshasa mit einer grossen Schaar durch die Luft herbeigeeilt. R. schleudert den Mârîca mit einem Pfeile ins Meer [1]), die übrigen Râkshasa vernichtet er. Grosse Freude der Muni.

31. Am andern Morgen sagt Viçvâmitra, dass Janaka, König von Mithilâ, ein Opfer feiere; zu dem wollten sie hingehen. Dort würde R. auch den von den Göttern dem Janaka geschenkten Bogen sehen, den bisher kein Fürst zu spannen vermocht habe. Von den Ṛishi begleitet wandern sie nach Norden und kommen an der Çoṇâ an. Viçvâmitra erzählt die Geschichte des Landes.

32. Kuça, des Brahman Sohn, hatte mit Vaidarbhî vier Söhne: Kuçâmba, Kuçanâbha, Asûrtarajas und Vasu; diese gründeten auf Kuça's Geheiss vier Städte: Kauçâmbî, Mahodaya, Dharmâraṇya und Girivraja. Dieses Land mit der Mâgadhî (Çoṇa) und den 5 Bergen gehört dem Vasu. Kuçanâbha hatte mit Ghṛtâcî 100 Töchter. Als diese einst im Lusthaine spielten, machte Vâyu ihnen einen Antrag, den sie aber stolz zurückwiesen. Da fährt Vâyu in sie und bricht ihren Körper. Als buckelige Mädchen kehren sie zu ihrem Vater zurück. **33.** Kuçanâbha tröstet seine Töchter und beschliesst, sie zu verheiraten. Nun gab es einen Büsser Cûlî, den die Gandharvin Somadâ, Ûrmilâ's Tochter, bediente. Sie erbat sich von ihm einen Sohn, und gebar den Brahmadatta. Dieser gründete die Stadt Kâmpilyâ. Kuçanâbha vermählte seine Töchter mit Brahmadatta. Als derselbe deren Hände berührte, wurden sie wieder schlank wie zuvor. **34.** Kuçanâbha bekam einen Sohn, Gâdhi, der Viçvâmitra's Vater ist. Viçvâmitra's ältere Schwester ist Satyavatî die den Ṛcîka heiratete und bei lebendigem Leibe gen Himmel fuhr, woher sie als Fluss Kauçikî zur Erde hinabstieg. Nach

1) vgl. III 38.

dieser Erzählung begeben sich Alle zur Ruhe. **35.** Am andern Morgen ziehen sie weiter und gelangen an die Gangâ.

Viçvâmitra erzählt, dass Himavat mit Menâ, der Tochter Meru's, zwei Töchter gehabt habe, die Gangâ, welche die Götter freiten und in den Himmel nahmen, und Umâ, die Çiva's Gemahlin wurde. **36.** Nach ihrer Hochzeit hätten Çiva und Umâ 100 Jahre sich der Liebe ergeben; zuletzt hätten die Götter gefürchtet, dass die Welt das aus dieser Vereinigung entspringende Wesen nicht aushalten könnte, und hätten daher Çiva gebeten, den Samen an sich zu halten. Das that er, aber den schon in Erregung geratenen Samen ergoss er über die Erde. Auf Bitten der Götter drang Agni, vom Vâyu begleitet, in diesen Samen. So entstand der *çvetaparvata* und das Röhricht *çaravaṇa*, wo später Kârttikeya geboren wurde. Umâ flucht, dass die Frauen der Götter und die Erde kinderlos bleiben sollten. Darauf thut Çiva und Umâ auf dem Himavat Busse. **37.** Die Götter baten Brahman, dass er ihnen zu einem Heerführer helfen solle; denn Çiva sei jetzt wegen seiner Busse unzugänglich. Brahman trägt dem Agni auf, den Samen Çiva's in die Gangâ zu ergiessen. So geschah es. Was von dem Samen daneben fliesst, wird zu Gold und andern Metallen; die Frucht selbst wird zum Kumâra, den die Götter den 6 Kṛittikâ zur Ernährung übergeben. Danach wird er Kârttikeya genannt. Er trank ihre Milch gleichzeitig, indem er 6 Köpfe bekam (Shaḍânana). Skanda heisst er, weil der Same fortsprang (skannam).

38. Viçvâmitra erzählt weiter: Sagara, König von Ayodhyâ, hatte 2 Frauen: Keçinî, Tochter des Vidarbhakönigs, und Sumati, Tochter Arishṭanemi's (Kaçyapa's), Schwester Suparṇa's. Um Nachkommenschaft zu erlangen, thut er Busse am Bhṛiguprasravaṇa. Endlich erscheint Bhṛigu und verleiht der einen Frau einen Stammhalter, der andern 60000 Söhne. Keçinî wählt sich den Stammhalter und gebiert Asamanja. Sumati wählte die 60000 Söhne und gebiert einen Kürbis, in dessen Innern 60000 Männlein sich fanden, die von Ammen in Flaschen mit Ghee aufgezogen wurden, bis sie zu grossen Jünglingen herangewachsen waren. Asamanja wurde, weil er zu seinem Vergnügen Kinder in der Sarayû versäufte, von seinem Vater verbannt[1]). Asamanja's Sohn Ançumat aber erfreute sich grosser Popularität. **39.** Sagara feiert ein Pferdeopfer und Ançumat hütet das Pferd. Es wird aber von Indra in Gestalt eines Râkshasa geraubt. Darauf schickt Sagara seine 60000 Söhne aus, um das Pferd zu suchen. Sie durchgraben die Erde und töten jedes Wesen, das ihnen dabei begegnet. Die Götter beschweren sich darob bei Brahman. **40.** Dieser

1) cf. II 36.

tröstet die Götter: Vishṇu (Vâsudeva) würde die Gestalt Kapila's annehmen und die Sagariden mit dem Feuer seines Zornes verbrennen. — Die Sagariden kehren zurück und teilen das Fehlschlagen ihres Unternehmens ihrem Vater mit. Dieser schickt sie erzürnt aufs Neue aus. Sie graben weiter, bis sie zu den vier Weltelephanten kommen, nämlich Virûpâksha O, Mahâdpadma S, Saumanasa W, Bhadra N. Im NO stossen sie auf Kapila, in dessen Nähe das Opferpferd weidet. Sie schmähen Kapila und stürzen sich auf ihn. Er aber verwandelt sie in einen Aschenhaufen. 41. Als die Sagariden nicht heimkehrten, wird Açumat von Sagara ausgesandt, sie und das Opferpferd zu suchen. Er kommt zuletzt an die Stelle, wo die Asche der Saragiden liegt, und will ihnen die Wasserspende darbringen. Da erscheint Suparṇa und sagt ihm, er solle die Asche mit dem Wasser der Gangâ, die im Himmel welle, besprengen. Açumat kehrt mit dem Pferde zu Sagara zurück, der das Opfer vollendet. Ohne die Gangâ herbeigeführt zu haben, stirbt Sagara nach einem Leben von 30000 Jahren. 42. Açumat übergab nach einiger Zeit die Herrschaft dem Dilîpa und that Busse auf dem Himâlaya bis zu seinem Ende. Auch Dilîpa wusste nicht die Gangâ herbeizuführen. Nach dessen Tode gelangte Bhagîratha zur Regierung. Er that Busse auf dem Gokarṇa, bis Brahman ihm seinen Wunsch gewährte mit dem Bemerken, dass Çiva die Gangâ auffangen müsse, weil die Erde die Wucht ihres Falles nicht aushalten könne. 43. Çiva zeigte sich dem Bhagîratha nach einem weiteren Jahre von Bussübungen geneigt und versprach ihm, die Gangâ mit seinem Haupte aufzufangen. Diese wollte ihn aber mit ihrer Wucht in die Unterwelt schlagen; doch Çiva liess sie zur Strafe lange Jahre in seinen Haarflechten umher irren, bis ihn Bhagîratha's Busse bewog, die Gangâ in 7 Strömen zur Erde hinabzulassen. Der südliche Strom ist die irdische Gangâ. Götter und Ṛishi kamen herbei, um das wunderbare Schauspiel ihres Herabsturzes anzusehen und sich in ihren Fluten von Sünden zu reinigen. Die Gangâ folgte immer Bhagîratha's Wagen, bis sie an die Opferstätte Jahnu's kam. Dieser Heilige verschluckte die Gangâ, doch entliess er sie wieder auf Bitten der Götter durch seine Ohren, wenn sie als seine Tochter gelten solle. Bhagîratha führt die Gangâ weiter bis in die Unterwelt, wo sie die Asche der Sagariden benetzt. 44. Als Bhagîratha die Asche der Sagariden besprengte, erschien Brahman und belobte ihn wegen seiner grossen That (Çravaṇaphala).

45. Am andern Morgen setzen sie über die Gangâ und sehen die Stadt Viçâlâ. Auf Bitten Râma's erzählt Viçvâmitra die Geschichte des Landes. Im Kṛitayuga quirlten die Söhne der Diti und der Aditi zur Gewinnung des Amṛita den Ocean, wobei der Berg Mandara als Quirlstock und Vâsuki als Quirlseil diente. Durch das von der Schlange

ausgespiene Gift entstand das Hâlâhala, das die Dreiwelt zu verbrennen drohte. Doch auf Ersuchen Vishṇu's nahm es Çiva in sich auf. Bei weiterem Quirlen sank der Mandara in die Unterwelt, aber Vishṇu in Gestalt einer Schildkröte nahm ihn auf seinen Rücken; er selbst aber quirlte in Menschengestalt. Da entstanden der Dhanvantari, die Apsarasen, welche die Söhne Aditi's sich erkoren, Uccaihçravas, Kaustubha, und zuletzt das Amṛita. Dessentwegen entbrannte ein Kampf zwischen den Göttern und Asuren, in dem die Götter siegten. Vishṇu aber raubte das Amṛita.

46. Als die Söhne der Diti getötet waren, bittet dieselbe ihren Gatten Kaçyapa, des Marîci Sohn, um einen Sohn, der Indra töten würde. Derselbe bewilligte ihr, dass sie einen solchen erhalten würde nach 1000 Jahren, wenn sie alsdann rein sein werde. Sie bringt die Zeit mit Askese zu, bei der Indra sie bedient. Sie verspricht ihm, dass ihr Sohn ihm ein treuer Bruder sein werde. Als nun die tausend Jahre bis auf 10 vorüber waren, schlief Diti einstmal mit den Füssen zu Häupten. Als Indra sie also unrein schlafen sah, drang er in ihren Leib ein und zerschnitt ihre Leibesfrucht in 7 Teile. Dann kam er wieder hervor und bat Diti um Entschuldigung. **47.** Diti bittet Indra, dass ihre 7fach gespaltete Leibesfrucht zu den 7 Mâruts werden sollte (da Indra ihr bei der Zerteilung *mâ rudas* zugerufen hatte). Indra bewilligt es.

Hier habe früher Indra gewohnt, und Viçâla, Sohn Ikshvâku's mit Alambushâ, habe dort Viçâlâ gegründet. Viçâla zeugte Hemacandra, H. den Sucandra, S. den Dhûmrâçva, Dh. den Sṛinjaya, S. den Sahadeva, S. den Kuçâçva, K. den Somadatta, S. den Kâkutstha, dessen Sohn Sumati herrscht jetzt in Viçâlâ. Derselbe kommt dem Viçvâmitra entgegen, ihn zu begrüssen. **48.** Nachdem Sumati von Viçvâmitra erfahren hatte, wer dessen beide jugendliche Begleiter sind, begrüsste er sie als seine Gäste.

Am andern Morgen brechen sie auf und sehen Mithilâ. In einem vorstädtischen Parke ist eine verlassene Einsiedelei, über die Viçvâmitra folgendes erzählt. Hier lebte vor Zeiten Gautama. Einstmals kam Indra als Muni verkleidet dorthin und beging mit Gautama's Gattin Ahalyâ Ehebruch. Darüber kam Gautama und fluchte Indra, dass er entmannt sein solle, und der Ahalyâ, dass sie bis zu Râma's Ankunft in der Einsiedelei als Büsserin leben sollte. **49.** Auf Indra's Bitten setzten ihm die Götter die Hoden eines Widder ein, weshalb Indra *meshavṛishaṇa* heisst. Râma geht in die Einsiedelei und begrüsst die Ahalyâ, die ihre frühere Gestalt wieder erhält und mit Gautama vereinigt wird.

50. Dann gehen sie weiter und nehmen Wohnsitz auf dem Opferplatze Janaka's. Dieser kommt mit seinem Hauspriester Çatânanda und begrüsst die Gäste. Viçvâmitra erklärt ihm, wer Râma und Lakshinaṇa sind, und weshalb sie gekommen seien. 51. Çatânanda, Gautama's Sohn, erzählt Viçvâmitra's Geschichte.

Viçvâmitra war zuerst ein mächtiger König. Einst kam er mit seinem Heere zu Vasishṭha's Einsiedelei. 52. Nach der üblichen Begrüssung und Bewirtung verspricht Vasishṭha dem Viçvâmitra noch eine reichlichere Beköstigung. Er ruft seine Kuh herbei und trägt ihr auf, das Heer mit allem zu versorgen. 53. Als das Heer und Alle auf das Üppigste bewirtet waren, bietet Viçvâmitra dem Vasishṭha tausende von Kühen, unermessliche Schätze für seine Kuh, auf die er als König ein Recht zu haben glaubt. Vasishṭha aber beharrt bei seiner Weigerung. 54. Die Kuh wird von Viçvâmitra's Leuten fortgeschleppt. Sie fleht Vasishṭha an, sie zu schützen, und bringt Krieger hervor, erst Pahlava, die Viçvâmitra's Heer vernichten, dann Çaka und Yavana. Doch alle vernichtet Viçvâmitra. 55. Die Kuh bringt neue Truppen hervor: Kâmboja, Varvara, Çaka, Yavana, Mleccha, Hârita und Kirâta, die Viçvâmitra's Heer bekämpfen, aber von Viçvâmitra's 100 Söhnen vernichtet werden. Doch Vasishṭha verwandelt diese in Asche. Nach dieser Niederlage übergiebt Viçvâmitra die Herrschaft einem Sohne und thut Busse auf dem Himâlaya. Dort erscheint ihm Çiva und verleiht ihm auf seine Bitte die vollständige Kriegswissenschaft und alle göttlichen Waffen. Mit diesen verwüstet er Vasishṭha's Einsiedelei und verjagt dessen Schüler. Da stellt sich ihm Vasishṭha selbst entgegen. 56. Viçvâmitra schleudert seine Waffen gegen Vasishṭha, doch dieser fängt alle, selbst die furchtbare Brahma-Waffe, mit seinem Brahmastabe auf. Viçvâmitra erkennt die höhere Macht der Brahmanen über die der Kshatriya an und beschliesst, durch Busse erstere zu erlangen. 57. Viçvâmitra geht mit seiner Gemahlin nach dem Süden und thut Busse; es werden ihm Söhne geboren: Havishpanda, Madhushpanda[1]) Dṛiḍhanetra, Mahâratha. Nach tausendjähriger Busse erscheint ihm Brahman und verkündet ihm, dass er sich die Würde und Macht eines Râjarshi errungen habe. Viçvâmitra ist damit nicht zufrieden.

Um diese Zeit wünschte der Ikshvâkuide Triçanku lebendigen Leibes in den Himmel zu gelangen, und zwar durch ein Opfer. Er wendet sich darum an den im Süden weilenden Vasishṭha, der ihn aber abweist. Nun richtet er an Vasishṭha's Söhne dieselbe Bitte. 58. Doch auch diese weisen ihn ab, und als er sagte, er würde von nun an einen andern Berater nehmen, fluchen sie ihm, dass er Caṇḍâla werden solle. Der Fluch erfüllt sich, und der König wird von Allen verlassen. Er wendet sich nun an Viçvâmitra, damit dieser für ihn das Opfer vollziehe. 59. Viçvâmitra sagt zu und schickt seine Söhne, um alle Ṛishi zum

---

1) Die südindischen Ausgaben haben Harishyanda und Madhushyanda.

Opfer zu entbieten. Nur Mahodaya und die Vasishṭhiden weigern sich zu kommen. Drum flucht Viçvâmitra, dass sie durch 700 Generationen Leichenräuber: Mushṭika (nach dem Comm.: ḍombâ), und Mahodaya ein Nishâda werden sollten. **60.** Viçvâmitra erklärt den versammelten Ṛishi den Zweck des Opfers, das alsdann vollzogen wird. Da die Götter nicht auf Viçvâmitra's Geheiss kommen, erhebt er aus eigener Kraft Triçanku in den Himmel. Aber Indra stürzt ihn von dort kopfwärts hinab. Viçvâmitra hemmt den Fall, und Triçanku schwebt so am südlichen Himmel; um ihn herum schafft Viçvâmitra Sterne und Sternbilder, die ihm folgen. So hat er sein Wort eingelöst.

61. Darauf zieht Viçvâmitra nach dem Westen und thut in Pushkara schwere Busse. Um diese Zeit brachte der Ikshvâkuide Ambarisha ein Opfer. Indra raubt das Opfertier, worauf der Priester dem König aufträgt, an des Tieres Stelle einen Menschen zu substituiren. Ambarisha durchsucht das ganze Land, bis er auf dem Bhṛigutunga den Muni Ṛicika mit seiner Familie antrifft. Diesem bietet er 1000 Kühe für einen Sohn. Da der Vater den ältesten Sohn, die Mutter den jüngsten (Çunaka) nicht hergeben will, so erbietet sich der mittlere, Çunahçepa, und geht mit dem Könige fort. **62.** Sie kehren bei Viçvâmitra ein. Diesen bittet Çunahçepa, ihm zu helfen. Viçvâmitra fordert seine Söhne Madhucchanda etc. auf, für Çunahçepa einzutreten. Doch diese weigern sich, und ihr Vater belegt sie mit demselben Fluche wie die Vasishṭhiden. Dem Çunahçepa aber giebt er zwei *gâthâ*, die ihn beim Opfer vor dem Tode bewahren. So wird Ambarisha's Opfer vollendet.

63. Brahman verleiht dem Viçvâmitra nach 1000jähriger Busse die Würde eines Ṛishi. Da kommt einst Menakâ, um zu baden. Viçvâmitra lebt mit ihr 10 Jahre, die ihm wie ein Tag vergehn. Beschämt über seine Verirrung, entlässt er die Menakâ und büsst weitere 1000 Jahre an der Kauçikî. Da verleiht ihm Brahman die Würde eines Maharshi. Zum Brahmarshi sei er noch nicht reif, weil er noch nicht seine Sinne vollständig im Zaume halte. Nun thut Viçvâmitra sehr schwere Busse. Geängstigt wenden sich die Götter von Rambhâ. **64.** Da sie sich vor dem Büsser fürchtet, verspricht Indra, mit Kandarpa ihr zu helfen. Viçvâmitra's Aufmerksamkeit richtet sich auch auf sie, er durchschaut aber gleich Indra's Absicht und flucht der Rambhâ, dass sie 10000 Jahre zu einem Felsen werden solle. Dann aber unterzieht er sich den härtesten Kasteiungen, um auch den Zorn zu überwinden. **65.** Viçvâmitra geht nach dem Osten und büsst stillschweigend. Nach 1000 Jahren begann er wieder zu essen. Da kam Indra als Brahmane und bat ihn um die bereitete Speise. Er gab sie ohne sein Stillschweigen zu unterbrechen, und er büsste weitere 1000 Jahre ohne zu atmen. Geängstigt veranlassen die Götter Brahman, ihm seinen Wunsch zu gewähren. Auch Vasishṭha erkennt ihn als Brahmarshi an.

Als Çatânanda seine Erzählung beendet hatte, preist Janaka Viçv. und lädt ihn zu sich ein. Dann entfernt er sich mit seinem Gefolge. **66.** Am andern Morgen bittet Viçvâmitra den Janaka, dem R. und L. den berühmten Bogen zu zeigen. Janaka erzählt, dass Çiva denselben seinem Ahn Devarâta, Nimi's Sohn, gegeben habe. Als nun beim Pflügen die Sîtâ aus der Erde hervorgekommen sei und er dieselbe als Tochter angenommen habe, habe er beschlossen, sie nur demjenigen zu geben, der den Bogen zu spannen vermöchte. Die Könige, die um Sîtâ freiten, hätten es nicht gekonnt. Ärgerlich darüber hätten sie Mithilâ belagert; er aber habe sie mit einem ihm von den Göttern verliehenen Heere zuletzt in die Flucht geschlagen. **67.** Auf Viçvâmitra's Bitte lässt Janaka den Bogen herbeiholen. Er wird auf einem achträdrigen Wagen von 150 Männern herbeigeschafft. Râma hebt, spannt und zerbricht den Bogen unter furchtbarem Krachen, bei dem die Zuschauer umfallen. Janaka verspricht Sîtâ dem Râma und sendet Boten zu Daçaratha, damit er zur Hochzeit komme. **68.** Die Boten berichten dem D., was vorgefallen, worauf dieser mit seinem Minister beschliesst, der Einladung Folge zu geben. **69.** D. bricht mit Vasishṭha und den übrigen Rishis auf und wird von dem erfreuten Janaka feierlich empfangen. **70.** Janaka lässt seinen Bruder Kuçadhvaja aus Sânkâçyâ an der Ikshumatî[1]) herbeiholen. Beide lassen Daçaratha mit den Seinigen kommen.

Da giebt Vasishṭha den Stammbaum Daçaratha's: 1. Brahman, 2. Marîci, 3. Kaçyapa, 4. Vivasvat, 5. Manu, 6. Ikshvâku (erster König von Ayodhyâ), 7. Kukshi, 8. Vikukshi, 9. Bâṇa, 10. Anaraṇya, 11. Pṛithu, 12. Triçanku, 13. Dhundhumâra, 14. Yuvanâçva, 15. Mândhâtṛi, 16. Susandhi, 17. Dhruvasandhi und Prasenajit. Dhruvasandhi's Sohn war 18. Bharata Yajasvin, 19. Asita (dessen Feinde die Haihaya, Tâlajangha und Çaçabindu waren, die ihn mit seinen 2 Frauen nach dem Himâlaya vertrieben. Die eine Frau gab der andern [Kâlindî] Gift, um ihre Frucht zu töten. Sie gebar den) 20. Sagara, 21. Asamanja, 22. Amçumat, 23. Dilîpa, 24. Bhagîratha, 25. Kakutstha, 26. Raghu, 27. Kalmâshapâda, 28. Çankhaṇa, 29. Sudarçana, 30. Agnivarṇa, 31. Çîghraga, 32. Maru, 33. Praçuçruka, 34. Ambarîsha, 35. Nahusha, 36. Yayâti, 37. Nâbhâga, 38. Aja, 39. Daçaratha, 40. Râma und Lakshmaṇa.

71. Janaka giebt seinen Stammbaum: 1. Nimi, 2. Mithi, 3. Janaka, 4. Udâvasu, 5. Nandivardhana, 6. Suketu, 7. Devarâta, 8. Bṛihadratha, 9. Mahâvîra, 10. Sudhṛiti, 11. Dhṛishṭaketu, 12. Haryaçva, 13. Maru, 14. Pratîndhaka, 15. Kîrtiratha, 16. Devamîḍha, 17. Vibudha, 18. Mahîdhraka, 19. Kîrtirâta, 20. Mahâroman, 21. Svarṇaroman, 22. Hrasvaroman, 23. Janaka und Kuçadhvaja. Den letzteren habe er in Sânkâçya als König

1) Von diesem Flusse scheint die in II 68, 17 genannte Ikshumatî verschieden zu sein, da sie westlich von Kurujângala zu suchen ist, wenn anders die dort beschriebene Reiseroute richtig überliefert ist.

eingesetzt, nachdem der König dieser Stadt, Sudhanvan, ihn angegriffen habe, aber unterlegen sei.

Er gebe Sîtâ dem Râma, Ûrmilâ dem Lakshmaṇa. **72.** Viçvâmitra wirbt um die beiden Töchter Kuçadhvaja's für Bharata und Çatrughna. Die Vorbereitungen für die Hochzeit werden getroffen. **73.** Am Hochzeitstage langt Yudhâjit, Sohn des Königs der Kekaya an, nachdem er vergeblich in Ayodhyâ gewesen war, um seinen Schwestersohn Bharata zu sehen. Die Hochzeit findet unter den vorgeschriebenen Ceremonien statt. Râma heiratet Sîtâ, Lakshmaṇa Ûrmilâ, Bharata Mâṇḍavyâ, Çatrughna Çrutakîrti. **74.** Viçvâmitra verabschiedet sich, und Daçaratha, reichlich von Janaka beschenkt, bricht mit seinen Söhnen nach Ayodhyâ auf.

Unterwegs stellen sich erschreckliche Vorzeichen ein. Da kommt Râma Jâmadagnya mit seinem Beile und seinem Pfeile. Die erschrockenen Ṛishi empfangen ihn nach Gebühr und Vorschrift. **75.** Jâmadagnya fordert Râma auf, seinen Bogen zu spannen und dann mit ihm einen Zweikampf zu bestehen. Vergeblich bittet Daçaratha ihn, seinen Sohn zu schonen: er habe ja seinen Zorn gegen die Kshatriya aufgegeben und Indra gelobt, Frieden zu halten. Jâmadagnya beachtet ihn nicht, sondern wendet sich an Râma: den Bogen Çiva's habe Râma zerbrochen, er aber besitze Vishṇu's Bogen, der nach einem Wettkampfe zwischen beiden Göttern als der stärkere gelte. Vishṇu habe denselben seinem Grossvater Devarâta gegeben, und der dem Jamadagni. Als letzterer die Waffen abgelegt habe, habe Arjuna ihn getötet. Darum habe er öfters die Geschlechter der Kshatriya vernichtet und die Erde dem Kaçyapa gegeben. Er komme jetzt, nachdem er gehört habe, dass Râma den Bogen Çiva's zerbrochen habe. **76.** Râma spannt Vishṇu's Bogen und legt den Pfeil auf. Er giebt dem besiegten Gegner die Wahl, ob er ihm die errungenen himmlischen Gefilde oder sein Vermögen, überall hin zu gehen, mit dem Schusse rauben solle. Jâmadagnya sagt, dass ihm Kaçyapa versagt habe, auf der Erde zu wohnen; drum möge er ihm sein Vermögen lassen, überall hin zu gehen. Er werde sich nach dem Mahendra begeben. Râma schiesst den Pfeil ab und vernichtet die Welten, die Jâmadagnya sich errungen hatte.

77. Nach Jâmadagnya's Weggang erholt sich Daçaratha von seinem Schrecken und setzt mit seinem Heere den Marsch fort. Er zieht in seine festlich geschmückte Hauptstadt ein, wo seine Frauen die Schwiegertöchter freundlich aufnehmen.

Nach einiger Zeit lässt er Bharata und Çatrughna mit Yudhâjit zu dessen Vater abziehen. Râma lebte viele Jahre mit seiner geliebten Sîtâ und gewann sich die Liebe aller[1]).

---

1) B hat noch zwei Gesänge: B 79, 1—4 = C 77, 16—18. Daçaratha

Ayodhyâ—Kâṇḍa.

1. Bharata weilte mit Çatrughna bei seinem mütterlichen Oheim Açvapati.

Daçaratha's Lieblingssohn war Râma, der mit allen Vorzügen ausgestattet war. Darum hegte D. den Wunsch, selbst ihn zu seinem Nachfolger weihen zu lassen. Zu dem Zwecke versammelte er die Fürsten und Grossen. 2. Diesen erklärte er, dass er schon in hohem Alter stehend der Ruhe bedürfe; er wolle daher am folgenden Tage Râma weihen lassen. Die Versammelten nahmen den Vorschlag mit grossem Beifall auf, und ergehen sich, nach dem Grunde ihrer Zustimmung befragt, in Lobpreisungen Râma's. 3. D. dankt ihnen und beauftragt dann Vasishṭha und Vâmadeva, alles für die Weihe herzurichten. Diesen Auftrag lässt Vasishṭha durch geeignete Diener ausführen. Als die beiden genannten die Ausführung des Auftrags dem Könige gemeldet hatten, lässt dieser durch Sumantra den Râma auf einem Wagen herbeiführen. R. langt an und besteigt den Palast; D. teilt ihm seinen Beschluss mit und ermahnt ihn, weise zu regieren.' Darauf kehrt R. zurück. Seine Freunde aber hatten Kausalyâ die freudige Botschaft gebracht.

4. D. beschloss nach dem Weggang der Bürger, am folgenden Tage die Weihe vorzunehmen, und lässt R. nochmals durch Sumantra herbeiführen. Er teilt ihm seine Absicht mit und sagt ihm, er solle mit Sîtâ fastend die Nacht auf einem Lager von Darbha-Gras zubringen. R. geht dann zu seiner Mutter, bei der Sîtâ, Sumitrâ und Lakshmaṇa sind. Er teilt Sîtâ den Auftrag seines Vaters mit. Kausalyâ beglückwünscht ihn, und er freut sich, sein Glück mit Lakshmaṇa teilen zu können.

5. Nachdem D. den R. wegen der bevorstehenden Weihe benachrichtigt hatte, trägt er dem Vasishṭha auf, Sorge zu tragen, dass R. und S. die Nacht fastend verbrächten. V. entledigt sich seines Auftrages und kehrt durch die freudig erregte Stadt zum Könige zurück. 6. Nach seinem Fortgang beobachten R. und S. strenge die frommen Gebräuche, bis der anbrechende Tag mahnt, sich zum Feste zu rüsten. Die Bürger aber schmücken die Strassen und Häuser, und es war von Nichts als der bevorstehenden Weihe die Rede.

7. Mantharâ, eine buckelige Sklavin der Kaikeyî, gewahrte vom Palaste herabblickend den festlichen Schmuck und den Jubel der Stadt.

---

entblösst Bharata und Çatrughna und giebt ihnen gute Lehren auf den Weg. Aufnahme in Râjagṛiha (Girivraja) B 79, 15—48 = C 77, 20—24.

B 80 Bharata und Çatrughna werden in den Wissenschaften unterrichtet. Bh. schickt Boten mit Grüssen und Nachrichten an seine Eltern und Geschwister.

Von der Amme über die Veranlassung dazu belehrt, eilt sie zur Kaikeyî und bestürmt sie mit rauhen Worten und Unglücksverkündungen: durch Râma's Einsetzung als Mitregent werde sie gänzlich bei Seite gesetzt. K. aber freut sich über R.'s Erhöhung und belohnt Mantharâ für ihre frohe Botschaft mit einem Schmuck. 8. Diese weist ihn aber zurück und stellt der K. nochmals die ihr und den Ihrigen von R. drohenden Gefahren in heftiger Rede vor. K. aber antwortet mit einer Lobeserhebung Râma's, worauf M. ihre Befürchtungen wiederholt und andeutet, dass R. in den Wald verbannt und Bharata die Herrschaft erhalten solle. 9. K. nimmt den Vorschlag an und fragt, wie er auszuführen sei. M. sagt, sie wolle es ihr sagen, wenn sie es hören wolle. K. fragt, wie sie es anstellen solle, dass Bharata die Herrschaft bekomme. Nun erinnert M. sie daran, dass Daçaratha einst dem Indra im Kampfe gegen den Asura Çambara beigestanden habe, aber dabei verwundet worden sei. Sie, Kaikeyî, habe ihn gerettet, und zum Danke habe er ihr zwei Wünsche gewährt. Jetzt solle sie deren Einlösung fordern, um R. in die Verbannung zu schicken und ihrem Sohne die Herrschaft zu sichern. Sie solle sich in das Schmollgemach zurückziehen und sich nicht erweichen lassen, bis der König seine Zusage erteilt habe. K. überhäuft die Bucklige mit Schmeicheleien und begiebt sich ins Schmollgemach, wo sie ihre Schmucksachen von sich thut und sich auf den blossen Erdboden niederlegt.

10. (1—8 Wiederholung). Als der König die Weihe R.'s angeordnet hatte, ging er in Kaikeyî's Wohnung, um ihr selbst die frohe Nachricht zu bringen. Doch traf er sie nicht, wie er erwartet hatte, sondern er erfuhr, dass sie im Schmollgemach weile. Er eilte zu ihr und suchte sie durch Versprechungen zu besänftigen. 11. Da lässt K. sich feierlich vom Könige die Erfüllung ihrer Bitte beschwören, und indem sie ihn an die ihr früher gewährten zwei Wünsche erinnert, verlangt sie die Krönung Bharata's und vierzehnjährige Verbannung Râma's. 12. Der König ist ganz niedergeschmettert; nachdem er sich gesammelt, schmäht er K. und fleht sie an, ihm den R. zu lassen. Sie aber wirft ihm vor, er wolle sein Wort brechen; wenn er es thäte, würde sie sich das Leben nehmen. Nach diesen Worten antwortet sie dem jammernden Könige nicht mehr. Darauf ergeht sich D. aufs neue in Klagen und Schmähungen: er würde den Weggang R.'s nicht überleben. 13. Unter fortgesetzten Schmähungen und Klagen bricht die Nacht an. D. fleht die Königin um Abänderung ihres Wunsches an, aber vergeblich. 14. K. droht sich den Tod zu geben, wenn R. nicht verbannt würde. Da sagt sich D. feierlich von ihr los.

Unterdessen bricht der Morgen an. Vasishtha kommt mit den zur Weihe nötigen Gegenständen zur Stadt und trifft im Palaste Sumantra, den er zum Könige schickt. Dieser geht in das Gemach des Königs und preist ihn. Doch als der König sich darüber beklagt, weicht er scheu zurück. Kaikeyî fordert ihn auf, den R. herbeizubringen. Der König stimmt diesem Befehle bei, worauf Sumantra sich in froher Erwartung entfernt. **15.** Am Morgen hatten sich die Vornehmsten der Unterthanen an den Thoren des Palastes versammelt. Es war aber alles zur Weihe nötige zusammengebracht worden. Die versammelten Grossen bitten Sumantra, sie bei dem Könige zu melden. Dieser geht also wieder ins Serail, wird aber etwas barsch aufgefordert, R. zu holen. Er geht vergnügt fort und gelangt auf der geschmückten Hauptstrasse durch die freudig erregte Menge zu R.'s prächtigem Palast. **16.** Von den Thürstehern angemeldet, tritt er vor Râma und Sîtâ und richtet seinen Auftrag aus. R. verabschiedet sich von S. und wird von ihr unter Glückwünschen bis zur Thüre begleitet. Er besteigt zusammen mit Lakshmaṇa einen Wagen und fährt mit stattlichem Gefolge unter dem Jubel der Menge zu seines Vaters Palast. **17.** Den Wagen besteigend fährt R. auf der festlich geschmückten Strasse unter dem Jubel der Menge zu seines Vaters Wohnung, und 5 Höfe durchschreitend, gelangt er in das Serail. **18.** Er findet D. mit K. zusammen. Da dieser nur das Wort Râma hervorbringen kann, fragt R. bestürzt die Königin, weshalb sein Vater so verändert sei. Sie sagt, D. habe ihr ein Versprechen gegeben, das er jetzt bereue; wenn Râma schwöre, es zu erfüllen, wolle sie es ihm nennen. R. sagt zu, und K. eröffnet ihm, er solle 14 Jahre in die Verbannung gehen und Bharata anstatt seiner geweiht werden. **19.** R. verspricht es und zeigt sich nur darüber betrübt, dass sein Vater ihn nicht anreden will. K. treibt ihn an, sofort sein Versprechen auszuführen. R. geht mit L. fort.

20. Er geht zu seiner Mutter Wohnung und findet sie beim Opfer. Sie begrüsst ihn freudig, er aber verkündet ihr, wie sich sein Glück gewendet habe. Sie fällt in Ohnmacht, und wieder zu sich gekommen, macht sie ihrer Verzweiflung in Jammern und Klagen Luft. **21.** Lakshmaṇa rät, die Sinnesänderung des Vaters nicht zu achten und die Herrschaft selbst gewaltsam an sich zu reissen. Kausalyâ stimmt ihm bei und droht mit *dharnâ*. R. aber erklärt den Gehorsam gegen seinen Vater als seine höchste Pflicht und ermahnt L., recht zu handeln. Seine Mutter bittet er, ihm die Erfüllung seiner Pflicht zu erleichtern. (v 52—64 führen dieselben Gedanken in anderer Form nochmals aus). **22.** R. sagt, er wolle der Kaikeyî keinen Kummer bereiten. Ihr Entschluss sei ihr vom Schicksal eingegeben. Dem Schicksal müsse man sich fügen; er ergäbe sich gern etc. **23.** L. bekämpft R.'s Ansicht; er werde ihm zu seinem Rechte verhelfen, selbst gegen den Willen des Schicksals. **24.** Kau. bittet ihren Sohn, ihn begleiten zu dürfen; doch dieser sagt, es sei ihre Pflicht, bei ihrem Gatten auszuharren. (Derselbe Gedanke wiederholt). **25.** Kau.'s Segenswünsche und das Mangala. Abschied von Kausalyâ.

26. R. begibt sich zu Sîtâ. Als sie die Veränderung in seinem Aussehn und das Fehlen der königlichen Attribute bemerkt, fragte sie bestürzt, was sich ereignet habe. R. teilt es ihr mit und fordert sie auf, stets ihre Pflichten gegen den König etc. zu erfüllen. **27.** Sîtâ erwiedert, Pflicht der Gattin sei, Glück und Unglück mit ihrem Gatten zu teilen. Darum werde sie mit ihm in den Wald gehen. **28.** R. sucht durch die Schilderung der Gefahren des Waldlebens sie von ihrem Entschlusse abzubringen. **29.** S. bleibt aber fest und bittet, ihn begleiten zu dürfen. R. willigt nicht ein und sucht sie zu beschwichtigen. **30.** Dasselbe wiederholt sich, bis R. einwilligt. Sie soll die Vorbereitungen treffen. **31.** Lakshmaṇa, der schon vorher gekommen war, sagt, er würde die Verbannten begleiten. Doch R. weist ihn zurück: es sei seine Pflicht, die Zurückgebliebenen zu schützen. L. erwiedert, dass Kausalyâ sich und die Übrigen erhalten könne, worauf R. seine Erlaubnis giebt und ihm aufträgt, die Waffen herbeizuholen: die zwei von Varuṇa geschenkten Bogen, Köcher, Panzer und Schwerter. So geschieht's, und R. schickt sich an, Geschenke an die Brahmanen zu verteilen.

32. L. bringt Suyajna, Vasishṭha's Sohn, zu R., der ihn reichlich beschenkt und ihm Geschenke der Sîtâ für seine Frau mitgiebt. Ferner werden beschenkt: Agastya, Viçvâmitra, der Lehrer der Taittirîya, die Kaṭhaka-Brahmanen und alle zum Haushalt Gehörigen. — Ein armer alter Brahmane Pingala Trijaṭa, ein Gârgya, bittet auf Antreiben seiner jungen Frau den R. um ein Geschenk. Dieser verspricht ihm lachend das, was er mit seinem Stabe erreichen könne. Da wirft Trijaṭa seinen Stab bis ans andere Ufer der Sarayû mitten in eine grosse Kuhherde, die er dann auch zum Geschenk erhielt.

33. Auf dem Wege nach D.'s Palast werden R. L. und S. von den auf den Dächern ihrer Häuser sich aufstellenden Bürgern, die ihre Absicht kundgeben die Stadt zu verlassen, gepriesen und beklagt. **34.** Sumantra meldet dem Könige ihre Ankunft. Dieser lässt zunächst alle seine Frauen herbeiführen und darauf werden R., L. und S. vorgelassen. D. eilt dem R. entgegen, bricht aber ohnmächtig zusammen. Von seinen Kindern aufgehoben, erlangt er die Besinnung wieder und bittet R., der sich verabschieden will, um einen Tag Aufschub. R. aber bleibt bei seinem Entschlusse. **35.** Sumantra schilt die Kaikeyî und droht, dass Alle dem R. folgen würden. Er erinnert sie an die Verstossung ihrer eigenen Mutter. Ihrem Vater hätte nämlich Jemand die Gabe verliehen, alle Tierstimmen verstehen zu können. In einer Nacht hörte er einen Jṛimbha-Vogel schreien, und lachte über das, was der Vogel sagte. Die Königin hätte darauf bestanden, zu erfahren, warum er lache, obschon der König sagte, es würde ihm das Leben kosten. Darum hätte er sie auf Rat dessen, der ihm jene Gabe verliehen hatte,

„heiteren Sinnes verstossen und lebte wie Kubera“. Darum möge K. von ihrem unheilvollen Entschlusse ablassen. Doch seine Rede machte keinen Eindruck auf sie. **36.** D. erlässt an Sumantra den Befehl, dass dem R. ein grosses Heer mit vielen Schätzen und grossem Geleite folgen solle. Da erblasst K.: Bharata solle nicht eine wertlose Herrschaft antreten, R. solle wie Asamanja ohne Gefolge die Verbannung antreten. Ein alter Grosser erzählt darauf die Geschichte von Asamanja und mahnt K. zur Mässigung. **37.** R. sagt, er bedürfe keines Gefolges noch anderen Prunkes, und bittet sich Bastkleider aus. K. giebt solche allen Dreien; R. und L. ziehen sie an, S. vermag es aber nur mit R.'s Hülfe. Die jammernden Frauen bitten, dass S. bei ihnen bleibe. Vasishṭha hält der K. vor, dass sie kein Recht über S. habe. Wenn auch sie ginge, würden Alle ihr folgen und keiner zurückbleiben. **38.** D. macht der K. Vorwürfe wegen ihres Verhaltens gegen S. R. bittet ihn, seine Mutter wie früher hoch zu halten. **39.** D. bricht in Klagen aus und lässt dann durch Sumantra einen Reisewagen herbeibringen. Kau. belehrt die S. über die Pflichten einer treuen Gattin, S.'s Antwort. R. sagt den Frauen des Serails Lebewohl. **40.** Er, S. und L. nehmen Abschied von D. und seinen Frauen. Sumitrâ's Rede an L. Die Drei besteigen den Wagen, den Sumantra lenkt. Die Städter geben das Geleite, D. und Kau. folgen zu Fusse. R. lässt schneller fahren, um den Trennungsschmerz zu verkürzen.

41. Jammer im Serail. Zeichen am Himmel und auf Erden. Zustand der Stadt und der Bürger. **42.** Als D. den R. aus den Augen verliert, stürzt er ohnmächtig zur Erde. Kausalyâ und Kaikeyî stützen ihn, er aber verstösst Letztere mit ihrem Anhang. Dann kehrt er allein unter Klagen zurück und lässt sich in Kausalyâ's Wohnung führen, wo er in erneute Klagen ausbricht. **43.** Klagen der Kausalyâ. **44.** Sumitrâ tröstet sie: den R. könne kein Unheil treffen, er würde bald heimkehren.

45. R. fordert die ihm folgenden Bürger zur Rückkehr auf; sie sollten dem Bharata gehorchen und seinen Vater ehren. Als die greisen Brahmanen mit dem Wagen nicht Schritt halten können, steigen die Drei ab. Die Brahmanen flehen ihn an zurückzukehren. So gelangen sie zur Tamasâ. **46.** An ihrem Ufer wird Halt gemacht. Doch schon frühe brechen die Reisenden heimlich auf, setzen über den Fluss, fahren erst nach Norden und wenden sich dann in den Wald, um so die schlafenden Bürger irre zu führen. **47.** Diese brechen am Morgen in Klagen aus und kehren, da sie die Fährte der Verschwundenen nicht verfolgen können, nach Ayodhyâ zurück. **48.** Klagen der Frauen in Ayodhyâ bei der Rückkehr ihrer Männer.

49. Noch in der Nacht legen die Verbannten eine grosse Strecke zurück. Sie setzen über die Vedaçruti und Gomatî. **50.** R. ruft

Ayodhyâ ein letztes Lebewohl zu, entlässt die Landleute, und gelangt jenseits der Grenze von Kosala an den Ganges. Beschreibung desselben. Bei einem Ingudi-Baume lässt er Halt machen und empfängt dort den Besuch des Nishâda-Häuptlings Guha Sthapati. Von dessen Vorräten nimmt er nichts für sich an, nur lässt er die Pferde besorgen. Das Nachtlager. 51. Guha und L. bringen die Nacht in Gesprächen zu.

• 52. R. lässt durch Guha ein Schiff zur Überfahrt besorgen und verabschiedet Sumantra. Derselbe bittet R., ihn während der Verbannung begleiten zu dürfen. Aber R. schickt ihn mit Grüssen an seinen Vater zurück. Darauf lässt er sich von Guha Bastkleider geben und macht sich und L. Büsserflechten. Nachdem sie Abschied von Guha genommen, besteigen sie das Schiff und setzen unter Gebeten an die Gangâ über diesen Fluss. Am südlichen Ufer angelangt, gehen sie zu Fusse weiter. L. geht voraus, S. folgt, und R. macht den Schluss.

53. R. beginnt zu klagen und fordert seinen Bruder auf heimzukehren. Dieser tröstet ihn, will ihn aber nicht verlassen. 54. Am folgenden Morgen ziehen sie weiter und gelangen Abends zur Mündung der Yamunâ. Dort besuchen sie Bharadvâja in seiner Einsiedelei und werden freundlich von ihm bewirtet. Er weist ihnen den Citrakûṭa als sichern und versteckten Aufenthalt an. 55. Am Morgen zeigt ihnen der Seher den Weg. Sie machen ein Floss, setzen über die Yamunâ und ziehen weiter in den Wald. 56. Am nächsten Morgen ziehen sie weiter durch liebliche Wälder und gelangen zum Berge Citrakûṭa. (Begegnung mit Vâlmîki.) L. erbaut eine Hütte, die rite geweiht und dann von den Dreien bezogen wird.

57. Heimkehr Guha's. Sumantra kehrt nach Ayodhyâ zurück und gelangt unter den Klagen der Bürger vor den König. Als dieser Râma's Botschaft hört, fällt er ohnmächtig zu Boden und wird von Kausalyâ und Sumitrâ gehalten. 58. Er fragt den Sumantra, wie es den Verbannten ginge. Jener wiederholt R.'s Abschiedsworte. 59. Dann schildert er seine Rückkehr. Klagen des Königs. 60. Kausalyâ wünscht zu R. geführt zu werden. Sumantra tröstet sie.

61. „Als R. in den Wald gegangen war", beklagte bitter Kausalyâ vor ihrem Gatten das Unglück der Verbannten. Auch würde R. später nicht die Herrschaft aus Bharata's Händen annehmen. 62. D. fällt in Ohnmacht; dann fleht er Kausalyâ an, ihn zu schonen. Diese bereut ihr Unrecht. Es wird Nacht; der König schläft ein. 63. Erwacht fühlt er wieder sein Leid. „Als R. und seine Gattin in den Wald gegangen waren", gedenkt D. eines früher begangenen Frevels und nach einigen einleitenden Betrachtungen erzählt er, wie er noch als Kronprinz während der Regenzeit einst nach dem Gehör auf einen vermeintlichen Elephanten schiessend einen jungen wasserholenden Eremiten mit seinem Pfeile

durchbohrt habe. Dieser habe ihm aufgetragen, seine blinden Eltern zu trösten, und ihn gebeten, den Pfeil aus der Wunde zu ziehen: er brauche keinen Brahmanenmord zu befürchten, denn er sei der Sohn eines Vaiçya mit einer Çûdrâ. Als er den Pfeil herausgezogen habe, habe der Knabe seinen Geist aufgegeben. 64. Er habe dann die beiden Alten aufgesucht und ihnen das Unglück gestanden. Als er dann diese auf ihren Wunsch zur Leiche ihres Sohnes gebracht hätte, sei derselbe mit Indra am Himmel erschienen und habe ihnen baldiges Wiedersehn verkündet. Da habe der Vater ihm, D., geflucht, auch er würde aus Kummer über den Verlust seines Sohnes sterben. Darauf hätten die beiden Alten die Leiche ihres Sohnes verbrannt und seien dann selbst gestorben. — Nach dieser Erzählung verliert D. das Augenlicht und die Vorboten des Todes mehren sich. Unter Selbstanschuldigungen und Klagen giebt er in Gegenwart seiner zwei Frauen den Geist auf.

65. Die Dienerschaft kommt am nächsten Morgen um dem Könige die üblichen Dienste zu leisten und findet ihn tot. Kausalyâ und Sumitrâ erwachen; auf ihren Jammerruf eilt das ganze Serail herbei. 66. Klagen der Kausalyâ. Die Leiche des Königs wird in Oel verwahrt. Klagen der übrigen Weiber.

67. Bei Tagesanbruch versammeln sich die vornehmsten Brahmanen und stellen Vasishṭha vor, welche Gefahren ein königloses Reich liefe. 68. Dieser schlägt vor, den Bharata und Çatrughna kommen zu lassen. Er entsendet Boten nach Râjagṛiha, die jene eiligst herbeiführen sollen, ohne ihnen aber die Vorfälle im Elternhause zu verraten. Die Reise der Boten nach Girivraja.

69. Bharata erzählt Morgens seine schlimmen Träume, die er in der Nacht hatte, in der die Boten anlangten.

70. Diese sehen ihn und übergeben ihm die Geschenke. Er verabschiedet sich von seinem Grossvater Açvapati, übergiebt ihm die Geschenke und wird von ihm beschenkt. Dann nimmt er von seinen übrigen Verwandten Abschied und reist von Râjagṛiha ab. 71. Seine Rückkehr in 7 Tagen. Die Reiseroute. Er ist über das veränderte Aussehn von Ayodhyâ erschreckt, noch mehr als er die Stadt selbst betritt. 72. Als er seinen Vater nicht im Palast findet, geht er in die Wohnung seiner Mutter und bringt durch seine Fragen allmählich den ganzen Sachverhalt heraus. Kaikeyî fordert ihn auf, sich zum Könige weihen zu lassen. 73. Er aber überhäuft sie mit Vorwürfen; er werde die Herrschaft nicht annehmen, sondern R. veranlassen zurückzukehren. 74. Er schmäht seine Mutter wegen ihrer Undankbarkeit gegen Daçaratha, Râma und Kausalyâ. Geschichte von der Surabhi, die wegen zweier Söhne betrübt ist. 75. Er missbilligt vor den Räten das Geschehene. Als Kausalyâ harte Worte zu ihm spricht, beteuert er

durch viele Flüche, dass er das Unrecht, das R. geschehen sei, aufs Tiefste beklage.

76. Auf die Aufforderung des Vasishṭha lässt er die Leiche des Vaters feierlich verbrennen. 77. Beschenkung der Brahmanen am zwölften Tage, am folgenden Bharata's und Çatrughna's Klage. 78. Letzterer misshandelt die Mantharâ, welche die Kaikeyî um Schutz anfleht, giebt sie aber auf Bh's. Befehl frei.

79. Die Beamten bitten Bh. sich zum Könige weihen zu lassen. Doch er weigert sich: er wolle R. zurückholen. Dann giebt er Befehl, alles für die Reise vorzubereiten. 80. Die Arbeiter und Handwerksleute richten den Weg zum Marsche her und bereiten alles vor.

81. Am Morgen wird Bh. wie ein König durch Musik geweckt. Er hebt zu klagen an. Vasishṭha kommt in die Versammlung und lässt die Grossen des Reiches holen. Auch Bh. und Çatrughna kommen. 82. Vor versammelten Edeln rät Vasishṭha, dass Bh. sich solle krönen lassen. Doch dieser weigert sich: er werde Râma als König zurückführen. Er giebt Sumantra den Befehl, das Heer zusammen zu ziehen. Das geschieht.

83. Am Morgen zieht Bh. mit einem grossen Heere aus und erreicht bei Çringaverapura den Ganges. Dort lässt er das Heer lagern. 84. Guha lässt seine Leute vorsichtig am Flusse Stellung nehmen und begibt sich zu Bh., für dessen Heer er sorgen zu wollen verspricht. 85. Bh. beseitigt den Verdacht Guha's. Bei Anbruch der Nacht begeben sich Alle zur Ruhe. 86. Guha erzählt ihm seine Unterhaltung mit Lakshmaṇa (= 51). 87. Bh. sinkt vor Kummer zusammen. Die Mütter eilen herbei. Guha erzählt, wie die Verbannten dort geruht hätten. 88. Gedanken Bh's., als er das ärmliche Nachtlager der Verbannten erblickte. 89. Er setzt mit dem Heer über den Ganges. 90. Er lässt das Heer lagern und geht mit Vasishṭha und den Grossen zu Bharadvâja. Vor diesem reinigt er sich von dem Verdacht schlimmer Absichten gegen R. 91. Der Ṛishi bewirtet das Heer in wunderbarer Weise. 92. Abschied von Bharadvâja, der den Weg nach dem Citrakûṭa weist. Bh. stellt ihm die Mütter vor; der Seher weist auf Râma's Aufgabe hin zur Entschuldigung der Kaikeyî. Aufbruch des Heeres. 93. Sie kommen zum Citrakûṭa. Anblick des Waldes. Späher erblicken Rauch. Bh. lässt das Heer Halt machen.

94. Râma schildert der Sîtâ die Schönheiten des Citrakûṭa, 95. und die Lieblichkeit der Mandâkinî. (Ein von den Comm. als *prakshipta* bezeichneter Gesang — in B: 105 — schildert das Leben im Walde und die Bestrafung der frechen Krähe). 96. Der Staub und Lärm verraten das Nahen eines Heeres. Lakshmaṇa steigt auf einen Baum und erkennt, dass Bharata heranziehe. Er gerät in grossen Zorn. 97. R. beschwichtigt ihn. — Bh. lässt sein Heer in einiger Entfernung lagern. 98.

Er schickt Guha mit Spähern in den Wald und erblickt selbst von einem Baume aus den Rauch über R.'s Wohnstätte. **99.** Bh. und Çatrughna gehen dahin und fallen R. zu Füssen. Die Brüder umarmen sich unter Thränen. **100.** R. fragt den Bh., ob er die Herrschaft richtig führe. (Kaccid). **101.** Bh. erzählt den Tod ihres Vaters und bietet dem R. die Herrschaft an. R. lehnt sie ab, sie müssten die Anordnungen ihres Vaters ausführen. **102.** Bh. wiederholt seine Bitte und fordert R. auf, die Totenspende für ihren Vater darzubringen. **103.** R.'s Klagen über den Tod seines Vaters. An der Mandâkinî wird die Totenspende dargebracht. Darauf kehren sie nach der Hütte auf dem Berge zurück. Als das Heer ihre laute Klagen hört, bricht eine grosse Menschenmenge auf, um R. zu sehen. **104.** Vasishṭha führt die Mütter herbei. Sie sehen an der Mandâkinî die Stätte, wo die Totenspende für Daçaratha dargebracht worden war. Dann kommen sie zu R.'s Wohnung und begrüssen ihn, L. und S. **105.** Am Morgen versammeln sich Alle (an der Mandâkinî) bei R., dem Bh. die Herrschaft anbietet. R. tröstet ihn mit schönen Sprüchen über die Vergänglichkeit des Lebens und erklärt dann, den Befehl des Vaters ausführen zu wollen. So solle auch er thun. **106.** Bh. preist den R. und bittet ihn, durch die Rückkehr nach Ayodhyâ das Unrecht des Vaters wieder gut zu machen. **107.** R. fordert den Bh. auf, den Vater nicht ins Unrecht zu setzen. Er werde in den Wald gehen. **108.** Jâbâli trägt ketzerische Ansichten (der Lokâyatika) vor und fordert R. auf, die Herrschaft anzunehmen. **109.** R. widerlegt die von Jâbâli geäusserten Ansichten. **110.** Vasishṭha trägt den Stammbaum Râma's vor (cf. I 70). **111.** Er fordert R. auf, den Vorschlag Bh.'s anzunehmen. R. weigert sich. Bh. beginnt *dharnâ* (obschon dies nicht Sitte der Kshatriya ist), findet aber keine Unterstützung bei den Freunden. R. bittet ihn, von seinem Entschlusse abzustehen. Da erhebt er sich und sagt, er wolle selbst in den Wald gehen. R. antwortet, dass er sein dem Vater gegebenes Wort auch nach dessen Tode halten müsse. Er verspricht den Bürgern, bei seiner Rückkehr die Herrschaft wieder zu übernehmen. **112.** Die Ṛishi erscheinen in der Luft und fordern Bh. auf, dem R. zu gehorchen. Bh. bittet den R. fussfällig, die Herrschaft zu übernehmen, er könne es nicht. R. bekräftigt die Unabänderlichkeit seines Entschlusses. Da lässt sich Bh. von ihm seine Sandalen geben: die sollten als Symbol die Herrschaft führen, während er bis zur Rückkehr R.'s ausserhalb der Stadt leben werde. Sie nehmen von einander Abschied.

113. Rückzug Bharata's. Er erzählt dem Bharadvâja, dass er auf Vasishṭha's Rat die Sandalen erhalten habe. Weiterreise: Yamunâ, Gangâ, Çṛingavera, Ayodhyâ. **114.** Das veränderte Aussehen Ayodhyâ's. Bh. macht den Wagenlenker auf die Veränderung aufmerksam, zieht in die Stadt und in seines Vaters Palast ein. **115.** Er verkündet den Ministern seinen Beschluss, nach Nandigrâma überzusiedeln. Mit ihnen zieht er dorthin; unaufgefordert begleitet ihn das Heer. Er installirt die Sandalen als Vertreter des Königs.

116. Die Büsser verraten Zeichen der Unruhe und Angst. Der Älteste teilt R. mit, dass Khara, ein jüngerer Bruder Râvaṇa's, die Büsser von Janasthâna bedränge. Sie wollten daher wegziehen, er solle mitkommen. R. kann sie nicht zurückhalten; er bleibt. **117.** Dem R. gefällt nicht mehr der Aufenthalt am Citrakûṭa. Er zieht weiter zur Einsiedelei Atri's, der ihn freundlich empfängt und Sitâ auffordert, seiner Frau Anasûyâ ihre Aufwartung zu machen. Diese belobt sie wegen ihrer Treue. **118.** S.'s Antwort. Erfreut beschenkt Anasûyâ sie mit der Wundersalbe, Schmuck, Kleidern und Kränzen. S. erzählt ihre Geburt und Verheiratung. Als Janaka einst pflügte, sei sie aus der Erde hervorgekommen und von ihm als Tochter angenommen worden. Varuṇa habe ihrem Vater bei einem Opfer den Bogen geschenkt, den Niemand spannen konnte. Er habe ihre Selbstwahl angeordnet. Dazu seien R., L. und Viçvâmitra gekommen und R. habe den Bogen gespannt und zerbrochen, worauf ihr Vater ihm sie zum Weibe gegeben habe. Doch habe R. sie erst genommen, nachdem Daçaratha seine Zustimmung gegeben habe. L. habe die Ûrmilâ geheiratet. **119.** Die Nacht bricht an. Anasûyâ entlässt S., die geschmückt zu R. zurückkehrt. Am nächsten Morgen verabschieden sie sich von den Büssern, die sich über die Râkshasa beklagen.

[In B. finden sich 14 in C. fehlende Gesänge, deren Inhalt ich kurz angeben will; ihre Stelle ist aus der Concordanz zu entnehmen. — **21.** R. antwortet auf L.'s Rede (in C. 23): Aufforderung, dem Vater zu gehorchen. L.'s Bitte, R. begleiten zu dürfen. R.'s Zusage. **22.** Kau. sagt, die Mutter habe mehr Anspruch auf Gehorsam, als der Vater. **23.** R. widerlegt diese Ansicht. — **34.** enthält Klagen Daçaratha's. — **50.** L. trägt dem Sumantra auf, er solle seine Entrüstung dem Daçaratha aussprechen. R. beruhigt ihn. — **61.** enthält Klagen der Kausalyâ. — **80.** Bharata's Klagen, will auf die Herrschaft verzichten und R. folgen. Vasishṭha spricht ihm Mut ein. **81.** Bh. mit den 350 Witwen lässt sich D.'s Leiche zeigen. Seine Klagen. Vasishṭha und Jâbâli ermahnen ihn zur Standhaftigkeit. Er willigt ein, die Totenfeier zu begehen. — **83.** Leichenzug. Errichtung des Scheiterhaufens. Verbrennung der Leiche. **84.** Klagen Bharata's und Çatrughna's. Vasishṭha tröstet sie. **85.** Die Wasserspende wird dargebracht. Rückkehr. Bh. will das *prâyopaveçana* machen. Der Minister Dharmapâla tröstet ihn. — **93.** Guha preist den Bharata. Dieser fragt, wo R. geschlafen habe etc. — **94.** Bharata lässt sich von Guha den Weg zu Râma beschreiben und verabschiedet sich von ihm. Sie kommen bald an den Prayâga-Wald und über diesen hinaus zu Bharadvâja's Einsiedelei. — **116.** (bis 27 = C. 108) Jâbâli führt eine Reihe von Königen grösstenteils aus dem Ikshvâkuidengeschlechte an. Das scheint B. 119 = C. 110 vorwegzunehmen.]

Araṇya-Kâṇḍa.

1. Als die Verbannten in den Daṇḍaka-Wald gekommen waren, gelangten sie zu einer Einsiedelei frommer Büsser, die sie gastfreundlich aufnehmen und sich in R.'s Schutz stellen. **2.** Am Morgen ziehen sie weiter und stossen auf einen menschenfressenden Riesen, den Râkshasa Virâdha. Der reisst die Sîtâ an sich und droht, das Brüderpaar zu morden. R. beklagt sein Missgeschick. L. aber macht sich kampfbereit. **3.** Der Riese fragt die Brüder nach ihren Namen und nennt sich als Sohn des Java und der Çatahradâ, dem Brahman verliehen habe, dass er nicht durch Waffen getötet werden könne. Es erfolgt ein für die Brüder vergeblicher Kampf. Der Riese nimmt sie auf seine Schultern und trägt sie weit weg in den Wald. **4.** Sîtâ beginnt laut zu jammern. R. bricht dem Riesen einen Arm, L. den andern. Den zu Boden gestürzten Riesen bearbeiten sie mit ihren Füssen. R. presst ihm mit seinem Fusse die Kehle zusammen und befiehlt dem L., eine Grube für den Körper des Riesen herzustellen. Der aber giebt sich als ein von Vaiçravaṇa verfluchter Gandharva namens Tumburu zu erkennen, dem als Ende seines Loses die Tötung durch R. bestimmt worden sei. Er fordert sie auf, zu dem 1½ Yojana entfernten Ṛishi Çarabhanga zu gehen. Dann giebt er seinen Geist auf. Sie werfen den brüllenden Riesen in die Grube.

5. Die drei begeben sich zu Çarabhanga. Sie sehen bei ihm den Indra in seinem Wagen mit Gefolge. Der aber entfernt sich. Als sie nun den Çar. begrüssen, sagt er, Indra habe ihn in Brahman's Himmel führen wollen, er aber habe gewünscht, vorher Râma zu begrüssen. R. solle die Mandâkinî aufwärts gehen, bis er zu dem Ṛishi Sutîkshṇa gelange. Dann opfert er, besteigt den Scheiterhaufen und gelangt als schöner Jüngling in Brahman's Himmel. **6.** In Çarabhanga's Einsiedelei kommen viele Büsser und Selbstpeiniger zu Râma und bitten ihn um Schutz gegen die Râkshasa, die viele der ihrigen mordeten. R. verspricht seine Hülfe.

7. Die drei kommen mit den Brahmanen zur Einsiedelei des Sutîkshṇa, dem Indra deren Ankunft voraus angesagt hatte. R. bittet um Herberge. Sutîkshṇa gewährt sie ihm und sagt, die Gazellen würden ihm Gefahr bringen. Sie herbergen dort. **8.** Am Morgen verabschieden sie sich mit den Büssern von Sutîkshṇa, um die Einsiedelei zu besehen.

9. Sîtâ hält dem R. vor, dass das Tragen von Waffen zu gewaltsamen Handlungen verleite. So sei einst ein Büsser dadurch von seinem frommen Wandel abgebracht worden, dass Indra ihm ein Schwert zum Aufbewahren anvertraut habe. Darum möge er als Büsser leben. **10.** R. erwiedert, er habe den Büssern Schutz gegen die Râkshasa versprochen und dürfe sein Wort nicht brechen.

11. Sie wandern weiter und gelangen zu dem See (taṭâka) Pañcâpsaras, von dem eine schöne Musik ausgeht. Ein Muni erzählt ihnen, dass dort ein Asket Mâṇḍakarṇi von 5 Apsarasen verführt worden sei, und jetzt in einem Hause im See wohne. In den Einsiedeleien um den See hält sich Râma 10 Jahre auf. Dann geht er wieder zu Sutîkshṇa, den er nach dem Wege zu Agastya fragt. Zuerst gelangen sie in die Einsiedelei von Agastya's Bruder. R. erzählt, wie Agastya den Ilvala und Vâtâpi tötete. Ersterer pflegte nämlich den zum Çrâddha eingeladenen Brahmanen das Fleisch seines Bruders vorzusetzen, und wenn diese es gegessen hatten, seinen Bruder laut zu rufen. Darauf sprengte dieser die Leiber der Brahmanen, indem er herauskam. Ilvala wiederholte dies auch bei Agastya, aber er konnte Vâtâpi nicht ins Leben rufen, und als er den Agastya angriff, wurde er von ihm getötet. A.'s Bruder nimmt die Wanderer freundlich auf. Dann gelangen sie zu Agastya's Einsiedelei. **12.** Lakshmaṇa lässt durch einen Schüler Agastya's diesem ihre Ankunft melden. Sie werden zu dem Heiligen geführt und von ihm freundlich bewirtet. Er schenkt dem R. Vishṇu's Bogen, unerschöpfliche Köcher und ein Schwert. **13.** Agastya lobt die Sîtâ wegen ihrer Treue und weist dem R. auf dessen Bitte Pañcavaṭî nahe der Godâvarî als Wohnsitz an.

14. Auf ihrer Wanderung dorthin treffen sie einen riesigen Geier, der sich ihnen als Freund Daçaratha's zu erkennen giebt, und einen Vortrag über die Prajâpati und ihre Nachkommen hält. Er sei Jaṭâyus, Sohn des Aruṇa und der Çyenî; sein Bruder sei Sampâti.

15. Sie kommen nach Pañcavaṭî, wo L. auf Wunsch R.'s eine Hütte baut. **16.** L. schildert die Naturschönheiten der Winterzeit. L. und R. reden über Bharata und Kaikeyî. Bad in der Godâvarî.

17. Râvaṇa's Schwester, Çûrpaṇakhâ, sieht den Râma, verliebt sich in ihn und macht ihm den Antrag, mit ihr zu leben. **18.** R. weist sie an Lakshmaṇa, der sie ironisch abweist. Sie eilt auf Sîtâ zu, um sie zu verschlingen. Doch auf R.'s Befehl schneidet L. ihr Ohren und Nase ab. Sie flieht in den Wald. Schlussverse: Sie fällt dem Khara zu Füssen. **19.** Khara, ihr Bruder, hebt sie auf und fragt sie nach dem Urheber der ihr zugefügten Beleidigung, an dem er blutige Rache nehmen wolle. Çûrpaṇakhâ erzählt den Hergang und sagt, sie wolle das Blut der Übelthäter trinken. Khara schickt 14 Râkshasa aus, um R. und L. zu bekämpfen. **20.** Çûrpaṇakhâ führt die 14 Râkshasa zu R.'s

Einsiedelei. Nach der Herausforderung beginnen sie zu kämpfen. Die Rākshasa fallen und Çūrpaṇakhā kehrt zurück.

21. Khara fragt sie, warum sie jetzt jammere. Sie erzählt die Niederlage der Rākshasa und fordert Khara auf, sie zu rächen. **22.** Khara verspricht, sie zu rächen, und befiehlt dem Dūshaṇa, 14000 Rākshasa kampfbereit zu machen. Er besteigt seinen Wagen und zieht mit dem Heere der Rākshasa aus von Janasthāna. **23.** Schreckliche Vorzeichen treten beim Marsche des Heeres ein. Aber Khara spottet derselben. Die Götter und Ṛishi erscheinen am Himmel, um den kommenden Kampf zu sehen. Khara hat 12 Rākshasa-Häuptlinge, Dūshaṇa 4 unter sich. **24.** Als R. die Vorzeichen sieht und den Lärm der nahenden Rākshasa hört, schickt er L. mit Sītā in eine Höhle. Die Götter und Ṛishi erscheinen (wie vorhin). Das Heer kommt heran und R. steht bereit, den Kampf aufzunehmen. **25.** R. tötet mit seinen Pfeilen viele Rākshasa; sie ziehen sich zurück, dringen aber wieder unter Dūshaṇa's Leitung vor. R. besiegt grosse Massen mit der Gandharva-Waffe. **26.** Dūshaṇa auf seinem Wagen stürmt mit 5000 Rākshasa gegen R. an. R. tötet den Dūshaṇa. Darauf besiegt er die drei Unterfeldherrn desselben und die 5000 Rākshasa. Nun sendet Khara die zwölf Feldherrn mit dem Rest seines Heeres gegen R. Doch auch diese unterliegen R.'s Pfeilen. Nur Khara und Triçiras bleiben übrig. **27.** Triçiras bittet Kh., gegen R. kämpfen zu dürfen. Er fährt auf seinem Wagen gegen R. los, wird aber auch von diesem getötet. Die übrigen (!) Rākshasa fliehen. **28.** Bogenkampf R.'s und Khara's. Kh. vernichtet R.'s Bogen und Panzer. R. nimmt einen andern (Vishṇu's) Bogen und vernichtet Kh.'s Wagen mit Zubehör, schiesst ihm die Hand (cf. 30, 28) samt Bogen ab. Khara springt aus dem Wagen. **29.** R. sagt, Khara werde jetzt den Lohn seiner gottlosen Thaten erhalten. Khara erwiedert, R. solle nicht prahlen, er werde ihn jetzt zur Sühne der getöteten Rākshasa vernichten. Er schleudert seine Keule auf R., doch der zerstückelt sie mit seinen Pfeilen in der Luft. **30.** R. droht, den Khara jetzt zu töten. Der erwiedert freche Worte und reisst einen Sāla-Baum aus, den er auf R. schleudert. R. aber vernichtet den Baum mit seinen Pfeilen und macht dann dem Kh. den Garaus. Die Ṛishi erscheinen in der Luft und preisen R., der zu diesem Zwecke nach Janasthāna gesandt worden sei. Dann kommen Lakshmaṇa und Sītā herbei, und die drei kehren in ihre Einsiedelei zurück.

31. Akampana flieht nach Lankā und meldet dem Rāvaṇa die gänzliche Vernichtung von Janasthāna. Rāvaṇa gerät in Wut und will Rache an Rāma nehmen. Akampana rät ihm, die Sītā zu rauben. Er eilt mit seinem Wagen zu Mārīca Tāṭakeya und bittet ihn um Beistand bei der Ausführung seines Planes. Mārīca rät aber dringend davon ab; Rāv. kehrt zurück.

32. Çûrpaṇakhâ eilt nach Lankâ und erblickt den Râvaṇa auf dem Dache des Palastes mit seinen Ministern. **33.** Çûrp. wirft dem Râv. seine Sorglosigkeit vor und verkündet den Untergang der Râkshasa. **34.** Çûrp. schildert auf Befragen Râv.'s den Râma, Lakshmaṇa und Sîtâ. Wer die Sîtâ besässe, würde die Herrschaft der Welt besitzen. Darum habe sie dieselbe ihm als Gattin zuführen wollen, sei aber von L. verstümmelt worden. Râvaṇa solle Sîtâ zu seiner Gattin machen.

35. Râv. lässt seinen Wagen anspannen und fährt zum Ocean. (Der Baum Subhadra). Am andern Ufer findet er den Büsser Mârîca. **36.** Râv. erzählt ihm, was geschehen sei, und bittet ihn dann um Hülfe bei dem Raub der Sîtâ. Er solle die Gestalt einer goldenen Gazelle annehmen, und so die Brüder abseits locken, während Râvaṇa die Sîtâ raube. **37.** Mârîca rät, den edeln Râma nicht gering zu schätzen. **38.** Mâr. erzählt, wie einst der noch junge Râma, der ein Opfer Viçvâmitra's schützte, ihn mit einem Pfeile in den Ocean geschleudert habe. Râvaṇa solle nicht mit einem so furchtbaren Gegner anbinden. **39.** Mâr. erzählt: er sei unlängst, als er mit 2 Râkshasa in Gazellengestalt den Tâpasa aufgelauert habe, dem Râma und der Sîtâ begegnet. Râma habe die beiden anderen Râkshasa getötet, und ihn verjagt. Râvaṇa möge nicht mit Râma anbinden. **40.** Râv. ist aufgebracht: er habe nicht seinen Rat, sondern seine Hülfe verlangt. Er wiederholt seinen Plan. **41.** Trotzdem wiederholt Mâr. freimütig seine Warnungen. **42.** Mâr. sagt zu und die beiden Râkshasa fliegen auf Râv.'s Wagen zu Râma's Einsiedelei. Dort verwandelt sich Mâr. in eine wunderbare Gazelle und grast in der Nähe der Hütte, bis die Blumen sammelnde Sîtâ ihn erblickt.

43. Sîtâ ruft R. und L. herbei. L.'s Warnung. Sie ist von dem Verlangen besessen, die Gazelle zu besitzen, und bittet R., sie ihr lebend oder tot zu verschaffen. R. teilt ihren Wunsch, er wolle sie erlegen, auch wenn L.'s Vermutung richtig wäre. Wie Vâtâpi dem Agastya, so könne ihm kein Râkshasa etwas anhaben. L. solle zum Schutz der Sîtâ zurückbleiben. **44.** R. wird von der Gazelle weit weggelockt, bis er ärgerlich sie mit der Brahma-Waffe tötlich verwundet. Da kommt der Râkshasa heraus, und ehe er stirbt, ruft er mit Râma's Stimme: Sîtâ! Lakshmaṇa! Bestürzt über dieses Benehmen begibt R. sich eilig auf den Rückweg.

45. Als Sîtâ das Rufen im Walde hörte, fordert sie L. auf, zu Hülfe zu eilen. Als der aber nicht gehen will, schilt sie ihn heftig. Er erwiedert, dass R. von Niemand Unheil widerfahren könne. Sie sei ihm von R. anvertraut, er müsse zu ihrem Schutze bleiben. In heftigem Zorne beschuldigt S. ihn verbrecherischer Pläne gegen sie, worauf L. widerwillig ihr gehorcht und davon geht. **46.** Da kommt Râvaṇa als Bettelmönch gekleidet und redet Sîtâ mit vielen Schmeicheleien und

Lobpreisungen an, und fragt, wer sie sei. **47.** Sîtâ nennt ihre Herkunft und erzählt ausführlich, wie sie in den Wald gekommen sei. Râv. macht ihr darauf seinen Antrag. Die Zurückweisung der Sîtâ. **48.** Râv. rühmt sich, Laṅkâ etc. S. verschmäht ihn. **49.** Erzürnt nimmt Râv. seine wahre Gestalt an, ergreift S. und fliegt mit ihr auf seinem Wagen davon. Sîtâ ruft laut um Hülfe. Sie erblickt den Jaṭâyus und bittet ihn, dem Râma die Schreckensbotschaft zu überbringen. **50.** Jaṭâyus macht dem Râv. Vorwürfe und verlangt von ihm die Freigebung der Sîtâ. Dann fordert er ihn zum Kampfe heraus. **51.** In dem folgenden Kampfe zerstört Jaṭâyus Râvaṇa's Wagen. Râv., der die S. fest umklammert, fliegt gegen Jaṭâyus auf, wird aber von ihm mit Krallen und Schnabel arg zugerichtet. Zuletzt lässt Râvaṇa die Sîtâ los und macht den Jaṭâyus mit Fusstritten und Faustschlägen nieder.

52. Die nach Hülfe rufende S. wird von Râv. wieder ergriffen und durch die Luft entführt. (Die Götter freuen sich über den nahen Untergang Râv.'s.) Die Schmucksachen und Blumen der S. fallen zu Boden. Die ganze Natur trauert. **53.** S. schmäht den Râv.: Die Strafe würde bald folgen; er würde die Marterorte der Hölle bald kennen lernen. **54.** S. wirft ihr Obergewand und Schmucksachen 5 Affen zu. Râv. führt sie nach Laṅkâ und bringt sie in seinem Serail unter. Er entsendet dann 8 Râkshasa nach Janasthâna als Spione. **55.** Râv. sucht die S. auf und führt sie gewaltsam durch den ganzen Palast. Er bietet ihr Alles an, wenn sie seine Gattin werden wolle. Sie aber verhüllt ihr Antlitz in Scham. Darauf wiederholt er seine Bitten. **56.** Entrüstet preist S. den R., ihren Gatten. Der und L. würden sie bald rächen. Sie könne von keinem Bösen berührt werden. Râv. schwört, dass er sie nach 12 Monaten auffressen werde, wenn sie ihm nicht zu Willen sein werde. Dann giebt er ihr eine Bewachung von Râkshasinnen und lässt sie in die Açokagrotte bringen.

(In einem *prakshipta sarga* = B. 63 wird erzählt, dass Indra auf Pitâmaha's Befehl der Sîtâ *havis* zu ihrem Unterhalt gebracht und sie getröstet habe. Ähnlich in IV 62.)

57. Als Râma zurückkehrt, ereignen sich ungünstige Vorzeichen, die ihn besorgt machen. Er trifft L., den er wegen S. befragt. **58.** R. fragt L., ob S. noch lebe, etc. **59.** R. fragt den L., warum er die Sîtâ verlassen habe. L. erzählt alsdann, wie sie ihn fortgetrieben habe, worauf ihn R. tadelt, dass er seinen Befehl hintangesetzt habe. **60.** R. findet die Wohnstätte leer und sucht seine Gattin im Walde; befragt die Bäume, etc.; glaubt, sie verstecke sich, und klagt verzweifelt, sie sei von dem Râkshasa gefressen. **61.** Als R. die Wohnstätte leer findet, klagt er und überhäuft L. mit Vorwürfen. L. fordert ihn auf, mit ihm die ganze Gegend zu durchsuchen. Doch die Suche bleibt vergeblich.

Râma verzweifelt; L. sucht ihn zu trösten. **62.** Wiederholung oder Variation von 60. L. solle nach Ayodhyâ zurückkehren. **63.** Klagen R.'s. Elegie in Trishṭubh. **64.** R. schickt L. an die Godâvarî, um die Sîtâ zu suchen. Er findet sie nicht. Auch R. sucht sie dort vergeblich. Er befragt die Bäume, Flüsse, Berge und Tiere. Die Tiere gehen nach Süden. Ihnen folgend finden R. u. L. die Blumen und Schmucksachen der Sîtâ, weiter die Spuren eines Kampfes, die Trümmer des Wagens, die zerbrochenen Waffen etc. Râma gerät in Wut und legt seinen Pfeil an, um die ganze Welt zu vernichten. **65.** L. besänftigt ihn. Nur einer habe hier gekämpft, dessentwegen dürften nicht Alle leiden. Sie wollten Sîtâ suchen, bis sie sie gefunden hätten. **66.** L. redet dem R. zu, nicht wie ein gemeiner Mann sich zu betragen.

67. L. beruhigt den R. Sie begeben sich auf die Suche und finden den Jaṭâyus in seinem Blute. Der erzählt ihnen den Hergang. R. bricht in Klagen aus. **68.** R. befragt den Geier um die Einzelheiten; der aber stirbt plötzlich mitten in seiner Erzählung. R. betrauert den treuen Geier und verbrennt seine Leiche auf einem Scheiterhaufen unter Beobachtung aller Ceremonien.

69. Die Brüder wandern weiter nach Süden, wandern durch den Kraunca-Wald und kommen zur Matanga-Einsiedelei. Dort treffen sie in einer Höhle eine missgestaltete Riesin Ayomukhî, welche dem L. einen Antrag macht. Der aber haut ihr mit seinem Schwerte Nase, Ohren und Brüste ab, worauf sie das Weite sucht. Weiter wandernd stossen sie auf ein brüllendes Ungeheuer, den kopflosen Kabandha, der sie mit seinen riesigen Armen an sich zieht. L. verliert den Mut, und als das Ungeheuer sie angeredet, glaubt auch R., dass seine Todesstunde geschlagen habe. **70.** Als das Ungeheuer sie verschlingen will, hauen sie ihm beide Arme ab. Darauf fragt es sie, wer sie seien, und beginnt von sich zu erzählen. **71.** Er habe diese Gestalt angenommen, um die Rishi zu erschrecken, aber der Rishi Sthûlaçiras habe ihm geflucht, dass er diese Gestalt behalten solle, bis ihm Râma und Lakshmaṇa ihm die beiden Arme abhauen würden. Er sei der Sohn Danu's; der Pitâmaha habe ihm ein sehr langes Leben gewährt, worauf trotzend er Indra bekämpft habe, der ihm den Kopf einschlug und die Schenkel brach. Indra habe ihm geflucht, so zu bleiben, bis ihn R. erlöse. Er bittet R., ihn in einer Grube zu verbrennen, worauf er ihm denjenigen nennen werde, der ihm über Sîtâ's Verbleib Auskunft geben könne. **72.** Während das Feuer die Leiche verzehrt, erhebt sich daraus der Râkshasa in herrlicher Gestalt und rät dem R., sich mit dem Affen Sugrîva, des Sûrya Sohn, zu verbünden, den Vâlin, des Indra Sohn, der Herrschaft beraubt habe. Er lebe in Rishyamûka an der Pampâ. Der würde durch seine Affen Sîtâ ausfindig machen. **73.** Kabandha beschreibt ihnen den Weg nach der Pampâ, wo sie die Çabarî und am westlichen Ufer der Pampâ die Einsiedelei Matanga's finden würden. Östlich davon sei der wunderbare Fels Ṛishyamûka, wo die Çiçunâga hausen. In einer Höhle desselben wohne Sugrîva. Die Brüder machen sich auf den Weg.

74. Auf ihrer Wanderung nach Westen gelangen sie zur Pampâ und finden die Büsserin Çabarî, die sie freundlich aufnimmt, da sie schon von ihrer Ankunft vorher unterrichtet war. Sie zeigt ihnen die Einsiedelei mit ihren Wundern, besteigt dann den Scheiterhaufen und gelangt vor ihren Augen in den Himmel. 75. Sie gehen aus der Einsiedelei an die Pampâ, baden im Matangasaras, bewundern die Pampâ. Râma beginnt zu klagen.

Kishkindhâ-Kâṇḍa.

1. Râma preist die Schönheit der Pampâ und der Umgebung, doch steigert sie nur seinen Trennungsschmerz. Er beklagt sich und seine Gattin. L. spricht ihm Mut ein und fordert ihn zu thatkräftigem Handeln auf. Schlussverse: Sie treffen Sugrîva.

2. Als Sugrîva sie erblickt, zieht er sich ängstlich nach dem Malaya mit den Affen zurück. Hanumat ermahnt ihn zur Besonnenheit, worauf Su. den H. als Kundschafter zu den beiden Brüdern schickt. 3. H. redet höflich die Brüder an und fragt sie nach dem Zweck ihres Kommens. R. ist entzückt über H.'s edle Sprache und fordert L. auf, zu antworten. Der sagt, sie suchten Sugrîva. 4. H. fragt sie nach dem Zweck ihres Kommens. L. sagt, wer sie seien, und dass sie die Hülfe und den Schutz des Su. begehrten. H. stellt ihnen die Erfüllung ihres Wunsches in Aussicht und führt sie zu Sugrîva.

5. H. führt die Brüder nach dem Malaya vor Su., dem er sagt, wer die Beiden seien und was sie wollten. Erfreut schliesst Su. ein Bündnis mit R. und erzählt ihm dann, was er von Vâlin erlitten habe. R. verspricht ihm, Vâlin zu töten und ihn wieder in die Herrschaft einzusetzen. 6. Su. verspricht dem R., die S. wieder herzuschaffen. Er habe gesehn, wie der Râkshasa sie durch die Luft entführt habe. Er sei einer der Affen, denen sie die Gewänder und Schmucksachen zugeworfen habe. Er bringt die Gegenstände, die R. als von Sîtâ stammend erkennt. R. fragt, wer der Räuber wäre und wo er wohne. 7. Sugrîva sagt, er kenne nicht den Aufenthalt Râvaṇa's, er werde aber Sîtâ wiederbringen. Râma solle nicht verzweifeln. Auch ihm sei seine Gattin genommen worden. Râma beruhigt sich und gelobt ihm aufs neue treue Freundschaft. 8. Sugrîva antwortet in ähnlichem Sinne. In weiteren Gesprächen spricht er von seiner Lage. Râma verspricht, mit seinen Pfeilen Vâlin zu töten. Sugrîva kommt auf sein Unglück zurück und Râma bittet ihn um ausführlichen Bericht.

9. Vâlin, der ältere Bruder, führte die Herrschaft. Einst for-

derte ihn nächtlicher Weile der Asura Mâyâvin, Dundubhi's Sohn, vor dem Thore Kishkindhâ's laut brüllend zum Kampfe heraus. Als Vâlin von Sugriva begleitet ihm entgegentritt, flieht jener und verschwindet in einer Höhle. Vâlin lässt an deren Mündung Sugriva Posten fassen. Sugriva wartet dort über ein Jahr; als er aber den Lärm der Dämonen hört und Blut und Schaum aus der Mündung hervorquillt, hält er den Bruder für getötet, bedeckt die Mündung mit einem Fels, begibt sich in die Stadt und wird von den Ministern gekrönt. Da kehrt Vâlin plötzlich zurück, tötet die Minister und beachtet nicht Sugriva's unterwürfige Begrüssung. **10.** Sugriva sucht sein Verhalten zu erklären. Vâlin aber erzählt vor den Ministern den Hergang und beschuldigt ihn, dass er ihn habe beiseite schaffen wollen, um die Herrschaft an sich zu reissen. Dann verjagt er ihn und lässt ihm nichts als die Kleider, die er an hat. — Râma verspricht, ihm zu seinem Rechte mit seinen Pfeilen helfen zu wollen.

11. Sugriva schildert die grosse Stärke Vâlin's. Einst habe ein Asura in Büffelgestalt namens Dundubhi in seiner Kampflust den Ocean zum Kampfe herausgefordert. Von dem Ocean sei er an den Himavat gewiesen worden, der ihn auf Vâlin verwiesen habe. Vâlin habe diesen Zweikampf angenommen und nach hartem Kampfe den Dundubhi getötet und dann eine Meile weit weggeschleudert. Die Leiche sei in die Einsiedelei Matanga's gefallen, der von den Bluttropfen besudelt zornig dem Übelthäter und dessen Freunden den Aufenthalt in jenem Walde bei seinem Fluche untersagt habe. Darum habe er, Sugriva, sich eben dahin zum Ṛishyamûka geflüchtet. Dort wüchsen auch die 7 Sâla, welche Vâlin einzeln im Nu der Blätter berauben könne. Als er seine Zweifel ausspricht, dass R. dem Vâlin gewachsen sei, schleudert Râma die ausgedörrte Leiche Dundubhi's 10 Meilen weit weg. Doch auch diese That überzeugt noch nicht den Sugriva. **12.** Râma fällt mit einem Pfeile die 7 Sâla (oder Tâla) Bäume, worauf Sugriva an seine Unüberwindlichkeit glaubt.

Sie gehen nach Kishkindhâ; Sugriva fordert den Vâlin zum Zweikampfe auf, in dem er aber den kürzeren zieht, und flieht nach Ṛishyamûka. Er macht R. Vorwürfe, dass er ihm nicht geholfen habe. Aber R. sagt, er habe es nicht gekonnt, weil die beiden Brüder einander zu ähnlich seien. Er solle sich durch eine *gajapushpî* kenntlich machen und den Kampf nochmals versuchen.

13. Sie brechen wieder nach Kishkindhâ auf. Auf ihrem Wege dorthin kommen sie an einen Hain, in dem, wie Sugriva erzählt, einst sieben Muni wohnten, die durch ihre Askese in den Himmel gelangt wären. R. bringt diesem heiligen Orte seine Verehrung dar. **14.** Auf seine Aufforderung macht Sugriva vor Kishkindhâ einen grossen Lärm, um Vâlin zum Kampfe herauszulocken. **15.** Vâlin hört in seinem

Serail den Lärm. Er gerät in grossen Zorn und will hinauseilen. Tārā bittet ihn, den Kampf zu verschieben. Sie habe durch Angada von der Ankunft R. und L.'s gehört. Die seien Sugrīva's Freunde. Er solle sich mit Sugrīva aussöhnen. **16.** Vālin antwortet ihr, ein Krieger könne die Herausforderung eines Feindes nicht unbeachtet lassen, und schickt sie zurück. Es erfolgt der Zweikampf zwischen Vālin und Sugrīva, in dem letzterer zu unterliegen droht. Da durchbohrt Rāma den Vālin mit seinem Pfeile.

17. Solange Vālin den von Indra ihm geschenkten Kranz trägt, kann er nicht sterben. Er macht Rāma bittere Vorwürfe wegen seines ungerechten Benehmens und hinterlistigen Angriffes. **18.** Rāma erwiedert: als Beauftragter des Königs strafe er das Verbrechen. Vālin habe Rumā, die Gattin Sugrīva's, zum Weibe genommen: dieses Verbrechen verdiene mit dem Tode bestraft zu werden. Tiere würden durch List und aus dem Hinterhalt erlegt, so wäre auch er berechtigt, ihn, den Affen, aus dem Hinterhalt zu töten. Ein König, der die Bösen bestraft, und der Bösewicht, welcher gerecht bestraft wird, werden von Sünden frei. Die Könige seien Gott gleich, trotzdem habe Vālin ihn töten wollen. Vālin sieht zerknirscht sein Unrecht ein und bittet nur, seinen Sohn Angada und dessen Mutter Tārā zu schonen.

19. Tārā kommt auf die Kunde von Vālin's Tod herbei. Ihre Begleiter fliehen, als sie Rāma erblicken. Unbekümmert um deren Warnungen eilt sie zu der Stelle, wo der sterbende Vālin liegt. **20.** Tārā's Klagen. **21.** Hanumat's Trost und Rat, Tārā's Antwort.

22. Vālin empfiehlt Angada dem Sugrīva und lässt sich von letzterem die goldene Kette abnehmen. Er empfiehlt dem Angada kluges Benehmen und Gehorsam gegenüber dem Sugrīva. Er stirbt. Wehklagen der Affen. (Erwähnung des Gandharva Golabha). **23.** Tārā's Klage bei der Leiche. Nīla zieht den Pfeil heraus. T. umarmt die Leiche und Angada erfasst ihre Füsse. Weitere Klagen. **24.** Jammer und Verzweiflung Sugrīva's. Tārā bittet Rāma, sie zu töten. Rāma tröstet sie. **25.** Rāma tröstet sie mit der Notwendigkeit des Schicksals. Lakshmaṇa giebt Befehl, alles zur Bestattung herzurichten. Tārā bringt eine herrliche Sänfte, auf welche die Leiche gelegt wird. Der Leichenzug, voraus die Affen, die Weiber hinterdrein, begiebt sich zu einem Flusse, wo der Scheiterhaufen errichtet wird. Tārā's Abschied von der Leiche. Dieselbe wird verbrannt. Die Affen sprengen Wasser.

26. In der Versammlung fordert Hanumat den Rāma auf, in einer Höhle zu wohnen. Rāma sagt zu und rät, den Sugrīva zu weihen. Dem Sugrīva rät er, Angada als *yuvarāja* zu weihen. Er werde während der 4 Regenmonate in der Höhle wohnen. Sugrīva zieht in die Stadt ein und wird mit grossem Pompe geweiht. Dann wird Angada als *yuvarāja* eingesetzt. Freude der Bürger.

27. Auf dem Prasravaṇa-Berge wählen sich die beiden Brüder eine Höhle zum Wohnsitz. R. schildert die Annehmlichkeit und Schönheit des Ortes. Aber der Gedanke an seine geraubte Gattin lässt ihn zu keinem Genusse kommen. L. ermahnt ihn, den Mut nicht sinken zu lassen, und R. verspricht, den Herbst abwarten zu wollen. **28.** R. besingt die Pracht der Regenzeit und endet wie in 27.

29. Als nach Verlauf der Regenzeit Sugrîva noch immer sich dem Genusse hingiebt, ermahnt ihn Hanumat, sein dem R. gegebenes Versprechen einzulösen und die Sîtâ suchen zu lassen. Su. beauftragt daher den Nîla, das ganze Heer zusammenzuziehen.

30. Mit Anbruch des Herbstes bricht Râma's Sehnsucht wieder hervor. Lakshmaṇa sucht ihn zu trösten. R. besingt die Schönheit des Herbstes. Er klagt, Su. halte nicht sein Versprechen; er zürnt ihm und will L. mit Drohungen zu ihm schicken. **31.** Lakshmaṇa gerät auch in grossen Zorn. R. trägt ihm aber auf, nur zu sagen: die Zeit geht vorüber.

L. geht in hellem Zorne nach Kishkindhâ. Vor ihm fliehen die Affen. Su., in Liebe bethört, hört nicht, was ihm gemeldet wird. Auf Befehl des Ministers zeigen sich die stärksten Affen ausserhalb der Stadt. Darob zürnt L. noch mehr. Angada geht ihm entgegen, der von L. zu Su. geschickt wird. Su. hört ihn nicht in seinem Rausche. Endlich weckt ihn der Lärm. Seine Minister Yaksha und Prabhâva teilen ihm mit, dass L. an der Thüre warte. **32.** Su. gerät in Verlegenheit. Hanumat sagt ihm, er habe in seiner Genusssucht den festgestellten Termin verstreichen lassen. Er solle jetzt hochachtungsvoll dem L. entgegengehen.

33. Lakshmaṇa geht in Kishkindhâ hinein. Beschreibung. Er kommt ungehindert in den Palast, bis zum Serail. Dort kündigt er sich durch den Ton seines Bogens an. Eingeschüchtert schickt Su. ihm die Târâ entgegen. Târâ fragt L. nach dem Grunde seines Zornes. L. richtet seinen Auftrag aus. Târâ sucht Sugrîva zu entschuldigen: das Heer würde zusammengezogen. L. tritt vor Sugrîva. **34.** L. stürmt in die Versammlung. Su. springt von seinem Throne auf; es erheben sich Rumâ und die übrigen Weiber. L. wirft Su. Bruch des Vertrages vor. Führe er ihn nicht aus, so werde R. ihn dem Vâlin nachschicken. **35.** Târâ entschuldigt Su.: er habe nicht seine Verpflichtungen vergessen, sondern in seinem Freudentaumel, wie einst der in Ghṛtâcî verliebte Viçvâmitra, die Zeit nicht beachtet. Sie giebt an, über wie viele Râkshasa Râvaṇa verfüge. Su. habe sein Heer schon zusammengezogen. **36.** Su. bittet um Verzeihung und erklärt sich zu allem bereit. L. erklärt sich für zufriedengestellt und bittet ihn, nun selbst zu R. zu gehen.

37. Darauf beauftragt Su. den H., alle Affen der Erde herbeizuschaffen. Von allen Seiten treffen bald zahllose Affen ein. Sie bringen Wurzeln und Früchte von Çiva's Wunderbaum und andern Proviant.

38. Darauf fordert L. ihn auf, aufzubrechen. Su. lässt seine Sänfte bringen und besteigt sie mit L., begleitet von den vornehmsten Affen. Er fällt R. zu Füssen, der hebt ihn gnädig auf und spricht einige würdige Worte. Su. sagt, er habe zahllose Affen zur Ausführung des Kriegszuges versammelt. 39. R. spricht ihm sein Vertrauen und seine Hoffnung auf Erfolg aus. Da kommen unzählige Scharen von Affen unter ihren Führern aus allen Himmelsgegenden herbei.

40. Su. zeigt dem R. das Heer und bittet ihn um seine Befehle. R. sagt, der Aufenthalt der Sîtâ solle ausfindig gemacht werden. Su. schickt Vinata mit seinen Affen, den Osten bis zum Aufgangsberg abzusuchen, und beschreibt, welche Länder und Meere sie sehen würden. 41. Den Hanumat, Angada und andere Affen schickt er nach Süden. Beschreibung des Südens. 42. Sushena, Târâ's Vater, schickt er nach Westen. Beschreibung des Westens. 43. Den Çatabala schickt er nach Norden. Beschreibung des Nordens.

44. Da Su. das meiste Vertrauen zu H. hat, wegen seiner Geschicklichkeit und Klugheit, so beauftragt er ihn mit der Auffindung der S. R. giebt ihm seinen Ring mit als Legitimation vor S.

45. Die Affen verbreiten sich zur Suche nach allen Himmelsgegenden.

46. R. fragt Su., wie er zu seiner Kenntnis der Erde gelangt sei. Su. erzählt Vâlin's Kampf mit Dundubhi und seine Vertreibung. Vâlin habe ihn überall hin verfolgt; so habe er die ganze Erde gesehen.

47. Die nach Osten, Westen, Norden ausgesandte Affen kehren unverrichteter Dinge zu Su. zurück.

48. Hanumat mit Angada und Târa macht sich auf die Suche. Vergeblich suchen sie den Vindhya und viele Wälder und Gebirgseinöden ab. Angada tötet einen Asura. 49. Angada fordert die Affen zu neuer Anstrengung auf. Gandhamâdana unterstützt ihn. Aber die Suche bleibt vergeblich.

50. H. mit den Seinigen kommt nach vergeblicher Suche durstig zur Bärenhöhle, aus der nasse Vögel herausfliegen. Alle dringen in die Höhle ein. Drinnen finden sie wunderbare Wälder, kostbare Paläste mit allen möglichen Schätzen. Zuletzt treffen sie eine Büsserin. H. fragt sie, wer sie sei und wem die Höhle gehöre. 51. H. fragt, wie der goldene Wald und die übrigen Wunder entstanden seien. Die Büsserin antwortet, dass Maya, der Baumeister der Dânava, die Höhle mit allem darin geschaffen habe, und dass er von Indra wegen seiner Liebe zur Apsarase Hemâ getötet worden sei. Sie selbst sei Svayamprabhâ, Tochter des Merusâvarṇi, und hüte für ihre Freundin Hemâ den Palast. Dann fragt sie, wer sie seien und weshalb sie in die Höhle gekommen

seien. **52.** Nachdem die Affen ihren Hunger und Durst gestillt hatten, erzählt Hanumat ihre Geschichte und fragt, wie er sich ihr dankbar erweisen könne. Doch sie hat keine Wünsche. Dann bittet H. sie, dass sie sie aus der Höhle führen möge, da der von Su. ihnen gesetzte Termin schon verstrichen sei. Sie befiehlt den Affen, die Augen zu schliessen, und versetzt sie flugs ins Freie.

53. Sie lassen sich im Anblick des Meeres am Fusse des Vindhya nieder. Angada rät, da der von Su. ihnen gesetzte Termin verstrichen sei, sollten sie alle *prâyopaveçana* machen. Târa rät, sich in Maya's Höhle zu flüchten. **54.** H. befürchtet, dass Angada in die Höhle gehen werde, und widerrät diesen Plan, weil die Affen nicht ausharren würden und L. sie mit seinen Pfeilen besiegen würde. **55.** Angada sagt, Su. würde ihm als seinem Feinde nach dem Leben trachten. Drum wolle er lieber selbst in den Tod gehen. Als er sich dazu weinend niedersetzt, umringen ihn die Affen in ihrer Angst und schicken sich an, ebenfalls das *prâyopaveçana* zu machen.

56. Da erscheint Sampâti, Jaṭâyus' Bruder, froh, dass die sterbenden Affen ihm lange zur Nahrung dienen würden. Bei seinem Anblick beginnt Angada zu klagen und erwähnt auch den Tod Jaṭâyus'. Sampâti fragt, wie sich dies zugetragen, und bittet ihn, ihm vom Berge herunterzuhelfen. **57.** Während die Affen in ihrer Verzweiflung denken, der Geier werde sie töten, führt ihn Angada vom Berge herab, erzählt ihm alles, was vorgegangen ist.

58. Sampâti erzählt, dass ihm die Flügel versengt worden seien, als er einst mit seinem Bruder bis zur Sonne hätte fliegen wollen. Befragt nach Râvaṇa's Wohnung, sagt er, er habe gesehen, wie Sîtâ durch die Luft von Râvaṇa entführt worden sei. Râvaṇa halte sie in Lankâ, 100 Yojana jenseits des Oceans, in sicherm Verwahr. Bis dorthin könne er sehen.

59. Von Jâmbavat aufgefordert, erzählt Sampâti, dass sein Sohn Supârçva, der ihn stets mit Nahrung versorgte, gesehn habe, wie Râvaṇa mit der Sîtâ durch die Luft flog.

60. Sampâti erzählt: Als ihm die Flügel versengt wurden, sei er auf den Vindhya in der Nähe des Oceans gestürzt. Nach längerer Zeit zu sich gekommen, hätte er die Einsiedelei des Ṛishi Niçâkara erkannt (wo er 8000 Jahre gelebt habe). Er sei in die Nähe des Ṛishi gekrochen und von ihm nach dem Grunde seines Unglücks gefragt worden. **61.** Er habe erzählt, wie er um die Wette mit Jaṭâyus nach der Sonne aufgeflogen, und wie es ihnen bei diesem tollkühnen Fluge ergangen sei. **62.** Der Ṛishi habe ihn mit einer Prophezeiung des Purâṇa über Râma und des Sampâti Hülfe getröstet. **63.** Während er noch mit den Affen spricht, wachsen ihm neue Flügel, wie der Ṛishi vorausgesagt hatte.

64. Darauf steigen die Affen zum Ocean hinab und verzweifeln, wie sie darüber gelangen könnten. Angada ermuntert sie und fordert sie auf, anzugeben, wie weit jeder zu springen vermöchte. 65. Die übrigen Affen konnten nicht bis 100 Yojana weit springen. Da erbietet sich Angada dazu. Doch Jâmbavat wiederrät, worauf Angada wieder an *prâyopaveçana* denkt. 66. Jâmbavat fordert H. auf; er erzählt dessen Geburt: Vâyu habe ihn mit Anjanâ, Gemahlin Kesarin's, erzeugt. Indra schlug ihm die Kinnbacken ein, daher sein Name. Seine Unverletzlichkeit. 67. H. rühmt seine Kraft und Fähigkeit zu springen. Die übrigen Affen wollen auf einem Beine stehen, bis er zurückkehre. Er besteigt den Berg Mahendra und bereitet sich zum Sprunge vor.

Sundara-Kâṇḍa.

1. Als Hanumat sich zum Sprunge vorbereitet, erzittert der Berg Mahendra bis in seine Tiefen, und alle Wesen geraten in Aufruhr. Sprung H.'s und seine Erscheinung, wie er durch die Luft fliegt (zahlreiche Vergleiche). Auf Sâgara's Befehl wächst Hiraṇyanâbha Mainâka aus dem Ocean hervor, um H. einen Ruhepunkt zu gewähren. Der aber stürzt ihn um. Der Berg lädt ihn zur Ruhe ein und beruft sich auf die vom Vâyu ihm bei der Flügelabschneidung der Berge geleisteten Freundschaftsdienste. Doch H. kann nicht verweilen. Indra lobt den Berg. Da erhebt sich auf Geheiss der Götter Surasâ, die Mutter der Schlangen, in Gestalt einer Râkshasîn aus dem Ocean und droht dem H., ihn zu verschlingen; und als sie nicht weichen will, bis sie ihn verschlungen habe, lässt H. seine Gestalt ins Ungeheure wachsen; doch in demselben Masse wächst auch Surasâ's Rachen. Da wird H. plötzlich von Däumlings Grösse, dringt in ihren Rachen ein und eilt wieder heraus. Darauf preisen Surasâ und die Götter den Affen. Auf seinem weiteren Fluge hemmt ihn Siṃhikâ, indem sie seinen Schatten festhält und dann ihren Rachen ihm entgegen öffnet. H. wächst und mit ihm der Rachen. Da macht er sich plötzlich klein, stürzt sich in den Rachen, zerstört die edlen Teile und tötet so die Siṃhikâ. Nach diesen 4 Taten langt er endlich in Lankâ an.

2. Auf dem Trikûṭa stehend betrachtet H. die Gegend und die auf einem Berge liegende Stadt, die ihm uneinnehmbar scheint. Er verzweifelt beinahe wegen der Schwierigkeit seiner Aufgabe. Er macht sich so klein wie eine Bremse und dringt nach Sonnenuntergang in die Stadt ein. 3. Beschreibung der Stadt. Beim Eintritt in sie stellt sich die Stadt-Gottheit von Lankâ in Gestalt einer Râkshasî ihm entgegen. In dem erfolgenden Zweikampf unterliegt die Riesin und erzählt, dass Svayambhû ihr dies als Anzeichen der Niederlage der Râkshasa vorausgesagt habe.

4. Er sieht die Stadt, die Râkshasa und Râvaṇa's Palast. 5. Beschreibung, was H. beim Mondschein sieht. 6. H. sieht Râv.'s Palast und dann die der übrigen Grossen (die alle genannt werden). Er sieht den Palast Râv.'s. 7. Beschreibung des Palastes Râv.'s und des Pushpaka. 8. Beschreibung des Pushpaka. 9. H. besichtigt Râv.'s Palast und den Pushpaka. Er sieht Râv. inmitten seiner vielen Frauen (Vergleiche). 10. Dort sieht er das Schlafgemach, in dem Râv. ruht, umgeben von Tänzerinnen, die ihre musikalische Instrumente umarmen. Dort schläft auch Maṇḍodarî, Râv.'s Lieblingsgemahlin. 11. Beschreibung des Serails; das Trinkgelage etc. H.'s Bedenken, dass er in einen fremden Harem gegangen.

12. H. verzweifelt, weil er die Sîtâ noch nicht gefunden. Aber er ermutigt sich und fährt fort, nach ihr zu suchen; jedoch vergeblich. 13. H. bedenkt die Folgen seines Misserfolges und beschliesst in seiner Verzweifelung nicht zurückzukehren, als Eremit oder Büsser zu leben, oder sich einen gewaltsamen Tod zu geben. Dann sieht er den Açokahain und, die Götter verehrend, will er ihn durchsuchen. 14. H. hüpft in den Açokahain und demolirt die Bäume. Beschreibung des Haines und der ganzen Anlage. Hier hofft er die S. zu finden. 15. Dort erblickt er in einem Gartenhaus die von Gram verzehrte S., die er mit Mühe erkennt. 16. Überlegungen H.'s beim Anblick der S. 17. Beim Aufgange des Mondes erkennt er S., von den Râkshasinnen umgeben, unter dem Baume stehend.

18. Als die Nacht zu Ende geht, treibt die Sehnsucht den Râvaṇa die Sîtâ zu besuchen. Begleitet von seinen Leuchten tragenden Frauen, begiebt er sich zum Açokahain. Von seinem Verstecke aus erblickt ihn H., der erschrocken und von seinem Glanze geblendet sich tiefer in den Baum verkriecht. 19. Râv. erblickt S., wie sie von Kummer entstellt da sitzt. 20. Râv. sucht S. zu bereden, ihn zu lieben. 21. S. weist den Râv. entrüstet zurück. 22. Râv. erwiedert, er wolle sie noch schonen, aber wenn sie sich ihm in 2 Monaten nicht ergebe, würde er sie fressen. S., ermutigt durch die Geberden der Begleiterinnen, antwortet ihm mit Schmähungen, worauf Râv. in Wut gerät und die Râkshasînnen (werden genannt) beauftragt, mit allen Mitteln die S. ihm willig zu machen. Die Râkshasî Dhânyamâlinî umarmt lüstern ihren Gebieter, der hohnlachend in seinen Palast zurückkehrt. 23. Verschiedene Râkshasînnen suchen S. zu überreden, Râv.'s Gattin zu werden. 24. Ähnlicher Inhalt wie 23. 25. Klagen der Sîtâ. 26. Sîtâ fährt fort zu klagen. 27. Trijaṭâ aufgewacht erzählt ihren Traum, der den Sieg Râma's und die Niederlage der Râkshasa vorbedeutet, und rät, Sîtâ freundlich zu behandeln. 28. Klagen der S. nach Weggang Râv.'s.

29. S.'s Aussehen verrät glückbedeutende Vorzeichen. 30. H. überlegt hin und her, wie er seine Botschaft ausrichten solle, ohne sich

in Gefahr zu bringen. **31.** H. erzählt mit menschlicher Stimme in Kürze Râma's Geschichte. S. erblickt den Sprechenden zuletzt in dem Baume. **32.** S. fürchtet sich. **33.** H. kommt vom Baume herunter und fragt sie, wer sie sei. S. erzählt dem auf dem Baume befindlichen H. ihre Erlebnisse. **34.** H. überbringt die Grüsse, doch als er in S.'s Nähe kommt, fürchtet sie, dass Râvaṇa diese Gestalt angenommen habe. Um sie zu beruhigen, preist H. Râma und die Seinigen. **35.** H. giebt eine Beschreibung des Râma und erzählt dann alles, was sich seit dessen Trennung von Sîtâ zugetragen hat. S. ist von H.'s Identität überzeugt und gerät in grosse Freude. **36.** H. übergiebt R.'s Ring. S. ist hoch erfreut und fragt, wie es R. gehe, was er thue etc. H. schwört ihr, dass R. sie bald retten werde; er wisse nur nicht, wo sie wäre. Er denke stets an sie. **37.** S. sagt, dass sie nach 2 Monaten sterben müsse, wenn R. sie nicht vorher rette. Wie ihr Vibhîshaṇa's älteste Tochter Kalâ verraten habe, hätte dieser und Avindhya vergeblich versucht, Râv. zu ihrer Rückgabe zu bestimmen. Doch sei sie jetzt froher Hoffnung. H. sagt, er wolle sie auf seinem Rücken über den Ocean tragen, und als S. meint, er sei doch viel zu klein, nimmt er eine riesige Gestalt an. Doch S. hat eine Menge Gründe, warum sie auf diesen Plan nicht eingehen könne, namentlich dürfe Niemand ausser Râma sie berühren. **38.** H. belobt sie darob und bittet um ein Erkennungszeichen. Sie erzählt den Vorgang mit der Krähe (cf. II 172). Wie die Krähe, so solle er auch jetzt die Feinde mit der Brahma-Waffe besiegen. H. versichert sie der unveränderten Gesinnung Râma's. Derselbe werde sie erlösen. Dann bittet er um ihren Auftrag. Sie bestellt Grüsse an R. und L. und lässt ersterem sagen, sie würde nur noch e i n e n Monat leben. Dann giebt sie ihm ein Juwel, das er an seinem Finger befestigt und er begrüsst sie zum Abschied. **39.** Zwiegespräch zwischen S. und H. **40.** Weitere Abschiedsreden.

41. H. überlegt sich, nachdem er sich verabschiedet hatte, dass er die Stärke der Feinde kennen lernen müsse. Um einen Streit hervorzurufen, ruinirt er den Açokahain. **42.** H. nimmt, um die Râkshasinnen, die durch den Lärm geweckt herbeieilen, zu schrecken, eine ungeheure Gestalt an. Sie fragen S., wer der Affe wäre und was er mit ihr gesprochen. S. lügt ihnen etwas vor. Einige Râkshasinnen melden es dem Râv., der 80000 Diener schickt, um H. zu züchtigen. Aber H. macht sie alle mit einer Keule nieder. Einige melden es dem Râv. **43.** Dann zerstört er den *caityaprâsâda*. Als die Wächter herbeieilen, setzt er den *prâsâda* in Feuer und tötet die Wächter mit einer ausgerissenen Säule. **44.** Jambumâlin, Prahasta's Sohn, zieht auf Râv.'s Geheiss aus. In dem Zweikampf erliegt ihn H. mit der Keule. **45.** 7 Ministersöhne ziehen aus mit ihren Heeren und werden geschlagen. **46.** Dann schickt Râv. den Durdhara, Virûpâksha, Yûpâksha, Praghasa und Bhâsakarṇa gegen H., der den ersten mit seinem Körper zerschmettert, die zwei folgenden mit einem Sâla-Baum, und die beiden letzten mit einem Felsgipfel tötet. **47.** Kampf mit Aksha, Râv.'s Sohn, den H. zerschmettert.

48. Râv. schickt seinen Sohn Indrajit gegen H. Es erfolgt ein gewaltiger Zweikampf. Indrajit fesselt H. durch die Brahma-Waffe. So wird H. vor Râv. geführt. **49.** H. erblickt den von 4 Ministern (Durdhara, Prahasta, Mahâpârçva, Nikumbha) und andern umgebenen Râv. **50.** Râv. lässt ihn durch Prahasta fragen, wer er sei und weshalb er den Unfug getrieben. H. antwortet, er habe es gethan, um Râv. zu sehn und die Botschaft (von Râma) zu bringen. **51.** H. berichtet von Râma und fordert Râv. auf, die Sîtâ freizugeben. Er schliesst mit Warnungen, dass niemand R. ungestraft beleidigen könne. **52.** Vibhîshaṇa widerspricht dem Râv., der H. töten lassen will. Ein Bote dürfe nicht getötet werden etc. Râv. lässt sich überzeugen.

53. Um H.'s Schwanz werden Baumwolllappen gewickelt, diese mit Oel beträufelt und angezündet. So wird H. in der Stadt herumgeführt, die er so bei Tage genau zu sehn Gelegenheit hat. Sîtâ, davon benachrichtigt, beschwört Agni, ihn nicht zu versengen, und H. leidet infolge dessen keine Schmerzen. Indem er erst ungeheuer grosse, dann kleine Gestalt annimmt, entledigt er sich seiner Fesseln. Mit einem Thorbalken macht er die Wächter nieder. **54.** H. springt von Haus zu Haus und setzt mit seinem brennenden Schwanz die Stadt Lankâ in Brand. **55.** H. gerät in Besorgnis, dass S. beim Brande von Lankâ umgekommen sei. Doch günstige Anzeichen und himmlische Wesen versichern ihn, dass S. noch lebe.

56. Anfang = 39, 16 ff. H. besteigt den Berg, der bei seinem Absprunge in die Unterwelt versinkt. **57.** Nach dem Fluge durch die Luft langt H. am andern Ufer an und erzählt den erfreuten Affen den Erfolg seines Unternehmens. **58.** Auf dem Gipfel des Mahendra erzählt H. den Affen, was er auf seinem Sprunge mit dem Mainâka, mit der Surasâ und der Siṃhikâ erlebt habe; wie er nach Lankâ gekommen und die Schutzgöttin der Stadt besiegt habe, wie er die Sîtâ im Açokahaine gesehen, ihr Gespräch mit Râvaṇa, die vergeblichen Drohungen der Râkshasînnen, der Trijaṭâ Traum, seine Unterhaltung mit Sîtâ, die Zerstörung des Açokahaines; die Niedermachung des Heeres, die Zerstörung des Caitya, die Besiegung des Jambumâlin, der Ministersöhne, der 5 Häuptlinge, des Aksha, die Aussendung des Indrajit und den Kampf mit demselben. Indrajit habe ihn mit der Brahma-Waffe festgelegt und so sei er gebunden vor Râvaṇa geführt worden, dem er die Herausforderung von Sugrîva vorgetragen habe. Râv. hätte ihn hinrichten lassen wollen, aber Vibhîshaṇa habe dies widerraten. Darauf sei sein Schwanz in Brand gesteckt worden. Herumgeführt von den Râkshasa, habe er sich los gemacht und die Stadt angezündet. Eine göttliche Stimme und glückliche Zeichen hätten ihn wegen Sîtâ beruhigt. Zuletzt sei er zurückgesprungen und so bei seinen Gefährten wieder angelangt. **59.** H. preist S.'s Tugend, prahlt dann mit seiner Stärke und erzählt zuletzt, wie er die S. angetroffen.

60. Angada rät im Hinweis auf die Stärke Jâmbavat's und der beiden Söhne der Açvinen, dass die Affen den Râv. und die Râkshasa besiegen und S. heimführen sollten. Jâmbavat widerrät diesen Plan als unpassend, denn nur mit der Auffindung der S. seien sie beauftragt. Sie sollten vielmehr zu Râma zurückkehren. **61.** Dieser Vorschlag wird angenommen. Die Affen gelangen zum Madhuvana, den Dadhimukha, Sugrîva's Oheim, bewacht. Dort thun sie sich am Honig gütlich. Sie berauschen sich und ruiniren den Wald. Vergeblich wehrt ihnen Dadhimukha. **62.** H. erlaubt den Affen, sich an dem Honig gütlich zu thun. Die Affen berauschen sich am Honig und begehen allerlei Ausschreitungen in ihrer Trunkenheit. Die Wärter werden schmählich misshandelt und fliehen. Doch kehren sie unter Dadhimukha's Führung zurück, der aber von Angada arg zugerichtet wird. Er flieht zu Sugrîva und fällt ihm zu Füssen. **63.** Dazu aufgefordert, erzählt er die Verwüstung des Madhuwaldes. Nach dem Berichte fragt Lakshmaṇa den Sugrîva, warum der Affe gekommen. Su. erzählt ihm, was vorgefallen, und schliesst aus dem Übermute der Affen, dass sie ihren Auftrag zu Ende geführt hätten. Dem Dadhimukha trägt er auf, die Affen schleunigst zu ihm zu schicken. **64.** Er kehrt zurück und richtet dem Angada seinen Auftrag aus. Dieser fliegt mit den Affen durch die Luft zu Sugrîva, der den Râma tröstet und ihm Hoffnung erweckt. Hanumat sagt dem Râma, dass Sîtâ lebe. Grosse Freude.

65. Als die Affen zum Prasravaṇaberge gelangten, übergiebt H. den Edelstein und erzählt, wie er S. getroffen und was sie gesagt habe. **66.** R. bricht in Klagen aus und fragt weiter, was S. gesagt habe. **67.** H. sagt, S. habe zu seiner Beglaubigung ihm den Vorfall mit der Krähe erzählt und ihm dann den Edelstein übergeben. Sie habe seinen Vorschlag, sie auf seinem Rücken zu Râma zu führen, abgelehnt und Grüsse an Alle aufgetragen. **68.** H. erzählt weiter sein Gespräch mit S., und wie er sie getröstet.

Yuddha-Kâṇḍa.

1. Râma dankt dem Hanumat und umarmt ihn. Doch er verzweifelt bei dem Gedanken an die Schwierigkeit, über den Ocean zu gelangen. **2.** Sugrîva spricht ihm Mut ein und rät, eine Brücke nach Lankâ zu schlagen, weil sonst Râv. nicht angegriffen werden könne.

3. Auf R.'s Aufforderung beschreibt H. Laṅkâ, die Befestigung und Verteidigung der Stadt. Die Haupthelden der Affen würden sie allein bezwingen. Drum möge er sofort den Befehl zum Aufbruch geben. 4. R. bittet Su., dass das Heer sich marschfertig mache, und giebt selbst die Marschordnung an. Darauf bricht das ungeheure Heer in der vorgeschriebenen Ordnung nach Süden auf. L. schildert R. die günstigen Zeichen. Zug der Affen über den Sahya und Malaya. Das Heer lagert sich am Meeresstrand. 5. R.'s Klagen vor H.

6. Nach der durch H. angerichteten Verwüstung beruft Râvaṇa die Râkshasa zu einer Beratung wegen der drohenden Gefahr. 7. Die Râkshasa rühmen Râv.'s frühere Thaten; er würde schon allein R. vernichten können, oder Indrajit würde es thun. 8. Prahlerische Reden des Prahasta, Durmukha, Vajradaṃshṭra, Nikumbha und Vajrahanu. 9. Die vornehmsten Râkshasa (ihre Namen) ergreifen die Waffen. Vibhîshaṇa aber nötigt sie wieder auf ihre Sitze und rät dann, S. dem R. gütlich wieder zu geben. Die Versammlung wird entlassen. 10. In dem am Morgen versammelten Rate sagt Vibhîshaṇa, dass seit dem Raube der S. bedenkliche Unglückszeichen sich mehrten. 11. In feierlichem Aufzug begiebt sich Râv. in die Sabhâ und lässt die Râkshasa herbeirufen. Diese kommen und setzen sich im Saale. 12. Râv. lässt die wachthabenden Truppen durch Prahasta zur Wachsamkeit ermahnen. Jetzt da Kumbhakarṇa erwacht sei von seinem 6monatlichen Schlafe, wolle er mit ihnen Rat halten. Er erzählt, wie er vergeblich um Sîtâ's Liebe geworben habe. Sie möchten beraten, wie R. und L. getötet werden könnten, ohne dass S. ausgeliefert würde. Kumbhakarṇa tadelte ihn, dass er sie zum Rat in einer beschlossenen Sache auffordere, verspricht dann aber seine Hülfe im Kampfe gegen Râma. 13. Mahâpârçva rät dem Râv., die S. zu zwingen; Kumbhakarṇa und Indrajit wären im Stande, alle Feinde abzuwehren. Râv. erwidert, dass er einst die Puñjikasthalâ entehrt habe, worauf ihm der Schöpfer geflucht habe, er würde sofort sterben, wenn er ein Weib notzüchtige. Râma kenne nicht seine Kraft, darum wage er, ihn anzugreifen. 14. Vibhîshaṇa rät, S. zurückzugeben. Prahasta sagt, sie fürchteten sich vor keinem Gegner. Worauf Vi. nochmals eindringlich Râma als unbezwingbaren Gegner schildert und seine Mahnung wiederholt. 15. Indrajit schilt Vibhîshaṇa einen Feigling, dieser jenen einen thörichten Knaben, der nicht zum Rate zugelassen werden dürfte. 16. Râv., aufgebracht über Vibhîshaṇa's Rat, beschuldigt ihn der unter Verwandten üblichen Missgunst. Jeder andere hätte für solche Worte den Tod verdient: er schände sein Geschlecht. Vibhîshaṇa fliegt mit 4 Râkshasa in die Luft auf und ruft Râv. ernste Trennungsworte zu.

17. Vibhîshaṇa langt am Meeresstrande an. Erschreckt greifen die Affen zu den Waffen. Doch Vi. sagt, wer er sei, weshalb er sich mit Râv. entzweit habe, und dass er sich in R.'s Schutz begeben wolle. Su.

teilt dies dem R. mit und rät, den Vibhīshaṇa als Feind und Spion zu töten. R. fordert die Affen zur Beratung auf. Aṅgada, Çarabha, Jāmbavat und Mainda sprechen ihre Ansicht aus. Zuletzt spricht H. und zwar für die Aufnahme Vibhīshaṇa's. **18.** R.'s Ansicht. Su.'s Erwiderung. R.'s Entgegnung. Su.'s Antwort. R. erwiedert, es sei seine Pflicht, Schutzsuchende zu schützen, drum willfahre er Vibhīshaṇa's Bitte. **19.** Letzterer trägt seine Bitte dem R. vor. Dieser lässt sich von ihm die Streitkräfte der Rākshasa angeben und verspricht ihm die Herrschaft nach dem Siege. R. lässt ihn sofort weihen.

Vibhīshaṇa befragt, wie das Heer über den Ocean gelangen könne, rät Rāma, er solle den Ocean, seinen Verwandten, durch *dharma* zwingen, ihm zu helfen. R. willigte ein und begiebt sich zum Ocean.

20. Çārdūla, ein Spion, kehrt zu Rāv. zurück und berichtet über R.'s Heer. Rāv. schickt seinen Neffen Çuka, um Su. von R. abfällig zu machen. Als Çuka in Vogelgestalt über den Affen erscheint, wird er von diesen ergriffen und misshandelt, aber auf R.'s Fürsprache losgelassen. Er richtet seine Botschaft aus. Su.'s drohende Antwort an Rāv. Auf Aṅgada's Rat wird Çuka von den Affen ergriffen, misshandelt und gefesselt, aber auf R.'s Geheiss losgelassen.

21. Drei Tage liegt R. am Strande, doch Sāgara zeigt sich nicht. Da wird er zornig und schiesst seine Pfeile ins Meer, das in gewaltige Aufregung gerät. **22.** R. legt die Brahma-Waffe auf. Alles gerät in die höchste Erregung. Da zeigte sich Sāgara und verspricht, seinen Wunsch zu erfüllen. Der aufgelegte Pfeil wird nach *drumakulya* abgeschossen, das nun sein Wasser verliert: Maru. Sāgara fährt fort: Nala, des Viçvakarman Sohn, werde die Brücke bauen. Dann verschwindet er. Nala verspricht, die Brücke zu bauen. Auf R.'s Befehl bringen die Affen Bäume, Felsen und Berge herbei. Nach einigen Tagen ist die Brücke fertig und das ganze Heer zieht hinüber.

23. Schreckliche Zeichen verkünden den bevorstehenden Kampf. R. zieht gegen Laṅkā. **24.** Man hört den Lärm der Rākshasa; die Affen antworten mit Gebrüll. Rāma erblickt Laṅkā und ordnet sein Heer. Çuka wird entlassen und berichtet dem Rāv., dass die Affen über das Meer gesetzt seien. Rāv. entbrennt in Kampflust. **25.** Rāv. schickt Çuka und Sāraṇa als Spione aus. Dieselben werden von Vibhīshaṇa ergriffen, aber von R. freigelassen. Beide berichten dem Rāv. über die Stärke der feindlichen Helden. **26.** Rāv. antwortet dem Sāraṇa. Dann steigt er auf den Palast und lässt sich von Sāraṇa die Hauptheerführer der Feinde zeigen. **27.** Dieser zählt dieselben auf und nennt noch einige andere Heerführer. **28.** Çuka nennt die Haupthelden und die Zahl der Truppen. **29.** Rāv. schilt die beiden wegen ihrer Sympathie mit den Feinden und verjagt sie. Dann schickt er andere Spione unter Çārdūla. Diese werden von Vibhīshaṇa gefangen, aber von R. frei gelassen. **30.** Çārdūla berichtet dem Râvaṇa, wie es ihm ergangen, und zählt die Haupthelden der Feinde auf.

31. Da berät sich Râv. mit seinen Räten und entlässt sie. Dann lässt er von Vidyujjihva R.'s Haupt und Bogen hervorzaubern und begiebt sich zu S. Er erzählt ihr, dass in der Nacht Prahasta die Feinde überrascht, R. und viele andere getödtet habe. Zum Beweise zeigt er R.'s Haupt und Bogen. **32.** Klagen der S. (1—32). Râv. wird zum Rat gerufen und befiehlt, das Heer zusammen zu trommeln. **33.** Saramâ tröstet Sîtâ; sie erklärt ihr den Betrug Râvaṇa's. **34.** Saramâ geht auf Bitten der S., um Râv.'s Thun auszukundschaften. Sie berichtet über die vergeblichen Versuche der Mutter und des ältesten Ministers Râv.'s, ihn zur Rückgabe der S. zu bestimmen. **35.** Râv. in der Versammlung. Mâlyavat rät zum Nachgeben. Sie hätten das Recht gegen sich. Schreckliche Zeichen geschähen. **36.** Râv.'s zornige Erwiederung. Er ordnet die Besetzung der Thore an.

37. Im Rate erzählt Vibhîshaṇa, dass vier seiner Räte in Vogelgestalt die Aufstellung der Feinde ausgekundschaftet hätten. R. stellt sein Heer auf und beschliesst, den Suvela zu besteigen. **38.** Mit Vibhîshaṇa und Su. besteigt R., von L. begleitet, den Suvela. Sie sehen Lankâ aus der Höhe, und die Affen sehen, wie eine 2. Mauer gemacht wird. Dort bleiben sie die Nacht. **39.** Sie sehen am Morgen von dort Lankâ mit seinen Wäldern und Hainen. Sie sehen die Stadt Lankâ auf dem Gipfel des Trikûṭa. **40.** R. und Su. besteigen den Suvela und sehen die Stadt Lankâ. Auf einem Thore steht Râv. Su. springt oder fliegt dahin. Zwischen beiden entsteht ein Ringen. Um Râv.'s Zauberkunst zu entgehen, fliegt Su. davon. **41.** R. macht ihm Vorwürfe. Dann befiehlt er dem L., das Heer lagern zu lassen; er beschreibt die Unglückszeichen. Vom Berge herabgestiegen, ordnet er sein Heer vor den Thoren (wie oben) und entsendet Angada zu Râv. mit der Aufforderung zur Unterwerfung oder zum Kampfe. Angada richtet dieselbe aus, wird von den Râkshasa ergriffen, fliegt aber davon und kehrt zurück. Sushena macht die Runde um die Thore.

42. Als dem Râv. verkündet wird, dass Lankâ von den Affen umzingelt sei, gerät er in Wut (hier wird eine andere Aufstellung der Affen angegeben, als oben, 37. Gesang). Er giebt den Befehl zu einem allgemeinen Ausfall. Es erfolgt eine Schlacht. **43.** Die Râkshasa machen einen Ausfall. Eine Reihe von Einzelkämpfen ihrer Haupthelden mit denen der Affen. Einige Râkshasa fallen (Pratapana verliert seine Augen. Agniketu, Raçmiketu, Mitraghna und Yajnakopa. Vajramushṭi? Nikumbha. Vidyunmâlin.) **44.** Der Kampf wird in der Nacht fortgesetzt. R. schlägt seine Angreifer in die Flucht. Angada besiegt den Indrajit, der dann, sich unsichtbar machend, R. und L. durch den Pfeilzauber bindet. **45.** R. schickt 10 Affen aus, um den Indrajit zu suchen.

Doch dieser bleibt unsichtbar und bedrängt R. und L. mit seinen Pfeilen. Mit zahlreichen Wunden bedeckt, stürzen beide regungslos zu Boden. **46.** Die vornehmsten Affen umstehen klagend das gefallene Paar. Nur von Vibhîshaṇa gesehn, schiesst Indrajit seine Pfeile und verwundet die Affenführer. Dann zieht er sich laut prahlend nach Lankâ zurück. Vibhîshaṇa tröstet Su. und ermutigt dann die Truppen. Indrajit aber kehrt in die Stadt zurück und erzählt seinem Vater, was er gethan habe. **47.** Die Affen halten um die beiden Gefallenen Wache.

Râv. lässt durch Râkshasînnen der Sîtâ den Fall der Brüder melden und lässt sie selbst mit der Trijaṭâ im Pushpaka dahin führen, wo sie die Brüder erblickt. **48.** S. sagt: Alle Weissagungen seien widerlegt. Dann erhebt sie Klagen. Trijaṭâ tröstet sie: R. könne nicht tot sein, er sei nur bewegungslos. Darauf kehren sie in den Açokahain zurück.

49. R. gewinnt die Besinnung wieder und klagt wegen L. Dann fordert er Su. und die Affen auf, heimzukehren. Da kommt eilends Vibhîshaṇa herbei und die Affen fliehen, ihn für Indrajit haltend. **50.** Su. wundert sich über die Flucht der Affen. Angada weist ihn auf die Gefallenen hin. Auf Su.'s Befehl veranlasst Jâmbavat die Affen zur Umkehr. Vibhîshaṇa beklagt R. und L. Sugrîva tröstet ihn: er würde Râv. besiegen. Susheṇa sagt, das sei unmöglich, aber es gäbe zwei wunderbare Heilkräuter auf den Bergen Candra und Droṇa, die solle H. holen. — Da kommt Garuḍa, heilt R. und L. vom Pfeilzauber und verabschiedet sich. Im Heere erhebt sich ein Freudenlärm.

51. Als Râv. den Lärm hört, lässt er die Ursache ausfindig machen. Er gerät in grossen Zorn und schickt Dhûmrâksha aus. Diesem erscheinen schreckliche Zeichen, als er durch das westliche Thor gegen H. zieht. **52.** Furchtbares Handgemenge zwischen den Râkshasa und Affen. Dhûmrâksha greift H. an, der dessen Wagen mit einem Felsblock zertrümmert und die Râkshasa in die Flucht schlägt. Dann stürzt sich Dhûmrâksha mit seiner Keule auf H., der ihn mit einem Felsblock zerschmettert. Die Râkshasa ziehen sich nach Lankâ zurück.

53. Auf Râv.'s Geheiss zieht Vajradaṃshṭra aus dem südlichen Thor gegen Angada. Unglückszeichen. Furchtbare Schlacht, in der Angada viele Râkshasa tötet. **54.** Fortsetzung der Schlacht; die Râkshasa werden geschlagen. Zweikampf zwischen Angada und Vajradaṃshṭra, in welchem letzterer unterliegt. Die Râkshasa ziehen sich zurück.

55. Dann zieht Akampana aus unter Unglückszeichen. Furchtbarer Kampf in undurchdringlichen Staubwolken. **56.** Vor dem Ansturm Akampana's fliehen die Affen, sammeln sich aber um den zu Hilfe eilenden H. Zwischen beiden entspinnt sich ein Zweikampf, der mit Akampana's Tode endigt. Die Râkshasa fliehen, die Affen aber preisen H.

57. Am frühen Morgen macht Râv. die Runde bei den Truppen und fordert den Befehlshaber Prahasta auf, gegen den Feind zu ziehen. Dieser willigt ein, giebt den Befehl zum Aufbruch und zieht unter Unglückszeichen zum östlichen Thore hinaus mit seinen Räten Narântaka, Kumbhahanu, Mahânâda und Samunnata. **58.** R. erfährt von Vibhîshaṇa, wer Prahasta ist. Allgemeiner Kampf. Prahasta's 4 Räte fallen. Er selbst schlägt die Affen zurück, bis Nîla sich ihm entgegenstellt. Es entsteht ein Zweikampf zwischen Beiden, in dem Prahasta unterliegt. Das Heer der Râkshasa flieht nach Lankâ zurück.

59. Nachdem Râv. Truppen zur Verteidigung der Thore angewiesen, zieht er mit seinem Heere aus der Stadt. R. lässt sich von Vi. die Haupthelden nennen. Râv. schlägt mehrere Hauptgegner zurück. L. bittet R. um Erlaubnis, mit Râv. kämpfen zu dürfen. Es erfolgt ein Zweikampf zwischen ihnen. Zuletzt wird L. von einer Lanze durchbohrt, Râv. aber durch einen Faustschlag betäubt. H. bringt L. zu R. Darauf greift R., von H. getragen, den Râv. an, entwaffnet ihn und schickt ihn nach Lankâ zurück.

60. Râv. giebt Befehl, den Kumbhakarṇa zu wecken. Nach langem Bemühen gelingt es endlich den Râkshasa. Auf Râv.'s Wunsch begibt sich der schreckliche Riese zu ihm.

61. Von R. befragt erzählt Vi. wer der Riese sei: dass er, von Prajâpati verflucht, 6 Monate schlafe und einen Tag wache. Râma giebt Befehl, dass die Truppen vor den Thoren gerüstet bleiben.

62. Kumbhakarṇa kommt zu Râv., von dem er die Lage der Dinge erfährt. **63.** Kumbhakarṇa macht ihm Vorwürfe, dass er früher guten Rat in den Wind geschlagen habe. Râv. sagt, er fordere Hülfe, nicht Belehrung. Kumbh. verspricht die Feinde zu vernichten. Er würde selbst die Götter besiegen können. **64.** Mahodara belehrt Kumbh. über *nîti* und schlägt dem Râv. vor, sie wollten R. bekämpfen. Sollten sie ihn nicht besiegen, so solle er doch den Sieg feiern, S. dadurch täuschen und für sich gewinnen. **65.** Kumbh. schilt den Mahodara und bittet Râv., allein gegen die Feinde ziehen zu dürfen. Er bewaffnet sich mit seinem Çûla, und Râv. schmückt ihn. Dann zieht der furchtbare Riese gegen die Feinde aus. **66.** Die Affen fliehen erschreckt, als sie Kumbh. erblicken, doch Angada führt sie in die Schlacht zurück. Sie werden besiegt und fliehen. Nur mit Mühe gelingt es Angada, sie zum Standhalten zu bringen. **67.** Kumbh. vernichtet zahlreiche Affen. Verschiedene Einzelkämpfe mit Führern. So mit Sugrîva, der betäubt durch einen Schlag von ihm im Triumph in die Stadt getragen wird, aber zu sich gekommen ihm Nase und Ohren abschneidet und davon fliegt. Kumbh. verschlingt nun scharenweise die Affen, bis sich L. ihm kämpfend in den Weg stellt. Den fragt er nach R., und als er ihm gezeigt wird, stürzt er sich auf ihn. R. verwundet ihn mit seinen Pfeilen und entwaffnet ihn. Auf R.'s Rat bedecken die Affen Kumbhakarṇa's Leib, aber er schüttelt sie ab. R. schiesst mit seinen göttlichen Pfeilen ihm die Arme, die Beine, zuletzt den Kopf ab. Siegesfreude. 68. Râv.'s Klagen über Kumbhakarṇa's Tod.

69. Triçira's tröstet Râv. und zieht mit Narântaka, Devântaka und Atikâya, Râv.'s Söhnen, begleitet von Yuddhonmatta (Mahodara) und Matta (Mahâpârçva), Râv.'s Brüdern, in den Kampf. Es erfolgt ein furchtbares Gemetzel zwischen Affen und Riesen. Narântaka wütet in der Schlacht. Da zieht, von Su. geschickt, Angada gegen ihn und tötet ihn im Zweikampfe. (70?) Triçiras, Devântaka und Mahodara stürzen sich auf Angada, dem schliesslich H. und Nîla zu Hülfe kommen. Nîla tötet den Devântaka, und als sich Mahodara gegen ihn wendet, auch diesen. Dann kämpft H. mit Triçiras, Râv.'s Sohn, und schlägt ihm mit dem Schwerte die drei Häupter ab. Dann stürzt sich Matta (Mahâpârçva) Râvaṇa's Bruder, auf Ṛishabha, der ihn aber nach längerem Kampfe tötet. 71. Nun zieht Atikâya zu Felde. Vi. sagt dem Râma, dass jener der Sohn Râvaṇa's mit Dhânyamâlinî sei; ihm könnten die Affen nicht standhalten. L. stellt sich ihm entgegen. Sie kämpfen erst mit gewöhnlichen, dann mit göttlichen Waffen; zuletzt benutzt L. auf Vâyu's Rat die Brahma-Waffe, mit der er den Atikâya enthauptet.

72. Râv. beklagt alle seine Verluste und befiehlt alsdann, strenge über die Verteidigung zu wachen. 73. Râkshasa melden dem Râv. den Tod seiner Brüder und Söhne. Indrajit verspricht, den R. und L. zu töten. Er zieht in die Schlacht. Râv. opfert dem Agni und beopfert die Waffen Indrajit's. Dieser tötet massenhaft gewöhnliche Affen und verwundet die Haupthelden. Sich unsichtbar machend, überschüttet er alle mit seinen Geschossen; so bedrängt er auch R. und L. und verkündet zurückgekehrt dem Râv. seine Thaten.

74. Während der Nacht machen Vi. und H. die Runde auf dem Schlachtfeld, um den Verwundeten beizustehen. Sie finden Jâmbavat, der H. auffordert, vom Kailâsa die 4 Heilkräuter zu holen. Er fliegt dorthin, aber die Kräuter verbergen sich. Da nimmt er den ganzen Berggipfel mit. Durch den Duft der Kräuter werden alle Verwundeten, R. und L. wieder geheilt. H. schafft den Berg wieder an seine Stelle

75. Auf Su.'s Rat legen die Affen nach Sonnenuntergang Feuer an die Häuser von Lankâ. Während alles in Flammen steht, vernichtet R. mit seinen Pfeilen das Gopura. Die Affen sammeln sich vor dem Thor mit ihren Feuerbränden. Die Haupthelden der Râkshasa: Kumbha, Nikumbha (Kumbhakarṇa's Söhne), Yûpâksha, Çoṇitâksha, Prajangha und Kampana ziehen in die Schlacht auf Râv.'s Geheiss. Es wird mit grosser Erbitterung gekämpft. 76. Angada besiegt den Kampana, dann kämpft er mit Çoṇitâksha. Darauf stürzen Prajangha und Yûpâksha auf ihn, dem sich Mainda und Dvivida zugesellen. Es entsteht zwischen diesen

drei Paaren ein heftiger Kampf, in dem zuletzt Prajangha von Angada, die beiden andern von Mainda und Dvivida getötet werden. Darauf tritt Kumbha in den Kampf ein und überwindet Angada. Da kommen ihm auf R.'s Befehl Jâmbavat, Sushena und Vegadarçin zu Hülfe, vermögen aber nichts gegen Kumbha. Zuletzt stellt sich Su. dem Gegner entgegen und nach langem Zweikampf gelingt es ihm, ihn zu töten. **77.** Jetzt zieht Nikumbha heraus, es entsteht ein Zweikampf zwischen ihm und H., der ihm zuletzt den Hals umdreht. **78.** Râv. schickt Makarâksha, Khara's Sohn, gegen die Feinde, mit grosser Heeresbegleitung, unter unglücklichen Vorzeichen. **79.** R. erlegt den Makarâksha im Zweikampf.

80. Râv. fordert Indrajit auf zum Kampfe gegen Râma. Er bringt ein Opfer dar und besteigt den Wagen, auf dem er unsichtbar ins Feld zieht. Er überschüttet Alle, namentlich R. und L., mit seinen Pfeilen. **81.** Er kehrt in die Stadt zurück und kommt aus dem w. Thore mit einer hervorgezauberten Sîtâ auf seinem Wagen wieder heraus. Diese misshandelt und enthauptet er vor den Augen L.'s, H.'s und der Affen. **82.** H. versucht vergeblich, Indrajit mit einem Fels zu erschlagen. Nach längerem Kampfe lässt er das Heer sich zurückziehen. **83.** R. schickt Jâmbavat mit seinem Heere dem H. zu Hülfe. Dieser kommt selbst und berichtet die Ermordung der Sîtâ. R. stürzt zu Boden, L. fängt ihn auf, hält eine gottlose Rede und tröstet ihn.

84. Vi. kommt herbei und klärt den Sachverhalt mit Sîtâ auf. Jetzt opfere Indrajit in der Nikumbhilâ, wodurch er unbesiegbar würde; L. solle ihn in seinem Zauberwerke stören. **85.** Da R. ihn nicht recht verstanden, sagt Vibhîshaṇa, dass die Posten ausgestellt seien, und wiederholt dann das über Indrajit's Opfer gesagte. Auf R.'s Befehl ziehen L., H. und Vi. mit grossem Heere zur Nikumbhilâ. **86.** Auf Vi.'s Rat überfällt L. mit den Seinigen das feindliche Heer und bringt es in Verwirrung. Indrajit kommt zu Hülfe. Er wendet sich gegen L. Vi. zeigt dem L. den Indrajit. **87.** Vi. zeigt dem L. die Opferstätte Indrajit's, und als dieser herbeikommt, fordert er L. zum Kampfe auf. Indrajit wirft Vi. seinen Abfall vor; Vi. antwortet. **88.** Nachdem sie einige Worte gewechselt, beginnen Indrajit und L. den Zweikampf, der lange dauert, obschon beide die Rüstung verlieren. **89.** Vi. feuert die Affen und Bären zum Kampfe gegen die Râkshasa an. Liste der bereits gefallenen Râkshasa (v 10—14). L. und Indrajit kämpfen weiter. L. tötet Indrajit's Wagenlenker, und 4 Affen die Pferde desselben. **90.** Während die beiden Heere handgemein sind, geht Indrajit in die Stadt und kehrt mit neuem Wagen in die Schlacht zurück. R. tötet den Wagenlenker, Vi. die Pferde desselben. Indr. und L. kämpfen mit göttlichen Waffen. Indrajit fällt. Flucht der Râkshasa, Triumph Lakshmaṇa's etc.

91. Râma begrüsst L. nach dem Siege. Sushena heilt L. von seinen Wunden mit dem Wunderkraut und ebenso alle verwundeten Affen. **92.** Râv. jammert über den Tod seines Sohnes und verlangt, Rache an den Feinden zu nehmen. Er eilt in den Açokahain, um Sîtâ zu ermorden, steht aber auf Supârçva's Rat von seinem Plane ab. **93.** Râv. schickt sein Heer in die Schlacht, R. richtet ein grosses Blutbad in ihm an. **94.** Die Râkshasînnen jammern über den Verlust ihrer Angehörigen und klagen laut Râv. an. **95.** Râv. fordert Mahodara, Mahâpârçva und Virûpâksha auf, das Heer gegen die Feinde zu führen; er würde Rache für die Gefallenen nehmen. Auf prächtigem Wagen an der Spitze eines ungeheuren Heeres zieht er hinaus gegen R. und und L. trotz zahlreicher Unglückszeichen, und richtet ein grosses Blutbad unter den Affen an.

96. Unterdessen wütet Su. gegen die Râkshasa und gerät in Kampf mit Virûpâksha, dem er die Schläfe zerschmettert. **97.** Râv. schickt Mahodara in die Schlacht. Su. kämpft mit ihm und schlägt ihm zuletzt das Haupt ab. **98.** Danach gerät Mahâpârçva in Kampf mit Angada, der ihn nach längerem Streit durch einen Faustschlag auf die Brust tötet.

99. Nun tritt Râv. auf. Nachdem er L.'s Angriff zurückgeschlagen, bekämpfen er und Râma sich mit Pfeilen. **100.** Sie fahren fort mit, göttlichen Waffen zu streiten. L. mischt sich in den Kampf und schützt Vi. vor Râv.'s Angriff. Doch wird er selbst von ihm mit einer Lanze durchbohrt. R. überlässt seinen Bruder dem H. und Su., er selbst habe jetzt seiner grossen Aufgabe allein zu gedenken und seinen Hauptgegner endlich zu töten. **101.** R. ergeht sich vor Sushena in Klagen über L.'s Tod. Sushena sucht ihn zu trösten, L. sei nicht tot. Er fordert H. auf, die 4 Heilkräuter vom südlichen Gipfel zu bringen. H. bringt, da er die Kräuter nicht erkennt, den ganzen Berg und Sushena heilt mit den Kräutern L., der den R. auffordert Râv. zu töten. **102.** Als die Götter sahen, dass R. zu Fusse gegen Râv. auf seinem Wagen kämpfte, baten sie Indra, ihm zu helfen. Dieser schickt ihm Mâtali mit seinem Wagen, auf dem allerlei Waffen sind. R. besteigt Indra's Wagen und bekämpft aufs neue Râv. Der aber setzt ihm und Indra's Gefährt arg mit seinen Geschossen zu, so dass die Götter selbst in Furcht und Râma in gewaltigen Zorn geraten. Râv. schleudert seinen furchtbaren Çûla gegen R., doch dieser vernichtet denselben mit Indra's Lanze. **103.** Sie fahren fort sich mit Pfeilen zu beschiessen. R. droht Râv. und bedrängt ihn dann so mit seinen Geschossen, dass Râv.'s Wagenlenker eiligst den Wagen aus der Schlacht zurückführt. **104.** Râv. schilt seinen Wagenlenker wegen seiner feigen Flucht. Derselbe entschuldigt sich und kehrt auf Râv.'s Geheiss wieder um. **105.** Da kommt Agastya und übergiebt R. einen Hymnus an die Sonne. R. betet mit diesem Hymnus zur Sonne. **106.** R. fährt auf seinem Wagen gegen

Râv. Dieser nähert sich auf dem seinigen. Dem Râv. zeigen sich unglückliche Omina, dem R. glückliche. **107.** R. und Râv. überschütten sich mit Pfeilen und anderen Geschossen. Die Götter schauen dem furchtbaren Kampfe zu, in dem R. keinen Schaden leidet. Vergeblich schiesst er dem Râv. einen Kopf um den anderen ab, immer wächst ein neuer hervor. So dauert der Kampf Tag und Nacht. **108.** Auf Mâtali's Aufforderung wendet R. die Brahma-Waffe an und durchbohrt mit ihr Râv.'s Herz. Beim Fall Râv.'s Freude der Affen, Flucht der Râkshasa. Die Götter preisen Râma.

109. Vibhîshaṇa betrauert seinen gefallenen Bruder. R. tröstet ihn und ordnet Râvaṇa's feierliche Bestattung an. **110.** Klagen der Râkshasînnen bei der Leiche. **111.** Klagen der Maṇḍodarî (Râv.'s Hauptgemahlin). Feierliche Bestattung Râvaṇa's. **112.** Nachdem die Götter sich entfernt, entlässt R. den Mâtali mit Indra's Wagen und lässt dann Vibhîshaṇa in Lankâ feierlich weihen. Den H. schickt er mit einer Botschaft zu Sîtâ.

113. H. richtet die Botschaft aus. Freude der Sîtâ. H. will die Râkshasînnen töten. Sîtâ hindert es. S.'s Wunsch, den R. zu sehn. H. sagt, er würde bald in Erfüllung gehen. **114.** R. lässt durch Vibhîshaṇa die Sîtâ herbeiführen und verbietet letzterem, die zuschauenden Affen fort zu schicken. So trifft Sîtâ ihren Gatten wieder. **115.** R. verkündet ihr seinen Sieg und verstösst sie dann. **116.** Sîtâ's Antwort. Sie bittet L., einen Scheiterhaufen herzurichten, und stürzt sich vor aller Augen ins Feuer. **117.** Die Götter erscheinen und verherrlichen Râma als Vishṇu. **118.** Da erhebt sich Agni aus dem Feuer und übergiebt dem Râma die Sîtâ. Er erklärt, nie selbst an ihrer Reinheit gezweifelt zu haben.

119. Çiva preist R. Daçaratha erscheint, begrüsst und ermahnt ihn zum Guten. **120.** Indra willfährt R.'s Bitte, dass alle gefallenen Affen das Leben wieder erlangen sollten. Nachdem die Götter R. aufgefordert, nach Ayodhyâ zurückzugehen, kehren sie in den Himmel zurück. **121.** R. lehnt ab, von Vi. bewirtet zu werden, nimmt aber den angebotenen Wagen Pushpaka zur Heimfahrt an. **122.** Auf R.'s Aufforderung teilt Vibhîshaṇa Schätze an die Affen aus. Dann besteigt R. mit den Seinigen das Pushpaka und entlässt die Affen. Diese aber bitten, mitgehen zu dürfen. Sie thuen es mit R.'s Einwilligung.

123. Während Pushpaka's Flug durch die Luft zeigt Râma der Sîtâ die denkwürdigen Stätten ihres Zuges. In Kishkindhâ werden auf Sîtâ's Bitte die Affenfrauen aufgenommen. So geht die Fahrt weiter nach Ayodhyâ. **124.** Besuch bei Bharadvâja, auf dessen Geheiss 3 Meilen um Ayodhyâ Fruchtbäume an den Wegen entstehen. **125.** Râma schickt H. als Boten zu Guha und Bharata. Letzteren trifft er in dem Haine von Nandigrâma. Bh.'s Freude über die frohe Botschaft. **126.** H. erzählt ihm R.'s Thaten. **127.** Von Bh. beauftragt lässt Çatrughna die Stadt schmücken. Die Städter, Bharata und Çatrughna, die Mütter ziehen Râma entgegen und werden nach einer Weile seiner auf dem Pushpaka ansichtig. R. nimmt sie auf das Pushpaka. Gegenseitige Begrüssung. Bh. übergiebt in seiner Einsiedelei dem R. die Herrschaft. R. entlässt das Pushpaka zu Kubera. **128.** Feierliche Königsweihe Râma's. Beschenkung des Volkes und der Gäste. Entlassung der Affen und Vibhîshaṇa's. Segen der Herrschaft Râma's. (phalastuti.)

[In B ist C 101 zu drei Gesängen erweitert B. 82—84. In denselben ist die Darstellung überall unbeholfen und beinahe albern, die Sprache hölzern. Flickwörter: tu, hi, vai etc. werden vielfach missbraucht, und auch die Verwendung von Verbalcomposita, statt der Simplicia, verrät den ungeschickten Dichter späterer Zeit. Es finden sich folgende metrische Fehler: v. 86 Anuyâtum sa Samudrer, v. 94 moktu(m) kâmam Vâyusutah, v. 108 Pancavaṭîsamsthite ca, v. 116 hâ Râma, hâ Lakshmaṇa, v. 118 dîrgh amâtyam yena kulam, v. 135 uvâca caiva Mârutim.

82. R. gerät in Verzweiflung, da er L. durch die Lanze getötet glaubt. Su. tröstet ihn. Der Arzt Susheṇa constatirt, dass das Leben noch nicht von L. gewichen sei, und rät, das Wunderkraut vom Gandhamâdana zu holen. H. verspricht, es herbeizuschaffen. Nachdem ihm Sugrîva und Susheṇa Warnungen auf den Weg mitgegeben, fliegt er durch die Luft davon. Râvaṇa bemerkt ihn und schickt ihm den Kâlanemi nach, damit dieser als Büsser verkleidet ihm in einer hervorgezauberten Einsiedelei den Untergang bereite. Als H. über Nandigrâma dahin fliegt, will ihn Bharata mit einem Pfeile niederstrecken. Da giebt er sich und den Zweck seiner Reise zu erkennen und erzählt R.'s Erlebnisse. Endlich entlassen gelangt er zu der Einsiedelei, wird von Kâlanemi empfangen und an den See geführt, wo ihn eine grâha erfasst. H. zerreisst sie aber mit seinen Nägeln, worauf sie als eine Apsaras in die Luft fährt und sagt, dass sie, Gandhakâlî, von einem Muni zu ihrem Los verflucht und jetzt davon befreit sei. Er kehrt dann in die Einsiedelei zurück, erkennt in dem scheinbaren Büsser einen Râkshasa und erlegt ihn im Zweikampf. **83.** Als H. den Gandhamâdana besteigt, stellen sich die Gandharva, die Unterthanen von Hâhâ und Hûhû, ihm entgegen. Er macht sie alle, 3 Milliarden an Zahl, nieder. Dann reisst er den Gipfel des Berges aus und bringt ihn nach Lankâ. Susheṇa findet das Kraut und heilt damit Lakshmaṇa. **84.** Hanumat bringt den Berg zurück und tötet unterwegs die ihm von Râvaṇa nachgesandten Râkshasa: nur Tâlajangha entkommt.]

Uttara-Kaṇḍa.

1[1]. Die Rishi aller Länder mit Agastya an der Spitze kommen zu Râma und werden vom Thürhüter angemeldet, vor ihn geführt und feierlich von ihm empfangen. Die Rishi preisen ihn wegen seines Sieges, namentlich aber wegen der Besiegung Indrajit's. Neugierig fragt Râma, weshalb sie Indrajit für stärker als die übrigen Râkshasa hielten. Sie möchten ihm dessen Geschichte erzählen.

2. Agastya erzählt: Im Kṛitayuga lebte der Sohn des Prajâpati Pulastya. Als er einst auf dem Meru in Tṛiṇabindu's Einsiedelei Askese übte, kamen schöne Mädchen dorthin. Über diese Störung erzürnt, flucht er, dass diejenige schwanger werden sollte, die sich dort sehen liesse. Die übrigen hören den Fluch und meiden den Ort, nur Tṛiṇabindu's Tochter hatte ihn nicht gehört, kommt dorthin und wird schwanger. Als ihr Vater dies erfährt, giebt er sie dem Pulastya zur Frau. Sie gewinnt seine Zufriedenheit und gebiert ihm den Viçravas, der seinem Vater an Frömmigkeit glich. 3. Dem Viçravas gab Bharadvâja seine Tochter Devavarṇinî. Er erzeugte mit ihr einen Knaben, namens Vaiçravaṇa. Als dieser lange Busse gethan, wird ihm Brahman geneigt und verleiht ihm die 4. Welthüterstelle (neben Yama, Indra und Varuṇa) als Herr der Schätze und dazu den himmlischen Wagen Pushpaka. Von seinem Vater wird ihm zum Wohnort Lankâ, die von Viçvakarman auf dem Gipfel des Berges Trikûṭa jenseits des südlichen Weltmeeres erbaute und von den Râkshasa verlassene Stadt, angewiesen. Dort finden sich die Râkshasa wieder ein. Vaiçravaṇa besucht voller Pietät dann und wann seine Eltern.

4. Râma fragt nach dem Ursprung der Râkshasa, wenn sie nicht von Pulastya abstammten, und dem Grunde ihrer Vertreibung aus Lankâ. Agastya erzählt, dass Prajâpati, als er das Wasser geschaffen, zu dessen Schutze Wesen angewiesen hätte. Diese hätten gesagt: rakshâmaḥ, andere: yakshâmaḥ. So seien die Râkshasa und Yaksha entstanden. Die beiden Fürsten der Râkshasa waren Praheti und Heti. Letzterer zeugte mit Bhayâ, Kâla's Schwester, den Vidyutkeça. Dieser heiratete der Sandhyâ Tochter Sâlakaṭaṅkaṭâ, die einen Sohn

---

1) Ich habe den ersten Teil des Uttarakâṇḍa bis zum 37. Gesang Râvaṇeïs genannt. Dieses Stück, dem die Vorgeschichte Hanumat's, Gesang 35 und 36 angefügt ist, bildet einen besonderen, in sich abgeschlossenen Cyklus. Die Fortsetzung des echten Râmâyaṇa beginnt mit dem 37. Gesang, der direkt an das Ende des 6. Buches anknüpft. Zur besseren Übersicht gebe ich hier den Stammbaum des Râvaṇa.

Pulastya

mit Devavarṇinî — Viçravas — mit Kaikasî, Sumâli's Tochter

Vaiçravaṇa — Râvaṇa, Kumbhakarṇa, Çûrpaṇakhâ und Vibhîshaṇa

gebar und ihn verliess. Den weinenden Knaben erblickten Çiva und Umâ. Letztere machte ihn seiner Mutter gleichaltrig, ersterer unsterblich; dazu schenkte er ihm die in der Luft fliegende Stadt. Umâ verlieh den Râkshasînnen, dass sie sogleich nach der Empfängniss gebären und die Söhne ihnen gleichalterig sein sollten. 5. Der Sohn hiess Sukeça. Ihm gab der Gandharva Grâmaṇî seine Tochter Devavatî. Mit ihr erzeugte Sukeça den Mâlyavat, Sumâli(n) und Mâli(n). Diese thaten auf dem Meru Busse, sodass ihnen Brahman Unbesiegbarkeit und langes Leben verlieh. Darauf bekämpften sie Götter und Dâmonen. Ihnen weist Viçvakarman die von ihm erbaute Stadt Laṅkâ auf dem Trikûṭa als Zuflucht an. Die drei Brüder heirateten die drei Töchter der Gandharvîn Narmadâ. Mâlyavat erzeugt mit Sundarî: Vajramushṭi, Virûpâksha, Durmukha, Suptaghna, Yajñakopa, Matta, Unmatta und Analâ; Sumâlî mit Ketumatî: Prahasta, Akampana, Vikaṭa, Kâlikâmukha, Dhûmrâksha, Daṇḍa, Supârçva, Saṃhrâdin, Praghasa, Bhâsakarṇa, Râkâ, Pushpotkaṭâ, Kaikasî, Kumbhînasî; Mâli mit Vasudâ: Anila, Anala, Hara und Sampâti, des Vibhîshaṇa Räte. 6. Die von den drei Brüdern bedrängten Götter wenden sich um Hülfe an Çiva; der weist sie an Vishṇu, welcher ihnen Beistand zusagt. Mâlyavat, der dies in Erfahrung gebracht hatte, teilt es seinen Brüdern mit. Darauf ziehen die Râkshasa zum Streit gegen die Götter aus unter ungünstigen Vorzeichen. Vishṇu zieht ihnen auf dem Garuḍa entgegen. 7. Vishṇu aber treibt durch den Ton des Pâñcajanya und die Pfeile seines Bogens das Heer der Râkshasa zurück nach Laṅkâ. Mâli kämpft mit Vishṇu, der ihn zuletzt mit dem *cakra* enthauptet. Sumâli und Mâlyavat fliehen mit dem Heere nach Laṅkâ. Grosse Niederlage der Râkshasa. 8. Auf der Flucht sich umwendend, leistet Mâlyavat dem Vishṇu tapfern Widerstand. Doch zuletzt verjagt Garuḍa ihn mit seinen Flügeln. Die Râkshasa mit Sumâli an der Spitze ziehen sich aus Laṅkâ in die Unterwelt zurück.

9. Sumâli schickt seine Tochter Kaikasî zu Viçravas, damit sie ihn sich zum Gatten erwähle. Sie kommt zu ihm, während er der Askese obliegt. Befragt über den Grund ihres Kommens, lässt sie ihn denselben erraten. Er nimmt sie als sein Weib an; weil sie aber zu unpassender Zeit gekommen sei, solle sie schreckliche Kinder gebären; doch auf ihr Bitten mildert er dies dahin, dass ihr letzter Sohn ihm ähnlich sein solle. Sie gebiert Daçagrîva, Kumbhakarṇa, Çûrpaṇakhâ und Vibhîshaṇa. Die ersten drei sind gottlos, letzterer gerecht. Einst besucht Vaiçravaṇa auf dem Pushpaka seinen Vater. Voller Neid stachelt Kaikasî den Daçagrîva auf, ihm gleich zu werden. Zu dem Zwecke beschliesst Daçagrîva mit seinen Brüdern, Askese zu üben. 10. Kumbhakarṇa liegt 1000 Jahre im Sommer zwischen zwei Feuern, den Winter über im Wasser. Vibhîshaṇa steht 5000 Jahre lang auf einem Fusse, 5000 Jahre lang blickt er in die

Sonne. Daçânana fastet 1000 Jahre und opfert dann einen seiner Köpfe im Feuer. Als er so seinen 10. Kopf abschneiden will, erscheint der Pitâmaha. Den bittet er um Unsterblichkeit, doch als diese ihm verweigert wird, um Unbesiegbarkeit durch göttliche Wesen; denn vor andern fürchte er sich nicht. Pitâmaha (Prajâpati) gewährt ihm dies und ferner, dass seine geopferten Köpfe ihm auf's neue wüchsen und er seine Gestalt nach Belieben wechseln könne. Vibhîshaṇa bittet, dass er stets gerecht sein möge, worüber erfreut ihm Pitâmaha auch noch die Unsterblichkeit verleiht. Als der Prajâpati dem Kumbhakarṇa eine Wahlgabe gewähren will, bitten die Götter, dass er nicht zum Unheil der Welt dies thun könne. Darauf begiebt sich auf Pitâmaha's Geheiss Sarasvatî in Kumbhakarṇa's Mund, und als derselbe nun seine Bitte thun soll, wählt er langen Schlaf. Dann verlässt ihn Sarasvatî und er merkt, dass er betrogen ist (vergl. aber VI 61).

11. Nun kommt Sumâli mit Mârîca, Prahasta, Virûpâksha und Mahodara aus der Unterwelt zu Daçagrîva und fordern ihn auf, Vaiçravaṇa aus Lankâ zu vertreiben. Daçagrîva lehnt es ab, feindlich gegen seinen Bruder zu handeln. Später beseitigt Prahasta sein Bedenken durch Hinweis auf den Kampf der Götter und Daitya, die ja von Schwestern abstammten. Darauf schickt er Prahasta als Boten zu Vaiçravaṇa mit der Aufforderung, ihm Lankâ abzutreten. Vaiçravaṇa antwortet, die Stadt sei ihm vom Vater geschenkt worden, Râvaṇa möge zu ihm kommen und mit ihm die Herrschaft geniessen. Dann geht er zu seinem Vater, um sich Rats zu erholen. Dieser rät ihm vom Streit mit Râvaṇa ab und weist ihm den Kailâsa als Wohnsitz an. Râvaṇa aber und die übrigen Râkshasa nehmen von Lankâ Besitz.

12. Çûrpaṇakhâ heiratet Vidyujjihva. Auf der Jagd trifft Râvaṇa den Maya mit einem Mädchen. Dieser erzählt, dass er von seiner geliebten Frau, der Apsarase Hemâ, verlassen, sich die goldene Stadt erbaut habe. Später sei er mit seiner mannbaren Tochter in den Wald gezogen. Auch habe er noch 2 Söhne, Mâyâvin und Dundubhi. Nachdem Râv. gesagt, wer er sei, vermählt Maya seine Tochter Mandodarî mit ihm und schenkt ihm die nie fehlende Lanze (mit der er Lakshmaṇa verwundete). Râv. verheiratet seine beiden Brüder, Kumbhakarṇa mit Vajrajvâlâ, der Tochter Vairocana's, und Vibhîshaṇa mit des Gandharvakönigs Çailûsha's Tochter Saramâ (Etymol. dieses Namens v. 27). — Die Mandodarî gebiert den Meghanâda, der später Indrajit genannt wird.

13. Als den Kumbhakarṇa die Schlafsucht befällt, lässt Râv. ihm eine geräumige Wohnung herrichten, in der er viele Jahrtausende schläft. Râv. verwüstet die Haine der Götter, worüber entsetzt Vaiçravaṇa einen Boten zu ihm schickt. Dieser erzählt, dass Vaiçravaṇa auf dem Himâlaya Busse gethan. Da sei Çiva mit seiner Gemahlin gekommen. Letztere hätte er mit dem linken Auge angesehn, worauf das Auge ihm verbrannt und gelb geworden sei (daher sein Name Ekâkshipiṅgalin). Als er seine Busse weitere 800 Jahre fortgesetzt habe, sei Çiva ihm geneigt geworden und habe ihm seine Freundschaft angeboten. Durch ihn habe er Kunde erhalten von Râv.'s gottlosem Thun; er möge dasselbe lassen. Râv. gerät in Wut über diese Mahnung seines Bruders und zerhaut mit seinem Schwerte den Boten in Stücke, die von den Râkshasa gefressen werden. **14.** Râv. bricht mit seinen 6 Räten: Mahodara, Prahasta, Mârîca, Çuka, Sâraṇa und Dhûmrâksha nach dem Kailâsa auf. Als Vaiçravaṇa dessen Ankunft erfährt, schickt er ihm das Heer der Yaksha entgegen. Doch diese werden in die Flucht geschlagen. Ebenso ergeht es dem Yaksha Saṃyodhakaṇṭaka, nachdem er den Mârîca zum Fall gebracht hatte. Râv. dringt nun in das Thor ein und zerschmettert den Thorhüter Sûryabhânu, worauf alle Yaksha fliehen. **15.** Da schickt Vai. den Yakshakönig Mâṇibhadra (Mâṇicâra), der aber mit seinem Heere besiegt wird. Nun kommt Vai. selbst, begleitet von seinen Dienern: Çukra, Praushṭhapada, Padma und Çankha. Er macht dem Râv. heftige Vorwürfe; dann kämpfen sie mit einander. Zuletzt wird Vai. durch einen Keulenschlag betäubt, Râvaṇa nimmt den Wagen Pushpaka als Beute und steigt vom Kailâsa hinunter. **16.** Râv. gelangt in den Çaravaṇa, Skanda's Geburtsstätte. Vor einem Berge bleibt das Pushpaka plötzlich unbeweglich stehen. Während Mârîca nach der Ursache hievon rät, erscheint Nandin, Çiva's Diener, und sagt, auf dem Berge ergehe sich Çankara, darum dürfe Niemand ihn betreten. Râv. lacht über den affenköpfigen Nandin, worauf dieser ihm flucht, dass die Affen einst sein Geschlecht ausrotten würden. Als nun Râv., um den Berg zu entwurzeln, ihn mit beiden Armen umspannt und ihn schüttelt, drückt Çankara mit seiner Zehe darauf, sodass Râv. vor Schmerz laut aufbrüllt. Auf Rat seiner Gefährten preist er den Çiva, der sich ihm zuletzt geneigt zeigt und ihm den Namen Râvaṇa giebt. Auf seine Bitte giebt er ihm auch das Schwert Candrahâsa. Râv. steigt zur Erde hinab und besiegt viele Kshatriya.

17. Im Himâlaya trifft Râv. die büssende Vedavatî. Sie erzählt ihm, dass ihr Vater Kuçadhvaja sie nur dem Vishṇu habe geben wollen, worüber erzürnt Çambhu, der König der Daitya, ihn getötet habe. Um den Vishṇu zum Gemahl zu erlangen, thue sie Busse. Râv. macht ihr übermütig einen Antrag, den sie zurückweist. Da ergreift er sie bei den Haaren; sie aber schneidet die Haare mit der andern Hand, die zu einem Schwerte wird, ab und stürzt sich ins Feuer mit dem Wunsche, dass sie in einem künftigen Leben seinen Tot herbeiführen möge. Sie wird später als Sîtâ wiedergeboren.

18. Weiter fahrend gelangt Râv. nach Uçîrabîja, wo König Marutta unter Saṃvarta's Leitung in Gegenwart der Götter ein Opfer darbrachte. Erschreckt verwandeln sich die Götter in Tiere: Indra in einen Pfau, Yama in eine Krähe, Kubera in eine Eidechse und Varuṇa in eine Gans. Râv. fordert den König zum Kampf oder zur Unterwerfung auf. Als er sich nach einigen ironischen Gegenworten zum Kampfe bereitet, hält ihn Saṃvarta zurück. Râv. betrachtet dies als Unterwerfung, verschlingt die anwesenden Ṛshi und zieht weiter. Die Götter aber verleihen den Tieren, deren Gestalt sie angenommen hatten, die Vorzüge, die sie jetzt besitzen, bis dahin aber noch nicht besassen.

19. Dem Râv. unterwerfen sich die Könige: Dushkanta, Suratha, Gâdhi, Gaya und Purûravas. Anaraṇya, König von Ayodhyâ, nimmt den Kampf an. Sein Heer wird in die Flucht geschlagen, er selbst nach tapferer Wehr von Râv. durch einen Faustschlag zu Boden geschleudert. Sterbend flucht er ihm, dass ein Spross aus seinem Geschlecht, Râma, ihn töten werde (vergl. VII 60, 8 ff.).

20. Râv. trifft den auf einer Wolke stehenden Nârada an, der sich mit seiner Tapferkeit zufrieden erklärt, aber ihm vorwirft, dass er die gequälte, dem Tode ja ohnehin verfallene Menschheit bekämpfe. Er solle den Todesgott selbst besiegen. Râv. nimmt diesen Vorschlag bereitwillig an. **21.** Nârada eilt zu Yama Vaivasvata, um ihn vorzubereiten. Da zieht schon auf dem Pushpaka Râv. in die Unterwelt ein. Er sieht die Strafen der Bösen und die Freuden der Glückseligen. Als er die Bestraften in Freiheit setzt, gerät er in Kampf mit den Dienern Yama's. Von allen Seiten stürmen sie kämpfend gegen Râv. und seine Räte an. Zuletzt verbrennt Râv. sie mit der Pâçupata-Waffe. **22.** Nun zieht Yama selbst auf seinem Wagen gegen Râv. zu Felde. Es entsteht ein langer furchtbarer Kampf, in dem Râv.'s Räte vor dem Mṛtyu fliehen. Zuletzt ergreift Yama den Kâladaṇḍa, um ihn gegen Râvaṇa zu schleudern. Doch der Pitâmaha bittet ihn, dass er nicht sein Wort, den dem Râv. gewährten Wunsch, unwahr machen möge. Yama willfährt ihm und verschwindet, da er Râv. nicht töten darf. Der aber feiert seinen Sieg.

23. Râv. will nun Varuṇa aufsuchen. Er unterwirft die Nâga in Bhogavatî, wo Vâsuki herrscht. Dann kämpft er mit den Nivâta-kavaca Daitya, bis Pitâmaha ihnen zu einem Bündnis rät. Darauf besiegt er die Kâlakeya in Açmanagara und tötet seinen Schwager Vidyujjihva und 400 Daitya. Zuletzt gelangt er nach Varuṇa's Wohnsitz, wo die göttliche Kuh Surabhi weilt. Er erschlägt die Thorwächter und lässt Varuṇa zum Zweikampfe auffordern. Es kommen die Söhne und Enkel Varuṇa's unter Go und Pushkara mit einem Heere, das aber von Râv.'s Gefährten geschlagen wird. Nach tapferm Kampfe unterliegen auch die Varuṇiden. Da Varuṇa's Minister Prahâsa sagt, dass Varuṇa im Brahmaloka sei, so zieht Râv. triumphierend nach Lankâ zurück.

24. RÂv. raubt dann Götter-, Dämonen- und Ṛishi-Mädchen und Frauen und führt sie gewaltsam im Pushpaka mit nach Lankâ. Dort angekommen, wird er von der jammernden Çûrpaṇakhâ mit Vorwürfen überhäuft, dass er ihren Gemahl getötet habe. RÂv. entschuldigt sich, so gut er kann, mit seiner blinden Kampfeswut und weist ihr mit ihrem Neffen Khara, dem er ein Heer von 14000 Râkshasa unter Dûshaṇa's Führung giebt, als Residenz das Daṇḍaka-Land an. Dort herrscht Khara. **25.** Dann geht er in den Nikumbhilâ-Hain, wo sein Sohn Meghanâda opfert, wie ihm dort Uçanas erklärt, und erzählt die wunderbaren Gaben, die er erlangt habe. RÂv. aber nimmt ihn und Vibhîshaṇa mit in seine Wohnung. Letzterer macht ihm Vorwürfe wegen des Frauenraubs und berichtet ihm, dass Madhu die Kumbhînasî, ihre „Schwester", geraubt habe. Sumâlin's ältester Bruder Mâlyavat sei der „älteste Vater" ihrer Mutter, dessen Tochter sei Analâ und deren Tochter Kumbhînasî. Die habe der Râkshasa Madhu geraubt; es sei dies die gerechte Strafe für RÂv.'s Frauenraub. RÂv. in hellem Zorn zieht mit einem grossen Heere aus, um Rache an Madhu zu nehmen. In dessen Stadt angelangt, fleht ihn aber Kumbhînasî an, ihren Gatten zu schonen. RÂv. sagt ihr dies zu und schliesst mit Madhu Freundschaft. Dann zieht er weiter zum Kailâsa, wo er sein Heer lagern lässt.

26. In einer entzückenden Mondnacht sieht er die Rambhâ, der er sich verliebt nähert. Sie sagt, sie sei seines „Sohnes" Gattin und ginge nun zum Stelldichein mit ihrem Gatten, Nalakûbara, Vaiçravaṇa's Sohn. Trotzdem vergewaltigt sie RÂv. Rambhâ geht dann zu ihrem Gatten und erzählt ihm alles. Dieser flucht feierlich dem RÂv., dass ihm, wenn er noch einmal ein Mädchen notzüchtige, das Haupt in 7 Stücke zerspringen solle. Die Götter hören diesen Fluch und freuen sich über das RÂv. drohende Geschick.

27. Nun dringt RÂv. mit seinem Heere ein in die Welt Indra's. Dieser bittet Vishṇu um Beistand, Vishṇu aber sagt, er könne nicht wegen Brahman's Wort; doch werde er später den Tod RÂv.'s verursachen. Es beginnt dann die Schlacht zwischen den Göttern und Râkshasa, in der sich einerseits Sâvitra, der achte Vasu, anderseits Sumâli hervorthut. Im Zweikampf erschlägt Sâvitra den Sumâli mit einer Keule. **28.** Darauf wütet Meghanâda in der Schlacht. Ihm stellt sich Jayanta, Indra's Sohn, entgegen; doch nach längerem Kampfe rettet ihn Puloman, sein mütterlicher Grossvater, indem er ihn in den Ocean bringt. Da zieht Indra selbst auf seinem Wagen mit Mâtali in die Schlacht; ihm tritt RÂv. entgegen. Die beiden kämpfen zusammen. Finsternis hüllt alles ein. **29.** Der Kampf wird fortgesetzt. RÂv. bereitet sich zu einem grossen Schlage gegen die Götter vor. Indra will ihn gefangen nehmen lassen und stellt sich ihm entgegen. Da bekämpft Meghanâda diesen und bindet ihn durch seinen Zauber. So befreit er den von den Göttern sehr bedrängten Râv. und führt Indra gefangen fort. **30.** Prajâpati an der Spitze der Götter begiebt sich nach Lankâ und bittet Meghanâda um Freilassung Indra's. Er habe sich den Namen Indrajit verdient. Indrajit bittet erst um Unsterblichkeit, und als ihm diese nicht gewährt wird, dass er nur besiegt werden könne, wenn er nicht vor der Schlacht geopfert habe; auch solle ihm Agni's Wagen zuteil werden. Nachdem ihm dies bewilligt worden ist, giebt er Indra frei. Die Götter ziehen ab. Der Pitâmaha erinnert Indra an Ahalyâ, die er geschaffen und dem Gotama zum Weibe gegeben habe. Indra habe sie aber vergewaltigt. Darüber sei Gotama gekommen und habe ihm geflucht, dass er von einem Feinde werde gefangen genommen werden; die Ahalyâ aber habe er verstossen und zur Strafe ihre Schönheit den übrigen Wesen auch zugeteilt. Auf Ahalyâ's Bitte habe Gotama als Ende der Verstossung den Besuch Râma's in ihrer Einsiedelei angesetzt (vergl. I 48. 49).

31. Râma fragt den Agastya, ob damals keine Könige und Helden gewesen, die Râv.'s Übermut gestraft hätten. Agastya erzählt: In Mâhishmatî herrschte Arjuna Kârtavîrya, der Herr der Haihaya. Als dieser sich mit seinen Weibern an der Narmadâ ergötzte, kam Râv. in der Stadt an. Er eilte dann nach dem Vindhya und der Narmadâ, um mit Arjuna zu kämpfen. Beschreibung der Narmadâ. Bad in derselben. Blumenopfer. Verehrung des Linga. **32.** Nicht weit von jener Stelle badete Arjuna mit seinen Frauen in der Narmadâ, und zum Scherz hemmte er mit seinen tausend Armen den Strom, sodass er rückflutend die Blumenspende Râv.'s fortschwemmte. Dieser schickt Çuka und Sâraṇa, um die Ursache zu erkunden, und nachdem er sie erfahren hatte, bricht er dahin auf. Die Räte Arjuna's stellen sich ihm entgegen, werden aber von seinen Gefährten niedergemacht. Jetzt eilt Arjuna selbst herbei, schlägt den ihn bekämpfenden Prahasta mit seiner Keule nieder, worauf die übrigen Gefährten Râv.'s fliehen. Râv. besteht einen heissen Kampf mit Arjuna, wird aber zuletzt von ihm kampfunfähig gemacht. Arjuna fesselt ihn und führt ihn trotz des Widerstandes der Gefährten in seine Stadt als Gefangenen ab. **33.** Pulastya besucht Arjuna und bittet ihn, Râv. freizulassen. Dieser thut es und schliesst mit ihm Freundschaft.

34. Râv. kommt nach Kishkindhâ. Doch Vâlin ist fortgegangen, um an den 4 Weltmeeren das Sandhyâvandanam zu machen. Râv. eilt ihm an den südlichen Ocean nach, wird aber von ihm ergriffen und am Schurz hängend zu den übrigen Meeren und dann nach Kishkindhâ mitgeführt. Râv. bittet dann Vâlin um seine Freundschaft, die vor dem Feuer geschlossen wird.

35. Auf Râma's Befragen erzählt Agastya Hanumat's Jugendgeschichte. Auf Sumeru herrschte Kesarin. Dessen Frau, Anjanâ, gebiert, von Vâyu schwanger, in einem Dickicht einen Knaben und verlässt ihn dort. Der hungrige Knabe hält die aufgehende Sonne für eine Frucht und springt ihr nach, worüber ängstlich Vâyu ihm nacheilt. Râhu sieht, dass der Knabe die Sonne ergreifen will, und begiebt sich zu Indra, bei dem er sich beklagt, dass ein anderer die ihm bestimmte Sonne ergreifen wolle. Indra will ihm zu seinem Rechte verhelfen und zieht auf dem Airâvata aus. Als aber der Knabe den Râhu erblickte, stürzt er sich auf diesen, doch Indra legt sich ins Mittel und zerschmettert dem Knaben mit seinem Donnerkeil eine Backe. Vâyu birgt ihn in einer Höhle und stellt seine Thätigkeit bei den lebenden Wesen ein, worauf diese steif werden und erkranken. Die Götter klagen dies dem Prajâpati, der mit ihnen dann zum Vâyu geht. **36.** Vâyu fällt dem Prajâpati zu Füssen. Dieser berührt ihn und seinen Sohn mit seiner vedenkundigen Hand, worauf die erkrankten Geschöpfe wieder gesunden. Dann verleihen die Götter dem H. verschiedene Gaben und kehren in den Himmel zurück. Vâyu bringt H. seiner Mutter. Auf die ihm verliehenen Gaben vertrauend, begeht er allerlei groben Unfug gegen die Ṛishi, weshalb diese ihm fluchen, dass er seine Kraft und Vorzüge nicht kennen solle. So kam es, dass er, trotzdem er seit seiner Kindheit mit Sugrîva, Ṛksharajas' Sohn, eng befreundet war, diesem nicht gegen Vâlin half. H. war aber auch ein berühmter Grammatiker und verstand sich auf alle Künste.

Nachdem Agastya dies erzählt, verabschiedet er sich mit den übrigen Ṛishi von Râma, der sie alle auffordert, ihn häufiger zu besuchen und seine Opfer zu leiten.

37. Am Morgen nach seiner Weihe wird Râma von den *bandin* geweckt und verrichtet die üblichen Morgengeschäfte. Dann kommen seine Brüder, die Affen, die Minister und Grossen. Da werden allerlei fromme Geschichten erzählt. **38.** Râma entlässt Janaka in Begleitung Bharata's, Kekaya in der Lakshmaṇa's, ferner Pratardana, König von Kâçi, und alle übrigen kgl. Gäste. **39.** Die Könige kehren in ihre Heimat zurück und schicken dem Râma Geschenke. Râma beschenkt die Affen und bewirtet sie sowie die übrigen Genossen 2 Monate lang. **40.** Râma entlässt Sugrîva, Angada, Hanumat, der sich immer an der Geschichte Râma's erfreuen und so lange wie sie leben wird. Auch Vibhîshaṇa verabschiedet sich. Die Affen, Bären und Râkshasa trennen sich von Râma.

41. Auf Vaiçravaṇa's Befehl stellt sich das Pushpaka wieder bei Râma ein, um stets sein Gefährt zu sein. Râma nimmt es an und entlässt es; es solle sich einstellen, wenn er seiner gedenke. Bharata preist

Râma. **42.** R. ergötzt sich mit S. im Açokahain. Morgens verrichtet er seine Regierungsgeschäfte, und sie liegt ihren religiösen Pflichten ob. Nachmittags ergehen sie sich zusammen. S. spricht den Wunsch aus, die Einsiedeleien frommer Männer zu besuchen: R. verspricht ihr die baldige Erfüllung desselben. **43.** R. erkundigt sich, was die Leute über ihn sprächen. Bhadra sagt, alle bewunderten seine Thaten, aber sie könnten nicht fassen, dass er die S. wieder zu sich genommen habe, nachdem 'Râv. sie entführt hatte. Dies Beispiel würde schlimme Folgen für die öffentliche Moral haben. R. entlässt betrübt seine Freunde. **44.** Er lässt durch den Thürwächter seine Brüder herbeirufen. Sie kommen und werden zu ihm hinein geführt. Er begrüsst sie betrübt. **45.** Er teilt ihnen den Vorwurf der Leute mit und sagt, er könne denselben nicht ertragen. Darum solle L. morgen die S. an die Grenze des Reiches, in Vâlmîki's Einsiedelei an der Tamasâ bringen. Er werde keinen Widerspruch dulden.

46. Am Morgen beauftragt L. den Sumantra, den Wagen bereit zu machen, und holt dann die nichts ahnende S. ab. Unter Unglückszeichen fahren sie ab und übernachten an der Gomatî. Mittags langen sie an dem Ganges an, wo S. L.'s Kummer gewahr wird. Auf ihre Bitte, über den Fluss zu setzen, besteigen sie ein Schiff. **47.** Während der Wagen mit Sumantra am diesseitigen Ufer bleibt, setzen sie über. Am jenseitigen Ufer angelangt, verkündet L. ihr brechenden Herzens R.'s Entschluss, sie wegen des Geredes der Leute zu verstossen. **48.** Sîtâ wird vom Kummer überwältigt, doch voller Ergebung trägt sie dem L. freundliche und ernste Grüsse an ihren Gatten auf. L. kehrt an das nördliche Ufer zurück. **49.** Die Kinder der Eremiten finden die weinende S. und berichten es dem Vâlmîki. Dieser begiebt sich zu ihr und redet ihr freundlich zu. Dann nimmt er sie mit sich und vertraut sie den Frauen der Einsiedler zum Schutze an.

50. L. ergeht sich in Klagen über das unverdiente Leid, das R. treffe. Sumantra sagt, dass Durvâsas dies einst vorausgesagt habe; doch habe er ihm Stillschweigen geloben müssen. **51.** Einst habe Durvâsas, Atri's Sohn, in Vasishṭha's Einsiedelei die Regenzeit verbracht. Da sei Daçaratha gekommen und habe den Muni nach den künftigen Geschicken seines Geschlechtes gefragt. Durvâsas erzählt ihm folgendes. Im Streite der Götter und Asuren hätten letztere ihre Zuflucht zur Gemahlin Bhṛigu's genommen, die Vishṇu deshalb enthauptet habe. Bhṛigu aber habe dem Vishṇu geflucht, dass er einst Mensch werden und von seiner Gattin getrennt werden solle. R. werde 11000 Jahre leben und zwei Söhne mit der S. haben. Diese Prophezeiung habe er, Sumantra, damals gehört. L. ist sehr erfreut darüber. Bei Sonnenuntergang gelangen sie an der Keçinî an.

52. L. kehrt zu Râma zurück und spricht ihm Trost zu. **53.** R.

dankt dem L. und sagt, dass er seit 4 Tagen seine Geschäfte vernachlässigt habe. Das sei eine grosse Sünde. So habe einst König Nṛiga bei den Pushkara Kühe an Brahmanen verschenkt. Einem Brahmanen sei seine Kuh abhanden gekommen und er habe sie lange gesucht, bis er sie endlich bei einem andern Brahmanen gesehen. Da habe er sie gerufen, und die Kuh sei ihm gefolgt; aber auch ihr bisheriger Besitzer sei ihr gefolgt. Die beiden Besitzer hätten sich gestritten und seien zuletzt zu Nṛiga gegangen, hätten aber mehrere Tage an dessen Thüre warten müssen, ohne Einlass zu erlangen. Deshalb hätten sie ihm geflucht, und Nṛiga sei in eine Eidechse verwandelt worden. Wenn Vishṇu als Vâsudeva geboren werde, werde Nṛiga von dem Fluche erlöst werden. **54.** R. erzählt weiter, dass Nṛiga alsdann seinen Sohn Vasu geweiht habe, und sich drei Höhlen für die 3 Jahreszeiten habe bauen lassen. Darein habe er sich zurückgezogen.

55. R. erzählt, Nimi, Ikshvâku's 12ter Sohn, habe in der Nähe von Gautama's Einsiedelei seine Stadt Vaijayantî erbaut und dann Opfer dargebracht, die Vasishṭha hätte leiten sollen. Dieser aber hätte Aufschub verlangt, da er dasselbe Amt bei Indra übernommen habe. Nimi habe dann unter Gautama's Leitung geopfert. Als Vasishṭha endlich zurückgekehrt und seine Stelle von Gautama eingenommen gefunden habe, sei er zu Nimi gegangen. Doch dieser habe gerade geschlafen; darum habe er dem Könige geflucht, dass sein Leib bewusstlos daliegen solle. Der König habe denselben Fluch gegen Vasishṭha ausgesprochen. **56.** Ohne Körper, als Luft, geht Vasishṭha zu Brahman und bittet ihn um einen neuen Körper. Brahman rät ihm, in Mitra's und Varuṇa's Samen einzugehen. Zu jener Zeit hatte Mitra das Amt Varuṇa's. Da erblickte Varuṇa die Urvaçî und entbrennt in Liebe zu ihr. Sie aber sagt, dass ihr Leib dem Mitra gehöre, doch ihre Seele liebe ihn. Darauf entlässt Varuṇa seinen Samen in einen Topf. Mitra aber flucht der Urvaçî, dass sie wegen ihrer Untreue als Mensch geboren werden und Budha's Sohn Purûravas, König von Kâçi, für einige Zeit zum Manne haben solle. Purûravas' Sohn ist Âyus, dessen Sohn Nahusha. **57.** In dem Topfe, in dem Varuṇa's Samen sich befand und in den auch Mitra den seinigen gelassen, entstand aus ersterem Agastya, der nicht als Mitra's Sohn gelten wollte. Dann entstand, und zwar aus beider Samen, Vasishṭha, den Ikshvâku sofort zum Purohita wählt.

Der Leib Nimi's wurde künstlich conservirt und ein Opfer zu seiner Wiederbeseelung abgehalten, mit Erfolg durch Bhṛigu's Zustimmung. Die Götter gewährten der Seele Nimi's einen Wunsch; sie wählte in den Augen der Wesen wohnen zu dürfen, weshalb die Augen *nimishanti*. Die Ṛishi erquirlten Feuer bei dem Leibe Nimi's, so entstand Mithi (von *mathana*): er heisst Janaka (von *janana*) und Vaideha (von *videha*) und Maithila (von Mithi).

58. R. erzählt. Nahusha's Sohn Yayâti hatte zwei Frauen: Çarmishṭhâ, Vṛishaparvan's Tochter, und Devayânî, des Uçanas' Tochter. Mit der ersteren zeugte er den Pûru, mit letzterer den Yadu. Die Devayânî liebte er aber nicht, worüber ihr Sohn aufgebracht sich töten will. Dies erfährt Uçanas und flucht Yayâti, dass er sofort Greis werden solle. **59.** Yayâti bittet Yadu, ihm das Alter abzunehmen. Doch Yadu weist ihn an Pûru, der auch seines Vaters Bitte erfüllt. Nachdem Yayâti das Leben genossen hatte, nimmt er das Alter auf sich und weiht Pûru zu seinem Nachfolger. Dem Yadu aber flucht er, dass er Râkshasa zu Söhnen haben solle, und dass sein Geschlecht nie dem des Pûru an Würde gleich kommen solle.

60. An einem Morgen erscheinen unter Führung des Cyavana Bhârgava die Eremiten, die an der Yamunâ wohnen, und verlangen Audienz beim Râma. Sie werden vorgelassen, und R. verspricht ihnen seine Hülfe. **61.** Cyavana erzählt, dass Lola's Sohn Madhu von Rudra einen *çûla* erhalten habe, der alle Feinde zu Asche verbrenne und stets in seine Hand zurückkehre. Madhu habe Rudra um den Besitz dieses *çûla* für sein ganzes Geschlecht gebeten, Rudra habe ihm denselben aber nur für seinen Sohn zugestanden. — Madhu hatte mit Kumbhînasî, Tochter des Viçvâvasu mit Analâ, einen Sohn Lavaṇa. Der war aber sehr gottlos und bedrängte nach Madhu's Hinscheiden die Eremiten. Vor diesem möge Râma sie schützen, kein Anderer könne es. **62.** R. beauftragt Çatrughna, den Lavaṇa zu töten und eine Stadt an der Yamunâ zu gründen, zu deren König er ihn sofort will weihen lassen. **63.** Çatrughna hat einige Gewissensbisse und Scrupel, aber auf R.'s Befehl wird er sofort geweiht. R. giebt ihm den Pfeil, mit dem Vishṇu erst den Madhu und Kaiṭabha tötete und dann die Dreiwelt schuf. Er rät ihm, den Lavaṇa anzugreifen, ehe derselbe in seinen Palast hineingegangen sei. **64.** Er giebt dem Çatrughna grosse Vorräte mit und rät ihm, den Angriff zu Anfang der Regenzeit zu machen; doch müsse er Sorge tragen, dass ihn Lavaṇa nicht sehe, weil er ihn sonst nicht besiegen könne. Çatrughna verabschiedet sich von den Seinigen.

65. Er übernachtet in der Einsiedelei Vâlmîki's, der ihm erzählt, dass daselbst die Opferstätte des Ikshvâkuiden Saudâsa gewesen sei. In seiner Jugend habe derselbe zwei Râkshasa in Tigergestalt gesehen, von denen er einen erlegt habe. Der andere hätte ihm Rache geschworen. Als nun Saudâsa die Herrschaft an seinen Sohn Mitrasaha (oder Vîryasaha) übertragen hätte, habe er dort ein Pferdeopfer dargebracht unter Vasishṭha's Leitung, bei dessen Beendigung jener Râkshasa die Gestalt Vasishṭha's angenommen und sich eine Fleischspeise erbeten habe. Als der König dem Koch den Auftrag zu deren Bereitung gegeben habe, habe der Râkshasa sich in einen Koch verwandelt und eine Schüssel mit

Menschenfleisch dem Vasishṭha gebracht. Dieser habe sofort das Fleisch als Menschenfleisch erkannt und dem Saudâsa geflucht, dass es ihm als Speise dienen solle. Nun nahm Saudâsa Wasser in seine Hand, um dem Vasishṭha zu fluchen, aber seine Gemahlin verhinderte ihn daran; da sei ihm das Wasser auf die Füsse geflossen und habe Flecken auf ihnen gebildet, weshalb er Kalmâshapâda genannt worden sei. Auf seine Bitte habe Vasishṭha den Fluch dahin gemildert, dass er nur für 12 Jahre wirken, und dass später Saudâsa die Erinnerung daran verlieren solle. Nachdem Çatrughna diese grausige Geschichte gehört hatte, begab er sich in jener Laubhütte zur Ruhe.

66. In derselben Nacht gebar Sîtâ Zwillinge, denen Vâlmiki die Namen Kuça und Lava gab.

Am Morgen zieht Çatrughna weiter an die Yamunâ, wo er in den Einsiedeleien der Ṛishi 7 Tage weilt. **67.** Von Çatrughna aufgefordert erzählt Cyavana der Bhṛiguide, dass einst Mândhâtṛi, König von Ayodhyâ, nach Besiegung der Erde in den Himmel gegangen sei, um die Herrschaft mit Indra zu teilen. Indra aber habe ihm gesagt, er sei noch nicht vollständig Herrscher der Erde; Lavaṇa erkenne ihn noch nicht an. Da habe Mândhâtṛi einen Boten zu Lavaṇa gesandt, den dieser aber aufgefressen habe. Darauf sei er selbst gegen Lavaṇa gezogen, von ihm aber mit dem Çûla getötet worden.

68. Am Morgen zieht Çatrughna weiter und stellt sich an dem Thore von Madhupura auf. Gegen Mittag kommt Lavaṇa mit einer grossen Schaar gefangener Wesen. Çatrughna fordert ihn zum Kampf heraus; Lavaṇa sagt zu, will aber seine Waffe holen. Doch Çatrughna verhindert ihn, in die Stadt einzutreten. **69.** Die Beiden kämpfen miteinander. Lavaṇa schlägt Çatrughna mit einem Baume nieder; während er aber seine Herde zusammentreibt, erlangt Çatrughna das Bewusstsein wieder und legt den Pfeil Vishṇu's an. Die Götter geraten darob in grosse Angst und fliehen zu Brahman, der sie beruhigt. Çatrughna schiesst den Pfeil ab und durchbohrt Lavaṇa's Herz. Der Pfeil kehrt zu Çatrughna, und der *çûla* Lavaṇa's zu Rudra zurück. **70.** Die Götter erscheinen und gewähren dem Çatrughna, sich eine Gunst zu wählen. Er bittet, dass er die Stadt Madhupurî (Madhurâ) neu gründen dürfe. Das geschieht. Die halbmondförmig an der Yamunâ erbaute und von dem Heldenheere (Çûrasena) bewohnte Stadt gelangt zu grosser Blüte. Im 12. Jahre treibt es ihn, Râma wiederzusehen.

71. Er kommt in die Einsiedelei Vâlmiki's, der ihn wegen der Besiegung Lavaṇa's preist. Dann hört er, wie die Thaten Râma's besungen werden. Seine Krieger sind ganz bezaubert von dem naturwahren Gedichte. **72.** Nachdem er sich am andern Morgen von Vâlmiki verabschiedet hatte, geht er nach Ayodhyâ und sieht Râma wieder. Er schildert ihm seine Sehnsucht; aber Râma sagt, er müsse seine

Herrscherpflicht ausüben, doch solle er ihn dann und wann besuchen. Nach einigen Tagen kehrt Çatrughna nach Madhurâ zurück.

73. Einem Brahmanen stirbt sein Sohn in jungen Jahren (er war nur 5000 Jahre alt). Er klagt vor dem Thore des Palastes Râma's und giebt ihm die Schuld an dem vorzeitigen Tode des Knaben. 74. R. beruft eine Versammlung, in der Nârada die Zunahme des *adharma* in dem 2. und 3. Yuga auseinandersetzt. Im 4. Yuga würden auch die Çûdra Askese üben. Das thue jetzt sicher ein solcher; darum sei der Knabe gestorben. 75. R. beauftragt L., die Leiche des Knaben zu conserviren und macht dann auf dem Pushpaka eine Inspektionsreise. Im Süden, am Çaivala-Berge, erblickt er einen Büsser. Er hält an und fragt ihn, welcher Kaste (*yoni*) er angehöre. 76. Der Büsser sagt, dass er ein Çûdra, namens Çambûka, sei und den Himmel erlangen wolle. Da schlägt ihm Râma mit seinem Schwerte das Haupt ab. Die Götter erscheinen und loben ihn wegen seiner That. Auf seine Bitte geben sie dem toten Brahmanenknaben das Leben wieder. Die Götter gehen zu Agastya und fordern R. auf, mitzukommen. Agastya preist R. und giebt ihm einen von Viçvakarman gefertigten Schmuck. R. fragt nach der Herkunft des Schmuckes. (In einigen eingeschobenen Versen wird folgendes erzählt. Râma weigert sich das Geschenk anzunehmen; es sei gegen die Ehre der Kshatriya. Darauf erzählt Agastya, dass im Anfange die Menschen keinen König gehabt und Brahman um einen solchen gebeten hätten. Da hätten die Welthüter Teile von sich hergegeben und Brahman hätte sie berührt; so sei der König Kshupa entstanden. R. solle mit seinem Indrateile die Gabe annehmen).

77. Agastya erzählt, er sei im Tretâyuga in einen von Menschen und Tieren entblössten Wald gegangen, um zu büssen. Er sei an einen herrlichen See gekommen und habe dort in einer leeren Eremitenklause übernachtet. Am folgenden Morgen habe er im See eine stehende Leiche gesehen. Da sei in einem Vimâna ein Gott, von Apsarasen umgeben, herbeigekommen und habe die Leiche verzehrt. Entsetzt habe er den Gott zur Rede gestellt. 78. Derselbe habe erzählt, dass er Çveta, der Sohn des Vidarbha-Königs Sudeva und älterer Bruder Suratha's, sei. In höherem Alter habe er sich in diesen Wald zurückgezogen, um zu büssen. Zuletzt sei er in den Himmel gelangt, sei aber immer dort hungrig und durstig gewesen. Er habe sich bei Brahman deshalb beklagt; der habe ihm gesagt, er solle sein eigenes Fleisch essen. Sein Hunger komme daher, dass er Busse gethan habe, ohne Geschenke zu machen. Er müsse solange sein Fleisch essen, bis Agastya dorthin komme. Ihm, Agastya, habe dann jener Gott grosse Schätze gegeben, und daraus stamme der Schmuck.

79. Auf R.'s Frage, warum keine lebenden Wesen in jenem Walde gewesen seien, erzählt Agastya: Im Kritayuga habe Manu geherrscht;

dessen Sohn sei Ikshvâku gewesen; der habe 100 Söhne gehabt. Der Jüngste derselben, ein Schwächling namens Daṇḍa, habe eine Stadt Madhumanta zwischen dem Vindhya und Çaivala gegründet und dort geherrscht. Zu seinem Purohita habe er Uçanas (Bhârgava) gemacht. **80.** Einst sei Daṇḍa nach der Einsiedelei Bhârgava's gewandert und habe im Walde dessen Tochter Arajâ getroffen. Er sei sofort in Liebe zu ihr entbrannt und habe trotz ihrer Warnung und ihres Rates, bei ihrem Vater um sie anzuhalten, ihr Gewalt angethan. Dann sei er in seine Stadt zurückgekehrt. **81.** Zurückkehrend habe Uçanas geflucht, dass Daṇḍa und sein ganzes Land zu Asche verbrennen und ein Staubregen darauf fallen solle. Die Arajâ habe er angewiesen, an jenem See zu wohnen, sie und alle Wesen, die bei ihr wären, sollten am Leben bleiben. Das Land Daṇḍa's aber sei der Daṇḍaka-Wald geworden, und heisse jetzt, seitdem wieder Büsser dort wohnten, Janasthâna.

82. R. verabschiedet sich von Agastya und kehrt nach Ayodhyâ zurück. **83.** Er schlägt seinen Brüdern vor, das Râjasûya-Opfer zu feiern, doch Bharata rät ab, weil es den Untergang vieler Kshatriya zur Folge haben würde. **84.** L. rät, das Açvamedha-Opfer zu feiern. Durch dasselbe habe sich Indra von der Sünde des Brahmanen-Mordes gereinigt. Einst habe nämlich Vṛitra die Erde gerecht beherrscht. Da habe er Busse zu thun begonnen, worüber Indra in Furcht geraten sei und, wegen seiner Herrschaft besorgt, Vishṇu um Hülfe gebeten habe. **85.** Vishṇu habe wegen seiner Freundschaft mit Vṛitra ihn zu töten abgelehnt, aber sei mit einem Teile in Indra, mit einem andern in den Donnerkeil, mit dem dritten in die Erde eingegangen. Darauf seien die Götter zu Vṛitra hingegangen, und Indra habe mit dem Donnerkeil ihm den Kopf abgeschlagen. Da habe die Brahmahatyâ den Indra verfolgt bis an die Enden der Welt und habe ihn dort ergriffen. Die Götter aber hätten sich an Vishṇu gewandt, der den Rat erteilte, dass Indra ihm das Açvamedha-Opfer darbringen solle. **86.** Da hätten die Götter Indra am Weltende aufgesucht, wo er von der Brahmahatyâ umhüllt gewesen sei. Als sie das Opfer begonnen hätten, sei die Brahmahatyâ von ihm gewichen. Sie habe sich, auf Rat der Götter, in vier Teile geteilt, mit einem wohne sie in den Flüssen zur Zeit des Hochwassers, mit dem zweiten in der Erde, mit dem dritten in menstruirenden Frauen und mit dem vierten in Brahmanenmördern. Gereinigt von seiner Sünde habe Indra wieder die Weltherrschaft übernommen.

87. R. erzählt die Geschichte von Ila, des Prajâpati Kardama's Sohn, König von Bâhli. Einstmals gelangte er auf der Jagd mit grossem Gefolge dahin, wo Mahâsena erzeugt wurde. Çiva hatte dort die Gestalt einer Frau angenommen und alle dort lebenden Wesen in weibliche verwandelt. Auch Ila wurde, als er dorthin kam, ein Weib, und ebenso sein Gefolge. Er flehte Çiva an, doch der wollte ihm die Mannheit nicht gewähren; dann wandte er sich an Umâ, die sie ihm halb gewährte, sodass er einen Monat ein Mann Ila, den nächsten ein Weib Ilâ sein, sich aber jedesmal nicht seines vorhergehenden Zustandes erinnern sollte. **88.** Im ersten Monate streifte Ilâ in jenem Walde mit ihren Genossinnen umher und kam an einen See, wo Budha, Soma's Sohn, Busse that. Budha sah die schöne Frau und verliebte sich in sie. Er erfuhr von ihren Genossinnen, dass sie ihre Herrin wäre. Da wies er den übrigen Frauen, die Kimpurushî's wurden, einen Wohnsitz dort auf dem Berge an. **89.** Dann macht er der Ilâ einen Antrag und wird von ihr als Gatte angenommen. Nach einem Monat wird Ilâ wieder ein Mann. Der König, der über den Verlust seiner Genossen jammert, sagt abdanken zu wollen. Sein Sohn Çaçabindu würde die Herrschaft führen. Budha verspricht, ihm in Jahresfrist zu helfen. So ist Ilâ abwechselnd Mann und Weib. Im 9. Monat gebiert die Ilâ den Purûravas. **90.** Als Ilâ wieder einmal Mann war, rief Budha viele Ṛishi zusammen, um zu überlegen, wie dem Ila zu helfen sei. Da kam Kardama mit andern Ṛishi herbei und riet, den Çiva durch ein Pferdeopfer zu gewinnen. Der Rat wurde befolgt. Marutta, Saṃvarta's Schüler, leitete das Opfer. Zuletzt erwies Çiva sich gnädig und gab Ilâ seine Mannheit zurück. Dieser überliess Bâhli seinem Sohne Çaçabindu und gründete sich die Stadt Pratishṭhâna im Madhyadeça. Ihm folgte Purûravas.

91. Die Vorbereitungen zum Pferdeopfer werden getroffen. Lakshmaṇa wird geschickt, um Sugrîva mit den Affen, Vibhîshaṇa mit den Râkshasa, die Fürsten, Ṛishi und andere Brahmanen einzuladen. **92.** L. und Priester begleiten das Opferpferd, während auf dem Opferplatze im Naimisha-Walde die Gäste versammelt sind und R. durch die Affen und Râkshasa reichliche Spenden an alle Bittenden verteilen lässt.

93. Vâlmîki mit seinen Schülern langt an und schlägt seine Zelte abseits von den Übrigen auf. Er beauftragt zwei Schüler, das Râmâyaṇa auf dem Opferplatz vor den Fürsten und vor Râma zu singen. **94.** Als R. den Gesang gehört hatte, lässt er die beiden Sänger vor einer grossen Versammlung singen, die aufs höchste entzückt ist. Die beiden Sänger weisen Geschenke zurück und erklären, dass sie von Vâlmîki das Gedicht gelernt hätten. **95.** Nachdem R. das Râmâyaṇa gehört hatte, erfährt er, dass die beiden Sänger die Söhne Sîtâ's seien. Er schickt Boten zu Vâlmîki, damit dieser erlaube, dass S. sich vor der ganzen Opferversammlung durch einen Schwur reinige. **96.** Als alle versammelt waren, tritt Vâlmîki von Sîtâ gefolgt auf. Er erklärt in feierlicher Rede, dass Sîtâ rein und unschuldig sei. **97.** R. erklärt, dass ihn Vâlmîki überzeugt habe. Da erscheinen alle Götter, um Sîtâ's Schwur beizuwohnen. Sîtâ aber bittet unter Beteuerung ihrer Treue die Göttin Mâdhavî, sie aufzunehmen. Die Göttin Erde erscheint, umarmt Sîtâ und verschwindet mit ihr unter dem Erdboden unter dem

Beifall und Staunen aller Zuschauer. 98. R. beschwor unter Drohungen die Göttin Erde, ihm Sîtâ zurückzugeben; aber Brahman vertröstet ihn mit der Wiedervereinigung im Himmel und fordert ihn auf, seine zukünftigen Thaten von Vâlmîki besingen zu hören. 99. Am andern Morgen wird dieser Teil des Gedichtes vorgetragen. R. entlässt die Versammlung. Immer nach Sîtâ Sehnsucht hegend, bringt er Opfer auf Opfer dar. Seine Mütter sterben und werden im Himmel mit Daçaratha vereinigt.

100. Yudhâjit schickt zu Râma den Gârgya, des Angiras Sohn, mit dem Vorschlag, das Land der Gandharva zu beiden Seiten des Indus zu erobern und deren beide Städte zu besiedeln. Râma nimmt den Vorschlag an und schickt den Bharata samt seinen beiden Söhnen, Pushkala und Taksha, mit einem Heere zu seinem Oheim, bei dem sie nach $1^1/_2$ Monaten anlangen. **101.** Der Feldzug wird unternommen, und nach langem Kämpfen vernichtet Bharata die Gandharva mit der Waffe Saṃvarta. Taksha gründet Takshaçilâ im Gandharva-Lande, und Pushkala Pushkalâvatî im Lande der Gândhâra. Beide Städte blühen mächtig empor. Nach 5 Jahren kehrt Bh. zu R. zurück.

102. Nun sollen auch Lakshmaṇa's Söhne versorgt werden. Er erobert Herrschaften für sie. In ihnen gründet Angada Angadîyâ (W) in Kârupatha und Çandraketu Candrakântâ (N) in Mallabhûmi als Residenz.

103. Kâla, als ein Tâpasa verkleidet, kommt zu Râma und sagt, er bringe eine Botschaft, die er nur unter vier Augen ausrichten dürfe. R. müsse daher jeden, der sie in ihrer Unterhaltung sähe oder höre, töten. R. sagt dies zu und beauftragt L., an der Thüre Wache zu halten. **104.** Kâla sagt, dass ihn Brahman geschickt habe, um Râma-Vishṇu zu erinnern, dass es nun Zeit wäre, die Herrschaft des Weltalls wieder anzutreten (dabei trägt er eine kurze Schöpfungsgeschichte vor). R. sagt, er sei bereit.

105. Unterdessen kommt Durvâsas, um R. zu sehn. Als L. ihn nicht anmelden will, droht er, das ganze Geschlecht der Raghuiden zu verfluchen, wenn er nicht augenblicklich ihn anmelde. So geht L. hinein, obgleich er weiss, was die Folge sein wird. R. geht dem Durvâsas entgegen, und dieser bittet um Speise, da er eben ein tausendjähriges Fasten vollendet habe. Nachdem er gespeist, geht er weg. **106.** R. ist ganz niedergeschlagen wegen seiner traurigen Pflicht L. gegenüber. Er legt die Angelegenheit seinem Rate vor. Vasishṭha ermahnt ihn, sein Wort nicht zu brechen. R. verstösst darauf L., der in die Sarayû steigt und den Atem unterdrückt. Da erscheint Indra und nimmt ihn mit in den Himmel.

107. R. verkündigt in seinem Rate, dass er Bharata zu seinem Nachfolger weihen und selbst in den Wald gehen wolle. Bh. sagt, er begehre nicht ohne R. zu herrschen; er solle Kuça und Lava weihen und den Çatrughna herbeiholen lassen, damit sie zusammen den letzten Gang thun könnten. Vasishṭha macht R. auf die flehende Haltung der Unterthanen aufmerksam. Diese bitten ihn, mitgehen zu dürfen, was er ihnen auch bewilligt. Dann setzt er Kuça als Herrscher der Kosala, und Lava als den der Uttara ein. **108.** Ersterer erhält die Stadt Kuçâvatî am Vindhya, letzterer Çrâvastî. — Die Boten erstatten dem Çatrughna Bericht. Dieser teilt die Herrschaft zwischen seine beiden Söhne: Subâhu erhält Madhurâ, Çatrughâtin Vaidiça. Dann geht er nach Ayodhyâ, wo alsbald Sugrîva und die Affen anlangen, denen R. gleichfalls gestattet, sich ihm anzuschliessen. Dem Vibhîshaṇa aber befiehlt er, in Lankâ zu bleiben, so lange Sonne, Mond und Erde, so lange Kunde von Râma bestehe[1]); und ebenso befiehlt er dem Hanumat, sich des Lebens zu freuen. Jâmbavat, Mainda und Dvivida (Vibhîshaṇa und Hanumat) sollen bis zum Kaliyuga leben.

109. Feierlicher Auszug Râma's. Ihm voran wird das *agnihotra* getragen, zur Seite gehen Gottheiten (çrî, mahî, vyavasâya), es folgen die Seinigen und hintendrein die ganze Bevölkerung, ja selbst die Tiere von Ayodhyâ. **110.** Als der Zug an die Sarayû gelangt war, erschien Brahman und die Götter mit zahlreichen Vimâna. Brahman fordert R. auf, seinen göttlichen Leib anzunehmen. Da wird Râma Vishṇu und bittet Brahman, denen, die ihm folgen, Wohnsitze im Himmel zu verleihen. Brahman räumt ihnen die Santânaka-Himmel ein. Diejenigen, welche Incarnationen von Gottheiten waren, gehen in diese wieder auf. Die übrigen, die in der Sarayû am Gopratâra Tîrtha ihr Leben aushauchen, werden von Brahman in ihre himmlische Sitze gebracht. **111.** *Phalastuti.* — König Ṛishabha wird Ayodhyâ wieder besiedeln.

Die fünf nach 23 eingeschobenen unechten Gesänge.

1. In Açmanagara sieht Râv. einen herrlichen Palast. Um zu erfahren, wem er gehöre, schickt er den Prahasta hinein. Der findet im innersten Hofe einen Mann im Feuer, der laut lacht. Entsetzt eilt

---

1) Wenn Lankâ Ceylon wäre, hätte der Dichter dies nicht sagen können. Denn wenn er irgend etwas von Ceylon wusste, musste es dies sein, dass dort nicht der Râkshasa Vibhîshaṇa herrsche. Es kommt hierbei in Betracht, dass dieser Teil des Gedichtes offenbar sehr spät abgefasst ist, wahrscheinlich sogar noch später als das Bâlakâṇḍa. Zwar können wir die Zeit auch nicht einmal annähernd bestimmen; aber soviel können wir doch sagen, dass damals genauere Kenntnisse über Indien verbreitet waren, als Vâlmîki besass. Ceylon war damals sicher keine terra ingognita mehr. — Beachtenswert ist, dass das Uttarakâṇḍa im Gegensatz zu den übrigen Büchern viele Sagen des Madhyadeça enthält. In dieser Beziehung berührt es sich mit dem Mahâbhârata; offenbar gehören beide derselben litterarischen Epoche an.

Prahasta zu Râv. zurück, der selbst streitsuchend hinein gehen will, aber von einem ungeheuren Mann an der Thüre aufgehalten wird. Dieser sagt ihm, dass Bali da drinnen sei. Als Râv. dann von Bali freundlich empfangen wird, verspricht er, ihn aus der Gefangenschaft zu befreien, in die Vishṇu ihn gebracht habe. Doch Bali sagt ihm, dass jener Mann an dem Thore Vishṇu selbst sei. Er solle ihm dessen *cakra* bringen. Râv. versucht, das *kuṇḍala* aufzuheben, aber vergebens. Bali sagt, dass dies eine der Schmucksachen sei, die sein Ahn im Kampfe mit Vishṇu verloren habe. Er schildert den Vishṇu dem Râv., der ihn bekämpfen will. Aber Vishṇu ist unterdessen unsichtbar geworden.

2. Râv. begiebt sich in die Oberwelt und will mit dem Sonnengott kämpfen. Er schickt Prahasta mit der Herausforderung zu ihm, dessen beiden Thürwächter, Pingala und Daṇḍin, dieselbe in Empfang nehmen und ihm überbringen. Sûrya sagt, sie sollten antworten, was sie wollten, worauf Râv. triumphirt.

3. Râv. geht nun in die Welt Soma's und trifft Parvata, der ihn über die dahinziehenden Seligen unterrichtet, und ihm dann auf sein Befragen Mândhâtṛi, König von Ayodhyâ, als würdigen Gegner nennt. Râv. kämpft mit Mândhâtṛi, bis zuletzt Pulastya und Gâlava sie versöhnen.

4. Râv. steigt empor durch die sieben Regionen des Luftreiches, in denen verschiedene Wesen wohnen. In der achten thront der Mond, den Râv. sofort angreift. Aber Brahman tritt dazwischen und hält ihn davon ab, indem er ihn mit einem in der Todesstunde zu betenden Mantra belohnt.

5. Râv. trifft im westlichen Ocean auf einer Insel einen Riesen, mit dem er anbindet. Der Riese, in dem das ganze Weltall sich zeigt, schmettert Râv. mit einem Schlage zu Boden und verschwindet in die Unterwelt. Râv. folgt ihm in die Höhle nach und sieht dort drei Milliarden tanzender Wesen, die alle wie jener Riese aussehen. Entsetzt kehrt Râv. zurück und erblickt einen von Feuer umgebenen, schlafenden Mann, bei dem die Lakshmî ist. Râv. will die Lakshmî ergreifen. Da lacht der Mann laut auf, wodurch Râv. zu Boden stürzt; doch er beruhigt ihn, dass er ihn jetzt nicht töten werde. Agastya erklärt dem R., dass der Riese auf der Insel Kapila sei, und die drei Milliarden tanzender Wesen die *svara*.

Die nach 37 eingeschobenen unechten Gesänge:

1. Auf R.'s Befragen, erzählt Agastya die Geschichte von Vâlin und Sugrîva, wie er sie von Nârada gehört habe.

Auf dem mittleren Gipfel des Meru büsste Vishṇu. Das aus seinen Augen fliessende Wasser fing Brahman auf. Als es auf die Erde fiel, entstand daraus ein Affe (Ṛikshara̋jas), den Brahman zu seinem Diener machte. Als dieser Affe einst durstig war, sah er in einem See sein Spiegelbild. Er hielt es für einen Feind und stürzte sich in den See; als er daraus hervortauchte, war er in eine wunderschöne Jungfrau verwandelt. Indra und Sûrya erblickten sie gleichzeitig. Indra's Same fiel auf ihre Haare, der Sûrya's auf ihren Hals. So entstanden Vâlin und Sugrîva. Das Mädchen ward am andern Tage wieder ein Affe. Derselbe ging mit seinen Söhnen zu Brahman, der ihm Kishkindhâ als Residenz anweist und die Herrschaft über alle Affen giebt.

2. Auf Râv.'s Frage erklärt ihm Sanatkumâra, dass Vishṇu der höchste Gott sei, dass die von den Göttern getöteten Dämonen in den Himmel kommen.

3. Der Muni erklärt ihm das Wesen Vishṇu's (nach Bhâkta-Ansichten). Auch er werde ihn sehen. Im Anfang des Tretâyuga werde Râma und Sîtâ leben. Râvaṇa fasst den Beschluss, Râma zu bekämpfen.

4. Ganz sinnloses Gerede.

5. Nârada sagt dem Râv., dass die Bewohner von Çvetadvîpa am stärksten seien. Er geht dort hin, findet aber nur eine Frau. Als sie seine Absicht erfährt, wirft sie ihn einer Freundin zu. So spielen die Frauen mit ihm Ball. Zuletzt fällt er ins Meer, und Nârada lacht ihn aus. Agastya sagt dem Râma, dass er Vishṇu sei etc. (Alles ist recht wirr.)

Die nach 59 eingeschobenen unechten Gesänge:

1. Am andern Morgen will Râma öffentliche Audienz geben, aber es hat sich, da während seiner Regierung kein Unrecht geschieht, kein Rechtsuchender eingestellt. Zum zweiten Male hinausgeschickt, findet L. einen heulenden Hund, der, nachdem R. ausdrücklich es befohlen hat, vor ihn gelassen wird.

2. Der Hund sagt, dass ihn ein brahmanischer Bettelmönch geschlagen habe; derselbe wird herbeigerufen und giebt zu, dies im Zorn gethan zu haben. Da aber ein Brahmane nicht gestraft werden darf, so zeigt sich der Hund zufrieden gestellt und bittet, dass er an des Brahmanen Stelle als Familienhaupt anerkannt werde. Das geschieht. (Soweit die confuse Darstellung erraten lässt, scheint der Hund früher *kulapati* gewesen zu sein, sich aber an brahmanischem oder kirchlichem Besitz vergriffen zu haben.) Der Hund endet in Benares durch *prâyopaveçana*.

3. Im Walde macht ein Geier einer Eule ihr Nest streitig. Sie bringen ihre Klage vor R., der sie nach der Dauer ihres Besitzes befragt. Der Geier sagt, er wohne solange darin, als es Menschen gäbe; die Eule, solange Bäume wüchsen. R.'s Minister sprechen sich zu Gunsten des Geiers aus. R. erzählt, dass Madhu und Kaiṭabha, die aus dem Ohrenschmalz des schlafenden Vishṇu entstanden seien, den Brahman angreifen wollten. Da habe Vishṇu sie mit seinem Discus getötet und

die durch ihr Fett verunreinigte Erde dadurch gereinigt, dass er Bäume und Pflanzen wachsen liess. Darum sei die Eule im Recht, und der Geier müsse bestraft werden. Aber eine himmlische Stimme verbietet es; denn der Geier sei ein zur Strafe für unrichtige Bewirtung eines Brahmanen in diese Gestalt verwandelter König Brahmadatta, der durch seine Zusammenkunft mit R. seine ursprüngliche Gestalt wieder gewinnen solle. So geschieht es.

Namen-Verzeichnis zur Inhalts-Angabe.

(K. König; V. Vater; M. Mutter; S. Sohn; T. Tochter; G. Gemahl oder Gemahlin; RA. Rākshasa; A. Affen. — Abkürzungen von Eigennamen siehe oben p. 140.)

A.

Avindhya, Râ., 5, 37.
Açmanagara, Stadt, 7, 23. p. 206.
Açvinen, V. Dvivida's und Mainda's, 1, 17.
Açvapati, K. der Kekaya, Bruder der Kaikeyî, V. Yudhâjit's, 2, 1.
Asamanja, S. Sagara's, 1, 38. 70; 2, 36.
Asita, K. v. Ayodhyâ, wird von den Haihaya besiegt 1, 70.
Asûrtarajas, S. Kuça's, gründet Dharmâranya 1, 32 (in T. Adhûrta°, in B. Amûrta°).
Ahalyâ, G. Gautama's, von Indra verführt, von Gautama verflucht, durch Râma gereinigt, 1, 48. 49; 7, 30.

Â.

Âyus, S. Purûravas', 7, 56.

I.

Ikshumatî, Fluss, 1, 70.
Ikshvâku, erster König v. Ayodhyâ, 1, 70; 7, 57. 79.
Indra, Gott, V. Vâlin's 1, 17; befleckt sich durch die Tötung Vṛitra's mit der Sünde des Brahmanenmordes 1, 24; 7, 85; wird durch Rishi davon gereinigt 1, 24, wird durch ein Pferdeopfer davon gereinigt 7, 86; spaltet die Leibesfrucht der Diti in 7 Teile 1, 46, die er zu den 7 Marut macht 1, 47; verführt die Ahalyâ, durch Gautama's Fluch entmannt 1, 48; 7, 30; die Götter setzen ihm die Hoden eines Widders ein 1, 49; kämpft mit dem Asura Çambara 2, 9; giebt einem Büsser ein Schwert, wodurch derselbe verdirbt 3, 9; speist Sîtâ während ihrer Gefangenschaft 3, 56, wurde von Kabandha bekämpft 3, 71; tötet Maya 4, 51; schlägt Hanumat die Kinnbacken ein 4, 66; 7, 37; schneidet den Bergen die Flügel ab 5, 1. — Raubt Sagara's Opferpferd 1, 39; ebenso Ambarisha's 1, 61; schickt dem R. den Mâtali mit seinem Wagen 6, 102; wird ein Pfau 7, 18; kämpft mit Râv. 7, 27—29; wird von Indrajit gefangen 7, 29; losgelassen 7, 30—35.
Indrajit, S. Râvaṇa's und Maṇḍodarî's, hiess zuerst Meghanâda 7, 12; besiegt Indra 7, 29; erhält den Namen Indrajit und Agni's Wagen 7, 30; fesselt H. durch die Brahma-Waffe 5, 48. 58; Streit mit Vi. im Rat 6, 15; von Angada besiegt 6, 44; besiegt R. und L. 6, 45; enthauptet die hervorgezauberte Sîtâ 6, 81; opfert in der Nikumbhilâ 6, 84 f.; kämpft mit L. 6, 86 f.; fällt 6, 90.
Ila, K. v. Bâhli, 7, 87 f.; wird Weib, siehe Ilâ; gründet Pratishṭhâna in Madhyadeça, 7, 90.
Ilâ, gebiert dem Budha den Purûravas 7, 87—90.
Ilvala, Râ., von Agastya getötet 3, 11. 43.

U.

Uccaihçravas 1, 45.
Udâvasu, K. v. Mithilâ 1, 71.
Unmatta, Râ., S. Mâlyavat's 7, 5.
Umâ, T. Himavat's und G. Çiva's 1, 35; ihr Beischlaf mit Çiva 1, 36; verleiht den Râkshasinnen Gaben 7, 4.—7, 13. 87.
Urvaçî, liebt Varuṇa 7, 56; als Mensch wiedergeboren, wird G. des Purûravas 7, 56.
Uçanas (Bhârgava) 7, 27. 58. 79.
Uçirabîja, Land, 7, 18.

Û.

Ûrmilâ, T. Janaka's und G. Lakshmaṇa's, 1, 71. 72; 2, 118.
Ûrmilâ, M. Somadâ's, 1, 32.

Ṛi.

Ṛiksharajas, V. Sugrîva's u. Vâlin's, 7, 36. p. 207.
Ṛicika, Schwager Viçvâmitra's, 1, 34.
Ṛicika, V. Çunahçepa's, 1, 61.
Ṛicika, V. Jamadagni's, 1, 75.
Ṛishabha, A., tötet Matta 6, 69.
Ṛishabha, K. v. Ayodhyâ, 7, 111.
Ṛishyamûka, Berg, Wohnsitz Sugrîva's 3, 72. 74; 4, 11. 12.

E.

Ekâkshipingalin, Name Vaiçravaṇa's 7, 13.

Ai.

Airâvata, Indra's Elephant, 7, 35.

K.

Kakutstha K. von Ayodhyâ, 1, 70.
Kaṭhaka-Brahmanen 2, 32.
Kapila, Form Vâsudeva's 1, 40; verbrennt die Sagariden 1, 40.
Kabandha, S. Danu's, ein Ungeheuer, wird von R. u. L. getötet 3, 69—73.
Kampana, Râ., von Angada getötet 6, 75. 76.
Karûsha, Volkstamm, 1, 24; woher der Name 1, 24.

Kh.

G.

Raçmiketu, RA., 6, 43.

RAkA, T. SumAli's, 7, 5.

RAkshasa, woher benannt, 7, 4.

RAma JAmadagnya, sein Kampf mit RAma, 1, 74—76.

RAma, S. Daçaratha's und Kausalyâ's, 1, 18; begleitet Viçvâmitra, 1, 19 ff. besucht Sumati, K. von ViçAlA, 1, 47; kommt zu Janaka 1, 50; spannt und zerbricht dessen Bogen 1, 67; Kampf mit JAmadagnya 1, 75. 76; spannt Vishṇu's Bogen 1, 76; heiratet SitA 1, 73; soll zum yuvarAja geweiht werden 2, 1. 2; Vorbereitungen dazu 2, 3—6; soll verbannt werden und willigt ein 2, 16—19; Gespräch mit Kau. und L., Abschied von Kau. 2, 20—25; Verteilung seiner Habe an Brahmanen 2, 32; Abschied von D. 2, 33—40; Aufbruch und Reise bis zum Ganges 2, 45—52; Überfahrt 2, 52; Besuch bei BharadvAja 2, 54. 55; Überfahrt über die YamunA 2, 55; Ankunft auf dem CitrakûṭA 2, 56; Aufenthalt dort und Ankunft Bharata's 2, 94—101; Auseinandersetzung mit ihm 2, 102—112; Aufbruch vom Citrakûṭa und Besuch bei Atri 2, 116—119. — Kampf mit VirAdha 3, 2—5; Besuch bei Çarabhanga 3, 5. 6; bei Sutîkshṇa 3, 7. 8; zehnjähriger Aufenthalt am PancApsaras-See 3, 11; Besuch bei Agastya 3, 11—13; Aufbruch nach Pancavaṭî 3, 13; Begegnung mit JaṭAyus 3, 14; Aufenthalt an der Pancavaṭî 3, 15 ff.; Begegnung mit ÇûrpaṇakhA 3, 17; Kampf mit Khara und Dûshaṇa 3, 21—30; er tötet die goldene Gazelle-MArîca 3, 43. 44; sucht die SitA 3, 57—66; trifft den sterbenden JaṭAyus 3, 67. 68; Begegnung mit Hanumat und Bündnis mit Sugrîva 4, 2—8; schleudert die Leiche Dundubhi's weg 4, 11, und fällt die 7 SAla-Bäume 4, 12; erschiesst VAlin 4, 16; weiht Sugrîva 4, 16; wohnt in einer Höhle auf dem PrasravaṇA-Berge 4, 27; verbringt dort die Regenzeit 4, 27. 28; lässt Su. durch L. mahnen 4, 30; empfängt Su.'s Besuch 4, 38. 39; Heerschau und Entsendung der Affen 4, 40—46. — Er hört H.'s Bericht über S. 5, 64 f.; ordnet das Heer und führt es zum Ocean 6, 4; Aufnahme Vibhîshaṇa's 6, 17 ff. und dessen Weihe 6, 19; zwingt SAgara zu erscheinen 6, 21 f.; besteigt den Suvela 6, 38 ff.; tötet Kumbhakarṇa 6, 67; von Indrajit besiegt 6, 45. 73; tötet MakarAksha 6, 79; verstösst S. 6, 115; nimmt sie wieder auf 6, 118. RAma als Vishṇu 6, 117; 7, 110; Anordnungen nach dem Siege 6, 120—122. Rückkehr nach AyodhyA 6, 123 ff. Seine Weihe 6, 128. — Wegen des Geredes der Leute verstösst er S. 7, 43 ff.; hört das RAmAyaṇa 7, 93. 99; lernt seine Söhne kennen 7, 95; letztes Zusammentreffen mit SitA 7, 97; bringt ein Pferdeopfer dar 7, 84—99; KAla's Mahnung 7, 103 f.; DurvAsas' Besuch 7, 105; er verstösst L. 7, 106; Abschied von seinen Gefährten 7, 107, 108; Himmelfahrt 7, 109.

RAmAyaṇa 1, 2. 3; 7, 71. 93. 94.

RAvaṇa, S. Viçravas' mit der Kaikasî, K. der RAkshasa, hiess zuerst Daçagrîva 7, 9; opfert 9 seiner Köpfe, seine Belohnung dafür 7, 10; nur ein Mensch könne ihn töten 1, 15. 16; nimmt von LankA Besitz 7, 11; heiratet Mandodarî 7, 12; kämpft mit Vaiçravaṇa und nimmt ihm das Pushpaka 7, 14. 15; Begegnung mit Çiva 7, 16; erhält von ihm den Namen RAvaṇa 7, 16; will Vedavatî vergewaltigen 7, 17; bekämpft Marutta 7, 18; tötet Anaraṇya 7, 19; bekämpft Yama 7, 21; verbündet sich mit Madhu 7, 25; notzüchtigt RambhA und wird von Nalakûbara verflucht 7, 26; kämpft mit Indra 7, 27—29; wird von Arjuna gefangen genommen 7, 32; kämpft mit VAlin 7, 34. — Hatte SubAhu und MArîca gegen Viçvâmitra abgesandt 1, 21; raubt SitA 3, 46 ff.; Kampf mit JaṭAyus 3, 49—51; besucht SitA 5, 18—20; Kriegsrat 6, 6—16; kämpft mit L. u. R. 6, 59; kämpft mit R. 6, 99 ff.; durchbohrt L. mit einer Lanze 6, 100; wird von R. getötet 6, 108; Totenklage und Bestattung 6, 109—111.

RAshṭravardhana, Rat D.'s, 1, 7.

Ç.

H.

Himavat G. Menâ's, V. der Gangâ und Umâ 1, 35.
Hiraṇyanâbha (°garbha) Mainâka, mythischer Berg, 5, 1. 58.
Heti, erster K. der Râkshasa, 7, 4.
Hemacandra, K. von Viçâlâ, 1, 47.
Hemâ, Apsarase, G. Maya's 4, 51; 7, 12.
Haihaya, Volksstamm, 1, 70; 7, 31.
Hrasvaroman, K. von Mithilâ, 1, 71.

Concordanz der Bombayer (C) und Gorresio'schen (B) Ausgaben.

(Sind zwei oder mehrere Zahlen durch einen Punkt verbunden, so gilt der Zehner der ersten Zahl auch für alle folgenden, die also die Einer darstellen. Dasselbe gilt auch bei Anwendung des Striches —. Ein * vor Zahlen bedeutet, dass die betreffenden Verse keine Çloka sind.)

	C		B
1	1—4	1	1—4
	5, 6		7, 8
	7		9a. 10b
	8—10		11a—6a
	13b		16b
	14b—20a		17—21. 3
	21—6a		24—8a
	27b		29a
	28. 9a		30b. 1
	31. 2b. 3a. 3b. 4a		32b. 3a. 5. 7
	35b		39a
	37—9a		39b—41
	41b—3		43. 4. 6b
	46—8a		47b—9
	49—52		50. 2. 3. 4
	53. 4		55b. 6. 7a
	56b. 7a		58
	57b. 8. 9		60b. 1. 2
	60b. 2		63a. 4a. 6a
	63. 6		64b. 6b. 7
	67		68, 70b
	68, 70		71. 2
	71—4a		74—7a
	75—80		78—83
	81a. 2		84a. 6b. 7a
	83. 4		83b. 5. 6a
	85		84b. 9b
	86a. 8b		90
	89—92		91. 4—6
	94a. 5b		98
	96b. 7		99b, 100
	98b		101a
	99		103b. 5a
	*100		*107
2	1a, 2—5	2	1a, 3—6
	6b, 7		7b, 9
	8		10a. 1b

	C		B
2	9—11		12—4
	13—6	2	15—8
	18. 9		20. 1
	20b—6		22b—28
	27b—9		29, 31. 0a
	30—4		30b, 32—36
	35—7a		37. 9, 40
	38b—41		41—44
	*42		*46
3	1, 2	3	1, 2
	10. 1a		3b, 4, 5b
	1b. 2a		4b. 5a
	12b—7a		6—10
	17b. 8a		11a
	18b. 9		11b. 2b. 3b
	20—7a		14—21a
	28a. 9		21b. 2
	30. 1a		23ba. 4a
	32		24b. 5a
	33—7a		26b—30
	37b. 8a		31a
	38bc. 9a		31b. 3
4	1a		34a
	3b—6a		39b, 40. 1b
	7		43a. 4a
	8, 9		44b. 5. 6
	14b—7a		51a—6
	17b. 8a		58
	19, 20		61. 2
	26b. 8b		63b. 4b
	31b—3a		71. 2
	*35. 6		*73. 4
5	1—4	5	(1—4)
	5—8		1—4
	9, 10. 5		7, 8, 18
	*23		*20
6	1—6a	6	1—6a
	7, 8a	6	7, 8a

	C		B
6	10—4		11—5
	16. 7a. 8a		18b. 9b. 20
	19—23a		21—5a
	25. 6b. 7a		27. 8
	*28		*28
7	2, 3, 4	7	2, 3, 1
	6b, 7a		4
	8a, 9a, 11a		5a, 6a, 7b
	12b. 3. 4b		9b, 10. 4b
	20a. 1a. 3a		17bc. 8b
	*24		*18
8	1—4	8	1—4
	5—7	11	8—10
	8b, 9		11b. 2
	10. 1		13b. 4. 5a
	12. 3		19b. 5b. 6
	16. 6. 7b. 18		19. 20. 1b 22
	19b, 20b		23b, 4b
	21a. 3a		25ac
9	1b	8	5b
	2b—10		6a—14a
	12a. 3a		15a. 6a
	14. 5b		16b. 7. 9
	16. 7		21. 2
	18b. 9b		26a. 9a
10	2—4a	9	2—4a
	6, 7		7, 10
	9, 10		20b. 1. 2a
	12. 3a		24. 5b
	15—8		28b—32a
	19a, 20b		33a. 4b
	21		37a. 8a
	24		50b, 22a
	25. 6		51. 2
	28. 9		53b—5a
	30. 1		65. 6a. 7b
	32. 3		68. 9

	C	I	B
11	1a, 2–5a	10	1a, 2–5a
	6, 7 . . .		6, 7
	8, 9, 10a		9, 10. 1b
	11. 2a . .		12. 3a
	14. 5b. 6a		17b. 8a. 9
	18b–20 .		21–3a
	21b. 2a .		28
	23a. 4 . .		31b. 2b
	25b–7 .		33–5a
	29b–31 .		36b–8
12	1–3 . . .	11	1–3
	4a		19b
	5b–8a .		9, 8, 10
	9, 10 . .		11b. 2. 3b
	11. 2 . .		14. 5a. 9b
	13–5a .		15b. 6. 7.
	15b. 6. 7a		19a, 20. 1b
	18–22. .		22–5
13	1a	12	1a
	2–11a .		1b–10
	13–5 . .		11–3
	16a. 7a .		14
	17b–21 .		15a–8
	24. 5 . .		21b. 2. 1a
	27c–9a .		23b–5a
	30–3a .		25b–8
	33b–7a		29b–33a
	38a. 9, 40		34. 5
14	1, 2 . . .	13	1, 2
	8, 9 . . .		18. 9
	10. 1 . .		5, 6a, 8a
	12–4a .		11–3a
	15. 7b. 9 .		14. 5b. 7
	20. 1a . .		20. 1a
	22. 3 . .		22. 3
	26. 7a . .		25. 6a
	28b. 9b .		28
	32. 3a . .		31b. 2
	34b. 5a .		34a. 7b
	43. 4 . . .		39b–41a
	51a . . .		43a
15	2a, 3a . .	14	1b, 2a
	4, *38 . .		3, *43
16	5		36
	6a, 7b . .		42b a
	8, 9 . . .	15	1, 2
	11–3 . .		3–5
	14b. 6b .		6a, 7b
	17b. 8a .		13a. 4b
	19, 20 . .		15. 6
	23		18b. 9a
	24		17b. 8a
	26		19b, 20a
17	1–6 . . .	20	1–6
	8, 9, 17b		7, 8, 9a
	18–21b .		10–3a

	C	I	B
17	25b–33 .	20	13b–21
	*37 . . .		*22
18	1, 5 . . .	16	1, 11
	6	17	1b, 2a
	10b . . .	19	11b
	12, 3a. 4a		12. 7a. 5a
	24b. 5a .		20
	28b–33a		21–5
	35a . . .		30b
	39b–42a	21	4–6
	43a. 4b. 5a		7b, 9
	47b. 8b. 9a		10a. 1b. 2a
	49b . . .		14a
	50b–3a .		15–7
	54a. 5b .		18
	59		23
19	1, 2, 5a .	22	1, 2, 5a
	6, 7 . . .		5b–7a
	8b–12 .		9–13a
	13b–5 .		14–6a
	16b. 7a .		18
	18b. 9a .		19
	21		20
20	1–4 . . .	23	1–4
	5b, 6a . .		5
	7b, 8, 9a		7, 8
	10. 1a . .		14b, 9
	12. 3a . .		13b. 5
	14		16b. 7a
	17b. 8a .		18
	20b–3 .		19b–22
	25b. 6b. 7		24. 6
21	1–7a . .	24	1–7a
	9, 10 . .		10. 1
	14. 5a. 6		14. 5a. 6
	17a, 20b .		17a, 20b
22	1–6 . .	25	1–6
	9b, 10 . .		9a, 8
	10. 2a . .		9b, 10
	13–5a .		12–4
	16. 7. 8a		14b. 5. 6.
	19b, 20a		18
	21b. 2. 3c		20. 1.
23	1, 2b, 3 .	26	1, 2b, 3
	4, 5a, 6 .		4, 5a, 6
	8–10 . .		8–10
	12–4 . .		12–4
	15a. 6. 7		15. 7. 8
	18b–20 .		19–21a
	22a . . .		21b
24	1–4 . . .	27	1–4
	6b–11a .		5–9
	12. 3 . .		10b. 1. 2b
	14b–27a		13–25
	29–32 .		26b–30
25	1, 2 . . .	28	1, 2

	C	I	B
25	4–10 . .		3–9
	12–20a .		10–8a
	20b–2 .		19b–21
26	1, 4–7 .	29	1, 3–5
	8b, 9, 10a		7b, 8, 9a
	11. 3 . .		10. 2
	25b. 6a .		13a. 4b
	26b–9a .		16–8
	29b–34a		20–4
27	1, 2 . . .	30	1, 2
	5, 6 . . .		5b, 6b, 7
	7b, 8b . .		8b, 9b
	9–12 . .		10–3
	15. 6 . .		14. 5
	18b. 9, 20a		18. 9
	21b. 2 . .		21. 2a
	24. 5a . .		22b. 3
	27. 8 . .		24b. 5
28	1–3a . .	31	1–3a
	4, 5b . . .		5. 6b
	6, 7a . .		7, 8a
	9, 10a . .		9, 10a
	13–8a .		13b–8
	19, 20 . .		19, 20
29	1, 3b, 4a	32	1, 2
	6b, 7a . .		5, 6a
	18. 9 . .		11. 2
	22–4. 6 .		16–8. 9
	28–31 .		21–4
30	1, 2a, 3b	33	1, 2a, 3b
	4, 5b . .		4, 6a
	7a, 8b .		7a, 8b
	10–12a .		8a, 9, 10
	15		12a. 3b
	17–21 .		14–8
	22–4a .		19–21a
	25. 6 . .		23. 4.
31	1–7 . . .	34	1–7
	9–11 . .		9–11
	15. 6b 8		14. 5b. 7
	19a–24b		18a–23a
32	1a, 2b .	35	1
	3–14a .		2–13a
	13b. 4 . .		15b. 6
	18–26 .		15–23
33	1–3 . . .		24–7a
	5, 7a . .		29, 31a
	9b, 10a .		34
	11. 2 . .		36. 7
	13a. 4a .		39
	14b. 5. 6		40a. 1. 2a
	18–26a .		43b–50a
34	1, 2a, 3 .	36	1, 2a, 3
	4–7 . . .		4–7
	8b–19 .		8b–19
35	1–19 . .	37	1–19

C	I	B
36 1a, 4, 5		38 1a, 5, 6
6ac		7
7, 8		8, 9
9, 10a		10b.1a 2a
11. 2a. 3a		15b.6.7b
14—9		18—24a
20b.1.2.3a		25. 6. 7a
24—7		28—31
37 1—5, 7a		39 1—5, 7a
9, 10		9, 10
18b—20a		18. 9
21. 2		20. 1
23—5a		23—6a
27. 8a		27, 8a
29—31		29—31
38 1—12a		40 1—12a
13—8		13—8
19b, 20a		19b, 20a
20b—3		22—4
39 1, 2		41 1, 2
3b—7a		3—6
8b, 9a		8
10b—2		10—2a
13b. 4. 5b		14b. 5a. 6
16—8		17. 9, 20
19b—25a		21b—7a
26		28
40 1, 4—8a		42 1, 3—7a
9, 10a		8, 9a
11—3		10—2
15. 6		14. 5
17b—24		16—22.3b
15b. 6a		24
17b. 8a		25
30bc		26
41 1, 2a		43 1, 4b
2b—4		2—4a
5, 6a		5, 6a
7b—10		7b—10
11—4a		11—4a
15—9a		15—9a
20		19b, 20
21—6		22—7
42 1—4		44 1—3, 5
8—11		7—9
12a. 3		10. 2a
15. 6a		13. 4a
17—23a		15—21a
24. 5a		22b.3a.4a
43 1, 2, 3,		45 1, 3, 4
14b. 5a		25b. 6a
17. 8b. 9a		12. 3a
19b. 21a		14. 5
21b. 2		17b. 8
23. 4		19a. 6. 7a
25. 6b		19b, 20

C	I	B
43 27. 8a		45 21b. 2
23b. 1a		25b. 6a
31b—4a		28b—31a
44 1		31b. 2a
3		35b. 6a
4—6a		37b—9
7—17a		41—54a
18b. 9a		55
20		56
21a. 2a		57
45 1—9a		46 1—9a
10—5		10—6
16—8		17. 8, 21
33. 4		22. 3a. 4b
35—7. 9a		25—7. 9a
44a. 5		33b.4a.5b
46 1—6a		47 1—6a
7, 8, 9a		6b, 7, 8
10a.1—4a		9b,10b—3
16		14b. 5
17. 8		16. 7
19—23		19—23
47 1, 2		48 1, 2
5a, 7a		5a, 8a
8b, 9b		11
10—22		12—24
48 1, 2a, 6a		49 1, 2
2b—5		3—6a
6b, 7		6b, 7a, 8a
9—12		9—12
14. 5a		14. 5a
16—24		16—24
25b—8		25—8a
29—33		29b—34
49 1—7		50 1—7
8—16b		9—17
17—20		18—21
21. 2		22a. 3b. 4
50 1—7a		51 1—7a
8—12a		7b—11
13b—6a		13—5
17b. 8b		17a. 8b
21b		17b
22—5		20—3
51 1-15a. 6a		52 1-15a. 6a
17—23		17—23
25a—7		24. 5. 6b
28 bc		27
52 1—23		53 1—23
53 1—5, 6a		54 1—5, 7b
6b—20a		7—22
54 1—17		55 1—17
18b—23		18—22.3b
55 1—28		56 1—28
56 1		57 1
3—24		2b—24a

C	I	B
57 1, 2		58 1, 2a, 4a
3, 4a		2b, 5
4b—14a		59 1—10
15a. 7		11a.3a 4b
18—22		15—9
58 1, 2		60 1, 2
3—5, 6c		4—6. 7a
7b—10a		8—10
11b—18a		13. 4
13b—24		16—27
59 1, 2, 3a, 5		61 1, 2, 3a, 5
6a, 7		6, 8b
8b, 9		9, 10a
12—22		12b—23
60 1—3a		62 1b—3
4b, 5b		4b, 5b
6b, 7a		6b, 7a
7b, 8a, 9		8, 9
11—21a		11—21a
21b. 2		22. 3a
23b—5		23b—6
26—9		27—30
30b. 1a		31
32a. 3b. 4		32a. 3. 4.
61 1—4		63 1—4
5b, 6		5b, 7
7—10. 3b		8—11. 4a
14. 5a		17a. 6
16—8a		18—20a
19—21		20b—3a
23. 4		23b. 4
62 1, 2		64 1, 2
3b—5a.6a		3—5a
7—10		6—9
11. 3		10a. 1a. 3
14. 5		14. 5
16a. 7		16a. 7
21—5a		21—5a
26—8		26—8
63 1—3		65 1—3
4, 5		5, 6
6		8a, 9a
8b, 9		12. 4a
13b—5a		17a 8
16b. 7a		20
17b—21		22—26a
22a. 3a		28a. 9a
23b—5. 6		30—2a. 3
64 1—4a		66 1—4a
5—8, 9a		5—8, 10a
10—4		13—7
65 1, 2		20. 1
11—3. 5b		67 4—7, 8a
18—23a		8b—13
27a. 8a		19
31. 2		22. 3a. 4a

C I	B
65 33	67 23b. 4b
34—7 . .	25—8
39, 40 . .	29, 30
66 1—10. 1b	68 1—10. 1b
12a. 3a .	12a. 3b
15. 6a .	14. 5a
17. 8a . .	15b. 6
19	17b. 8a
20b. 1 2a	19, 20
23b—6 .	22—5
67 1—3a . .	69 1—3a
4—6a . .	4—6a
7—10a. 1	7—10a. 1
13—8a .	14—9a
19—27 .	20—8
68 1, 2,4a,5a	70 1, 2, 6
6—19 . .	7—20
69 1—7a . .	71 1—7a
9. 10 . .	8b—10a
12—7a .	14a—8
17b. 8 . .	25. 6
70 1—4, 6 .	72 1—5
8b—15a .	6—12
16—20a .	13b—7
21. 2a . .	18b. 9
23—7 . .	20—4
37b—43.5	25b—31.4
71 1, 2 . . .	35. 6
3—21 . .	73 2—20
23. 4 . .	22. 3
72 1, 3—7 .	74 1, 3—7
8, 9 . . .	9, 10
10b. 1a. 2	11. 3
13. 5a . .	14. 6a
17. 8a. 9	19, 23a. 4
20—3. 5.	26—9, 30
73 1—4 . . .	75 1, 2, 4, 5
6b, 7. 8b	7, 8
9, 10 . .	9, 10
12—8a .	12—8a
23b. 4a .	19
30b—3 .	20—3a
34b. 5 . .	24. 5a
37	26a. 7a
38—40 .	28—30
74 1—4a . .	76 1—3, 5a
4b—17a .	6—18
18. 9 . .	19. 20
20b-22a.4	22. 3, 7
75 1, 2, 3b .	77 1, 2, 3b
4b—7a .	5b—8
8—13a .	10—6a
14—24 .	16b—27
16—28 .	30—2
76 1—3a . .	33—5a
6—9 . . .	40—3

C I	B
76 12—4 . .	77 45—7
15a. 6a. 7	48, 9
18a. 9 . .	50a. 1
23a. 4 . .	54b. 5
77 1a, 2—5a	78 1a, 2—5a
6—8a . .	5b—7
10b—2 .	8, 9, 10b
13. 4a . .	11. 2a
15b—17a	79 1, 2
17. 8a .	4
18b. 9a .	25
20b—4a .	45—8
26b—8a .	78 13b—5a
28b c. *9	12b.3a.*6

C II	B
1 4—6a, 10	1 1, 2, 4a, 5
12—6 . .	6—10
35. 7—40	17. 9—22
2 19—21 .	23—5
23. 5. 6 .	26—8
32. 3a . .	29, 30a
37b. 8 . .	37. 8a
51b. 2a .	39
52c. 3. *4	40b. 1 .*2
3 1—4 . . .	2 1—4
21b—43 .	7—29a
45—*9 .	32—*6.
4 1—45 . .	3 1—45
5 1—*26 .	4 1—*26
6 1—*28 .	5 1—*28
7 1, 6a . .	6 1, 2b
7b—9 . .	3b, 5, 4
10. 1 . .	6. 7
12—6 . .	9—13
17b—22 .	14b—9
23—6 . .	23—6
30. 1 . .	27. 9
33—*6 .	30—*3
8 2, 9, 10 .	7 2, 4, 5
13—5a .	7—9a
16. 7 . .	12. 3
20—2a .	14—6a
22b. 3. 4	17. 8b. 9
25—8 . .	21—4
31—7 . .	25—31
*38b, 9b	*32
9 1a, 4a . .	8 1a, 2a
7b, 5b . .	10
8—10 . .	7—9
11—3 . .	11—3
14a. 6b .	14
17. 8, 20a	15b. 6. 7
20b. 2. 3a	18. 9
24	21b. 2a
25. 6 . .	31. 0
9 27	8 22b. 3a
28	25b. 6a
29,30a.2b	23b.4a.6b
33—5a .	27b—9
35b. 6. 7a	32. 3a. 6b
38b—42a	38—41
43b—5a .	42. 3
47—50 .	44b—7.8b
51—4. 5b	49—52.5b
56—8 . .	54. 6. 7
*65. 6 . .	*59, 60
10 9b. 11a .	9 1
22b—4a .	2, 3
26—31 .	5—10
32a. 3. 4	11. 2a. 5
35. 6 . .	23, 13a
40	16
11 2, 3, 5 . .	17. 8, 21
9, 10 . . .	22. 3
12—8a .	24—30a
22. 3a . .	19, 23b
24b. 5a .	31
27a. 6b .	32
12 4	34b. 5b
5b—15a .	39—45
*112 . . .	*47
65b—7a .	10 6, 7
83. 4 . .	8, 11
88a (98a)	5b
94a b . .	15
13 1—5 . . .	1—5
7, 14a . .	7, 15a
14b—7a .	16—8
18b—20 .	22—4a
21b. 2a .	27
*24. 5 . .	*28. 9
14 1—6 . . .	11 1—6
9b—13 .	8—12a
46b. 7a .	17a. 8b
57b. 8 . .	22. 3a
*67 . . .	*31
15 1, 3a . .	12 1, 3a
4—7a . .	3b—6
9b,8a,11b	9a,12a.1a
12	12b. 3a
14—6a .	14b—6
17b. 8 . .	17. 8a
22b—4a .	20. 1
26b—8a .	23. 4
29b . . .	26b
31b. 2a .	32
*40.1.5.8	*34.5b—8
16 1—4a . .	13 1—4a
6b—15.6b	4b—13.4a
19, 20a .	16. 7a
21b. 5a .	19b, 20a

	C	II	B
16	29b—33 .	18	23—7a
17	8a, 9, 10	14	10a, 1. 2
	11—3 . .		18. 7. 8
	15a. 7 . .		19a, 20
	21. *2 . .		20. *2
18	1, 2	16	1, 2
	3—8 . . .		5—10
	9, 10 . .		12. 4
	11		11b. 8b
	12b—4. 5		15b—7. 9
	17. 8 . .		24. 5
	25b. 9 . .		26. 7a
	30		28b. 9a
	31—3 . .		30b—2
	34a. 7 . .		34b. 5
19	1—3 . . .	16	1—3
	4—7, 8a .		6—9, 11a
	9a, 10—6		12a. 3—9
	17—20a .		21—3
	21—4 . .		24b—8
	25—7 . .		31—3
	28—30 .		36—8
	31—3. 5 .		40. 4—6
	*40 . . .		*47
20	8, 9, 11 .	17	1, 2, 4
	14. 6, 20 .		6, 8, 11
	21a. 2a. 3		12a. 3a. 4
	24. 7 . . .		16. 8
	30—7 . .		20—7
	39, 40a. 1		30. 1. 2a
	43a. 5 . .		32b. 5b. 6a
	46a. 8 . .		34b. 6b. 7a
	49		38
	*50—2a .		*39, 41. 2a
	*53a. 4a. 5		*40. 3
21	1—11 . .	18	3—13
	15. 6a. 7		17. 8
	20—3 . .		20b—4a
	24—6a .		25b—7a
	26—30 .		29—33a
	31. 2 . .		35b—8a
	33		35b. 6a
	34b. 5a. 6b		39. 8b
	37b. 8a. 9a		40. 1a
	40b—7a .		46b—53
	*63. 4 . .		*54. 6
22	5a	19	2a
	6—12a .		3—8, 10a
	13. 4a. 5		9, 11a. 2
	17		14b. 5a
	19—22. 5b		16—9. 20b
	*30 . . .		*22
23	1—4 . . .	20	1—4
	5—7 . . .		5b—7, 8b
	10a. 1. 3		13. 4a. 6b
	15—7. 8b		18b—21

	C	II	B
23	20. 1 . .	20	23b. 4. 5a
	22a. 3 . .		26b. 5b. 6a
	24b. 7b .		27b, 30b
	25. 6 . .		28b. 9, 30
	27b. 8a .		30b. 1b
	29—32 .		34b—8a
	33. 4a. 5a		39b, 40. 38b
	36a—9a .		42—4
	*45 . . .		*40
24	2—4 . . .	23	2—4
	6—14 . .		5—12. 5
	16—8a .	24	2—4a
	19—21 .		4b—7a
	22b. 3b. 4a		9b, 11b. 2a
	29b, *33 .		18a. *22
25	1, 8 . . .	25	17, 21
	9b, 10a .		23
	11. 4 . .		28. 9
	16—20 .		30—4
	21. 2. 5 .		37. 5. 6
	38. 40. 1 .		20, 39. 8
	*43. 4 . .		*41. 2
26	1—5 . . .	26	1—4, 6
	8—16 . .		10—8
	20—4a .		21—5a
	24b. 5 . .		27b. 8
	28—30 .		29—31
	32—6. *8		32—6. *9
27	1. 4, 5 .	27	1, 2, 4
	6—9 . . .		8, 7, 9, 10
	11. 2a . .		11. 2a
	13. 4a . .		13. 4b
	15b. 6 . .		15b. 6
	17b—9a .		17. 8
	21		21
	*22—4 .		*24—6
28	1a. 3a, 5	28	1a, 2a, 5
	7, 19, 25 .		11. 0, 31
	*26 . . .		*33
29	1, 2, 5, 6	29	1, 2, 6, 3
	9—15. 6b		9—15. 7b
	19, 22 . .		22. 7
30	2—8 . . .	30	2—8
	10—2 . .		11—3
	13—9 . .		15—20. 2
	21. 2a. 3		23. 4a. 6
	24. 6. 7 .		27—9
	28—30 .		33. 5. 0
	38, 43. 6a		32. 7. 8b
31	1, 2, 7 .	31	4—6
	9, 10b. 1		8, 2a, 9
	12		10a. 1a
	19, 22 . .		17. 6
	25. 7 . .		19, 21
	28—36 .		28—31
	*37a . . .		*32a

	C	II	B
32	1—4a . .	32	1—4a
	6b, 7 . .		6a, 7
	10. 1 . .		9, 10
	15—27 .		17—9
	21a. 3 . .		23b, 30
	25a. 6 . .		32. 3a
	28. 9a . .		35. 7a
	33b. 4. 5		37b. 8. 9
	36. 7 . .		40b. 1a. 2
	40. *3 . .		43b. 2a *6
33	1, 3 . . .	33	1, 4
	5—10 .		6—11
	11—4a .		13—6a
	16. 7b. 8		18, 20b. 1
	19a, 21b. 2		22b. 3. 4a
	23a. 4a. 6		25. 6
	*29, 30 .		*27. 8
34	6b, 8b . .	34	4
	9b—13a .		7—10
	14. 5a . .		11b. 2
	16. 7b . .		13b. 4a. 5a
	19a, 21a .		18
	21b. 2. 3a		19, 20
	24b—7 .		22—5a
	28a, 30a .		27b. 9b
	31. 3a. 4a		37. 8a. 9a
	40. 1. 6 .		41. 2. 4
	47a. 8a .		45
	*55—9 .		*47—51
35	1—3, 5 .	35	1—3, 7
	9—12a. 4		9—12a. 4
	16—9 . .		16—8, 20
	20. 1. 2 .		21. 2. 4
	31. *3 . .		26. *7
37	1—8 . . .	37	1—8
	9		9a. 10b
	11—3 . .		11—3
38	1, 2b, 9 .		14. 6a. 9
	12—4. *5		20—2. *4
39	1—4a . .	38	1—4a
	5a, 7a . .		5a, 8a
	9, 10 . .		9, 10
	12—6 . .		11—5
	17b—20 .		16b—9
	25—31 .		20—6
	32. 3 . .		29, 33b. 9a
	35		43. 4
	36—8 . .		45—7
	40a. *1 .		49b, *50
40	1, 2b . .	39	1, 2b
	3b, 4a .		3
	7, 9 . . .		10b. 1. 2a
	10. 1b. 2		15b. 6a 7. 8a
	15		19b, 20a
	17. 8a . .		21b. 2
	20. 2 . .		24b. 5a. 6

	C	H	B
40	23—7a .	39	29—33a
	28—30 .		35—7
	37—9a .		38—40b
	40b—3a.		41a.2.3.4b
	46—8 ..		46—8
	49, 50. *1		50. 1. *2
41	1—12 ..	40	1—12
	13. 4 ..		13. 4a
	16—8a .		14b—6
	18b. 9. .		18. 9a
	*20 ...		*20
42	1, 2—14.	41	1, 3—15
	16—8 ..		16—8
	21—5 ..		19—23
	27a. 8a. 9		24b. 5. 6a
	31—*5 .		26b—*9
43	1—8 ...	42	1—8
	9, 12 ..		10. 1
	10. 1. 3.		12—4
	15—7 ..		16. 5. 7
	19—*21 .		19—*21
45	1—9 ...	43	1—9
	10—3a .		11—4
	13b—5a.		15. 6
	16b ...		17a
	17—25a.		18—26a
	25b. 6 .		27b a. 8a
	27—9a .		29b—31
	29b—31.		32b—4
	32		35a. 6b
46	1—25a .	44	1—25a
	28. 9 ..		28. 9
	30b—5 .		25b—7
48	1, 2 ...	45	1. 2
	4—9 ...		6—11
	10—3 ..		15. 4. 2. 3
	15b ...		17a 21a
	16. 7 ..		21b.18.7b
	18. 9, 20.		19, 20, 2
	21—4a .		23.6.7.4a
	26. 7 ..		28, 30b a
	28, 32a .		29, 31b
	*36 ...		*32
49	1, 2 ...	46	1. 2
	3—6 ..		5—8
	8—14 ..		9—15
	15—7 ..		17. 6. 8
50	12. 25a .	47	1. 3a
	27. 8 ..		4. 5
	30—6 ..		6—12
	38—40a .		13b. 5. 4
	40b—*51		17—*28
51	1—16 ..	48	1—16
	19—21 .		17—21
	25—*7. .		22—*4
52	1—4 ...	49	1—4

	C	H	B
52	11. 2 ...	50	5, 6
	14—27 ..		7—19, 22
	28—36 ..		28—36
	37—42 .	51	1—6
	44—8 ..		7—10
	49—51a .		11—3a
	52a. 3 ..		14a.7b.8a
	54. 5 ..		15—7a
	56—64 ..		18b—26
	65. 8 ..	52	1, 2
	69a, 70 .		3. 4a
	71—7, 80		5—12
	81—8 ..		15—22
	92. 3 ...		23. 5a. 6a
	94a.5b.6a		27b. 8
	*100 ...		*30
53	1. 2 ...	53	1, 2a. 3b
	5—24a .		7—27a
	25. 6a. 7a		28.9a,30a
	28—30 .		31. 6. 7. 9
	31b.2.*4a		38b.40.*1a
54	1—10 ..	54	1—10
	12. 9 ..		12. 3
	13—7 ..		14—8
	20—2 ..		20—3a
	25—31 .		25b—36
	38a		39b
	41b. 2 ..		40. 1
	*43. ...		*42
55	1, 6a ..	55	1. 5a
	8—12 ..		7—11
	22. 3 ..		14. 5
	32. *3 ..		19, *20
56	1—4a ..	56	1—4a
	7a. 8a ..		9a, 11a
	9a, 10a .		12a. 6a
	27a. 8. 9a		25a. 6. 9a
	*35 ...		*33
57	1. 3—5 .	57	1. 3—5
	7—12a .		7—12a
	13—5a .		13—5a
	16b. 7 ..		16b. 7
	20—3. *4		18—31. *2
58	2—4a ..	58	2—4a
	5b, 6b ..		5
	7. 8a. 9 .		7. 6b. 8
	10—2a .		10—2a
	13. 5. 7a.		13. 6, 20a
	21a. 2b .		22
	25. 6. 8 .		25. 6. 8
	29—31 .		27. 9. 30
	34—*7 ..		34—*7
59	1, 2a ..	59	4. 5a
	3—6 ...		6—9
	8a. 10. 2.		10a. 2. 3
	14—21		15—21. 6

	C	H	B
59	22—4 ..	59	22—4
	25. 6 ..		30, 29
	32. 3 ..		31. 3
60	1—13a .	60	1—13a
	16—9a,20		14—7a. 8
	21. *2. 3.		21. *2. 3
61	3, 5 ...	62	10. 2
	5, 7 ...		4, 18a. 9b
	8—11 ..		20—3
	15—9a .		24—8a
	22b. 3a .		32b. 4a
	24. 5b ..		38, 41b
	*26. 7 ..		*42. 3
62	3, 7a ..	63	2, 3a
	8a. 9, 10a		5a. 7. 8a
	11a. 4. 6a		9a, 13. 5a
	17. 9. 20.		18—20
63	1, 2, 4 .	65	1—3
	5a, 6, 7 .		4a. 5. 6
	10—6 ..		8—14
	19a, 20 .		15a. 7
	21—3 ..		20—2
	26. 7 ..		24b. 5. 6
	29b—31a		27a—31
	35b—8a		32—4
	39b, 40 .		36a; 5
	41—6 ..		37—42a
	51. *3 ..		43. *1
64	2a. 3 ..	66	4a, 2
	7—19 ..		5—17
	22—5 ..		19—22
	26		23. 4
	27—9 ..		25—7
	31. 3 ..		32. 3. 9
	35—8 ..		35—8
	40—6 ..		40—6
	49b, 51. 4		49b, 51. 5
	62b. 3a .		59
	65b. 6. 7a		58, 61a. 2a
	68b. 9a .		64
	70. 1. 2a .		65b. 6. 3a
	*68		*69
65	1, 7—9a .	68	3, 5—7a
	12a. 4. 5a		8b, 10. 1
	21. 3 ..		13. 24
	27. 8. *9 .		21. 2. *3
66	1, 2a. 3a .	64	1, 2a, 14a
	5a, 7a, 9a		6a.7a.21a
	10. 2b ..		22. 34
	13. 4a. 5.		45. 7a. 9
	16. 7a ..		50. 1a
	21. 5 ..		52. 3
	*28. 9 ..		*54. 5
67	2—7a ..	69	1—6a
	8. 9. 10 .		7b a. 8. 9
	12. 3. 5 .		12. 3. 4

C	П	B	C	П	B	C	П	B
67 16b. 8	69	16b. 20	75 41. 5. 7	79	20, 19. 5	88 21—7	96	19—25
22—4. 9		21. 3. 4. 5	50, 60		24. 5	29, *30		26. *7
31a. 2a		27a. 9a	61b. 2. 4		26b. 7, 34	89 1—3a	97	1—3, 5b
36. 7. *8		30. 3. *4	77 1—3	80	1—3	4, 5		8, 9
68 1, 2	70	1, 2	78 1b, 2b, 3	77	1a, 3a	7—21		13—27
3a, 4a		3a, 4b	4—9		4—9	*22	98	*24
6, 7, 8a		6, 7, 8a	10b. 1a		11b. 2a	90 1, 2	99	1, 2
9, 11b. 3		9, 10b. 1	13. 4. 5b		13b—5	3—12		6—15
14—9a		12b—6. 8	16. 7a		16. 7a.	13. 4a		17. 9a
21b. *2		19a. *20	18. 9b		18. 9b	15—8		20. 1. 5. 6
69 1, 3—6	71	1, 3—6	20—3		25—7. 9	19, 20		32b. 3a. 4a
8—11		11—3. 9	24. *6		30. *2	21—*4		37—*40
14. 5. 7. 8		14. 5. 8. 9	79 1b—4a	86	4a, 5—7a	91 1—6	100	1—6
19a, 20c		20a. 2b	5, 7, 8b		8, 10. 2b	8—12		7—11
*21		*23	9—15		13—9	14—6		12—4
70 1—3	72	1—3	*16. 7		*20. 1	17a. 8. 9b		15. 6
5b—7		4b—6	80 1—3	87	1—3	20—31		17—28
8—10		8—10	4, 5		5, 6	32—40		30—8
12a. 4		12a. 5	6, 7		9a, 8, 9b	41—8		40—7
16—8a		17—9a	8, 9		10. 1b. 2a	51—4		48—1
19a, 20		20a. 4	10a. 1.		14. 5a	55a. 6		52. 3a
21a. 2		21a. 2	12b—21a		16—24	57—60a. 1		53b—7.
28. 9, *30		26. 5. *7	*22		*25	63—6		58—61
71 1a, 2—4	73	1a, 2—4	81 1—4	82	1—4	67. 8a. 9.		64. 5a. 2
6—8		5—7	5a, 6		5a, 6	70. 1		65. 5b
11—9		8b—18a	8—11a. 2a		7—10a. 1b	72—8b		66—72
20a. 1. 2b		19, 20a. 2a	14—*6		15—*7	79—*83		73—*7
24, 30		23a. 4. 5a	82 1, 2	83	1, 2	92 1—9a	101	1—8, 10a
34. 6, 43. 4		27—30	4—16. 8		3—15. 6	10—8		11—3. 5
*45. 6		*31. 2	19. 21—8	89	1—9	14b—22		16—24a
72 1—6a	74	2—7a	*29—32		*10—3.	23b—5		24b. 5. 7
7—10. 3b		8—11. 4b	83 1—15a	90	1—15a	26b. 7		26. 9b
14a. 5a. 6		17a. 8a. 9	15b—8a		28b, 30—2a	28—30		30—2
18b. 9a. 20a		20a. 1	21b—*6		31b—*9	32—7		33—8
22—4		23. 4	84 1. 2, 3b	91	1. 2. 3b	38. 9a		40. 1a
27—33		28—33. 5	4. 5b		4a. 5	*40		*42
35. 6		37a. 40.	6, 8, 9		7, 10. 1	93 1—3	102	1—3
37a. 8a		41	10—8	92	1—9	4—17		5—18a. 9b
39—42a		42b—5	85 1—15		10—24	18. 9		20, 19a. 8b
43. 4		47b—9a	17. 8. *22a		26. 7. *8a	20—*7		21—*8
45. 6. 7b		50. 1. 2b	86 1—16	93	1, 3—17	94 1—*27	103	1—*27
48a c		53	18—*25		18—*25	95 1—8	104	1—8
49, 50		56. 8	87 1, 2	95	1, 3	9, 10		10, 9
52b *4		60a. *3	4—6		4—6	11—4a		11—4a
73 1, 7, 10	75	1, 20. 5	7		7. 8a	15—7		15. 6. 8
12, *28		27, *30	8—12		9—12. 4	*18. 9		*19. 20
74 2a, 3, 4		7b, 6, 7a, 8b	14a. 5. 6		17a. 8. 9	pr. 1—9a	105	1a, 2—9
1, 7—24	76	1, 9—25	17a. 8. 9a		20b. 1b. 2	11—57		10—56
28a. 9		26b. 7. 9b	19b, 20a		24	96 7. 9a	106	7, 13a
30. 5. *6		30. 1. *2	21. 2		25b. 6	11. 2. 3a		8, 9. 12a
75 5—9	78	10—4	*23. 4		*27. 8	13b. 4. 5b		10b. 1. 2b
11—4a		17—20a	88 1—4. 6	96	1. 3—6	16—9a		14—7a
15. 6		21. 2	7a, 8, 9		7a, 8, 9	20a. 1a		17b. 8b
19—22	79	1—4	10—3		12. 3. 5. 4	21b—3		20—2a
27. 8		7, 8	14—6		16. 8. 7	25—30		22b—8
30—2		13. 5. 17	18. 9		10. 1	97 1, 2, 13	107	1, 3, 4

C	II	B	
97	15—21		5—11
	23a. 4. 5		12a. 3. 4
	28—30. *1		16—8. *20
98	1		19
99	1—4a	108	1—4a
	5b		7b. 8
	7b—9		5—7a
	10—25		8b—24a
	27—30		24b—8a
	31b. 2. 3		29b. 32. 3
	34. 5		30. 1
	36—40		31—8
	*41. 2		*39. 40
100	3—5	109	1—3
	8—12		4—8
	14—25		9—20
	26. 8. 9		32. 6. 8
	30. 1		40. 39
	32—9. 7b		41—5. 6b
	38. 9		29. 30
	40—2		47—9
	43—5a		21—3a
	46b—50		23b—7
	51—63		50—65
101	5—17	110	2. 5—16
	21—*6		17—21. *3
102	1—5	111	1—5
	7. 8		6 (24) 7
103	1—5		8—12
	6a. 7b		13
	9—39		14—44
	40—4. 7		46—50. 1
	*48. 9		*52. 3
104	1—5	112	1—5
	9b—14		10b—15
	16b—9a		17—9
	20		20b. 1a
	21—7		22b—8a 9
	*28. 9. 31. 2		*30—3
105	1—4	113	1—4
	5. 6		8. 9
	7—12		12—7
	13a		27a
	15—8	114	2—5
	20—2		7. 8. 6
	23—32a		9—18a
	33—8		21—6
106	3. 4		28. 9
	5b. 6a. 7		30. 1
	11b. 2a	115	1
	8—13		2—7
	14b—7		8b—11
	19		23
	21—30		13—22
	31. 2		24. 5
	*35		*26

C	II	B	
106	*33. 4	114	*35. 6
107	1—16	115	1—16
	*17—9		*17—9
108	1. 2	116	2. 3
	3—6		12—5
	7b—18		16b—27
109	1—10	118	1—10
	11—3a		12—4a
	13b. 4a		11b
	14b—8		14b—8
	19a. 20		20a. 19
	21—9		21—9
	31. 5. 6		32. 0. 1
110	1—17a	119	1—17a
	17b. 8a		19a. 7b
	20. 1a		19b. 20
	23b. 4b. 5a		21. 2a
	26—35a		23—32a
	36. *7		33. *4
111	1—18	120	1—18
	19. 20		20. 1a
	20b. 1		22a. 3a. 4a
	22b. 3a. 4b	121	2b. 3b. 12a
	25—32		14—21
112	1—16	122	1—16
	17—20		25—8
	21. 2	123	20. 1
	*29—31		*22—4
113	1—23a	124	1—23a
	24		23b. 4
114	1—5	125	1—5
	9—17		6—14
	18—20		18. 9. 21
	21. 6b. 7a		22. 0
	23		23
115	1—7	126	1—7
	8—17	127	1—10
	20—5a		11. 4. 6b
	22b. 3		17b. 6a. 5b

C	II	B	III
116	1—8	1	1—7. 9
	9. 10		12b. 3. 4a
	11		18a. 6a
	12—7a		19—24a
	17b. 8a		26b. 7a
	19b—22		28b—31
	23. 4		33. 4
117	1—7. 8b	2	1—8a
	9a. 10b		9
	11—5		11—5
	17—25a		16—25a
	26—*9		25—*8
118	1—14	3	1—13. 5
	15—7		14. 6. 7
	19a. 20a. 1		18ba. 21
118	22—7	4	1—6
	28—31a		12—4. 1a
	31—40a		18—26a
	41—3		29. 30. 5
	44. 9		37a. 9a. 45
	49—63		50—4
119	1. 2a	5	1. 2b
	3		3a. 4a
	4—17		6—18
	19—21		19—21
	*22		*23

C	III	B	
1	1. 2. 3a	6	1. 2. 3a
	4. 5. 7		3b—5a. 6
	8b. 9		8. 9b
	10. 1		10a. 1. 2a
	12b. 3. 4		12b. 3. 4
	15b. 6		15b. 6
	17b—21. 3		17—22
2	1—3	7	1. 2. 4
	4. 6. 7		5. 8. 7
	8b—12a		9—13
	13b. 4. 5b		23. 4
	26—8a		25—7a
	18b—21		28—31a
	22—5		32—5
3	1b. 2		16b. 6
	3		17b. 8a
	5—7		20—2
	8. 9	8	1. 2
	11b. 2		3b. 4
	14a. 8		5a. 6
4	15. 6a		10. 2b
	17. 8a		13a. 4
	19		15a. 6b
	20		17a. 8a
	21		17b. 8b
	22. 3		19. 20.
5	1b. 2. 3a		22b. 3. 4b
	1a. 4. 5a	9	1a. 2. 3a
	6—11a		3b—8
	12. 4. 5		9—11
	17—22a		12—7a
	24—9		19—21
	31. 2a		25a. 6a. 7b
	32b. 3		28. 9b
	34. 5b		30. 1b
	37. 8		32. 3
	40—*2		35—*7
6	1. 2	10	1. 2
	3a. 4. 5b		3. 4a. 5a
	6b—9a		8—10
	11. 2a		11b. 2
	14b. 5a		16
	16—8a		17b—9

C		III	B
6	19	10	20b. 1a
	21. 2a . .		22. 3a
	24. 5a. *6		24b. 5. *6
7	1—6a . .	11	1—4a
	7, 8a . .		7, 8a
	9, 10a. 3a		9, 8a, 10a
	14—6 . .		11—3
	17. 8 . .		16. 7
	21b—3a .		18. 9
	*20		*24
8	1—8a . .	12	1—8a
	9—19 . .		8b—19
9	1b	13	1b
	3b—5a .		4, 6
	9b, 10a .		7a, 8b
	9—15. 6b		9—14a.5b
	18b—22 .		17—21a
	24—9a .		21b—6
	29b—*33.		27b—*31
10	1—5 . . .	14	1—5
	6—19 . .		6b—20a
	20. 1 . .		21b. 3. 2b
	*22		*24
11	1—13. 5 .	15	1—14
	16—22a .		16—22a
	22b—6a .		23—6
	30b—37c.		28—39
	38. 9a . .		41. 2a
	40. 1 . .		42b. 3. 4b
	42. 3 . .		45. 6
	44—8 . .	16	1—5
	49—60 . .		7—18
	62b—4 .		29b—31
	65. 6 .		33. 4
	67—70 .		37—40
	71. 2b . .	17	1, 2b
	73. 5b . .		3, 4a
	77		4b, 14b
	78—93a .		16—32a
	94	18	2
12	1, 2, 3a .		3, 4, 5a
	3b—6 . .		5b—9
	7b—14a .		10—5. 8
	15b—7a .		20. 1
	21b. 2 . .		22a. 3
	23b. 4b .		25. 6b
	25. 7b . .		27ba, 31a
	29, 30b .		34. 2b
	31—4 . .		36—9
	35—7 . .		42. 1. 5
13	1, 3—5 .	19	2, 3b—5a
	6—22 . .		7—23
	23—*5 . .		25—*7
14	1, 3, 4 . .	20	1—3
	5—11a .		5—11a
	11b—20 .		12—21a

C		III	B
14	21—3 . .	20	22—4
	25—31a .		26—32a
	32		32b. 3b
	33. 4 . . .		34. 5
	*35. 6 . .		*36. 7
15	1, 2a . .	21	1, 2a
	2b—4a,5a .		3, 4. 5a
	6—11 . .		6—11
	13. 4 . . .		12. 3
	15. 6a . .		14ba
	18—21a .		20—3a
	23b—31a		23b—31a
16	1—17 . .	22	1—17
	18—20 . .		19—21
	23—30 . .		22—9
	31—8 . .		31—6
	41—*3 . .		37—*9
17	1, 2 . . .	23	1, 2
	3a, 4 . .		11, 3b
	5b—7b.8a		12. 3. 8a
	9b—11 .		15b—7
	12b. 3a .		26
	14. 5 . . .		30. 1
	15b—8a .		32. 3a. 4b
	19—21a .		35—7a
	21b. 2a b		38a.9a.8b
	22c. 5 . .		39b, 41
	26. 7. 8b		43. 4. 6b
18	1—3 . . .	24	1—3
	4, 5a . .		4ba, 5b
	6—14 . .		6—14
	15—*25 .		16—*26
19	1, 5—14 .	25	1—11
	15. 7 . .		12. 5
	18b. 9b .		16b. 8b
	20—6 . .		19—25
20	1—4a . .	26	1—4a
	5—8 . . .		5—8
	10b—6 .		10b—6
	17b—21a		18—20. 2
	21b—23 .		24. 6a. 8
21	1—3 . . .	27	1—3
	5, 6, 8a .		5, 6, 7a
	10—2 . .		8—10
	13a. 4a .		12ba
	14b—7a .		20. 1, 18
	17b. 9a .		19
	20. 1b . .		16b. 7
22	1—6 . .	28	1—5. 8
	7b—9a .		17b—9a
	9b, 10 . .		21b. 2
	11—3 . .		27b—30a
	14—6 . .		31. 2. 4
	17. 8a . .		35. 6a
	19b—*25.		37b—*42
23	1—4 . . .	29	1, 2. 4, 3

C		III	B
23	5—7, 9 .	29	5—7, 9
	12b. 3 . .		10. 2a
	15b—21a		13—8
	21b—9 .		20—8a
	30		28b. 9a
	31b—*4 .		30—*3
24	1—9, 11 .	30	1—9, 11
	12. 3 . . .		12. 4b. 5a
	15—9a .		16—20a
	23		21
	27b—31a		27—30
	31b—3 .		32—4a
	34. 5 . . .		35—7a
25	1b—3a .	31	1b—3a
	4, 5 . . .		4, 5
	7—9 . . .		6—8
	10b—21a		9—19
	21b. 2b .		23a. 2b
	25. 6 . .		24. 8
	26. 7 . . .		28. 9
	30—2 . .		31. 6. 7
	34b . . .		44b
26	4	32	3b, 4a
	5b, 6 . .		10. 1a
	10. 1 . . .		11b—3a
	12. 3a . .		14. 5a
	13b—17 .		18b—22
	18b—21 .		23—6a
	29—33 .		27—31
	34b.6.*8b		32b.5.*6b
27	1—7 . . .	33	1—6a, 7b
	8—10 . .		9—11
	9, 10 . .		28. 9
	11b—3a .		14. 6
	13b—7a .		31—3. 5
	18b. 9a .		37
	20bc . . .		41
28	1b		43b
	3b—8a .	34	2b—7a
	9—11 . .		9—11
	13. 4 . . .		12. 3
	18b. 9 . .		18b. 20
	22. 3 . . .		24. 5
	25. 6b . .		28. 9b
	32. *3 . .		33. 6
29	1—5 . . .	35	1—5
	6—13 . .		7—14
	14—20a .		17—23a
	21—4 . .		24—6. 9
	25. 6b. 7		40. 2b. 9
30	3a		58a
	5—7 . . .		61—3
	8, 9 . . .		64b. 5. 6a
	11		66b. 7a
	12		68b. 9a
	13—5 . .		71b—4a

C		III	B
30	16. 7a . .	25	76b. 7ba
	17b—9 .		78—80a
	20—3 . .		83—6
	26—8 . .		90. 3. 4
	33b. 4a .		97a. 8b
	34b—7a .		102—4
	37b—10a		108—11
32	1	36	1
	3—5 . . .		2b—5a
	6, 7a, 10a		7b, 8a, 9b
	11. 2 . . .		10. 1
	13b. 4 . .		13. 4b
	15—7 . .		15a.6—8a
	18b—22a		24. 1. 3. 5
	*25		*26
33	1—7 . . .	37	1—7
	9—13 . .		8—12
	14—22 .		14—22
	*23. 4 . .		*23. 4
34	1—3 . . .	38	1—3
	4b—14 .		4—14a
	17b—21a.		14b—18a
	22b—4 .		19. 21. 5
35	1—5 . . .	39	1—5
	6, 7b . .		6b, 7
	8, 10 . .		8a, 10a, 9
	11		11a. 3b
	13		12b. 3a
	14. 5a . .		14a. 5
	16. 7b . .		17ba. 8b
	18a. 9a .		19a. 6a
	19b, 20 .		19b, 20
	21a. 4b .		22b. 8a
	25b. 6a .		24
	28—30 . .		27b—30a
	31. 2 . .		31b. 2. 3a
	33—5 . .		34—6
	36—9a .		38—41a
36	1—6 . . .	40	1, 7—11
	7b—10a .		12—4
	10b—2a .		15b—7a
	12b. 3 . .		18. 9a
	14—6a .		20b—2
	17		23a. 5b
	18. 9. 20b		26. 7. 8b
	21. *4 . .		32. *4
37	2—4 . . .	41	1, 2, 4
	5—7 . . .		6, 8, 9
	8		11a. 2b
	9, 10. 1 .		14. 6. 7
	12. 3a .		13. 8a
	14—6a .		20. 2. 5a
	17. 8a. 9b		27. 8
	20b—2a .		29b—31a
	23. 4 . . .		36a. 7. 8b
	*25		*39

C		III	B
38	1b, 2b, 3a	42	4, 3b
	3b—5 . .		11b—3a.6
	6		22b. 3a
	8b, 9a . .		25
	11. 2 . . .		29. 30
	13b—5 .		32b—4
	16b. 7 . .		36. 7a
	18. 9 . . .		38b—40a
	20b. 1b .		42b. 3a
	22		44b. 5a
	23—5. 7 .		46—8. 9
	28. 9 . . .		52. 3
	30b. 1b .		54a. 6a
	32b. *3 .		58b. *9
39	1—5 . . .	43	6—10ba
	6b—9 . .		11b—4
	10. 1 . . .		17. 9
	12. 3a . .		22. 3a
	14		28a. 30b
	15—8 . .		33. 2. 4. 5
	19a, 20b. *3		36. *43
40	1—12 . .	44	1—12
	14. 5. 6b .		13b—5
	17b. 8b. 9		16. 7
	22. 3a . .		18. 9a
	24a. 5 . .		19b, 20
	26b c. *7 .		21. *31
41	1—4 . . .	45	1—4
	6—10 . .		6—10
	11. 2 . . .		11ba. 2
	13—6. 7b		14—7. 8b
	18—*20 .		20—*2
42	1b, 5—7 .	48	2b—5
	9b—11 .		6—11a
	15a, 22a .		13a. 2a
43	1. 5 . . .	49	1. 16b. 7a
	6, 7a . .		18. 9a
	9—11. 3 .		22—5
	16. 7. 9 .		26—28
	20. 1 . . .		29 (3) 10
	24b. 5 . .		11b. 2
	26—9 . .		32—1. 6
	30. 1 . .		37. 9ba
	32. 3 . .		40. 1
	35—8a .		43—6a
	40. 1b . .		48. 9b
	42—4a .		50—2a
	45b. 6a .		53
	47b . . .		55a
	48a. 9b .		12
44	1a, 2. 3b	50	1a, 2, 5a
	5a, 6b, 7a		11b. 2
	7b. 8a . .		10b. 1a
	9, 10b . .		14. 5a
	12b. 4 . .		16. 7b
	15a. 6a .		18

C		III	B
44	17b, 20a .	50	21b, 19a
	20b. 1a .		26
	21b. 2b .		27
45	1. 2. 3a .	51	1. 2. 3b
	3b—6a .		4. 8. 9
	6b, 8b . .		11a. 3a
	9b, 10a .		14
	11b—4a .		15—7
	14b.5b.4a		21b. 2
	17b—20a		18—20
	20b—2a .		24. 5
	23. 4 . . .		26. 7
	25b. 6a .		28
	27b—30a		31—3
	31b—3a .		34. 5
	33b—8 .		37—42
	*39, 40 .		43. 4
46	1, 2 . . .	52	1a, 3b, 4
	3. 6b . .		9, 10a
	4b, 5a . .		5
	7. 8a . .		11. 2a
	8b. 10 . .		13b—5
	11b. 2 . .		16. 7a
	13. 4. 5 .		19b—21a.2
	16—8a .		25b—7
	18b. 9a .		34b. 2b
	22—6a .		35—8. 9b
	26b—8a .		40. 2
	28b—32a		44—7
	33. 4 . . .		50. 1
	*37. 8 . .		*52. 3
47	3—7 . . .	53	2—6
	8b—10 .		7. 11. 2a
	11b. 2a .		12b
	12b—9a .		13—9
	21b. 3 . .		22. 3b
	23a. 4. 5a		24. 5a. 6b
	26		28b. 9a
	27—9 . .		33—5
	30		38a. 9a
	*31		40b. 1a
	32. 3 . .		42b—4a
	35		45b. 6a
	36		44b. 5a
	37—9a .		46b—8
	41. 2a . .		50. 2a
	43b. 4 . .		54. 3
	*45—8 . .		*56—9
	*49, 50 .		*61. 2
48	1—7 . . .	54	1—7
	8—18 . .		12—22
	20—*1 . .		23—*7
49	1. 6. 10 .	55	1. 3. 6
	8b, 9 . .		2. 5b
	11a. 2a .		16
	12b—5a .		17, 20. 1

C	III	B
49 15b. 6b	55	22
17. 8b		26b. 7a 9a
19, 20		31b—3a
21a		27b. 34b
22		29b, 30a
23. 4. 6a		35b—7
25b. 6b		38b. 9b
27a. 8b		40
29—32		41. 3. 4. 7
33—5		48, 51. 2
7a	56	53a
50 1. 2b		2b, 5b, 8b
3a, 4a		9
4b—7		12—5a
8, 12		16. 7
9—11		18—20
13. 4		21. 2
15—8a		24—7a
19—22		28—31
51 1, 2, 3a		33. 4. 6a
4—6		37. 8, 40
8, 10. 4		41. 4. 5
15a. 6b		48a. 9b
19, 20		51. 2
21. 2a. 3a	57	2, 3
24—7		4—7
28. 9b		8, 11b
30—2		12. 8. 9
33—5a		21. 3. 4a
35b—8a		25b—8a
40—4		29—33
*45. 6		*34. 5
52 1. 2	58	4. 5
3a, 4b		10a, 9b
5b—9		11b—4. 6
10b. 1a		17
13—6		18—20. 3
17. 8a. 9a		22. 5
23—8a		26—31a
29—40a		32—43a
42b—*4		44—*6
53 2	59	1b, 2a
3, 4, 6		3—5
7—12		7—12
14b—6		13. 4. 7a
17b—21a		18—21
21b—4a		23. 2. 4
24b—*6		25—7
54 1—3a	60	5—7a
3b—6a		8, 10. 5
7b, 8a		16
10b. 1a		17
12		20b. 1a
14		21b. 2b
15		23b. 4b
16—8a		25—7a

C	III	B
54 18b—22	60	28—32a
23b. 4		33. 4a
25—*9		35—*9
55 1—3, 5a	61	1—4a
6b—8		5—7a
9b—11		12a. 3. 5
12		17b. 8a
13. 4b		20. 6b
16—25a		26—33a
27—32a		33b—43a
34b—7		46—9
56 1—5a	62	1—5a
6—8		6—8
9, 10a		10. 1a
11. 2		12. 4b. 5a
13. 4		16b—8a
15. 6a		19b. 20
17		18b. 9a
18, 21a		23b. 4a. 5a
21b—3		26—6a
26b—8		28b—30
29b		31b
30—3a		32b—5
33b. 4		36b. 7
*36		*38
pra. 1—13	63	1—11. 6. 7
15—8		19—22
20b. 1		25a. 3b. 4a
22—4		25b—7
*25. 6a		*28a. 9
57 1—6a	64	1—6a
9		13
10b. 1		10. 1a
12—4a		14b—6
15a. 6a		17b. 8b
18b—20a		19, 20
*22		*21
58 1—7	65	1—7ba
9—18		8—17
*19. 20		*18. 9
59 1. 2b	66	1. 2a
3—12		3b—13a
14. 5a		13b. 4
16—8		15—7
19—25		19—25
*27		*26
61 1, 2	67	1, 2a, 4b
3—5a		3, 5, 6a
12. 3a	68	1b, 2
13b—8a		5—9
19, 20a		10. 1a
21—6		13—9a
27—31		20—4
64 1b—5a		29—32
10		33
11b—5a		34—7

C	III	B
64 24b—7a	66	40—2
28b, 30b		43
31. 3a. 6a		44. 5
37b. 8b		46
40—2. 3b	67	8—10. 3b
44b—9a		14—8
51b		19b
53—5	68	6—8
57, 8		1, 11
62b. 3		14. 5a
64b—7a		16—8
68b		19a
72		(15, 29. 30a)
65 1—5	69	1—5
6b—10a		8—12
10b—5		14—9
*16		*21
66 5—8	71	4, 5, 8, 9
12—4. 6		10—3
18—20		15—7
67 1—4a	72	1—4a
4b—12		5—13a
13—8		14—9
19b—21		21. 2b. 3
23—8		24—9
68 1, 2, 3b	73	1, 2, 3b
4—6		5, 7, 8
7, 8a		9, 11a
8b—15		12—9a
17—22		21—6
22—4		28—30
25—8		33—6
31. 2a		37. 8a
33—5		39—41
69 1	74	1a, 3b
2—7		4—9
20. 1		10. 1
22b. 3		12b. 3
27b. 8		14b. 5
29b—33		16—20a
43—5a		25a. 6. 7
46b—8a		28. 9
49, 50		30b a. 1
*51		*32
70 1—4	75	1—4
8—12		5—10
15—8		11—4
19a		21a
71 1b, 2a		23
7b—12a		24—8
12b—6a		30—3
18b—24a		34—8, 40
25b—28a		39, 41. 2
29—34		43—8
72 1—7		49, 51—6
8—12		59—63

C III		B	
72	17b. 8a	75	64a. 5b
	18b—24a		66—71
	24b—6a		72b. 3
	*27		*74
73	1, 2, 3b	76	1, 2, 3b
	9b—17a		4—11
	21. 2		13. 4a. 6b
	23b—7		17—21a
	28		22b. 3a
	29		25b. 6a
	30b. 1		26b. 7
	32		28a, 30b
	33		29b, 30a
	34		28b. 9a
	35—7a		31b—3
	38a. 9b		34
	40—3		35—8
	44b. 5		39
74	1—3a	77	2—4a
	3b—6		5b—8
	7b. 8a		9
	9a, 10		10a. 2
	14—6a		13—5a
	17—21a		16—9
	21b. 2		21. 2
	23. 4a		23. 4a
	25. 6		25. 6
	28—30a		29—31a
	32b. 3a. 5		32. 3
75	1—6a	78	1—6a
	6b—11		17—22a
	12		23a. 4a

C IV		B III	
1	1, 5, 9a	79	1, 2, 18b
	10—2		3—5
	14b. 8b. 9		6. 7
	21—3		8—10
	24		11b. 2a
	27b, 35b		13
	36a. 9a		14
	37b. 8b		14b. 5a
	40b. 1b		16
	44. 6		18, 21
	47b, 50a		20b a
	55b. 7		22b. 4
	61a. 3. 5		25a. 6. 7
	71—6		28—32
	78		34b. 5a
	81—3a		35b—7
	91		39
	98—101a		40—3
	102		44a. 5b
	124a, 5b		49
	*126. 30b		*50. 1b

C IV		B	
2	1, 2b	1	1a, 2b, 4a
	2a, 3a		3
	5—8		6b—10a
	9		11ba
	10		10b. 2a
	11—3		17—9a
	15—7a		19b—21
	18. 9		22b. 3. 4a
	20a. 1		25. 6a
	23—6		26b—30a
	27. 8		31. 2
3	1, 4a	2	1, 3b
	6b—8a		5, 6
	9—12		7—10
	13b,5b,6a		11. 2a
	16b—9		13—6a
	20—4		17—21
	25a. 6a. 7		22. 3
4	1, 2b	3	1, 2b
	3—6a		4—7a
	8b, 9a		7b, 8b
	10b. 1		9b, 10
	13b—7a		12—6
	18		17
	24—6a		18—20a
	27—9		22. 3. 1
	30b—3a		24b—7a
	33b		29a
5	1, 2	4	1, 2, 7b
	3a, 4, 5		5a, 3, 4
	6—8a		6, 8, 9a
	8b—12		10b—4
	13—7a		15b—9
	29c		20b
6	1b—3a	5	1, 2
	3b, 4a		3ba
	5—7a		4—6a
	8b—21		6b—19
	24—6		20—2
7	1b—6	6	2b—7
	7b—12		9—14a
	14—8		14b—8a
	18b—23		19b—23
8	1—14	7	1—14
	16—23		15—22
	24b. 5		23b. 4
	29a. 32a	8	14a, 20a
	32b—7		21—6a
	40—3a		27—30a
	44—6		30b—3a
9	1—6, 7b		33b—9
	9—24a		41b—56
	25		57
10	1—3	9	1—3
	7b, 8a		4
	9—11a		5—7a

C IV		B	
10	11b—6a	9	8—12
	17b—26		16b—21
	27b. 8b		27a. 8b
	29—34a		29—34a
	35		35
11	1—6	8	1—6
	7—15	9	36—44
	16—9		46—9
	21—3		53—5
	24—7		59—62
	28—33		64—9
	36—40		70—4. 9
	45b—9a		80—5
	53a		86a
	65—7a		86—9a
	68		90
	74. 5. 7		96—8
	78. 9		101. 2
	80. 1		100. 5
	81—6b		91b—3
	87. 8a. 9a		94ba. 5
	90. *2		106. *7
	*93	11	11
12	1a, 2a		1a. 3a
	3, 5		4, 6
	6—8	12	1—3
	9, 10		5, 6
	11. 2. 3b		8, 9, 10b
	14		12
	15b—8		23b—6
	19		27a. 8a
	20—7a		29—36a
	29—32		39—42
	37—41a		43—7a
	42		48
13	1—7a	13	1—7a
	8—10a		8—10a
	12—5a		11—4a
	16—23		16—22
	25—7a		21—5a
	28. 9		26. 7
14	1b, 2		28a, 41
	4b—7		29—32a
	8b, 9a		33
	10b—21a		34—43. 6
15	1—5	14	1—5
	7, 9, 10a		7—9a
	11—3a		10—2a
	14		13a. 5a
	18b—25		16—23a
	29		24
16	1—4	15	1—4
	5—7		10. 2. 1
	10—5a		13—8a
	16		19b, 20a
	20		21b. 2a

C		IV	B
16	22—5	15	23—6
	27b. 8a		27
	33a		28a
17	1—7	16	1—7
	9b, 11a		8b, 9a
	12a. 3a		10
	14. 7. 8		11—3
	20. 4. 6		14. 9. 5
	27. 9, 30a		21—3a
	31—5		24—7. 9
	36. 8 9		30—2
	40. 2—4		34. 5—7
	47. 8		38. 8
	49a, 51		40a. 1
	52. 3		49, 50
	*54		*53
18	1—5	17	1—5
	6—11a		9—14a
	12—4		15, 30. 1
	15—7		6—8
	18. 9a		28. 9a
	20. 1. 6		32. 3. 8
	27		39a, 40a
	28a. 9a		41a. 3a
	31. 3. 4		24. 0. 1
	37b—9a		16. 7
	40		18a. 9
	41. 2		25. 7
	45b—8		47—50
	53—6		51—4
	60a. 1a. 2		56a. 7a. 8
19	1—4	18	1—4
	6—14		5—13
	15b. 6		15. 6a
	17—9a		17—9a
	20—2a		19b—21
	23a—7a		22—6a
	28a		32a
20	1a, 8, 9	19	1a, 13. 4
	10b, 11a		15b. 6a
	12. 4		17. 8
	15a	20	10a
	5, 6, 7b	22	10. 1, 48a
	*24. 5		*35. 8
21	1, 7	23	1. 3
	9—12		5—8
	13b—*6		9b—*12
22	1a, 2—5	21	1a, 2—5
	6—16		7—17
	18b—21		31b—4
	21. 4		36. 7
	*31		*38
23	1, 2a, 3	22	1. 2a. 3
	4b—6		4. 7, 9a
	7b—14a		12—8
	15		19b, 20a

C		IV	B
23	17b. 8		21. 2a
	19b—25a		23—8
	26. 7		30—2a
	28		35a. 2b
	29		38b. 4a
	*30		*39
25	2a, 3—9a	24	2a, 3—9a
	10—21		10—21
	28. 9a		22. 3a
	30—2		24—6
	33b. 4a		27
	35b—40a		28—32
	41b—5a		33b—7a
	46—51		38—43
26	1—4	25	1—4
	5b—10a		5—9
	11. 2b		10b. 1
	14—6a		12—4a
	16b—25a		15—23
	26—30		24—37
	41. *2		38. *9
27	1, 2a. 3a	26	1, 2
	3b, 4		3, 4a
	31—8. 9		8—15, 20
	40—4a		16—20a
	*48		*25
	45. 46. 7	27	22. *1. 2
28	1—3		1—3
	7. 9		4, 5
	12. 3, 53		6, 7, 8
	54—62		10—8
	63b. 4		19b, 20
	*65. 6		*21. 2
29	1a, 2b, 3b	28	1, 2b
	4		3a, 4a
	5b—9		5—9a
	10—2. 4		10b—4
	15—8		16—9
	19—23		20b—5a
	25—31a		25b—31
	31c. 2		32
30	1—8	29	1, 4, 2
	4, 6		3, 5
	8—10		10b—8a
	11b—4		19b—22
	*15—20		*23—7. 9
	21b—5a		7—10
	26		12b. 3a
	27, 59a		14b. 5
	60. 1. 4	30	2—4
	66—70		5—9
	71—3		10b—3a
	74. 5		18b—20a
	78b. 9		14a. 6b. 7a
	81. 2		20b. 1
	*84		*22

C		IV	B
31	*2—5	31	*2—5
	6—11		6—11
	18. 4a		12. 3a
	15b. 6a		18b. 4a
	18—24a		15—21a
	25		21b. 2a
	26. 7a		25b. 6
	28. 9. 31a	32	3. 1. 2a
	40. 1a	31	27b. 8
	43—5a		32—4a
	46. 7		35. 6
32	2—21	32	2—21
33	1—3	33	1—3
	4—7		5ba—8
	9—18a		12—21a
	19—24		24—9
	63. 4		34. 5
34	7, 8, 9b	34	12. 3. 4b
	10—4a		16b—20
	14b		21b
	15—7		23b—6a
	18		33
35	1—11	35	1—11
	12. 3		15. 6
	14		19b, 20a
	15—8		22b—6a
	19—22a		27b—30
	22b. *3		31b. *2
36	1—12	36	1—12
	13—5		16—8
	16—8		13—5
	19, 20		19, 20
37	1—6	37	1—6
	7—21		8—22
	22—4		24—6
	25—8		28—31
	31—7		32—8
38	1—3	38	1—3
	4b—6		5, 24a. 4
	7b—13a		26—31
	14. 6a		32. 7a
	17b. 8a		40b. 1a
	19b, 20a		40
	21b. 2a		44b. 5a
	24b—33a		49—57
	33b. *4		58b. *9
39	1—4	39	1—4
	6—11a		6—11a
	12		12b. 3a
	13—5		14—6
	17—21		25—9
	25		30
	30b. 1		31. 3b
	32b. 3		20. 4a
	34b. 5a		22
	38, 40a		38. 9a

C		IV	B
39	41b—*4	39	40b—*3
40	2, 3	40	1a, 2, 3a
	4		4b, 5a
	5		3b, 4a
	6		5b, 6a
	8—14a		6b—12
	15. 6. 7a		13. 4. 5b
	17b—20		16—8, 9b
	22. 3a		24a. 5
	23b. 4a		26b. 7a
	25—31. 4		28—35
	37—40		37—40
	41b. 2		43. 4a
	43b—8		44b—9
	49b c		50a. 1a
	50b. 2a		52
	52b—6		53—7a
	57		59
	58. 9		62b—4a
	60		60b. 1a
	61		64b. 5a
	63		61b, 2a
	65		66a, 58a
	66—8		67. 6, 8
	69b, 70		69, 70a
	*71		*71
41	1, 2b	41	1, 2b
	3, 4a		3b, 4
	5, 6		5b—7a
	7, 8		9, 10
	9		13a. 4a
	10b—9a		16b—25a
	20b. 1a		32
	22b—4		33. 5. 6a
	25. 6		37. 8
	29, 30a		40. 1a
	30b—4a		42—5
	34b—8a		50—3
	39b—43a		58—61
	44b. 5b		66a, 70b
	45c. 6b		71a. 7a
	*49		*79
42	1b, 2	43	2, 3a
	6b, 7		5, 7b
	8b, 9a		10
	10		11b. 2a
	11b.2a 3b		6b, 7a, 8a
	15. 6		13b. 4. 6b
	17		17b. 5a
	18b. 9a		27a, 18a
	20. 1a		27b. 8
	22b—4		29b—31
	27		32a. 3a
	28—30.3a		34—7a
	31—8		39—43
	39, 40		41b—6a

C		IV	B
42	41b—3	43	47—9a
	46. 7		51b—3a
	49		50b. 1a
	50		58b. 9a
	51—3a		60b—2
	54a. 6b		61b 5b
	*57		*69
43	1—3	44	1—3
	5, 6		7, 8
	8—12a		9—13a
	12b. 3		15b,6a,9b
	14. 6		21. 3
	18. 9		24. 5
	20—7		27—34
	28—31a		35b—8a
	31b—6a		40—5a
	37. 8a		76. 9a
	39, 40b		89, 90b
	41. 2		91. 2a. 3a
	43		96b. 3b
	44		94a. 7a
	45		98b. 7b
	46		100a. 1a
	48		100b. 1b
	49, 50		102. 5
	51a. 3		106a. 17
	54—7		119—22
	58. 9		126. 7
	*60. 1		*128. 9
44	1, 3—8a	42	1—7a
	8b—11a		8b—11a
	12—5a		12—5a
	*16		*18
45	2b, 3a	45	1
	4b—6		5, 2a, 3
	7b, 11b		4b, 9a
	9. 10		7. 8
	12—5a		10b—3
	16. 7		15. 6
46	1	46	1a, 2a
	12b		10a
	21b. 2b		13ba
	24bc		17b. 8b
47	1b, 2a, 3a	47	2a, 3a, 4b
	4, 5a		2b, 6
	6—12		7—13
	13bc		14b. 6b
	*14		*19
48	2b—5a	48	2b—5a
	6b—9		6b—9
	10b—6a		10—5
	16b—8a		17. 8
	19—22a		20b—3
	23bc		24
49	1b, 2a	49	2
	4a, 6a		7a, 12b

C		IV	B
49	7b, 8a	49	14a. 3a
	8b—11a		14b—7a
	12—4a		18—20a
	15—21.2b		21—7. 8b
50	1, 3b, 4a	50	1, 3
	5—7a, 8b		5—7
	9b, 10a		12
	13b. 4b		15b. 6b
	15, 6b		17, 8b
	17b. 8a		21
	21b. 2a		22a. 3a
	22b. 3b		24a. 5a
	24b. 5		26. 7a
	27b. 9b		28
	30. 1		29, 30
	32a		31b
	33b. 4		32. 3a
	35		35a. 3b
	36		34a. 5b
	37		31b. 6a
	38a, *40		37b. *8
51	1—3a	51	1, 2b, 3
	4		4b, 5a
	5, 6a		6, 7a
	7—18a		7b—18
	18b. 9a		26
52	1		25
	2—8		27—31
	9b, 10a		35
	10b—2		36b—8
	13—7a		40—4a
	18—20a		41b—6
	20b	52	1a
	22. 3a		14. 5a
	26—30a		21b—5
	31. 2		26—8a
53	1, 3, 7, 8	53	2, 5—7
	13—5a		8, 9, 10b
	16b—22		12—8
	23b		19b
	*24a, 7		*25a, 6
54	1—14	54	1—14
	16b—22		16b—22
55	1—4a	55	1, 2, 4, 3a
	5—13a		5—13a
	14—20		13b—20a
	*23		*21
56	1—9	56	1—9
	10b. 1b		11
	13. 1		12. 3a. 5
	18. 9a		19b. 21
	20		20b. 5b
	21		20b. 5a
	22b—4		22. 6. 9
57	1—4a	57	1—4a
	4b, 5		5, 6a

C	IV	B	
57	6—8	57	7—9
	9b, 10		11. 2
	11		13a. 4a
	12—4		17b—20a
	15		14b. 5a
	16—8		20b—3a
	19		24
58	1—3	58	1—3
	4		4a, 5b
	5b—7		6b—8
	8—20		12—24
	22b. 3		25. 6a
	24—8a		28b—32
	29—34. 5b		33—8, 9b
59	1, 2, 3b	61	28. 9, 30b
	5—10		31—6
	11—4a		38—41a
	15—8		42—5
	19—23		47b—52a
	24a. 5a		53
	25b—8		54—7
60	1—9a	59	1—9a
	10—7		10—7
	18—21		19—21. 3
61	2, 3a	60	3a, 6
	4—6		8—10a
	7. 8a		11. 2a
	8b—11		13—5. 6b
	13—5		18—20
	16. 7		21ba. 3
62	1	61	1a, 2b
	2—10a		3—11a
	11—5		12—6
63	1		17
	2—5a		19—22a
	6—8a		23b. 6. 7
	8b—10	63	1, 2. 8a
	11—3a		13a. 4. 5
	*15		*29

C	IV	B	V
64	1.3	1	1.3
	4—6		7. 5, 6
	7. 8		8, 9
	9—11a		18. 7. 2a
	12. 3		13. 4
	15. 6		28a, 30a. 19
	17—20		23—6
	22a		32a
65	1a, 2		36a. 8
	3. 11b		41. 53a
	16		55ba
	17		56a. 7a
	18, 20a		59, 62a
	22—6a		68, 72a
	27—9a		73. 5. 6a

C	IV	B	V
65	29b, 30	1	77. 8a
	31		82b. 1a
	32a		85b
	33. 4		89b—92a
	*35		*97
66	1. 2	2	1, 2
	3, 4a		9b, 10
	6b—8		11. 2. 4a
	9b, 10		13. 5b
	11—8		16ba—23
	21—3		25—7
	24		28b. 9a
	29b, 30		24. 9b
	31—5a		30—4a
	35b—7		43—5a
	*38		*46
67	4, 5	3	1, 2
	6—8		4—6
	9b—11		35—7a
	12		38b. 9a
	13		37b. 8a
	14a. 5		39b, 41
	16. 7a		40b. 2
	18b 9a		43
	20a		41b
	21. 2		55b—7
	23		62b. 3
	24—8		64—8
	29		69b, 70a
	31b—5a		71—4
	39c—42	4	3—6
	43. 4		8, 9
	45. 6. 8		11—3

C	V	B	
1	1. 8	5	1. 6b, 8b
	12b. 3		16b. 7
	36		18
	58. 4. 7		21. 2. 3
	59, 61		25. 6
	64. 6		27. 9
	85—96b	7	1—9
	98—5		14b. 5. 7
	97—104a		18—25a
	104b. 5		29b. 30
	106—8a		26. 7. 8b
	108b. 9a		29a, 30a
	109b—11		30b—6a
	115—9		40b—5a
	120—3a		48b—51b
	123b—5a		52b. 3. 5b
	126		56b. 7a
	127b. 9		56a, 66
	130b—6		67b—73
	137—43	6	2—8
	145		9a, 10

C	V	B	
1	147—9	6	12—4
	153b. 4a		16
	154b—61a		28—9
	173b—8a	8	1—5
	179—81		6—8
	182b—4a		9, 10
	185b—7a		11. 2
	188. 9		15. 6a. 8b
	190. 1		19, 20
	192		22a. 1b
	193a. 5a		22b. 3b
	195b—7		24. 5
	*200		*26
2	1b, 4a	9	1b, 3b
	4b—7a		4—6
	9		7
	10b—2		8, 9, 10b
	13. 4a		11. 2a
	17b. 8a		17
	23a		25a
	24b—30a		25b—31a
	31—3		31b—4a
	35—46a		35—46a
	47b. 8		47a, 68
	52		61b. 2a
	49	10	5
3	2a, 3b	9	47b. 9a
	4b, 6a		58a. 7b
	7a, 8a		59a, 60b
	11a. 2a		59b, 61a
	13b—7		63—7a
4	4b, 6	10	5b, 5
	10b—2		11b—3
	14—6a		14. 5. 6b
5	*1—5	11	*3—7
	*8—12a		*8—12a
	*13a		*12b
	*14—20		*18—9
	*23—7		*21—5
6	2	12	17b. 8a
	3a		25a
	3b—7a		19—22
	12—4		23—6
	16—9		6—9
	22. 3—8		11b. 2—7
	30. 1b		30. 4b
	32. 3a		31b. 2a. 4a
	41. 3		47. 4b. 5a
7	(Der entsprechende Gesang ist von Gorresio weggelassen!)		
9	1. 2a	13	6. 8a
	11b. 9a		2b. 5b
	20b—30a		9—18
	31		21
	33—49		22—38

C	V	B	C	V	B	C	V	B
9 52. 3. 6	18	39, 40. 1	14 26—8. 9b	16	28—30. 1a	21 23—8	23	17b—22a. 3
60. 1a		56. 7a	31—3		32b—5a	29—31		30—1
62		57b. 8a	34—6		35b—7	22 1—6	24	1—6
63		59a. 8b	37a		46b	8. 9		7. 8
66b. 7. 9		61b. 4. 5	38—40		43—5	10—21		10—21
*71—4		*68—71	41. 2		49. 50	23—6		22—4. 6
10 1. 3	14	1, 2a. 3a	43. 4		52. 4	30—2		27—9
6b—10a		3b—7a	*52		*55	36b—40		33—7a
10b. 1		8b. 9	15 1. 2	17	1. 3a. 11b	42b. 3a b		37b. 8a. 2a
12—4		12. 4. 3	3. 4. 5a		8. 9. 11a	45	25	1
15—7a		15—7a	5b—10a		12—6	23 2. 3		2. 3
18b. 9		17b. 8	10b—3a		5—7	24 1. 2		4. 5
25	13	45	13b—8a		17—22	5—7. 9a		8—10. 1a
37b—9		42b—4	18b. 9a	18	1	13b—9b		12b—8
42b—4		46b. 8. 9	20. 1		4. 5a. 6a	20—6a		19b—25
45. 6. 8		51 0 3	22. 3a		6b. 7a. 8b	26b—9		26a. 9—31
50. 1a	14	28. 31b	24. 5a		12a. 3b. 1a	30. 1		33a. 6. 7b
52. 3		30. 2b. 3	26—9		21b—5a	32. 3a		38. 7a
11 1—4		34—6. 9	30. 3		26. 7b. 8a	33b—41a		39—46
7. 8		10. 1	35b—9		16—9a	42b		49b
11. 2		27. 8	40		22	43b—5		50—3
13—5. 8a		40—2. 3b	16 1, 2	10	1. 2	25 2—6. 11	26	3—11
23a. 5a		44b. 8b	6—11a	18	27—32a	11—20		12—8
26b. 7a		49a. 7	11b—4		33b—6	26 1—5		19b—21a
27b. 8		49b. 50	15—21	19	3—9	7b		25a
32a. 4a. 6b		53b. 4	22		14b. 5a	8—12		27b—32a
36c. 7b		55	24—8		22b—8a	15		32b. 3a
38—46		56—64	*29		*33	16—21		31b—40a
35b. 6a	18	62	*31. 2		35. 4	22. 30		41b. 2a. 3b
12 *1—5	14	*65—9	17 2. 3	20	1. 2	27b		13a
6—8a	15	1—3a	5	17	24b. 11a	27 1—7	27	1—7
9		3b, 4a	6. 7a		25. 6a	9b. 10		11. 4b
10		5a, 7a	8. 9		28b. 6b. 7	11b. 2a		12
11. 2a		5b. 6	10		24a. 5a	20a. 1		15. 6a
13. 4a		8. 9a	12a. 3b		32b. 0b	25b. 7a		17
16. 7bc		10. 1b. 2b	14. 7. 8a		31. 3b. 5	28. 9		18. 23
18—20		13—5	24b. 5a		36	30—3a		19—22a
22. 3. 5		13—8	18 3—5	20	4—6	31. 5		21. 5
13 5bc		26	6. 7		7b. 8b. 9	41. 5		26b. 8. 9a
7—12		27—32	8b. 9		10b. 1a. 8a	28 *1—10	28	*1—10
prakshipta		33. 4	10 1. 5		13—5	29 *1—4		*12—5
13—6. 8		35—9	20—8a		16—21a	*6—8		*16—8
20—3		40—3	28b—30a c		25. 6. 7a	30 1—6	29	1—6
26		45b. 6a	19 2—7. 8b	21	1—6. 7b	7b. 8		7. 8b
27—9		47—9	9—12a		8b—11	10—3		8b—12a
31—3		50—2	13. 4		14a. 2. 3a	11		13b. 4a
35. 6		53. 4	15—8		14b—8a	15		12b. 3a
39—41		55—7	20. 1		21. 2	16. 7a		15b. 6
43. 9		58. 45	20 1—5	22	1. 2. 5. 3. 4	18. 20a		17a. 8b. 7b
63	16	4	6—34		6—31	21—4		18b—23a
14 2—4a		1, 2. 5b	*35		*35	25. 7		22b—4a
5. 6		7b—9a	21 1	23	1	28. 9b		29. 4b
7		10a. 10b	4b—9a		2—7a	30. 1		23. 8
9b—17a		12—9	11. 2		9. 8	32a. 3		26a. 7
17b. 9		20b—2	13—5		10—2	34a. 5. 6a		30a. 1. 2a
23—6a		25b—7	16—9		13b—7a	40. 1		32b. 3. 4b

C		V	B
31	1—9 . . .	30	1—9
	10b. 6 . . .		11. 2
32	1. 6bc . .		13. 4
	*8, 9 . . .		*15. 6
	*12—4 . .		*17—9
33	2—4 . . .	31	1—3
	6—8 . . .		4—6
	11. 2 . .		7, 8
	14. 6 . .		9, 10
	19—30 . .		13—24
34	1. 2, 4 .		25, 6, 7
	13. 4 . . .		29. 4
	18. 9 . .		35. 6
	20. 1 . .		38. 9
	23—5 . .		40—2
	26. 7 . .		43ba. 5
	29—38 . .		47b—58a
	39		59, 60a
	40bc . . .		61
35	1, 2 . . .	32	1, 2
	4—6 . . .		3—5
	10a. 2 . .		6a, 8ba
	13a. 4 . .		6b, 9ba
	15. 6b . .		10. 1a
	18a, 20b .		12ba
	22. 5a . .		14b. 5a. 8b
	39b, 40a .		33
	41		34
	43b—7 .		35b—9
	50. 2. 6 .		20. 1. 4
	59a . . .		23b
	60b. 1a .		25
	62b. 3 . .		26
	64b—6a .		27. 8
	80—2a .		40b—3a
	84b . . .		47b
	85. 4a . .	33	15a. 4b. 5b
36	7—12 . .		21b—7a
	15—7 . .		27b—9
	18—21. 3a		13b—5
	24. 5a . .		44b. 5
	26. 7 . .		46. 7
	*28. 9 . .		*40. 1
	32. 3a . .	34	1, 2a
	35—7 . .		3, 5, 6
	39. 9a . .		7b, 8
	41		10b. 1a
	42—5a . .		17b—20
37	1—8 . . .	35	1—8
	10—9 . .		11—20
	23. 4 . .		21. 2
	25. 6 . . .		24. 5
	27b—9 . .		26a—8
	31. 2. 3a .		30—2a
	36. 7 . . .		33. 4
	39—45. 7		35—41. 2

C		V	B
37	62a. 6 . .	35	44b. 5
	*68		*48
38	1—7 . . .	36	1—7
	9—11 . .		8—10
	12—4 . .		11—3
	16—9 . .		36—9
	20, 34 . .		40b. 1b. 5
	38a. 9a .		48b. 9a
	42. 4a . .		49b, 51
	45. 6 . .		52b—4a
	53b. 4a .		57ba
	55—7 . .		60—2
	58. 9 . .		64b. 5a. 3
	60. 2a . .		66a. 5b. 6b
	64. 5 . .		68, 70
	66. 8. 9 .		74. 5. 6
	*70 . . .		*77
39	8, 10. 1 .	37	12—4
	14a. 5b .		16
	16. 7 . .		17. 8
40	2—5, 6b .		2—5, 6b
	7, 8 . . .		7b, 8, 9b
	9, 11, 22b		10. 1. 2b
	21. 2a . .		22b. 3
	*24. 5 . .		*25. 7
41	1, 2 . . .		28, 9
	*3b, 4 . .		*30b. 1
	5, 6 . . .		32. 3
	*7, 8 . . .		*34. 5
	10. 1 . . .		36. 7
	*12. 3 . .		*38. 9
	15. 6 . .		40. 1
	19, 21 . .		*42. 3
42	1—15 . .	38	1—15
	17b—22 .		16b—21
	24. 5. 7 .		22. 3. 36
	30		25a, 37b
	31—6 . .		28—33
	37—9a . .		38—40a
	40a. 3 . .		43b, 50
43	1a	39	1a
	15. 6a. 7a	38	16. 7a. 9a
44	1—8 . . .	39	14b—22a
	10—8a . .		22b—30
	19, *20 .		31bc. *2
45	1—14a . .	40	1—14a
	15b. *7 .		14c. *5
46	1—3a .	41	1—3a
	4—8 . . .		4—8
	9—10a . .		9b—10
	12—4a . .		11b—3
	15b—22 . .		16—22
	24—37b .		24—37
	38—*41 .		38—*41
47	*1, 2 . . .	42	*1, 2
	*4—6 . .		*3—5

C		V	B
47	*14ab . .	43	*7ab
	*15ac . .		*8a, 9a
	*22—4. 6		*10—2. 3
	*17cd. 8ab		*14
	*29		*15
	*32—5b .		*16—9b
	*37. 8 . .		*21. 2
48	*1, 2 . . .	43	*1, 2
	3, 4c . . .		3, 4b
	*5, 6 . . .		*5, 6
	7, 8c . . .		7, 9a
	*9, 10 . .		*10. 1
	13. 4 . .		12. 3
	*15. 8 . .		*14. 5
	19, 20 . .	44	1, 2
	24. 5 . . .		3, 4
	*26. 7 . .		*5, 6
	30. 2 . . .		7, 8
	*33. 5 . .		*9, 10
	38b, 46 .		11b. 2
	*49, 50 .		*13. 4
	51. 2 . . .		15, 9
	*60. 1cd .		*20. 1cd
49	1—6 . . .	45	1—6
	8—18 . .		7—17
	19b, 20 .		18. 9
50	1, 4, 5 .	46	1—3
	7—11 . .		4—8
	12		9a, 10a
	13—8 . .		11b—6a. 8
51	1—10 .	47	1—10
	12—5 . .		11—4
	17—21 . .		16—20
	22—4 . .		22—4
	26—32 . .		27—33a
	33. 4 . .		25. 6
52	2a, 3, 4 .	48	1a, 2, 3
	*14—7 . .		*5—8
	18. 9 . . .		9, 10
	20		11a. 2
	*21—3 . .		*13—5
53	1—4 . . .	49	1—4
	6, 7 . . .		5, 6
	10b. 1 . .		7, 8a
	14b. 5b. 6		9, 10a. 1b
	17. 8a . .		13. 4a
	22b—7a .		16b—21a
	27b. 8a .		23b. 4a
	29a—33 .		24b—9a
	36b—9 .		29b—33a
54	1—6 . . .	50	1—6
	9a, 21 . .		7a, 8a, 9a
	22. 3 . .		8a, 9b, 10
	24a. 7b .		11
	28. 9b . .		12. 3a
55	1, 3, 9 .	51	1, 4, 2

	C	V	B
55	11—25	51	5—19
	29, 30		22. 3
	32. 4		24. 5
56	2a	53	2a
	2b—11		3—12a
	12—6		14b—9a
	18—20. 2		26b—9
	24	54	1
	25b—7a		2. 3a
	34—6a		3b—5
	37b—43		6—12a
	44—6		13—5
	47—9		17. 6. 9
57	2—4, 6a	55	1—3, 4a
	6b—8		14a. 5. 6
	11a u. 16a		4b
	13. 4		11b. 2. 7a
	15a		18b
	21b—6		5b—10
	28b. 9, 31		18b. 9, 20
	33—6		21—4
	37		30b. 1a
	40b—4a		25—8
	49—52		32—6
58	2b—4	56	1—3a
	5b, 6, 8		3b, 5, 7
	9—17. 8b		40—8. 9b
	19, 21		50. 1
	20		13a. 4a
	38a		31b
	36—46a		52b—62
	52—4a		66—8
	56. 7a. 8b		70. 1
	62—6		72b—7a
	68—70		77b—80a
	71b—3a		80b—2a
	73b		83b
	74b—8a		84b—8a
	79—85		88b—95a
	92b		95b
	93b—6		96b—9
	97—102		100b—5a
	104—13a		105b—15
	114—7a		116b—9
	119b, 20b		123
	121a		124a
	123b. 4		125. 6b
	129b. 30a		130
	131a		131b
	133		132b. 3a
	146a. 7		134a. 5
	149. 50b		136
	153b. 5b		139
	156. 8		140. 2
	158. 9		143. 6
	160b—61	57	10a—12

	C	V	B
59	1—5	57	1—5
	6b—12a	58	2—8
	13—7a		9—13a
	21. 2a	57	6, 7a
	24. 5a		8, 9a
	25b—9		10—4a
	32		15
60	1b—5a	58	13—6
	9, 10. 2		19b—21
	15b—9	59	2—6
61	2b, 3a		7b, 8a
	4—11a		9—16a
	13. 4	60	6b, 7a, 9
	*16, 7a. 8a		*15. 6
	*22—4	61	*18—20
62	2a—5	60	1—3, 4b
	6a, 7a, 8		5, 6
	16b, 7	61	3a, 5, 6b
	18—22		7—11
	24—7		13—6
	28—38	62	1—11
63	1—5	63	1—5
	10. 1		9, 11
	12—5		13—6
	22b. 3.4a		17. 8a. 9a
	25—9		20. 2—5
	30b. 1		26. 7
	*32		*28
64	1—6	64	1—6
	7. 8a		8a, 7
	8b—14a		9—14
	14b. 5a		15ba
	16—24		16—24
	25a. 6a		25
	26b—8a	65	1, 2
	29—3a		3—7a
	33b—5		9b—11
	36. 7		7b, 8, 12b
	38—42a		13—7a
	44. 5		18, 9
65	1—7	66	1—7
	9—18		8—17a
	19, 21a		18, 20b
	22a. 3b		21a. 25a
	24. 5		26b. 7b. 8
66	1—15b	67	1—15
67	1a, 2b	68	1
	3—11		2—10
	12b. 3a. 4		12. 3
	15b. 6		14. 5b
	17—33		16b—37a
	34b—42		38b—41
	*43. 4		*42. 3
68	1, 3—24	69	1—23
	26—29		25—28

	C VI	B V	
1	1—4	70	1—4
	5b—8		6—8
	10—3a		9—11. 3a
	14—9		14—9
2	1—4a	71	1, 2. 3b, 4
	7, 8a		11b—3a
	9b, 10. 2a		14. 5b
	13. 4a		5, 6a
	15—9a		6b—11a
	22a. 3a		11b. 7a
3	1b, 2	72	1b, 2
	3	73	2
	4—7	72	3—6
	10a. 1. 2a		7, 8
	13—8		9, 11—5
	19, 20	73	5, 6
	22—4a		8—10a
	26b—8		10b—2
	29—31	72	16—8
	33		19b, 20
4	3, 5—7	73	14—7
	9—34		18—43
	36. 7		44. 5
	38b—42a		46—8
	43b—57a		49—63
	67b—9		64—6
	70—2	74	1—3
	77b. 8		6, 7b
	89—97a		8—16
	98—105		17b—25a
	107—10a		25b—8
	111—20		29—38a
	121b		38b
5	1—5	75	1—5
	6—9		8, 9, 6, 7
	10—2		10. 1. 5
	13. 5. 7		12—4
	18. 9		17. 8
	20a. 1b. 2		16. 9
6	1	77	1
	3—16a		4—17a
	17. 8bc		17b. 8a. 9
7	1, 2b, 3a	78	1, 3
	4—13a		4—13a
	14b—20a		13b—9a
	21b—4		19b—21. 3
8	1—5	72	1—5
	6—8a		9—11a
	9—11		6—8
	20b. 1b. 2a		14b. 2
	23. 4		15b. 6b. 7
9	1—15	80	1—15
	16. 7		17. 8
	18—20		21—2
	*21. 2		*25. 30
	25a	81	1a

C	VI	B	V
16	2—10	88	2—10
	16—9		13—5. 8
	20. 1		20. 16
	22—4		21. 3, 19
	25bc. *6		24ac. *5
17	1, 2	89	1a, 43b. 4
	3, 4		46, 5
	5—11		47—53
	12. 3a		54b. 55a
	14—6		56—8
	17		65
	26—30		67—71
	31b—44	90	5b—15
	45—55		17—27
	56. 7		29, 30
	63b—8		32—4a
18	1—3		34b—6a
	21—5	91	2, 4, 5
	26—32		7—13
	39b. 4		14a. 5
19	1a. 2. 3a		16a. 8a. 9
	3b—6a		21b—4a
	23		24bc
	24. 6—8b	92	1, 3b—6a
	29—31		6b—9a
	32a. 4. 5		11—3a
	36. 7. 9		14—6
	40b. 1		17b. 9
21	10. 2. 3	93	1—3
	14—7a		4b—7
	17b—19a		11—3a
	20b. 1a. 2a		8. 9a
	23. 4a		9b. 10
	25—8		15—8
	29—31		20. 1. 19
22	18. 19a	94	1b. 2
	22a—4		4—6
	25a		12a
	41. 2a. 4		14. 5b. 8
	47a. 8a		19
	48b. 9b		20
	50b. 2. 9a	95	7b, 8. 12b
	63, 71. 7		21. 9, 45
	75b. 6a		42

C	VI	B	
25	1. 2	1	1, 2
	3. 4a		4b, 5a, 6a
	4b—6		7b—9
	7. 8a		10b, 1a. 3a
	8b—12a		12. 4. 5. 9
	13		20a. 1b
	14b—8		22—6a
	19—21		27b—30a
	22—5. 63		32—5. 65
	27—32		37—43a

C	VI	B	
25	*33	1	*46
26	1—3	2	1—3
	4a, 5		4a, 6
	6—9a		7b—10
	9b—14a		11b—6a
	14b. 5		17b. 8a
	16. 7. 22a		19, 20a. 1
	23—8		24b—8, 30. 1
	29, 30ab		33. 4
	31b. 2		35b. 6
	34. 5		37. 8
	36—8a		39—41
	38b—41		42b—5
	42. 3b. 4b		46b, 7b, 8
27	1, 3b, 4a	3	1, 4
	5b, 6		6, 7b
	7—10		8—11
	12—4a		13a. 4. 5
	15. 6		17b—9a
	17—9		21b—4a
	20. 1		25. 6
	22b—5		27—30a
	26a. 7. 8		31—3a
	30		33b. 4a
	32—6a		34b—8
	37b—41		39—43a
	42a. 4b		44a. 6b
	46b. 7		47b—9
	*48		*51
28	1—7	4	1—7
	8—17a		10—9a
	18. 9		19b—21a
	20—4		22—6
	25—7		27b—30a
	28—32		30b—5a
	33—6. 8a		36—9
	41b. *2		61b. *2
29	1. 2a	5	1a. 2a. 1b
	2b, 5		2b, 3
	6b—13		4—11a
	14bc. 5a		13. 4b
	15b. 6ab		15. 6a
	17—22a		16b—21
	23b. 4		22. 3a
	26a. 8		24b. 5
30	3. 4a	6	2a, 3
	5—17a		4b—16
	18—20		17b—20a
	21—3		22—4a
	25b. 6		24b. 5
	27—9		27b—30a
	31. 2		31, 26
	34. 5		32. 3
31	2. 4a	7	1, 2a
	5b—10		4b—9
	11b. 2b		10

C	VI	B	
31	13. 4a	7	11. 2a
	14b—22		15—23
	23b—5		25—7a
	26—8		28—30
	29b—38		32—41a
	39—44		42b—7
32	1—9a	8	1—9a
	10		10b. 1a
	11. 2		12. 3
	13. 4		15a. 6a. 4
	15. 6		16b—8a
	17—27		19—29
	31—4		30. 1. 5. 6
	35a. 6a. 7b		38a. 9
	39. 40		41b—3a
	42. 3		44b. 5
33	1, 3, 4	9	1—3
	5b, 6a		5b, 6b
	6b—22a		8—23
	23. 4		24. 5
	25		28. 6a
	26—31		28b—34
	32		35b. 6a
	33—*5		37b—*9
34	1—6	10	1—6
	7—10		8—11
	11—7		18b—20a
	18. 9		21. 6
	20—5		27b—33a
	26bc		32b. 4
	27a. *8		35a. *6
35	2b, 3a	11	2b, 3a
	4. 5ab		3b, 4, 7b
	5c—13a		8b—16a
	14. 5		17. 8
	16—22a		19b—26a
	24. 5		26b—8a
	26		30
	27. 8a		36b. 7
	28b—32		38b—42
	33b. 4a. *5		43. *6
36	1—11	12	1—11
	12a—*22		12b—*22
37	1, 3, 4a	13	1, 3b, 4
	4b. 5		5a, 6a. 5b
	6, 7		6b, 8, 9b
	8—11		10—3
	12b. 3b		14
	14—9		15—20
	21b—5		21—5
	27—30b		27—30
38	1—3	14	1—3
	4, 5		5, 6
	6b—8a		10. 1
	9—11a		18—20a
	11b—13		22—4

C		VI	B
40	1—5a	15	1—5a
	5b, 6b, 7a		5—7a
	7b—11		8—11. 2b
	12. 3a b		13. 4a, 5b
	13c—5a		17, 5
	16—9		19—22
	20b—36a		23—30a
41	1a, 10a	16	1
	11—4a		2—5a
	14b—6a		6, 7a, 5b
	16b—32		7b—23
	33. 4		25, 6a, 7a
	35a—7a		28, 9
	37b—46		31—40
	47—51		41b—6a
	52. 4		47, 8, 50
	55. 6		49, 51
	57—67		58—68
	68—80. 1a		70—81a
	82—7		84—9
	89a, 90a		90b. 1a
	92—7		96—101
	98a b. 99		102, 95
42	1—5	17	1—5
	13—22a		6—15a
	22c. 3		15b, 6
	25—9a		17—21a
	31a. 2		22a. 4b, 5a
	41—3		26b—9a
	45—7		29b—31
43	1—4a	18	1, 2, 5, 6a
	4b—13a		7—15
	15—7		22—4
	18—20		26—8
	21. 2. 4a		32—4a
	24b—31		35—42
	33—44		43—54
	45a b. 46		56, 70
44	1—5	19	1—5
	6, 7, 8b		7, 9, 10a
	9b, 10		11. 2a
	11b—3		13—5
	14. 5		17. 6
	16—21a		18—22. 3b
	22. 3		24. 5
	24—7		28—31
	29b c. 9		35. 6
	31—3a		37—9a
	34b, 5a		61
	*38		*76
45	1—6	20	1—6
	7—11		8—12
	13—5		13, 5, 6
	16—20		18—22
	21—3		24—7a
	24b. 5		28
46	1—10b	21	1—10
	11—7		11—7
	23—9a		19—25a
	30—2		26b—30a
	33		31b. 2a
	35—42		32b—40a
	44—6b		42b—5
	*48		*46
47	1—3a	22	1—3a
	3b—5a		4b—6a
	6—20a. 1b		13—27
48	1—4	23	1, 4, 6, 5
	5—12a		7—14a
	12b. 3a		15b. 6a
	13b—22		17—26a
	23—36		27—40
49	1—3	24	1—3
	5		6b, 7a
	6		16b. 7a
	8b, 9		12b. 3
	10a. 1a		11a
	11b—9		18b—26
	20—4		28—32
	25. 6a		31a. 5
	26b—8a		33b—8a
	28b—32		39—43
50	1—3	25	1—3
	4—20		5—21
	21. 3—5		23—6
	26—32	26	1—7
	33—6a		11b—3
	35b—7a		14b. 5b. 6
	37b—9		17b—9
	40—2		20b—3a
	43—5a		24. 5, 6a
	45b, 6a		27a, 8a
	46b—51		29—34a
	52—4a		35b—7
	55b—9		38b—43
	60b. 1a		44b. 5a
	62		45b. 6a
	63. 4		48. 9
51	1—29	27	1—29
	30b		30a
	31b—4		31—4a
	37b, 8a b		35
52	1—12	28	1—12
	13—7		13b—8a
	18—23		19b—25a
	24—32a		26—37a
	32b—7		38—40
	*38		*42
53	1a	29	1a
55	1—3		1—3
	4—7a		5. 8a
	8b, 9a		4
55	19b—28a	29	9—27
	30b—2a		28, 9
56	1—3	30	1, 2, 4
	5—19		5—19
	20a		20b
	21—7		21—7
	29—31		28—33
	35, 6		35, 6
	*38, 9		*38, 9
57	1, 2a	31	1, 2a
	2b—4		3—5
	5		6a, 7a
	6b—15		8—17a
	16—8a		18b—20
	18b, 9a		17b, 8a
	19b—22a		21b—4a
	22b—5a		25b—8a
	25b—8b		29—32a
	29, 30a. 1		32b. 4, 3
	33. 4a		35. 6a
	35, 6a		37b, 8
	37		36b. 7a
	39b—40a		39b—41a
	40b c. 1		45, 6
	42b, 3a		47
58	5—18	32	1—14
	19—28		15b—25a
	31		27b, 6a
	33, 40		29b, 7, 8a
	41a. 2. 3		29, 30, 1a
	45b—58a		32—45
59	1—6	33	2, 3b, 5
	*7—19	35	*1—13
	*20—2		*18, 9, 4
	*23—5		*15, 20, 1
	26—8	36	1b—4a
	29, 30, 2		5—7
	*31, 5b		*8, 9b
	*36a		*10a
	*36b—45		*11—20
	46—50		21, 3—6
	*51		*27
	52—4		28, 30
	55—9		32—7a
	60—6a		37b—43a
	66b—8a		41, 5a, 6
	69—71a		47—9b
	71b, 2a		50b, 49b
	73a		52b
	74—80a		53—9a
	80b, 1		61b, 0
	82		61a, 60b
	83—90		62—9
	*92—107		*70—85
	109, 10		91, 86
	111		88a, 9a

	C	VI	B
59	112b. 3. 5a	36	91b. 2. 3a
	116—20		93b—8
	121. 2		100. 1
	124—7		103—6
	*128. 9		*107. 8
	131—4		109—12
	*135—40		*113—8
	*142—4		*119—21
60	1—7	37	1—7
	13—6a		13b—6
	17a. 8		19a. 7
	19b, 20a		20a, 18a
	21—4		20b—3a. 4
	25. 6		26b—8a
	27		30
	28. 9a		28b. 9
	31—4		32—5
	35		36a. 7a
	36. 7		38, 40
	*38—46		*43—5
	47b—51		46—50
	53—5		51. 3. 5
	*57		*54
	58—60		56. 5. 8
	62b—4		61. 2a. 3
	66—9		64—7
	71—80		88—97
	*81		*98
	82b. 3		99a, 100
	83b. 4a		101
	*85		*102
61	1, 2	38	1, 2
	4b—9a		4b—9
	*10		*10
	11—3a		11. 2. 3b
	13b. 4		14b. 5
	*15		*16
	16—22		17—24
	23. 4a		25a. 6
	24b—7		27b—30
	29—37		32—40
	*38		*41
62	1—3	39	1—3
	6—12a		4—10a
	12bc. 3a		17. 8a
	20b—3a		14—6b
	17. 8b		24b. 5
	18—21		26—9a
	*22		*33
63	1—20	40	1—19. 21
	22—30a		22—30a
	30b—8	42	2—10
	39—41a		12b—4
	42—4		15—7
	45		18b. 9a
	46—8a		20—2a
63	*56	42	*23
64	1—13	43	1—13
	14—25		15—26
	26—30a		27b—31
	31—4		32—5
	*35. 6		*36. 7
65	1—8	44	1, 5—11
	10. 1		14. 5
	19b, 20a. 1		3. 4
	28a		16a
	23b—9		17—23
	31—3		24. 5. 6
	34. *6		30. *1
	37—46a		32—41a
	47b—50		41b—4
	51—3		46—8
66	2—6a	45	2—6a
	7—10		9—12
	11—3		15. 6. 21
	14. 5		23b. 4a. 2
	16a. 7a. 9		23a. 5a. 7
	20. 1ab		28b. 9b, 5b
	21c—8a		30—3
	26—31		34—9
67	1, 2, 3b, 4	46	1, 2, 3a, 4
	5—7a		10b—12
	7b, 8a		31
	15. 6		14b. 5
	*17—21		*16—20
	21b. 3		21. 2
	24—31a		23b—30
	33—5		32—4
	37—41		35—9
	44b		41b
	51—7		42—5
	58		46a. 7a
	*59—62		*48—51
	63		52
	*66—8		*53—5
	*70. 1		*56. 7
	72—4		58—60
	*75		*61
	76—8. 1. *2		62—7. *9
	*84—8		*70—4
	89		75
	*93. 4		*76. 7
	95—7a		78—80a
	116. 7		104. 5
	119		106b. 7a
	120b—2		107b—10a
	126—30a		110b—4
	130b—2		116. 7
	*134		*81
	135—41		82—8
	*142. 3		*92. 3
	144a. 5a		94
67	146	46	95. 6b
	147—9		97—9
	*150—3		*100—3
	*154—60		*118—24
	*162—4		*125—7
	*165—7		*132—4
	*172		*141
	*175. 6		*140. 39
68	1, 6—10	47	1—6
	12—20		7—15
	21—*4		16b—*9
69	1—12	48	1—12
	*14		*13
	15—8	49	1—4
	20—43a		5—30
	*44		*31
	45. 6		32. 3
	48. 9a		35. 4b
	49b—52		36—9a
	53b. 4		42b. 3a. 39b
	55. 6a		40b—2a
	57—62a		44—9a
	62b. 3		50a. 1
	65. 6b. 7		52. 4. 5
	68—70		55—7
	71b. 2a. 3a		60, 58a
	74—8a		61—5a
	79—83		66—70
	75—7b		71. 2a. 6
	*88—96		*74—82
	97—108	50	1—12
	109b—20a		13—23
	121. 2		*24. 5
	*125—7		*26—8
	128—41		29—42
	*142—4		*43—5
	145—58		46—54
	160b. 1a		56
	*162		*57
71	1—6	51	1—6
	7b, 8a		7ba
	9—13		8—12
	15—43		13—41
	*44—6		*42—4
	47b. 8a		45
	49—56a		46—53a
	*57. 8		*56. 7
	59—63		58—62
	64bc		63
	65—88a		68—92
	89—93		90—7
	94—7b		99—109
	*98—104		*100—9
	105		110
72	*1		*111
	*3—8	52	*3—8

C		VI	B
73	9—11a . .	52	9—11a
	12c—6 . .		11b—5
	17. 8 . .		19, 20
	20. 1 . . .		22. 3
	22b—5 . .		25—8a
	*31—6 . .		*31—5
	56		36
	57—60a .		38—41a
	60b. 1 . .		41b. 2a. 3
	*62—4 . .		*44—6
	*65b—8 .		*47—50a
	*69, 70ab		*51. 2
74	*1—4 . .	53	*1—4
	5—11a . .		5—11a
	11b—5 . .		13b—7
	16—9a . .		18b—21
	19b—22 .		23—6a
	23		27
	24—38a .		28b—42
	39, 40 . .		43. 4
	42—4 .		45—7
	*45. 7 . .		*48. 9
	48. 9 . . .		50. 1
	50a. 2b. 3		52. 3
	*54—7 . .		*54—7
	58, 60 . .		58, 9
	*61—4 . .		*60—3
	*66—9 . .		*64—7
75	1—7 . . .	54	1, 2, 4—8
	14b—6 . .		9—11a
	17. 8 . . .		14a. 5a. 7
	19b—22a		18—20
	23b—8 . .		21—6
	30. 1b . .		27. 8b
	32—4 . .		29, 30. 2
	35a. 6b . .		33
	38—40 . .		35—7
	41—6a . .		39—44a
	46b. 8. 9 .		45b—7
	54. 5a. 6a		48a. 9. 50b
	57a. 8. 9a		50. 1
	59b—62a		53—5
	65. 6 . . .		58, 61
	67		63a. 5a.
	68. 9 . . .		69b. 2a. 3
76	1—3 . . .	55	1—3
	4, 5a . . .		4b, 6b, 7a
	6b, 7 . . .		7b, 8
	8b—10a .		10. 1
	12b—4a .		13b. 2. 3a
	15		14
	17—24a .		25—32a
	24b—31 .		15—22a
	32bc. 3 . .		22b—4a
	34—6a . .		33—5a
	37b. 8 . .		36b. 7
76	39, 40 . .	55	40. 1a
	41—6 . .		42—7
	51a. 2 . .		45b. 9
	56a. 6a. 8a		51a. 4
	59b—65a		55—60
	66		61
	67—73a .		62b—8
	74. 5 . . .		69, 70b. 1a
	76—9 . .		72—5
	80b—90 .		77—87a
	91b. 2 . .		87b. 8
	*93		*89
77	1, 2, 3a .	56	1, 2, 3b
	4—7 . . .		4—7
	10—8 . .		8—16
	19, 20a .		18. 19b
	20a. 1b. 2		20. 1
	*23		*22
78	1, 2a . . .	57	1, 2a
	2b, 3 . . .		3, 4a
	4—16 . .		7b—20a
	17—20 . .		21—7
79	1—9 . . .	58	1—9
	10—6 . .		17—23
	17. 8 . . .		26, 31
	19, 20 . .		27. 9
	21—6 . .		32—7
	27. 8 . . .		39. 8
	29—31 . .		40—2
	33b—9 . .		43—9
81	1b—3a . .	60	1b—3a
	5a, 6 . . .		4a; 3b, 4b
	7—9 . . .		5—7
	12—4 . .		9—11
	15b. 6 . .		12a. 3
	17b. 9b .		11
	19c, 20 .		15. 6b
	21—31b .		17—27
	32b. 3a .		28b. 9b
82	1—3 . . .	61	1—4a
	4—10 . .		5—11
	11a. 2. 3a		12. 3
	14b—8 . .		14—7. 20
	19—23a .		22—6a
	24. 5 . .		27a. 8. 9
83	1—11a . .	62	1—11a
	11b—5 . .		12b—16
	17. 8a. 9 .		17. 8. 9a
	20a		19b
	21—8 . .		20—7
	31—5 . .		28—32
	36. 7 . . .		33a. 6
	38		34b. 5a
	39, 40 . .		37. 8
	41—*4 . .		41—*4
84	1—3a . .	63	1—3a
84	4—12 . .	63	4—12
	14. 5 . . .		13b—5
	16—20 . .		16b—21a
	*21. 2 . .		*22. 3
85	1, 3a . . .	64	1, 2b
	4—8a . .		4—8a
	8b, 9 . . .		9, 10a
	10b. 1a. 2		11. 2
	13a. 5b . .		13a. 4a
	16—9 . .		15—8
	21a		20a
	23—8 . .		22—7
	31. 3 . . .		28. 9
86	1, 3, 4 . .	65	1—3
	6—14 . .		4—12
	15—21a .		14—20a
	22b. 3 . .		21b. 0b. 2a
	24, 32b . .		23, 32b
	26—32a .		25b—32
87	1—15. 7 .	66	1—16
	18b—20 .		22. 4. 5
	23—7 . .		26—30
	28b. 9 . .		31. 2
	*30		*33
88	1—3, 4b .	67	1—4a
	5b—7a . .		4b—6a
	7b—8 . .		7b—9a
	9		6b, 7a
	12—6 . .		10b—14a
	17—26 . .		16b—25a
	28—30 . .		25b—9a
	32—4 . .		29b—32a
	36		32b. 3
	37—42 . .	68	1—6
	43—56 . .		7b—20
	58ab . . .		21
	59b, 60. 7a		24. 5a
	63b. 4a . .		25b. 6b
	65. 6. 8 .		27—9
	69. 72a .		30. 3b
	73—6 . .		34—7
89	1—14a . .	69	1—14a
	15. 6a. 7a		15b. 6. 7a
	17b—20b		19—22a
	21—4 . .		23—6
	25a. 6a . .		27
	26b—32a		29—34
	32b. 3a .		37
	35b. 6a .		35
	38. 9 . . .		36. 8
	42b. 6b. 7a		41. 2a
	48—50 . .		43—5
	61b—*3 .		46—*8
90	1—3 . . .	70	1—3
	23		5
	32. 5. 6 .		8ba, 10. 6

	C	VI	B
90	37—41	70	11—5
	44—6a		15—7a
	46b. 7a. 9a		20. 3a
	51. 3a 4		24. 5a. 6
	55b. 7b		17b. 9a
	61—4		28—31
	66—8		32—4
	69, 70ab		35a. 7. 9
	71—7		40—6
	79—84		47—52
	87—93		53—9
91	1—4	71	1—4
	5—8		5b—9a
	9, 10		10b. 1. 2a
	12—5a		12b—5
	16b. 7a		16
	18—24a		17—23a
	24b—7a		24—6
92	2—5a	72	3—6a
	5b—15		7b—18a
	16		18b. 9ab
	18, 20. 1		23. 1. 0
	22. 3		22. 4
	25—39		26—41
	41—4		42. 3. 5. 6
	46—8		48—50
	49b, 50a		51b. 3a
	51b—60		53b—63a
	61—3		64b—7a
93	1—3	73	1—3
	4b—6		4b—6
	7ac		7b, 10a
	8, 9, 11		8, 9, 12
	12b—5		13—6
	17—23		17—23
	24a		24a
	25—7		27—9
	28b—30		32b—4
	31b—6a		35—9
	37b		40a
94	1—3	74	1—3
	4—21ab		6—23
	22—32		25—35
	33—8		36b—41
	*41		*42
95	1—9	75	1, 3—10
	10—3a		12—5a
	14b. 5		15b. 6
	17—25		17—25
	26b. 7a		26
	33bc. 4b		27a. 9
	39—47		30—8
	47. 9ab		40. 1
	60b. 2		65b. 6ba
96	1—14	76	1, 3—15
	15—7		23. 4. 6
96	18b. 9	76	27b. 8
	20a. 1a. 6a		29. 8a
	26b—8a		36. 7
	28b—32a		39—42
	33. 4		43. 4
97	1—7	77	1—7
	11—20		8—17
	22—7		18—23
	28b. 9b, 30		24a. 6. 7a
	31—4		28—31
98	2b. 3	78	2, 3b
	4—14		5—15
	15—23		16—24
99	1b, 2a		24
	2b, 3, 4b	79	3a, 4, 5b
	6, 7		7b—9a
	8—10		36b—9a
	11b. 2		39b, 40
	14—28		42—56
	30—7a		57—64a
	38—43		65—70
	45—7a		71—3a
	47b—50a		74—8
100	2—12	80	2—12
	13—9		14—20
	20a. 1a		21
	22—9		23—30
	30—3		32—5
	35—8a		36b—40
	39b		41b
	40—4a	81	1—5a
	45. 6		6, 7a, 8a
	48		10
	49—53a		15—9
	54—61		20—7
101	2b, 3—6	82	1a, 3—6
	7b, 8a		7
	9b, 11		8b, 9
	23b—8a		30—4
	33—6a	83	21b—4
	40		41b. 2a
	43b. 4b		55a. 6a
	45		59b, 60a
	46. 7		57. 8b. 9a
	48—54	85	6—11
102	1a, 3b	86	1a, 5a
	4b, 5		5b, 6
	9c—11a		8, 9
	12b		10b
	13—6		19—22
	17		23a. 4b
	18—24		27—33
	25a. 6a		34
	27. 8		35. 6
	29b—39a		37—46
	39b—48a	87	1—10a
102	49b—52a	87	10b—3a
	53. 4		13b. 4. 5a
	55—8		16—9
	60—9		20—9
103	1—15	88	1—15
	16—23		21—8
	24. 5		29b—31a
	26—30		32—6
104	1, 2	89	1, 2
	4—25		3—24
	*27		*25
106	4b—6a	90	1, 2
	7b, 9a		3
	9b—18a		4b—13a
	18b. 9		14. 5
	20—4a		18—22a
	25—8a		22b—5
	28b—34		27—32
	*36		*32
107	1—11	91	1—11
	12b. 3		12. 3b
	14—7		14—7
	18bc		19a, 22a
	19, 20a		19b, 20
	21		22b. 3b
	22—4		24—6
	25a. 7		27. 8a
	29—31a	92	1, 2, 28c
	31b—41		3—13a
	45a. 8. 9		17a. 9, 20
	52b. 3b		21
	54—7a		22—5a
	55b—60a		28. 9
	61—6		30—5
108	1, 2		36, 40
	3—6		42—5
	7, 8		47. 8
	9b, 10b. 1		49, 50
	13—6		51—4
	17. 8b		56b. 7
	18—22		58—61. 3
	25—7a		64—6a
	27b—9		67b—9
	30. 1		72. 3
	*32—4		*81—3
109	1—4	93	10—3
	5ac, 6b, 7a		14. 5
	7bc. 8a		16b. 7
	*9, 10		*18. 9
	13—20		20—7
	*21—4		*28—31
	25		32
110	1, 2	94	1, 2
	3, 4		3b—5a
	5—18ac		6—19
	19—26		20—7

C	VI	B
111 1—9	95	1—9
16b—20a		10 2. 4. 5
27. 8		16. 7
30b—3a		20—2
33b. 4b. 5b		23b. 4
36a. 7a		25
37b—40a		26—8
58b. 9a		29
71b. 2b. 3b		30. 1
74. 5		30. 2
79, 80a. 1		35—7a
82b. 3a. 4		38. 9
85b—7a		40. 1
88b—96a		42—9
96b. 7		50b. 1a. 4b
98—100a		53b—7
112b. 3	96	7. 9b
114		19b. 1a
115—8		13—6a
119b, 20		10b. 7
121b	95	62b
122bc. 3		63. 4
*121		*65
112 1—3	97	1—3
4b—7		1, 6, 7a, 8
8b—12a		11—4
15. 6		15. 6
17b. 8a		17
19—25		18b—25
113 1, 2a, 3b	98	1, 2
4b, 6b		3
7—17		4—14
19, 20a		15. 6a
21. 2		17. 8
28a, 30		20b. 2
31b—3		23—5a
34b. 5		26. 7a
36b—8a		28. 9
39—50		30—41
114 1—3, 5	99	1—4
6—8		5, 6bc, 7
10—5		8—13
16—26		18—28
27—31		33—7
33. 4a		43, 57a
115 1—11a	100	1—11a
12b. 3		12. 3a
14		15b. 6a
15. 6		13b. 4. 5a
17—21		16b—21
116 1—4	101	1—4
5—9		6—10
10—25		12—26. 8
27. 8		29a, 32b. 3
31		31
117 1—3	102	1—3
117 4—6	102	5—8a
9b—13a		8b—12a
13b. 4		13b. 4
15		12b. 3a
16—8a		15. 6. 7a
18b. 9b		18b. 7b
20—7a		26b—7
27b—31a		31—3
32		31
118 1a, 2b	103	1a, 2b
3—10		3—10
12—5		12—4. 6
16—20		18—22
*21		*23
119 1—11	104	1. 3—12
13—9		14a—21a
20. 1a		24a. 5a. 6b
21b—3		27. 8b. 9
24. 5		31a. 2a. 3
27—31a		36—40a
32—6		41—5
120 1—5	105	1—5
6a, 7, 8a		7a. 6, 7b
9—11		8—10
12a. 4b		12a. 4a
15—7a		16. 7. 21a
18—20		21b—4a
21b—3		24b—6
121 1—4a	106	1—4a
5b—10a		5—9
11—7a		10—6a
18—24a		16b—22
25. 6b. 7a		23. 4a. 5a
28a 9		24b. 6
122 1. 3—5	107	1—4
7. 8		5, 6
10—6a		8—14a
16b—9a		15—8a
20—5		19—23. 9
123 1—4	108	1—4
5, 6		11, 5
8b, 9, 12a		6b, 7ba
13a. 4b		8a. 12a
15b—7a		14. 5
17b—9		18—21a
22. 3a		21b. 4
38b—43a		27—30. 2
44b—9a		31. 6—9
49b—52a		41. 3. 4
52bc. 3		46. 7
124 1, 2a, 3ab	109	2. 3, 4a
4. 5a. 7a		5, 6
8—10a		7—9a
11—3		9b—12a
15		12b. 3b
17—9		14—6
124 21b. 2a	109	17
125 2a		20b
3b—5		23—5a
6b, 7b		26
8—11a		29b—31
13b		30b
14—8		32b—36a
19, 21a		41a. 2b
21—8a		41b. 3. 4a
24—6		47b—50a
27b. 8a. 9b		50b. 1
30		52
32b—5		53—6a
36. 7a		57b. 8
38b. 9ab		59, 60a
40—5		61—8
126 1. 2	110	1, 2b, 3a
4—10a		6—12a
11b—5		12b—6
16		20b. 1a
26a. 7a		34b, 39b
30. 1a. 3a		35b. 6. 7b
34b. 5a		38, 9b
35b. 6		40b. 1
37b—44a		42—9a
45b—51a		49b—56a
52b—4		56b—8
127 1—3a	111	1—3a
4b, 6b, 7a		4, 5a
8—10a		5b—7
12. 3		10. 1a. 2a
14		11b. 2b
16		16b. 7a
16—8		13—5
20. 1a		16a. 7b. 8a
22. 3		18b—20a
24b. 5a		20b. 1a
26b—30		22—6a
31b. 2		26b. 7
33—7		29—33
39, 40		34. 5
42. 4. 7		37. 8. 9
48—50a		40. 1b. 2
51—3		43. 6. 8
54		49a, 50b
55—61		51—7
128 1—14	112	4—16
15		18a. 9a
17—20		20—3
23, 5b		30. 2. 3
27b. 8		24b. 5
30—3		26—9
34—41		31—41
43. 4a		52. 3b
45. 6		53. 6
47. 8		57b—9a

C VI	B
123 49—53a.	112 60—4a
54b—6a .	65. 6
58. 9b . .	69. 71a
60. 1a . .	73. 4b
61b—3a .	75. 6
68. 9 . . .	77b. 8. 9b
70. 1 . . .	80. 1a. 2b
72. 3. 4b	83. 4. 5b
75b—81a	87—92
81b. 2b . .	93
83. 4a . .	94. 6a
86. 7 . . .	97. 5
*92. 3 . .	*109. 10
94a. 5b . .	112 10a
96. 7b . .	11, 9b
99—104 .	3—8
105—7a .	12. 3b, 4
110a . . .	16a

C VII	B
1 1—3a . .	1 1—3a
4—10a . .	3b—9
11—3a . .	10—2a
14. 5 . . .	13. 4a
16. 7a . .	15. 6
18—22 . .	17—21
24—6 . .	22. 3. 9
27b—30 .	28ba, 30-2
33—5a . .	33. 4. 5b
2 1—5 . . .	2 1—5
7—9 . . .	6—8
10b—5a .	9—13
16—32b .	14—31a
33	2
3 1—4a . .	3 1—4a
5, 6 . . .	4b—6a
7b—11a .	6b—10a
12—27a .	10b—26
28—*35 .	27—*34
4 1—13 . .	4 1—13ba
14—25a	14—25
26a	26a
28—*32 .	27b—*31
5 1, 2a . . .	5 1, 2a
3—5b . .	2b—5a
6	6a, 6b
7—24 . .	6b—24
25b—43 .	25—43
*44. 5 . .	*44. 5
6 1, 3—16a	6 1—15a
17	15b. 6a
18b—44 .	16b—43a
46b—50 .	43b—7
51b. 2 . .	48b. 9a. 8a
53—5a . .	49b—51
55b. 6a . .	54b. 2b
6 57. 8a . .	6 53. 4a
58b—63 .	55—60a
66b. 7a .	60b. 1
*68—70 .	*62—4
7 1—30 . .	7 1—30
31ac—9 .	32—40
40a. 1a .	41a. 2a
42—6 . .	42b—7
47. 8 . . .	53. 4
*49. 54 . .	*48—52.5
8 1—23 . .	8 1—23
24—7 . .	24b—8
*28. 9 . .	*29, 30
9 1—4a . .	9 1—4a
5b, 6a, 9b	5, 9a
7b—9a . .	7, 9b, 8a
10—6 . .	10—6
17b—9a .	17—9a
20	19b, 20a
21—36b .	21—36
37—*48 .	37—*48
10 1—22a . .	10 1—22a
21—35a .	22b—34
35b—8a .	36—8
39b—40 .	39, 40a
41—3a . .	41b—3
44. 5a . .	45. 6a
45b—8a .	47—9
*49	*52
11 1—9a . .	11 1—9a
10. 1a . .	9b, 10
12b. 3ab .	12. 3a. 4a
14—8a . .	14b—8
18b—23 .	20—5a
24. 5a . .	27. 8a
30a	29b
32. 3a . .	43b. 4
33b—41 .	31b—9
42b. 3 . .	40. 1b. 2a
44—8a . .	46—9
*49, 50 . .	*50. 1
12 1—4 . . .	12 1—4
5b—8a . .	5—7
9—15a . .	8b—14
16—30a .	15b—29
30b—2a .	31. 2
13 1—3a . .	13 1—3a
3b—5 . .	4—6a
6b—30a .	6b—30a
31—6a . .	30b—5
37—41 . .	36—9, 41
14 1—30 . .	14 1—30
15 1—7 . . .	15 1—7
8—13 . .	8b—14a
14b—25 .	15a—26
26b—31 .	27b—32
15 32b—*41	15 34—*42
16 1—7a . .	16 1—7a
9—11a . .	8b, 9, 10ba
12—20.2a	11b—20
23. 4a . .	21b. 2b. 3a
28—30 . .	23b—6a
31b—4b .	26b—9
35—9 . .	30—4
45—8 . .	35—8
17 1, 2	17 1, 2
3—6a . .	4—7a
7—12a . .	7b—13a
13b—5a .	14—6a
16—21.3a	17b—23
24b. 6b. 7a	24b. 5a. 6a
28—33 . .	26b—31
34—7a . .	36b—9
37b	40c
18 1—11b . .	18 1—11
12—9 . .	13—21a
20b—3 . .	22a—5
24—7 . .	25b—6a
28—33 . .	26—31
34	32bc
19 1—4a . .	19 1—4a
5—8 . . .	4b—7
9b—12a .	8—10a
13—6a . .	10b—2b
17—26a .	13—22a
26b—8a .	23b—5a
29	25ba. 7b
30. 1. 2b .	28. 9 30b
20 1, 2—14a	24 1—13a
15b. 6b .	14b. 5b
17—28 .	16—27
29, 30b .	28. 9b
31	30. 1b
32	2ba
21 1—8 . . .	25 1—8
10. 1b. 2 .	9, 10. 2b
13. 4 . . .	12a. 3a. 1
15—9 . .	13b—8a
20	19
21b—5 . .	22—6
27. 8 . . .	28. 7
29b—4 . .	30—5
30a. 7b . .	36
38—45 . .	37—44
22 1—50 . .	26 1—50
23 1a, 3—16	27 1a, 2—15
17. 9b . .	16ab
20. 1 . . .	17. 8
22b—32 .	19—29
33—45a .	31—43
47—52 . .	44—9
53	51

C		VII	B
pr. 1	1—37a	28	1—37a
	37b—42		47—52a
	47. 8b		52b—8
	51b. 2		54a. 5
	71—80a		37b—46
	80b—2a		55b—7a
	83—5		57b—60a
	88		60b. 1
pr. 3	1—42	29	1—42
	43—56		47b—61
pr. 4	1—50	30	1—51
pr. 5	1—19	31	1—19
	20b—71a		20—70
	72		71
24	1—21a	32	1—21a
	23—39a		22—38a
	39b—42		39b—42
25	1—17a	33	1—17a
	17b—25		18b—26
	25b—9a		27—9
	30b—3a		30—2
	33b—42a		34—42
	43b—52		43—51
26	1—3a, 4	34	1—3a, 4
	9, 10. 1b		6, 7, 5a
	12—4		8—10
	17—9a		11—3a
	19b—21		16—8a
	25—8a		18b—21
	31—8a		23—30a
	41—3		31b—4a
	44b—57a		35—47
	58. 9a		48b. 9
27	1—11	35	1—11
	13—21		12—20
	23—9		21—7
	31b—3a		28. 9
	34b—51		30—47
28	1—48	36	1—48
29	1a, 2a	37	1a, 3a
	3—36		4—37
	*37—40		*38—41
30	1—7	38	1—7
	8b, 9b		8b, 9b
	10a. 1. 2a		10a. 1. 2a
	14—22a		13—21a
	23b—31a		21b—8a
	32. 3		30. 1
	34		32b. 3a
	35—8a		34—7a
	39		38a. 9a
	40—3		39b—43a
	41b. 5		43b. 4
	46b—52		45—51
31	1, 2b	20	1, 2a
	3b—5		2b—6
31	6—9	20	6—9
	10b—2		10—2a
	13b—25		13—25a
	26b		25b
	27—32		26b—32a
	33b		33b
	34b—40a		34b—40a
	41		40b. 1a
	42—*4		42b, 3, *4
32	1—21a	21	1—21a
	22—9		21b—9a
	30—4a		30—4a
	34b—53		35—54a
	54		55a. 4b
	56—68a		56b—68
	69—72		69b—73a
	*73		*74
33	1—11a	22	1—11a
	12—*8		11b—*8
	19—*23		19—*23
34	1—12	23	1—12
	13—15		15. 3. 4
	16—41		17—42
	42—6		44—8
35	1b—32	38	52b—83
	34. 5a		85. 6a
	36—49		87—100a
	50b—3a		100b—3a
	54b—63		104—13
	*64. 5		*114. 5
36	1—18	39	1—18
	19		20a. 1
	20—2		19a, 22. 3
	24		24
	25—9	40	1—5
	30b—3		6a—9a
	35—40		10b—6a
	41b		16b
	*43. 4. 6. 7		*17—20
	49. 51b		21. 2a
	59b		22b
	60b. 1		*24
37	1, 2	41	1, 2
	4—6		3—5
	7		8a, 6a
	8		6b, 7a
	9, 10a		7b, 9
	11—4		10—3
	15—8a		14b—7
	19—22b		18—21a
	23a. 4		22a. 3
38	1a, 2—13	42	1a, 2—13
	15—8		14—7
	20b. 1a		18
	22—7a		19b—23
	28. 9		25. 6
38	30. 1a	42	27b. 8
39	1—6		29—34
	8, 9		35. 6
	11—29		37—55
40	1—6a	43	1—6a
	8—17		6b—16a
	20. 1		16b. 7. 8b
	22		19a. 8c
	24—9		19b—26a
	30b		26b
41	1—14	44	1—14
	15b—22		15b—22
42	1—3a	45	1, 6, 7a
	4—9		8—13
	10b—4a		14—7
	15b—21		18b—23
	24b. 5a		24b. 5a
	27—38		26b—36
43	2—6a	46	2—6a
	7—20a		7—20a
	21—3		21—3
44	1—4	47	1—4
	5, 6a		5b, 6
	7—16b		7—16
	17b—21		18—21
45	1a, 3, 4a	48	1a, 3, 4a
	5, 13b		5, 12a
	7b—12		6—11a
	14b—9		13—8a
	20b. 1ab		18b. 9
	23. 1ab		21b. 2
46	1—6, 8	49	1—7
	9b, 10a		8
	11b—3a		11. 2
	13b—5a		14. 5
	16b. 7		16. 7a
	19b—23a		18—21
	24—7a		22—5a
	28—30		27—9
	32a		30a
47	1, 2		31. 2
	3—11		34—42
	12b—8		43—9
48	1, 2	50	1, 2
	4—6a		3—5a
	7—9		6—8
	10a. 1a		9
	11b—7a		10—2
	17b—20		13—8a
	23—*6		18b—*22
49	1—4a	51	1—4a
	6—8		7—9
	10		10. 1
	12. 3		12b. 3. 4a
	14b—9		15—20
50	1a	52	1a

C		VII	B
50	1b—8	52	3—10a
	9—18		11b—21a
	20a		22a
51	1—4	53	1—4
	5—9		5b—10
	10		11b, 2a
	19b, 20		13b. 4a. 5b
	21. 2a		16. 7a
	23—9		17b—23
52	1—11	54	1—11
	13—5a		12. 3a. 4
	16—9		15—8
53	1—13	55	1—13
	14b—51		14b—22a
	23—5b		22b—4
54	1—5	56	1—5
	6—8		7—9
	9b—11a		10. 1
	12. 3a		13b. 2
	13b—6a		14—6
	17. 8		17. 8
	*19a		*19a
55	1—8a	57	1—8a
	9b, 10		8b, 10
	11—3a		11b—3
	13b—7a		14b—8
	18—20a		19b—21
	*21		*22
56	1—7a	58	1—7a
	9—14		7b—12
	16—21		15—20
	22—*9		21b—*8
57	1—19	59	1—19
	20bc. *1		21. *2
58	1—3, 5a	60	1—3, 4b
	6—9		5—8
	10b—20		9b—19
	22—4		21—3
59	1—5	61	1—5
	6—11		10—5
	7—9		14—6
	19, 20		17b. 8. 9a
	21b. 2. *3		20. *1
pr 1	2—20	62	3b—22a
	21b—8		22b—9
pr 2	2—8	63	1—7
	9		9b, 8b
	10		9a, 8a
	11—50a		10—49a
	51. 2		49b—51
pr 3	1—*33	64	1—*33
	34a. 5b		34
	36—65		35—64
60	1, 2	65	1, 2
	4—*18	65	1b—*16
61	1—16a	66	1—16a
61	17—23b	66	17—23
	*24		*24
62	1—14a	67	1—14a
	15—21		14b—21
63	1—3a	68	1—3a
	5b, 6		5, 6a
	7—12		7—12
	13b—24		13—24
	25—31	69	2—8
64	1—14	70	1—14
	15, 6		17. 8a. 9a
	17. *8		20. *1
65	1—10a	71	1—10a
	10b—28		11b—29
	29—32a		31—8a
	32b—6		30—3
	37b—9		38b—40
66	1—4a	72	1—4a
	5b—7		4b—6
	8b—10		7b—9
	11b—6		10b—5
67	1a	73	1a
	2—24a		2b—24
68	1—9a	74	1—9a
	10—7a		10—7a
	18. 9		17b—9
69	1—18a	75	1—18a
	19b, 23b		18b, 23b
	20—2a		20—2a
	24—37		24—37
	*38. 9		*39. 8
70	1—6	76	1—6
	8—11a		9b—12
	12—4a		13—5a
	15b. 6		15b. 6
71	1—14	77	1—14
	16b—24		15—23
72	1—14a	78	1—14a
	15—7		15—7
	18b—21		18b—20.2
73	1, 2	79	1, 2
	3b—10		3—10
	11b—3		12—4a
	14b—9		14b—9
74	1—5a	80	1—5a
	6—15		5b—16a
	18b—24a		16b—22a
	25—9		22b—7a
	31b. 2		28. 9
75	1—10a	81	1—10a
	10b—2a		11—3a
	13—7a		13b—7b
	18		18. 9a
76	1—19	82	1—19
	20—8a	83	1—9a
	29b—32a		9b—12a
76	33	83	12b. 3a
	34—6		27b—30
	(1—14)		14b—27a
77	1—4	84	1—4
	5b—13a		5—12
	15—20b		13—8
	*21		*19
78	1—16	85	1—16
	17—20		21—23
79	1—*20	86	1—*20
80	1—8	87	1—8
	9b—12a		9—11
	13—8		12—7
81	1—14	88	1—14
	15b—7a		15b—7a
	18—22a		17b—21
	22b c		*22
82	1—18	89	1—18
	19a, 20	90	1, 2
83	1—3		3—5
	5—14		6—15
	15—9		21—5
	20b c		26
84	1—18	91	1—18
85	1, 2		19, 20
	3—15	92	1—13
	16. 7		15. 6
	18—22		17b—21
86	1—8a	93	1—8a
	9—12		9b—13a
	13b—5a		14. 5
	16—*21		16—*21
87	1—13	94	1—13
	14b—20		14—20
88	1—23	95	1—23
	24		24a c
89	1—7a	96	1—7a
	9—12		9—12
	13—9a		14—20a
	20		21a. 2a
	21—5		23—7
90	1—12a	97	1—12a
	12b—24		13—25
91	1—3	98	1—3
	4, 5a		4b, 5
	6		6b, 7a
	9		8b, 9a
	11—4a		15b—9
	15b. 6a		20
	19, 21. 2a		21b. 2. 4
	23b. 4b. 5		26a. 6
	27—9	99	6—8
92	1—8		1—8
	9, 10b		9, 10a
	13. 4		11b. 2. 3a
	16b. 7		14. 5a

C		VII B	
92	18b. 9bc .	**99**	16a. 7
93	1, 2a . . .	**100**	1, 2a
	4—11a . .		4—10. 4a
	12—5 . .		15—9
94	1—4 . . .	**101**	1—4
	5, 6b, 7 .		7b, 5, 6
	9		7a. 8a
	10. 1a . .		11b. 2
	12—4 . .		8b—11a
	15b		13b
	16—8a . .		14—6a
	19—21a .		17b—9
	22. 3b. 4a		21. 8
	25. 6a . .		25b. 6a. 6a
	28, 30 .		29, 31
95	1, 2	**102**	1, 6
	4b—14 . .		9b—19
	15. 6 . . .		21. 2
96	1—4 . . .	**103**	1—4
	5b, 6b, 7a		5a, 6
	8b—12a .		7b—11a
	13—*23 .		12—*22
97	1—3 . . .	**104**	1—3
	4b—6a . .		4—6a
	7, 8a . . .		6b, 7a, 8a
	10b—26 .		8b—24
98	1a	**105**	1a
	2—8a . .		3—9a
	8b. 9 . . .		11b. 2a. 3a
	10b. 1a .		13b. 4a
	12. 3a . .		15. 6a
	15b—8 . .		16b—9
	20		20a. 1a
	21. 2a . .		22. 3a
	23—5a . .		24—6a
	25b—8a .		33—5
99	1, 2	**106**	1. 2
	3b—9a . .		4—9
	9b—11 . .		10b. 1. 2ba
	12—9 . .		13—20
100	1—6a . .	**107**	1—6a
	6b—13b .		7—14a
	13c—25 .		15b—27
101	1, 2a . .	**108**	1, 2a
	3—5 . . .		3, 4, 6
	7—14 . .		7—14
	16—8 . .		15—7
102	1—15 . .	**109**	1—15
	16. *7 . .		16ac. *7
103	1—16 . .	**110**	1, 3—17
104	1—15 . .	**111**	1—15
	16. 7 . . .		17. 8
104	18b. 9 .	**111**	19, 20
105	1—6a . .		21—6a
	6b—13a .		27—33
	13b—5 . .		34b—6
	16. 7 . . .		37b—9
106	1—11 . .	**112**	1—11
	12—5 . .		17—20
	16—8 . .		22—4
107	1—12 . .	**113**	1—12
	13—6 . .		14. 5. 3
	17a. 9a, 20		18b. 7b. 9
108	1—10 . .		20—30a
	11b—7 . .		30b—6
	19—21a .		37. 8b. 9
	24. 6. 9 .		41—3
	30. 4 . . .		44. 7
109	1—14 . .	**114**	1—14
	15b. 6a .		15
	17—22 . .		16—21
110	1—9a . .	**115**	1—9a
	10. 1a . .		9a, 10
	11c—20a .		11—9
	20b. 1a .		20b. 2a
	22b—4 . .		23—5a
	25b—8 . .		27b—8
111	2, 3 . . .		29. 1

Verhältniss der verschiedenen Ausgaben von C zu der Zählung in der Concordanz.

Für C liegt die neue Bombayer Ausgabe (Nirṇaya Sâgara Press 1888) zu Grunde. Die alte Ausgabe stimmt meist genau mit der neuen in der Verszählung überein, und differirt nur selten um eins; es handelt sich dabei aber nicht um Zufügung oder Weglassung eines Verses, resp. Halbverses, sondern nur um die Zählung. Doch ist zu beachten, dass in der alten Ausgabe VI 88 und 107 bei fortlaufender Verszählung in je zwei Gesänge zerlegt sind, sodass die Nummern der folgenden Gesänge um eins, bez. zwei höher sind, als in der neuen, und somit auch in der Concordanz. — Die Verszählung in den südindischen Ausgaben weicht häufiger ab, weil in ihnen nicht dreizeilige Strophen angenommen werden, und auch, obschon seltener, Verse fehlen oder zugesetzt sind. Hinsichtlich der Zählung der Gesänge ist zu bemerken, dass in T 53 = 52, 20; 53 unserer Zählung, ebenso T IV 57 = 56, 18; 57, und V 55 = 54, 47; 55 ist. In der Zählung der Bombayer Ausgaben fehlt VI 70, nicht so in den südindischen Ausgaben, in denen VI 70 = VI 69, 97 ff. der Bombayer Ausgaben ist. Es ist T VI 89 = 88, 37 ff., VI 104 = 102, 39 b ff., VI 110 = 107, 29 ff. der Bombayer Ausgabe, sodass also in T nach den angegebenen Gesängen die Nummer der folgenden um 1 mit 71, um 2 mit 103, um 3 mit 108 höher ist als in den Bombayer Ausgaben. Dass die verschiedenen südindischen Ausgaben bei materieller Gleichheit in der Stellung von II 101 unter einander abweichen, ist oben p. 10 n. 2 bereits angegeben.

Namen- und Sach-Register zu der Abhandlung (p. 1—139).

Verzeichnis der bezüglich ihrer Echtheit behandelten Stellen.

Verbesserungen und Nachträge.

p. 2. 2. Zeile von oben. Lies: v i e r m a l in Bombay, 1859, 1864, 1873 und 1888.

p. 2. note 1. Rāmavarman, der Verfasser des Tilaka, ist vielleicht identisch mit dem gleichnamigen Verfasser des Commentars (setu) zum Adhyātma Rāmāyaṇa, der sich selbst Fürst von Çṛṅgaverapura, Sohn Himmatavarman's und Schüler Bhaṭṭa Nāgeça's nennt. Denn auch der Verfasser des Tilaka spricht von sich, am Ende des 6. Buches, als Bhaṭṭanāgeçapūjya und von seinem Commentar als *setu*.

zu p. 8. Es ist zu beachten, dass im Uttarakāṇḍa die Übereinstimmung zwischen den Recensionen meistens, von einigen Stellen abgesehen, grösser ist als in den vorhergehenden Büchern. Darf man vielleicht dies daraus herleiten, dass die alten Bücher eine längere Zeit der m ü n d l i c h e n Überlieferung hinter sich hatten als das Uttarakāṇḍa, als sie schriftlich fixirt wurden?

p. 24 n 1. Der Vers: yadannaḥ purusho bhavati (II 103, 30) wird in 104, 15 als *laukikī çrutiḥ* bezeichnet. Zu den neunsilbigen Pāda füge hinzu: parikalyamānas tu tadā IV 46, 16.

p. 38 n 1. Verbessere V 21, 27; und füge zu dem ersten Citat die Stelle IV 44, 12 zu. In V 36, 2 heisst der Ring: *Rāmanāmāṅkita*.

p. 41 n 1. Füge hinzu: Besonders klar ist das Interesse einer späteren Zeit am Nītiçāstra im *kaccit-sarga* II 100 zu sehen. Dass dieser Gesang später zugefügt worden ist, erkennt man aus dem inneren Widerspruch, der darin liegt, dass Rāma den Bharata nach der Art seiner Regierungsführung fragt, als ob Bharata schon Jahre lang auf dem Throne sässe, während er doch kurz vorher von seinem Oheim nach Ayodhyā zurückgekehrt war.

p. 42 Mitte. In B fehlen VI 10—16 und an ihrer Stelle stehen nach Form und Inhalt abweichende Gesänge.

p. 45 unten. II 25, 33 wird ein Amulett (rakshā) aus der viçalyakaraṇī oshadhī erwähnt, das Kausalyā ihrem Sohne in die Verbannung mitgab.

p. 47 oben. Interessant ist zu sehen, dass in den beiden, vom Rāmopākhyāna abgesehen, ältesten Bearbeitungen des Inhaltes des Rāmāyaṇa, nämlich im Raghuvaṃça und Setubandha, zwar die oben erwähnten Wiederholungen zum Teil vermieden werden, dass aber trotzdem das Bestehen derselben zu jener Zeit erkannt werden kann. In beiden Kunstgedichten findet sich die Heilung durch

Garuḍa (Raghuv. 12, 76; Setu 14, 56), im Raghuv. 12, 78 nur die erste Heilung durch den Kräuterberg, im Setu. 15, 47 dagegen nur die zweite. Ferner wird im Raghuv. 12, 74. 75 nur die erste Täuschung der Sîtâ durch den hervorgezauberten Kopf Râma's erwähnt, nicht die zweite, als ihr Râma und Lakshmaṇa durch Indrajit's Pfeile gebunden und scheinbar tot daliegend gezeigt wurden. Aber Kâlidâsa hat auch die letztere gekannt; denn er lässt Trijaṭâ, die in der zweiten Täuschungsscene vorkommt, die Rolle der Trösterin übernehmen. Ebenso im Setu, der zwar die zweite Täuschungsscene erwähnt, aber an dieser Stelle keine Trösterin der Sîtâ nennt. Es ist also nicht zu bezweifeln, dass schon dem Kâlidâsa das Râmâyaṇa in derselben, oder höchstens nur wenig abweichenden, Gestalt vorlag, in der es auf uns gekommen ist; denn aus seiner Erzählung und aus seinen Andeutungen lässt sich mit Sicherheit schliessen, dass er auch das vollständige Uttarakâṇḍa kannte. Doch ist sein Zeugnis für unsere Untersuchung nicht von grosser Bedeutung, da wir das viel ältere Zeugnis des Mahâbhârata besitzen.

p. 49. Die Veranlassung für die Ansetzung von Daçaratha's Tod auf die sechste Nacht nach Râma's Abreise scheint mir jetzt einfach in dem Umstande gelegen zu haben, dass der Dichter erst Râma's Reise bis zum Citrakûṭa beschrieb und danach erst den Tod Daçaratha's. Es lag also der Irrtum nahe, dass das, was der Dichter später schildert, auch sich später ereignet habe, dass also der Anordnung der Erzählung auch die chronologische Reihenfolge der Ereignisse entspräche. Was ich im Text als Grund angegeben habe, mag den Irrtum bestätigend mitgewirkt haben. In diesem Zusammenhange mag erwähnt werden, dass nach VI 4, 50 Viçâkhâ das Nakshatra der Ikshvâkuiden ist. Mit dem Vollmonde in Caitra schloss also gewissermassen ein Cyklus ab, und mit dem ersten Tage des Vaiçâkha begann ein neuer.

p. 54 n 2. Nach III 47, 10 war Râma bei seiner Verbannung 25 Jahre alt, nach III 38, 6 nur 12 Jahre, als ihn Viçvâmitra abholte, und nach I 20, 2 noch nicht volle 16 Jahre zu derselben Zeit. Erst im Uttarakâṇḍa wird das menschliche Leben zu Râma's Zeit nach Tausenden von Jahren bemessen.

p. 56 Mitte. Die vorausgesetzte Lesart *vartayishyâmi* steht thatsächlich in den südindischen Ausgaben.

p. 69 n 1. 6. Zeile von unten. lies „Westen“ für „Osten“.

p. 86. Prof. Leumann erinnert mich daran, dass die Jâtaka-Erzählung in ähnlicher Weise auch den zweiten Teil der Brahmadatta-Legende unterdrückt hat.

p. 88 oben. Ich hätte erwähnen sollen, dass auch die Jaina ihre Version des Râmâyaṇa besitzen: ausführlich im 7. Parvan von Hemacandra's Trishashṭiçalâkapurushacarita, Calcutta, Samp. 1930; eine Inhaltsangabe einer Bearbeitung genannten Werkes von Padmadeva Vijayagaṇi findet sich in den „Notices of Sanscrit Mss published under orders of the Government of Bengal vol. X p. 134 ff. An letzterer Stelle wird das Jaina Râmâyaṇa als „an extravagant travesty of the divine epic of Vâlmîki" bezeichnet. Auch Weber sagt, es weiche von dem echten Râmâyaṇa „in hohem Grade, resp. in offenbar durchaus willkürlicher Weise ab". Verzeichnis der Sanskr. und Prakrit Hdsch. zu Berlin. 2. Bd. p. 513 n. 8.

p. 88 unten. Die Lokâyatika werden ausdrücklich II 100, 38 erwähnt. Der in der Anmerkung citirte Vers kehrt VII 51, 20b 21a wieder, nur steht dort *gamishyati* für *prayâsyati*.

p. 90. Zeile 13 von unten lies VI 111, 54 für IV 111, 54. Die Unechtheit der gleich nachher erwähnten Stelle ergiebt sich auch noch daraus, dass Sugrîva den Wohnsitz Râvaṇa's nicht kennt (na jâne nilayam tasya sarvathâ pâparakshasah IV 7, 2 = B IV 6, 8), der überhaupt unbekannt bleiben soll, bis Sampâti ihn den Affen kund thut; nach unserer Stelle aber kennt er ihn dennoch.

p. 96 unten. Ein Mädchen, das durch eine vor der Ehe abzulegende Kraftprobe gewonnen werden musste, heisst *vîryaçulkâ*. So sagt Janaka von Sîtâ: vîryaçulke 'ti me kanyâ I 66, 15.

p. 105 unten. Lies: 5. Jhd. v. Chr., für: 5. Jhd. n. Chr.

p. 107 n. 1. Nach I 18, 26 gab es zu Daçaratha's Zeit noch einen König von Kosala: Bhânumat; der betr. Vers fehlt aber in den südindischen Ausgaben und bei Gorresio.

p. 108, 3. Zeile von unten. Lies: *°yâmâs triyâmâ*, für: *yâmâ triyâmâs*.

p. 109, 5. Zeile von oben. Lies: *ô* Cancri.

p. 120, 13. Zeile von unten. Lies: V 19, für: II 19.

p. 121. Ein ausgeführtes rûpaka: çokâgni, findet sich noch II 26, 6—8. — Der Vergleich in V 9, 88. 89 ist interessant, weil er zeigt, wie weit trotz alledem man noch von dem Raffinement der späteren Kunstpoesie entfernt war.

p. 151, Mitte. Lies: Ricika, für: Devarâta.

p. 162 n. Lies: entlässt, für entblösst.

p. 191, 9. Zeile von unten. Lies: Enkelin, für Tochter.

p. 192, 11. Zeile unten. Lies: Vedavatî, für Vedâvatî.

p. 208, 18. Zeile von oben. Lies: brachte das Opfer dar. Yajnam samupâharat im Text wird von dem Commentar erklärt: er schaffte die für Ila's Opfer benötigten Dinge herbei.

p. 213. Bei Bâhlî streiche: Balkh. Siehe Weber's Abhandlung „über Bâhlî, Bâhlîka". Sitzungsberichte der Ak. der Wissensch. Berlin 1892.

www.ingramcontent.com/pod-product-compliance
Lightning Source LLC
Chambersburg PA
CBHW030639030726
47497CB00006B/1865
9783337385118